2008. 5. 5.)

본명은　　　　　　　　　　태어났다. 1955년 김 동리의 추천을 받아 단편 「계산」으로 등단, 이후 『표류도』(1959), 『김 약국의 딸들』(1962), 『시장과 전장』(1964), 『파시』(1964~1965) 등 사회와 현실을 꿰뚫어 보는 비판적 시각이 강한 문제작을 잇달아 발표하면서 문단의 주목을 받았다.

1969년 9월부터 대하소설 『토지』의 집필을 시작했으며 26년 만인 1994년 8월 15일에 완성했다. 『토지』는 한말로부터 식민지 시대를 꿰뚫으며 민족사의 변전을 그리는 한국 문학의 걸작으로, 이 소설을 통해 한국 문학사에 뚜렷한 족적을 남긴 거장으로 우뚝 섰다.

2003년 장편소설 『나비야 청산가자』를 《현대문학》에 연재했으나 건강상의 이유로 중단되며 미완으로 남았다.

그 밖에 산문집 『Q씨에게』 『원주통신』 『만리장성의 나라』 『꿈꾸는 자가 창조한다』 『생명의 아픔』 『일본산고』 등과 시집 『못 떠나는 배』 『도시의 고양이들』 『우리들의 시간』 『버리고 갈 것만 남아서 참 홀가분하다』 등이 있다.

1996년 토지문화재단을 설립해 작가들을 위한 창작실을 운영하며 문학과 예술의 발전을 위해 힘썼다. 현대문학신인상, 한국여류문학상, 월탄문학상, 인촌상, 호암예술상 등을 수상했고 칠레 정부로부터 가브리엘라 미스트랄 문학 기념 메달을 받았다.

2008년 5월 5일 타계했다. 대한민국 정부는 한국 문학에 기여한 공로를 기려 금관문화훈장을 추서했다.

토지

토지

박경리
대하소설

1부 4권

4

나남
책방

차례

제4편

역병과 흉년

16장 – 20장

16장 정이 지나쳐도 미치는가

제일 먼저 단풍이 들기 시작했던 싸리나무는 그 화사하고 연한 노란 빛깔에서 희뜩희뜩한 흰색으로 옮겨가고 있었다. 이따금 굵은 나뭇잎이 떨어져내리곤 했는데 그것은 아직 푸르른 오리나무에서다. 간밤에 차가운 비 한줄기가 내리더니 잡목숲의 빛은 눈에 스미도록 화려했다. 산비둘기 우는 소리, 이제 재앙은 멀리 갔다는 얘길까. 겨울 한동안의 안식을 읊조리는 걸까. 추석을 보낸 지 열흘, 들판은 황금빛으로 벼는 완전히 영글었다. 올벼를 베어버린 자리가 이 빠진 것처럼 더러 눈에 띈다.

"김훈장댁에 양자가 왔다는 얘기 그기이 정말이오?"

물방앗간 앞에서 윗마을에 사는 농부가 물었다.

"왔지. 오는 거를 내 눈으로 보았이니께."

봉기가 대답했다.

"어른이라믄서요?"

"어른? 나이만 묵으믄 어른가, 상투만 틀믄 어른인가 말이다."

"그러세."

"나이 삼십에 상투는 틀었더라마는 윤보 쪼다리(꼴)지 머."

"사람은 우떻던고요?"

"말도 마라. 키도 크고, 사대도 크더라마는 꼬지꼬지 말라서 버마재비는 곁방 나앉으라 카더마. 이것도 좀 모자라는 것 겉고."

봉기는 제 머리를 손가락으로 가리켰다.

"그러니께, 해마다 찾아나서더마는 올해도 허행으로 돌아왔다 카더마는 우찌 그리 용키 지 발로 걸어들어왔이꼬요?"

"그런 기이 아니고, 이분에는 김훈장이 돌아왔을 때 입이 함백이맨치로 벌어져 있었이니께 줄을 꽉 잡아놓고 왔던 기라. 추석 전에도 산청을 다니왔는데 서두는 거로 보니께 멋이 다 돼간다 싶더마는."

"하, 그러니께 양자 될 사램이 아니 먼 산청에 있었다 그 말이구마."

"양자 될 사램이 산청에 있었던 기이 아니고 혼사 때문에 그런다 카던가?"

"그라믄 딸 혼사겠지요."

"딸뿐만 아니고 겹사돈을 맺는다 카던지, 우떻게 겹사돈을 맺는 긴고 모르지마는."

한편 무를 뽑아 무덤을 지어놓은 밭고랑에 퍼질러 앉아서 장에 내가기 위해 단을 만들고 있던 야무네 막딸네 이들 역시 김훈장의 양자 얘기를 하고 있었다.

"바늘로 찔러도 피 한 방울 안 나오겄더라."

"오죽 기찹으믄 김훈장댁에 양자 왔이까. 그라믄 각시는 두고 혼자 온 길까?"

"각시? 그기이…… 그러세……."

"와?"

"암만해도 장개를 안 갔일 기라……. 내 짐작도 그렇고 그럴 기라는 말도 하더마는."

"설마 그럴라꼬. 나이 삼십이 다 됐다 안 그라더나?"

"그렇게 돼 뵈기는 하더라마는 사램이 고생을 너무 해도 겉늙네라. 김훈장 보라모, 벌써 환갑 넘은 사람 안 같더나."

"아무리 겉늙어 보인다고 매이 사는 종놈도 아니겄고 정히 장개를 안 갔다믄 그거는 벵신일 기다, 벵신."

막딸네는 깔깔대며 웃었다.

"그런 소리 하지 마라, 남으 집에 씨종자로 온 사램인데 그 어른이 들으믄 난리 베락이 날 기다."

"그거사 겉 보고는 모르니께, 입치레할라꼬 오는 사램이 나 벵신이오 하겠나."

"참말로 그렇다믄 그 어른 십 년 공부 나무아미타불 아니가."

"그거사 머 두고 보믄 알 일이제. 아이구 허리야."

허리를 두드리며 일어서는데 물방앗간 앞에 서 있는 봉기가 막딸네 눈에 띄었다.

"저 세가 만 발이나 빠지 죽을 놈이."

"와 그 카노."

야무네도 목을 뽑아서 봉기를 보자 픽 웃는다.

"니는 또 와 웃노!"

막딸네는 성을 낸다.

"이자 그만, 그만해라. 실이 노이 되겄다."

"저 목이 뿌러져 죽을 놈이 애멘 소리를 해도 유만부득."

"하 참 그만, 그만하라니까."

"그만, 그만하라니? 내 잠들기 전에는 못 잊겄는데 니 겉으믄 가만있겄나! 응?"

"모두 배부르니께 하는 소리 아니가."

"삼수하고 나하고 어쩌고 어째? 내 살점이 떨리서, 응? 저 목이 뿌러져 죽을 놈이 지 딸년을 삼수한테 내주었이믄 주었지 와 나를 걸고 드느냐 말이다!"

"죄 안 지었이믄 고만 아니가. 내사 남이 머라 캐도 시들하

11

더라. 내비리두어라."

"내비리둘 일이 따로 있지. 사당 겉은 그 가시나가."

하자 야무네는 눈살을 찌푸린다.

"아따 귀에 못이 백이겠다. 애비가 개구신 겉애 그렇지 엄
전한 두리를 두고 이러니저러니 하지 마라. 그래 봐야 남이
니 얼굴 치다볼 긴께."

"이 여핀네가! 그라믄 두리하고 삼수 놈을 애비 놈이 붙이
지 않았다, 그 말가! 엄전타니, 뭐 말라 비틀어진 기이 엄전
노! 과부도 서방질을 못하는 법인데 가시나가 연지부터 응?
애비 놈도 애비 놈이지, 그놈한테 딸년까지 내주믄서 머를 얻
으믄 얼매나 얻을 기라고 에, 에잇 더럽다!"

"너도 딸자식 키우믄서 글안하네라. 누가 봤나?"

"봤다!"

"크나는 처니아아를 두고 막말하믄 못씬다. 남우 앞길 막는
것도 적악이라."

"내가 봤다 카는데도 이 예핀네가!"

"멀 봤노?"

야무네는 질투에 일그러진 막딸네를 마땅치 않게 쳐다본다.

"지난여름 오만 사람이 다 굶어 죽는다꼬 야단인데 봉기 놈
의 집구석에서는 쌀밥만 묵었다."

"쌀밥을 묵어?"

"어느 놈이 갖다주었겠노. 삼수 놈 말고 어느 놈이!"

"참말로 쌀밥 묵었다믄 하늘이 안 무섭던가?"

"와 아니라. 두만아비가 밭에 거름을 내러 가믄서 내리다본께."

봉기의 집은 바로 언덕 밑이어서 환하게 내려다보인다.

"마당에 멍석을 깔아놓고 앉아서 허연 쌀밥을 묵고 있더란다. 그래서 기(봉기)야! 니 하늘 안 무섭나! 이 오뉴월에 허연 쌀밥을 묵다니 한께, 언제는 세상이 고르더나? 음지가 있이믄 양지가 있는 벱이라 하더란다. 저 모가지 뿌러져 죽을 놈이."

두 번이나 보았다고 힘주어 말하는 바람에 야무네도 긴가민가 싶었지만 그 스스로 밝혔듯이 본 일은 아니었고 들은 말이었으며 남녀의 정사(情事) 내용과는 거리가 멀었다.

화제가 된 양자, 그러니까 그의 형네 집을 김훈장이 알아낸 것은 지난 늦여름의 일이었다. 수수깡으로 엮은 움막 같은 집에서 화전민으로 전락하여 무지렁이가 되어버린 총각의 형을 만난 김훈장은 촌수부터 따져서 확인을 한 뒤 자기가 찾아온 뜻을 밝혔던 것이다. 형은 깊이 생각할 것도 없이 응낙을 했다. 데리고 가면 성례부터 시키겠다는 말에 귀가 솔깃했던 모양이다. 달포쯤 있으면 동생이 돌아올 터인즉 오는 대로 평사리에 보내겠다는 언약을 받고 김훈장은 노자 조로 얼마간의 돈을 놔두고 왔는데 그 총각이 추석 지난 지 이레 만에 김훈장댁에 나타났던 것이다.

추수를 끝내고 구월이 막바지에 이르니 강바람은 제법 쌀

쓸해졌다. 이 무렵 봉기의 말이 근거 없는 것이 아니었던 모양으로 김훈장댁에서는 벼락 혼사가 있었는데 산청에서 양자의 신부가 왔고 그 신부의 사촌 오라비 되는 사람은 점아기를 신부로 데려갔다. 그러니까 겹사돈을 맺은 셈이다. 양가의 형편이 다 같이 기우는 가세여서 육례를 갖추느라 절차는 매우 번거로웠으나 정한수 한 그릇 떠놓고 혼례를 하는 거와 별반 다를 바가 없는 쓸쓸한 혼사였다. 그러나 김훈장으로서는 소원을 이룬 셈이며 다시없는 큰일을 치른 것이다.

'이제는 눈을 감겠다. 내 지하에 계신 선영을 무슨 낯으로 대할까 주야로 근심이더니.'

큰일을 치른 날 김훈장은 밤하늘을 올려다보며 안도의 한숨을 내쉬었다.

'이제 남은 일이라고는 손자를 보는 일이야, 아들 삼형제만 낳는다면…….'

아들을 하나 이상 낳아만 준다면 김훈장은 날로 퇴락해가는 집만 남아 있는 김진사댁의 대도 이어줄 생각이었다. 생각이라기보다 간절한 희망이었다. 마음을 놓아서였던지 며느리를 본 후 김훈장은 며칠을 앓았고 앓고 난 뒤 그의 머리카락과 수염은 더욱더 희어졌다. 허리를 꼿꼿이 세우며 장죽을 들고 위엄 있게 마을 길을 걷던 지난날과 달리 구부정한 두 어깨에 갑자기 황혼이 내리덮인 듯 보였다. 양자 한경(漢經)이는 마을 사람 말대로 반편이라면 반편이랄 수도 있었다. 정확히는 금년에 스물아홉인데 끼니 잇기도 어렵게 자란 그는 변변히 글도 배우지 못하였고 다만 김훈장이 하라는 대로 꾸벅꾸벅 순종하는 이외에 아무 능이 없는 위인이었다.

"사람이 사람 된 도리를 다함은,"

재떨이에 장죽을 두드려가면서 김훈장은 시시로 사람의 도리에서부터 조상의 영광스런 행적에서 양반가의 법도를 타일렀고 환난을 겪고 있는 나라 형편 시국 돌아가는 얘기며, 그럴 때마다 김진사 같은 영특한 사람이 좀 더 오래 살았더라면 나라의 일꾼이 되었을 뿐 아니라 김씨 가문도 이같이 기울어지지는 않았을 텐데 하는 한탄을 빼놓지 않았다.

"나라나 한 집안이 망하고 흥하는 것은 천운이라고 할 수 있겠으나 그러나 인화가 없고 신의가 없고 예절을 잃으면 그것으로써 마지막이야. 지금 나라 꼴이 어떠한가? 동가식서가숙하는 천기보다 못한 지조 잃은 인사들이 황공하게도 임금을 볼모로 삼아서 오늘은 아라사요 내일은 왜국이요, 해서 자신의 영달에만 급급하니 어찌 통탄할 일이 아니겠느냐. 국모가 왜놈들 손에 시역되었건만 만방에 수치스러움을 씻으려는 자는 없고 오히려 이 나라의 꽃이요 정기인 의병들을 왜놈들과 합세하여 치는 판국이니, 그렇기만 하냐? 삼강오륜이 땅에 떨어졌어. 부모에게서 얻은 몸, 어느 한 곳을 상하여도 불효라 했거늘 상투를 자르고 의관을 벗었으니 그러고서도 사당에 참배할 수 있겠느냐? 아무리 세상이 변하기로 사람의 도리만은 버릴 수 없느니.”

몇 시간이고 시간 가는 줄 모르고 이야기하는 일이 많았다. 그럴 때마다 한경이는 무릎을 꿇고 앉아 경청하며 참을성 있게 견디었다. 마을에서 유일한 말벗이었던 준구와 사이가 틀어졌을 뿐만 아니라 이제 준구는 그럴 한가한 처지도 아니었으므로 대화에 굶주린 김훈장은 애꿎게 한경이를 가르친다 하여 그의 말상대로 삼았다.

“애기야, 나 웃담에 갔다 오마.”

담뱃대를 들고 나서며 김훈장이 말했다. 시아버지 버선을 깁던 며느리는 얼른 나와서 마당으로 내려섰다. 나가다 말고 김훈장은,

“한경이는 어디 갔느냐?”

“네. 저어 부석 벽이 허물어져서…… 벽을 고치겠다고 진흙 파러 갔습니다.”

두 손을 마주 잡으며 대답하는데 몸집은 큰 편이며 이마가 다붙은 것이 험일 뿐 괜찮은 용모다. 김훈장은 며늘아기의 몸이 건강한 것이 늘 마음에 흡족하였다. 부엌 벽을 고칠 진흙에 섞으려고 그랬는지 마당에는 작두로 썰어놓은 짚이 흩어져 있었다.

‘그만하면 부지런하고 너무 우직한 게 탈이지. 험한 세상을 어찌 살는지 근심이다만.’

김훈장은 탕건을 고쳐 쓰고 집을 나섰다. 장꾼들은 둑길을

가고 있었다.

'크게 장래를 내다볼 위인은 못 되지만 내 처지에 그것을 바랄 수는 없는 일이고 심성 고운 것만도 내게는 과람하지. 이런 난세에는 잘난 체하고 나서느니보다……. 그 애 하나가 우리 가문의 명줄이고 보면 명 보존하고 사는 게 첫째고.'

가통을 이어야 한다는 골수에 박힌 사상은 이 나라의 꽃이요 정기요 하며 의병의 항쟁을 흐느끼듯 칭송해 마지않던 감정을 누르기에 충분한 것이었다. 이동진이 연추로부터 오던 길에 주막에서 만난 돌팔이 의원 같은 늙은이, 김훈장을 안다던 그 늙은이의 교활한 셈속과 김훈장의 생각에 큰 차이는 없을 성싶다. 혹 손자가 있었다면 이놈 넌 무얼 하고 있느냐, 하며 호통을 쳤을지도 모른다.

물동이를 이고 내려오던 임이네가 김훈장을 보자 길 한켠으로 비켜서며 눈을 내리깐다.

"으흠, 으흠!"

큰기침을 하며 김훈장은 마땅찮아서 눈을 부릅뜨며 지나간다. 살인 죄인의 아낙이어서보다 풍문에 들려온 임이네 행실을 두고 미워했으며 일부종사 못하고 개가한 계집이 사람이냐 하는 생각 때문이다. 김훈장은 마을 길에서 용이가 인사를 해도 받지 않았다. 자식을 본 것은 잘한 일이나 하필이면 행실 나쁜 여자를 골랐느냐 싶어서였다. 옛날에는 과수댁 용이놈은 신실하고 용모도 준수하여 상놈 되기 아깝다 하며 각별히 대하곤 했었는데.

"으흠, 흠 어 어어, 음."

김훈장은 저만큼 가서도 큰기침을 했다.

"흥."

김훈장의 악의를 아는 임이네는 코웃음을 쳤다. 김훈장이 김진사댁 대문 앞에까지 왔을 때,

"네 이년! 시에미 굶겨 직인 천하의 불측한 년!"

서서방의 고함 소리가 담장 안에서 들려왔다. 김훈장은 며칠 만에 한 번씩 김진사댁에 찾아오곤 했기 때문에 서서방의 고함 소리가 새삼스럽지 않다. 그러나 잠시 걸음을 멈춘다. 굳이 볼 일이 있어 찾아오는 것은 아니었다. 다만 집 안팎을 한 바퀴 돌아보고 곰팡이 냄새가 물씬 코를 찌르는 사랑방 문을 열고 들어가서 김진사 생전에 쓰던 손때 묻은 물건의 먼지를 털어보기도 하고 빗물에 얼룩이 진 벽지를 손톱으로 긁어보기도 하고 방바닥에 쭈그리고 앉아서 담배 한 대를 태우고 생각에 골몰하다가 일어서 나오곤 했다.

"네년 손에 내가 밥 얻어묵어?"

"아부니 이러시지 마시이소. 지가 직일 년입니다. 집에 따신 밥 놔두고 어디 가실라꼬 이러십니까."

"시에미 굶기 직인 천하에 불효막심한 네년의 손에 밥을 얻어묵어?"

"아부니 참말로 와 이라십니까 제발……. 아이구 불쌍한 우

리 아부니, 우쩌다가 이리 되싰는고."

김훈장은 마당에 들어섰다. 서서방은 걸식을 하러 나설 참
이었던 모양이다.

"네년이 백여시겉이 그래쌓아도 내가 다 알지러. 서방 얻어
갈라꼬 그랬지. 응? 시에미가 말린다꼬 시에미를 굶기 안 직
있나? 나쁜 년!"

한두 군데 기운 자국은 보였으나 베 두루마기는 깨끗하고
낡아빠진 갓을 쓰고 있다. 왼손에는 바가지를 들고 지팡이 든
팔을 올렸다내렸다 하며 며느리에게 욕설을 퍼붓고 있는 것
이다. 얼굴이 까맣게 탄 안산댁은 딱하고 민망하여 들어서는
김훈장을 보자 고개를 숙인다.

"허허 참, 또 이러는군."

김훈장은 기미마저 두드러지게 떠 있는 안산댁 이마빡에
눈을 주다가,

"서서방!"

하고 고함을 지른다.

"예."

서서방은 훌쩍 돌아섰다. 눈을 크게 뜨고 김훈장을 유심히
바라본다. 수염 사이의 입을 멍하니 벌린 채.

"착한 자부를 그래서는 못쓰네."

"그거는 생원님께서 모르시는 말씸입니다. 소인 얘기를 한
분 들어보시이소."

"자네가 생각을 잘못하고 있네."

"예, 저년이 시에미를 굶기 직있십니다."

"시절이 나빠서 죽었지 사람이 잘못해 죽었나."

"저년이 시에미 굶기 직있십니다. 며느리 년이 말입니다. 세상에 그런 법도 있십니까?"

"자네 온정신이 아니구먼. 사람이 그러면 쓰나. 마음잡게. 나는 아들 세 놈에 마누라를 내 손으로 파묻었지만 정신만은 안 잃었네. 사내장부가 그럴 수는 없지."

서서방의 정신이 온전하지 못하다는 것을 알면서 김훈장은 일부러 성한 사람 대하듯 한다. 그는 마음속 깊이 서서방을 동정하고 있었다.

"예, 그렇십니다. 소인 얘기를 들어보시이소. 저년이 보리를 말짱 볶아서 가리를 내가지고 안 왔겠십니까? 시에미 밥 안 해 줄라꼬 그랬겠지요. 지 배애지가 부르니께 세상 구겡 다 하고 눈이 맞은 놈하고 놀아나다가 메뚜기 잡아가지고 실에 끼어서 안 왔겠십니까? 예, 맞십니다. 서방 얻어갈라꼬 그랬지요."

"아무 말 말고 자부가 끓여주는 밥이나 먹고 집에 있는 게야."

"내사 머 죽이믄 죽, 밥이믄 밥 주는 대로 묵십니다. 그렇지마는 영신한테 우찌 저년이 주는 밥을 묵으라 권하십니까. 부정 탄 음식을 영신한테 주믄은 망합니다. 영신을 달래야지. 두고 보시이소. 다 망할 깁니다. 며느리 년이 시에미를 굶기 직이는데, 아 그래 세상이 안 망하고 되겠십니까?"

"그래 어디로 갈려는 게야."

"절에 갈랍니다."

"절에."

"예. 영신한테 주는 밥은 정한 데서 가지와야 하니께요."

그러나 서서방이 절에 간 일은 한 번도 없었다. 장날이면 장꾼들을 따라 읍내에 나가서 밥을 얻어왔고 평소에는 마을로 다니며 밥을 얻었으나 삼시 세 끼니를 구걸 나가는 것은 아니었다.

며느리가 해주는 밥을 먹되 하루 한 끼만은 구걸하여 얻은 밥을 들고 산으로 가는 것이다. 마누라 묏등에 주질러 앉아 한없이 혼자 중얼거리며 흐느끼고 하다가 묏등 앞에 차려놓은 밥을 그 자신이 먹고 내려오는 것이었다. 그러면 안산댁은 시아버지 밥그릇을 들고 얻어간 집에 가서 밥을 비워주고 오는데, 다만 질색인 것은 서서방이 읍내까지 가서 걸식하는 일이었다. 갓 쓰고 지팡이를 들면 걸식의 행선지는 읍내다. 안산댁이 말리고 나선 것도 그 때문이다. 말려서도 안 되는 것을 뻔히 알면서, 서서방은 지팡이를 치켜들고 여전히 며느리에 대한 욕설을 해가며 집 밖으로 나가버린다. 한때는 풍신 좋고 목청 좋고 서근서근한 성미에 굽이굽이 가락이 넘어가면 그 가락으로 여자들의 마음을 달뜨게 하더니, 그러나 세상에는 자기 마누라밖에 없는 듯이 자상하고 깊은 정을 쏟더니,

그 정이 지나쳐도 사람은 미치는가, 안산댁은 부엌으로 들어 가고 아마 그는 아궁이 앞에 앉아서 울고 있을 것이다.

혼자 남은 김훈장은 갑자기 외로운 생각이 들었다. 죽은 자 식들과 마누라 생각이 불현듯 나서 눈시울이 자신도 모르게 뜨거워진다. 가통을 잇는다는 집념과 정열의 성취를 본 지금, 이제 그 정열과 집념은 갈 곳이 없게 되었다. 아니 갈 곳이 없 다기보다 차디찬 재로 변해버린 것이다. 흐뭇해하고 만족해하 는 마음 한 구석에는 말할 수 없는 적막함과 외로움이 있다.

'부인…… 마누라, 고생만 하다 갔구려.'

김훈장은 미쳐버린 서서방의 뒷모습을 회한(悔恨) 없이 볼 수 가 없었던 것이다. 눈앞이 자꾸만 흐려진다. 요즘 부쩍 시력이 약해진 것을 깨닫고 있었지만 지금은 눈물 때문에 시계가 뿌 옇게 물체가 이중 삼중으로 흔들린다. 캄캄한 칠흑, 긴 세월이 두 어깨를 짓누르는 것이다. 김훈장은 사랑으로 들어갔다. 곰 팡 냄새 종이 썩는 냄새가 전과 다름없이 코끝에 와서 닿았다.

'할 짓을 다했는데 때때로 내 마음이 왜 이다지 허약해지는 걸까?'

보따리 하나를 싸들고 울며 시집간 딸의 모습이 눈앞에 떠 올랐다. 양자를 찾는답시고 가을 추수만 끝나면 노자를 마련 하여 집을 떠나 있어야 했던 몇 해 동안 김훈장은 딸을 위해 아무것도 한 것이 없었다.

'불쌍한 것, 내 혈육이라곤 그것 하나뿐이었는데. 내가 왜

이런 생각을 하는가. 몸이 허약해진 때문이로구나. 아이들이나 몇 데려다가 또 글을 가르쳐야겠구먼.'

김훈장은 일어서서 김진사댁을 나왔다. 여전히 그의 마음은 끝없이 깊고 어두운 곳을 더듬고 있었다.

재난의 탓만 아닌 성싶었다. 마을은 가난해지고 사람들은 살기 어려워져가는 것 같았다. 최참판댁을 위해 조준구 같은 친척이라도 있어주어 얼마나 다행이냐 하던 말을 이제 김훈장은 하지 않았다.

마을 형편이 우습게 돌아가고 있는 것을 김훈장도 눈치채었다. 소를 못 먹여서 소장에 몰고 가는 사람이 있는가 하면 남의 눈을 피해 쌀밥을 먹는 사람이 있었다. 기야! 니 하늘 안 무섭나? 오뉴월에 허연 쌀밥을 묵다니 하고 두만아비가 말했다지만 봉기는 어쩐지 살림이 괜찮게 돌아가는 것 같았다. 어째서 그들은 쌀밥을 먹는 것일까. 추수하는 제철에도 농사꾼들은 쌀밥을 먹지 못한다. 명절이라도 쌀밥을 양껏 먹을 수 있는 집은 흔하지 않았다. 한편 최참판댁 문전에는 예전과 달리 각처의 마름들이 뻔질나게 드나들었다. 그들 중에는 조준구가 갈아치운 사람들이 있었다. 호열자에 죽은 사람 자리에는 물론 조준구의 입김이 닿은 사람을 앉혔으며 대세를 따라서 옛적부터 최참판댁 일을 보아온 사람도 점차 마음을 달리했다. 자연 그들은 드나들면서 빈손으로 오지 않았고 조준구 기색을 살피기에 여념이 없었으며 아첨이 늘어갔다. 어쩔 수 없는 인심의 추세다. 간사스럽지 않던 사람도 간사스러워지고 의리가 있던 사람도 의리를 잃어버리고 땅속에 묻힌 사람은 말이 없으니 눈앞에 보이는 것은 자신들의 살 길이요 처자식의 얼굴이다.

　인심도 물과 같아서 낮은 곳으로 흐르기 마련이요 거슬러 오르는 법이 없으니 서희의 처지는 고립되어갈 수밖에 없었다. 수동이 피를 쏟고 자리에 누우면서부터 더더욱 그러했다. 사람들은 수동의 병을 심화병이라고도 했고 뇌짐이라고도 했다.

　"멧돼지한테 당했일 때부텀 골병은 든 기라."

　"심화벵이지 심화벵, 주야로 조씨네가 최참판댁 살림 들어 묵을 기라고 그 생각밖에 안 하께."

　"참 사람도, 아 머 자게 살림이라고 그러나."

　"충신비 세워줄 기라며 안 그러나."

　사람들은 대안의 불구경하듯이 말했다.

　"머 누가 그랬는지 모르지마는, 전의 사랑 서방님 돌아가싰을 때 이녁 멩으로 간 기이 아니라고 했다는데."

　"그거는 또 무신 소린고?"

　"와 그때 수동이 피투성이가 돼서 나귀 등에 엎혀 안 왔더라고?"

　"그랬지러."

　"그때 오만 사램이 다 수동이 죽을 기라 했거든."

　"그랬지."

　"그랬는데 죽을 기라던 수동이보다 사랑 서방님이 먼지 안 돌아가싰나. 그라고서 수동이가 보시락보시락 살아났거든. 모도 입들이 도꾸날(도끼날) 곁에서 수동이 대신 서방님을 잡아갔다, 했던갑더라. 지 생각에도 그랬던지 한동안 울고불고 하더니 그만 그 생각이 골수에 백인 모양이더라."

"그 말은 알겠는데 실삼스럽게 와 말하노."

"그러니께 수동이가 지 탓이라 생각하는 때문에 최참판댁 일이라 카믄 죽자사자 덤비볼라는 거 아닌가 베. 죄 닦음 하니라고."

"아따 별 희한한 소릴 다 듣겠다. 남우 멩을 대신하는 벱이 어디 있노, 있다믄 그거사 저승차사 잘못이지 수동이 잘못가. 듣다 듣다 별소리를 다 듣겠네."

마을 사람들은 삼수가 한번 얼씬거리면 까닭 없이 불안해한다. 애써 비굴한 미소를 보냈으며 술 마시러 가지 않겠느냐 하며 주막으로 데려가기도 했다. 그리고 마을 사람들은 그들 이웃 사이에서도 최참판댁 내막에 관한 뒷공론 따위는 깊이 삼갔다. 행여 삼수 귀에 들어가지 않을까 두려워한 때문이다. 어쩌다가 실수로 말을 해버리면 그날 밤 그 사람은 어두운 천장을 올려다보고 후회하였다.

'낮말은 새가 물고 가고 밤말은 쥐가 물고 간다 카는데 에이 이눔우 입을 그만 돌에 문질러부렀으믄 좋겠다.'

그러다가 말을 들었던 상대가 밭둑에서 삼수와 얘기를 나누고 있는 모습을 먼발치로 보게라도 되면 가슴이 철렁 내려앉는 것이었다.

"우리 집 암탉이 요새는 맨날 알을 낳는구마. 이까짓 장에 내봐야 몇 푼이나 될 기라고. 너거 아아들 삶아 믹이라."
하며 제집 아이들에게는 손도 못 대게 한 계란을 갖다주며 말막음을 하려고 했다. 마을에서는 서로가 서로를 믿지 못하는 불신으로 가득 차 있었다. 그와 같은 독(毒)을 마을에다 뿌리고 다닌 것이 삼수다.

'너거들 멩줄은 내가 쥐고 있으니께 알아서들 하라고. 나는 이자 최참판네 종놈은 아니다. 다른 일이믄 몰라도 동네 일이라 카믄 내 입 하나에 달리 있으니께.'

말로도 그렇게 지껄였고 농부들을 바라보는 눈초리는 그 이상의 협박도 하고 있었다. 막딸네를 걷어찬 것은 벌써 옛날이다. 삼월이하고는 내외가 된 것처럼 한방 거처를 하는 터이나 조준구의 편리를 보아주고 당분간 자신의 아쉬움도 풀자는 심산이었지 애초 생각한 대로 삼월이를 데리고 살 생각은 없었다. 그의 야심은 조신스럽고 얼굴도 반반하게 생긴 봉기의 딸 두리에게 있었다. 평생을 함께 살 여자라면 처녀라야 한다는, 그에게는 과람한 자존심 때문인데 종의 신분으로 될 법이나 한 일인가. 그러나 그는 조준구의 두호를 과신했으며 뚜렷한 것은 아니었지만 뭔지 약점을 쥐고 있다는 느낌에서 조준구를 뜻대로 주무를 수 있다는 자신과 어처구니없이 마을 사람들을 자기 졸개쯤으로 생각하는 과대망상에 사로잡혀 있었다. 그는

자기 세력을 믿고 봉기 딸에게 희망을 갖고 있었다. 그러나,

'누가 종놈한테 딸 줄까 봐서? 얼런이나 있는 일이건데?'

봉기는 마음속으로 코웃음을 쳤다. 그러나 갖다주는 것을 사양할 위인은 아니었다. 딸을 슬쩍슬쩍 내밀어 보이면서 최참판댁 문전답도 얻어 부치게 되었고 금년 추수량도 마을에서는 으뜸이었다.

17장 어리석은 반골(反骨)과 사악한 이성(理性)

둑길에는 나뭇단을 짊어진 나무꾼이 바람에 쫓기듯 가고 있다. 복이는 바람을 거슬러서 마을 길을 걸어 올라간다. 뛰어가는 아이들의 땅을 구르는 딱딱한 발소리는 벌써 겨울의 울림을 가지고 있었다. 복이의 찌푸린 얼굴은 우울하다. 그러나 김훈장댁 앞에까지 왔을 때 그는 자세를 펴고 장석 걸음이 되었으며 무표정한 태도로 변한다.

문간에서 버마재비 같은 한경이와 마주쳤다. 영양 부족으로 짓무른 듯한 눈을 깜박거리며 한경이는 복이를 멍하니 바라보았다.

"생원님 기십니까."

"무슨 일이냐?"

말씨만은 의젓했다.

"예, 최참판댁에서 왔십니다."

복이는 고분고분하게 대꾸했으나 얼굴은 무표정인 채 굳어 있다.

"최참판댁? 저어기 저 기와집 말이냐?"

손가락질까지 해 보이며 묻는다. 복이는 딱하다는 듯이 피시시 웃으려다 말고 본시의 표정으로 돌아간다.

"예, 서울 나리께서 생원님을 모셔오라 하시서요."

"아버님을?"

"예."

"무슨 일로?"

"그거는 저어 생원님을 뵈옵고,"

"그럼 여기서 잠깐 기다리게."

하고 옷자락을 펄럭이며 사랑으로 돌아간다. 마루에 올라서서 엉거주춤 몸을 구부린 한경이는,

"아버님."

"무슨 일이냐?"

김훈장은 이미 복이가 찾아온 것도 복이가 한 말도 알고 있었다.

"최참판댁에서 하인 놈이 왔사옵니다."

"그래서?"

"아버님을 모시러 온 모양입니다."

짓무른 눈을 여전히 깜박거린다.

"나를? 나를 왜!"

성이 난 목소리다.

"그것은 소자도 모르겠사옵니다. 그러면 아버님께서 못 가신다고 말씀 전하오리까?"

"아, 아니다."

김훈장은 황급하게 말을 막아놓고 한동안 침묵한다. 얼마 후 한경이는 다시,

"아버님 어떻게, 무어라고 하인 놈한테 말하오리까."

"글쎄다. 그러면은 그놈보고 이리 오라 일러라."

"네."

구부정하니 어깨를 구부리고 한경이 문간에 나갔을 때 복이는 무슨 생각을 혼자 하고 있었던지 움찔하고 놀란다.

"오라 하신다."

잠시 동안 복이 얼굴에 긴장하는 빛이 지나갔다. 장죽을 문 김훈장은 방문을 열어젖히고 뜰을 내다보고 있었다.

"누가 나를 오라 가라 하더냐."

"예. 우리 댁 나으리께서."

"우리 댁 나으리라니, 그 댁 나으리는 없는 줄로 알고 있는데."

얼굴이 시뻘게지며 복이는 낭패한다. 무심히 한 말이었는데 김훈장의 응수는 복이의 아픈 곳을 찔렀다.

'버선목이라 뒤집어 뵐 수도 없고 이 양반도 나를 신의 없는

나쁜 놈으로 생각하시겠지.'

"예, 저어 서울 나리 말씀입니다."

"무슨 일로 오라 하더냐."

"나으리 말씀이 화해주나 한잔하시겠다구."

"화해주?"

다소 마음을 풀면서 시치미를 떼다.

"세상일이 하 분분하니 말씀이나 나누시며 화해주를,"

"음, 내 조공이 서울 다녀왔다는 얘기는 들었지."

한결 누그러졌다.

"예, 며칠 전에 다니오싰지요."

그러지 않아도 준구가 서울 다녀왔다는 소문을 듣고 김훈장은 궁금했던 참이었다. 언쟁을 벌여 자리를 박차고 일어나지만 않더라도 찾아가서 서울 소식, 시국 돌아가는 얘기를 들었을 것이었는데 요즘 김훈장은 몹시 답답한 나날을 보내고 있었다. 한경이를 상대하여 얘기해보아야 돌아오는 메아리가 있는 것도 아니었다. 자기 할 일을 끝내었다는 안도감이 이렇게 허한 함정이 될 줄은, 깨달을수록 짧아만 가는 해가 김훈장에게는 길어져만 가는 듯 느껴졌다. 한경이나 자부에 대해 불만이 있어 그랬던 것은 아니다. 할 일이 없고 목적이 없는 무료함 때문이다. 이전에는 양자를 구하려고 외지바람을 쏘이며 세상 물정도 살폈고 나그넷길에서 시국 얘기를 나누게 되는 상대도 있었다. 그러나 지금은 밀폐된, 방문을 닫을 철도 철이려니와 방

한 칸의 공간밖에 없는 하루해가 그에게 견디기 어려웠다.

"내 좀 있다 갈 터이니."

마지못해 하는 것처럼 말했다. 복이가 돌아간 후 김훈장은 한동안 뻗치고 앉아 있었으나,

"허 너무 이러는 것도 옹졸한 짓이지."

자기 자신에게 궁색스런 변명을 하며 일어섰다.

"아버님, 최참판댁에 가십니까."

한경이 뒤에서 고지식하게 물었다.

"무슨 일인지 모르겠다만 잠시 다녀오마."

"살펴 다녀오십시오."

"오냐."

김훈장이 최참판댁 사랑에 이르렀을 때 조준구는 방문을 열고 돼지같이 살찐 몸을 마루에까지 옮겨놓으며 김훈장을 맞아주었다.

"어서 오시오."

눈에 조롱기가 있었지만 미소를 띠며 매우 정중하다.

"무슨 일이 있어서 오라 하셨소."

김훈장은 곁눈질을 하며 언쟁을 하고 헤어진 후 처음 대하는 준구의 기색을 살핀다.

'오라는데 안 오고 배길 재간은 없었을 테지.'

'화해주를 내겠다는데 안 온다면 그것도 소인의 짓일 게고, 내 오기는 왔소이다만 두 번 다시 내 앞에서 무례하게 나온다

면 이번에는 용서 아니하겠소.'

'병신 같은 늙은이, 부지깽이도 곧을려면 곧은 게야. 사리판
단에 능해야 곧은 것도 쓸모가 있지. 아무튼 내 손바닥 위에
올려놓고 놀리는 재미로 오라 했으니.'

그러나 준구는 김훈장이 마을 언론의 중심인 점도, 마을 사
람들에게 주는 영향력도 알고 있는 터여서 그를 아주 싹 돌아
서게 내버려두는 데는 불안이 있었다.

'신수가 훤해졌구먼. 으음, 가문을 욕되게 해서는 안 될 거
로? 행실도 행실이요 왜병과의 친분은 또 무슨 해괴한 짓인
고?'

김훈장 역시 씻은 듯 멀쩡하게 대하기가 어려웠다.

"허허 복이 놈이 뭐라 하지 않았었소?"

"……."

"자아 어서 오르시오. 날씨가 제법 쌀쌀해졌소이다."

김훈장은 잠자코 준구를 따라 방으로 들어간다. 준구는 화
롯불을 김훈장 가까이 밀어놓으며,

"참 인사가 늦었소. 그동안 김생원댁에서는 경사가 겹치셨
던 모양인데."

"네. 나 역시 인사가 늦었소이다. 조공 덕분에 매사를 다 끝
막음할 수 있었지요."

"내 덕분이라니 별말씀 다 하시오. 아닌 게 아니라 양자 될
사람이 왔다는 소문은 들었으나……. 김생원께서 아주 나하

고는 틀어진 모양이라고 한탄을 했었지요."

"그 점 예가 아니었소."

김훈장은 기가 죽어서 말했다.

"혼삿말이 들렸을 때도 부조를 보낼까 여러 번 생각했었지
만 행여 또 노하시지나 않을까 해서요."

"부조는 이미 받은 폭이지요."

"그래 사람됨은 흡족하시오?"

"심성이 어진 게 험이라면 험이지요."

"그거 참으로 다행이오. 아무튼 좁은 마을에서 달리 얘기라
도 나눌 사람이 없는 피차의 처지고 보면 화해주라도 들면서
지난 일은 털어버릴 수밖에 도리가 있겠소?"

하고 너털웃음을 웃는다.

"조공의 처지야 어디 그러하오? 읍내에는 교분이 두터운 높
은 양반들이 계시고 듣자하니 큰 칼 찬 왜병들도 이 댁에서 칙
사 대접을 했다니 우리 같은 촌로하고는 격이 같을 수 없지요."

꼬집어 말하면서 비로소 김훈장은 자기 체면을 지키기라도
한 듯이 피시시 웃었다.

"그것 다 모르시는 말씀이오. 그런 데는 다 그만한 까닭이
있은즉, 원수를 칠려면 원수를 알아야 한다 하지 않았소. 또
남아장부가 일을 도모하려면 지나치게 청탁을 가리는 것도
온당한 일로는 보지 않소."

미처 응수도 하기 전에 주안상이 들어왔다. 서울서 계집종

과 하인배들을 데려왔다는 말을 들었는데 과연 시중을 드는 하인은 낯설었다. 날라온 주안상을 마주하고 앉은 조준구는,

"뭐니 뭐니 해도 김생원께서는 우리 편이 아니겠소."

느닷없이 말을 걸어왔다.

"우리 편이라니, 거 무슨 말씀이오?"

눈치가 없는 김훈장이었으나 우리 편이라는 말이 신경에 거슬렸다. 마을의 소문도 그러하거니와 자신에게도 짚이는 점이 전혀 없는 것도 아니어서 행여 서희를 대항하여 우리 편이니 어쩌니 하는 것이 아닐까 싶었던 것이다. 만일 서희를 적대하여 이 편 저 편 한다면 그것은 용납될 수 없는 일이다.

"팔은 안으로 굽는다 하지 않았소."

"그렇지요. 팔은 안으로 굽는 법이오."

김훈장의 어세는 다분히 강하다. 서희에게 자신이 사부라면 서희는 자기에게 제자가 아니겠는가. 아암, 마땅히 서희 편이지 하는 생각에서였다. 그러나 준구의 다음 말은 엉뚱한 것이었다.

"만일에 동학란이 다시 일어난다면 설마한들 김생원께서 상놈들 편역이 되시겠소?"

"그, 그야 그런 일이 두 번 다시 일어날 리도 만무거니와."

"……."

"사람을 어찌 보고 하시는 말씀이오? 불충한 역도들 편역이 되다니요?"

뒤늦게 화를 낸다.

"허허, 그러니까 팔은 안으로 굽는다 하지 않았소? 자아, 자아 술이나 드시오."

김훈장은 술잔을 받아 마신다.

"지난여름에 서로 감정이 상했던 일을 두고 한 말이었소. 그날은 나도 심사가 몹시 격해 있었고, 군자란 희로애락을 겉으로 나타내지 않는다고 배워왔으나 본시 도덕이 높질 못하여 과한 말을 했소이다. 그 점 양해해주시오."

"뭐, 그야 피장파장 아니겠소. 이미 지나간 일이고 하니."

"사실인즉 그날은 나로서도 여간 섭섭하지 않았소이다. 이곳에 와서 수 년을 보내는 동안 허물없이 지내는 바이었고 간혹 상반된 의견으로 하여 갑론을박하기는 했으되 그러나 김생원만은 나를 믿어주실 줄 알았지요. 서로의 견해가 다르다고 해서 친분까지 끊어야 쓰겠소?"

"그야 뭐, 나는 나대로 생각이 있어 한 말이었고 그것을 옳게 듣는다면 조공께서도 화내실 일은 아니었지요. 전에는 더 심한 말로도 싸우지 않았소?"

준구 얼굴에 단박 불쾌한 빛이 떠오른다.

"거 무슨 말씀이오. 싸우다니요."

감히 뉘하고 뉘가 싸워? 하는 심사가 역력하다.

"싸운다는 말이 잘못이라면 언쟁이라 해두지요."

김훈장도 금세 입술을 내밀고 퉁명스럽게 말했다.

"여하튼 그때는 김생원께 내가 문책을 당하는 듯하여 심히 불쾌하였소. 수신제가니 어쩌니 하는 말도 비위에 거슬렸던 게요. 물론 내 가숙을 잘못 거느렸다면 연로하신 분의 의견도 들을 수 없는 일은 아니오. 허나 사대부 집 안사람이 종년을 다스리는데 그것이 허물인지 알 수 없는 일이오만 설혹 허물이 되었다 하더라도 사랑에서 안의 일을 어찌 알겠소?"

조준구는 삼월이를 두고 은근히 힐책한 지난날 김훈장 언동에 불만을 나타내면서 한편으로 자기 행위를 애매하게 은폐하고 홍씨 켠으로 밀어붙이려 든다. 이렇게 되면 화해는커녕 그때 언쟁의 되풀이를 하는 셈인데 다만 표정과 언성이 그때보다는 부드러웠다. 김훈장의 입장에서도 삼월이의 정상이 애처로워 말을 비치기는 했으나 그것만은 남의 집안일이었으므로 자신이 왈가왈부할 성질의 것이 아니었다고 뉘우쳤기에 이번에는 입을 다물고 있는 것이다.

"기민 곡식의 경우만 해도 그렇지요. 곡식을 나누지 않았던 것도 아니었고 그야 중도에서 삼수 놈이 일을 잘못 저질러서 알고 보니 우습게 되긴 하였으나 그것을 내가 알 턱이 있겠소? 가가호호 내 스스로 다니며 나누어 주기라도 했다면 모를까. 사실이 그러하다면 찾아와서 선은 이렇고 후는 이렇고 해명을 했어도 달리 방도가 있었을 터인데 야밤에 도끼를 들고 월장하여 고방을 쳐부순 화적 같은 놈들을 설마한들 김생원께서 두둔하고 나설 줄이야."

"두둔해서가 아니라 일을 저질렀다는 위인들이 모두 마을에서는 신실하다 하는 놈들이고 보면, 평소에는."

"허허, 또 그러십니다그려. 하여간에 나로서는 섭섭했었소. 놈들의 소행을 생각한다면 내 당장 관가에 고하여 엄벌에 처할 일이로되 최참판댁 체면을 염두에 두고 참기는 하였으나 내 비록 이 집의 당주는 아니오만 명색이 뼈대 있는 집 자손으로 이곳에 와 그 같은 수모를 당할 줄은, 참으로 세상은 개판이오. 치수가 살아 있을 적에, 그러니까 그때만 해도 나는 개화사상에 동조하는 심정이었고 내 태생이 서울인 데다가 워낙이 담장이 높아서 바깥 상민들, 더더군다나 시골 농사꾼들 실태를 모르는지라 생시 치수가 하던 말을 납득하질 못했었소. 치수는 갑오년 공사노비제도를 혁파한 것부터 잘못이라 했었소. 천비한테 아양 떠는 사당 같은 놈들이라며 양반들에게 욕설을 퍼붓더란 말이오. 나는 편견이 심하다고 꾸짖었지요. 그랬더니 치수 말이 재물과 목숨 지키려고 상것들에게 허리 굽히는 짓은 아니하겠노라, 이제 두고 보면 상놈들이 양반 상투 움켜쥐고 올라앉아서 끝장까지 망하는 꼴 보려 할 것이며 배고프고 헐벗었기 때문에 민란이 난 줄 아느냐? 수탈이 심해 민란이 난 줄 아느냐? 언제는 상놈들이 호의호식했느냐? 가두어두는 울타리만 높고 튼튼했으면 뱃가죽이 등에 붙어 죽는 한이 있어도 국으로 있을 것이며 허한 구석이 있어야 소리도 질러보고 연장도 휘둘러보고 그래서 막는 힘이 약한 것을 알면 마구 밀고 나온다, 그렇게 말했었소. 그때 나는 동학당을 다소 두둔했지요. 그랬더니 치수는 차마 나를 보고는 어쩌지 못하고 물론 나를 싸잡아서 그랬겠지만 벼슬아치들한 테 욕설을 하는데 상놈들에게 아첨하는 개 같은 양반이니 자 비를 베푸는 늑대 같은 양반 놈이니 하면서 상것들 무리와 다를 바 없고 목숨 보존하기 위해선 의관이고 족보고 백정질이라도 해먹을 거라 하는 게 아니겠소?"

조준구는 단숨에 지껄여댔다. 치수가 했었다는 말에 거짓은 없었으나 필요한 말만 추려내었으므로 치수의 본심이 전해졌다고는 할 수 없다. 그런데 김훈장은 자신도 모르게 위축이 되고 죄 없이 마음 한구석이 걸린다. 기개가 도도한 최치수였었고 또 전하는 말 역시 격렬하여 양반절대주의자며 그 권위의식에 사로잡혀 있는 김훈장인지라 상놈한테 아첨하는 개 같은 양반 놈이니 자비를 베푸는 늑대 같은 양반 놈이니 하는 말이 심히 불안했던 것이다.

"그때는 과격하다 생각했지요. 그러나 이곳에 와서 내 자신이 직접 듣고 보고 또 당하고 보니 과연, 하고 생각되더란 말입니다. 치수가 살아 있었더라면 설마한들 도끼 쳐들고 와서 고방 문을 쳐부수고 곡식을 내갔겠소? 객인이 와서 지킨다 하여 넘본 거지요."

김훈장 머리에는 혼란이 인다.

"역시 치수는 냉철하게 뚫어보았어요. 확실히 영민한 사람이었소."

"영민했지요."

그 말에는 김훈장도 아무 이견이 없다. 그래서 다시,

"영민하구말구요. 내 그 양반 성품이나 자질은 잘 알고 있소이다. 할라고만 했더라면 학문의 길에서도 대성했을 것이오. 장암 선생께서 그야말로 애지중지, 당신의 학통을 이을 제자로 생각하셨으니까. 그뿐이겠소? 나라의 기둥이 되었어도 아주 큰 기둥이, 참으로 아까운 인재였었는데 어찌 그리 모든 것을 외면하고 마음이 병든 채 가버렸는지."

조준구는 동의하듯이 고개를 끄덕이고 억지웃음을 지었으나 마음속으로는,

'돌팔이 같은 주제에 제가 뭘 안다구? 이 어리석은 늙은아.'

막상 최치수에 대한 칭송이 쏟아지자 불쾌해졌던 것이다.

"자아, 술이나 듭시다."

"네."

술을 마시는 김훈장을 비스듬히 노려보며 조준구는 또다시 입을 열었다.

"말이야 바로 하지. 치수가 기둥치고도 큰 기둥이 되었을 거라는 말씀인데 기둥이 제아무리 커도 요즘 같아서야 별수없었을 게요. 연장도 수중에 있어야 쓰고 돈도 내 수중에 있어야 쓰지 않겠소? 나라 꼴을 생각하면 억장이 무너지지요. 수중에 없는 권리를, 참으로 기가 막히오."

나랏일을 걱정하는 척하며 칭송하는 김훈장과 칭송받는 최

치수를 슬쩍 긁적거렸다.

"서울 다녀오셨다는데, 그러지 않아도 내 궁금해서, 그래
시국은 어떠하오."

"까딱 잘못하면 아니 십중팔구 또 난리가 나게 생겼소."

"난리라니."

"전쟁이 터질 거라 그 말 아니오."

"……."

"아까 김생원께서는 큰 칼 찬 왜병 운운하시었소만 그 자는
부산에 주둔하고 있는 헌병대장이오."

하고는 눈알을 굴린다. 그야말로 김훈장을 손바닥에 올려놓
고 굴리는 판이다.

"옛날에 서울 있을 때 사냥에 미친 왜놈을 하나 알고 있었
는데 그자가 역시나 사냥을 좋아하는 헌병대장이라는 자에게
내 얘기를 했던 모양이오. 그래 사냥하러 온 길에 들렀던 거
요. 내 집에 온 사람을 문밖으로 쫓을 수도 없고 해서 묵어가
게 하기는 했지만 그자한테서 이런저런 국제 정세 얘기를 들
었지요. 물론 그 말을 모두 믿는 것도 아니고 나대로 생각은
따로 있으나 역시 실제 싸움을 하는 놈인 만큼 우리가 모르는
국제 정세에 관해서는 소상하더구먼요. 아닌 게 아니라 이번
서울 가보니 여간 긴박한 상태가 아니었더란 말이오."

"대관절 싸움은 누가 한다는 거요."

남은 얘기가 궁금한 김훈장은 왜병이고 헌병대장이고 잠시

감정 밖으로 몰아낸다.

"누가 하기는요? 아, 그것도 짐작이 안 가시오? 아라사하고 일본이지 누구긴."

"허허, 참 환장하겠구먼. 왜놈들 눈까리에는 세상이 돈짝만 큼 보이는 모양이오."

"그렇게만 말할 수도 없지요. 일에는 반드시 근원이 있는 법인데 마치 강물의 근원이 깊은 산골짜기에 있는 것처럼 강물을 이루는 것은 골짜기의 작은 물줄기 아니겠소? 그러니 오늘 사태의 근원을 찾아볼 것 같으면 상놈들이 쇠스랑 죽창 들고 일어선 동학란 바로 그것이니 기가 찰 노릇이지요. 남의 잘못만 들출 것이 아니라 바로 내 옆구리의 종기부터 생각해 봐야 할 거란 그 말이외다. 그 종기 하나가 퍼져서 온 전신에 독이 돌고 나라가 이 지경에 이르렀다 할 것 같으면 김생원께서는 잘 이해가 되지 않을지도 모르겠소. 이 조그마한 나라에서 그도 전라도 조그마한 고을에서 발단된 민란이 오늘날 일본과 아라사의 싸움 원인(遠因)이다, 한다면 역시 김생원께서는 어리둥절하실 게요. 허나 그게 사실인 걸 어쩌겠소? 참으로 농사치기 상놈들의 쇠스랑 죽창이 대단했단 그 말이오. 하기는 큰 둑이 개미 구멍으로 무너진다는 말이 있긴 하지요. 물론 무능한 수구파들이 청나라에 원병을 청한 탓이지만 그 형편에 구경만 하고 있을 일본도 아니겠고 출병하여 청나라와 옥신각신 끝에 청일전쟁이 붙은 것은 김생원께서도 이미 아시는 일이지요. 결국 청나라와 우리나라가 함께 나자빠진 꼴이 되었는데 대국 청나라를 이긴 일본은 기고만장했을 것은 물론 전승에 취해서 처음에는 조선도 제 것이 될 줄 알았고 만주도 제 것이 될 줄 알았지요. 사실 마관(馬關)조약에서 요동반도(遼東半島)와 팽호열도(澎湖列島) 대만을 넘겨주는 데 정식으로 조인을 했으니 왜 안 그랬겠소? 정청대총독부(征淸大總督府)까지 설치하고. 사실 요동반도로 말할 것 같으면 조선과 청나라 사이에 허리통 같은 곳인데."

"아 요동반도라면 옛날 고구려 적의 우리 땅이 아니었소."

김훈장은 옹색하게 끼어들었다.

"글쎄……. 지금 그런 왕사(往事)가 무슨 소용이오. 하여튼 요동반도로 말할 것 같으면 북경이 아니 멀고 또 그곳에 왜인들이 죽치고 앉는다면 조선이란 땅덩어리는 절로 일본 품속으로 굴러들어가게 되는 것은 명약관화의 일이 아니겠소. 그런데 내어주기로 한 청나라 얼빠진 위정자들은 차치하고 늑대같이 한반도도 먹고 싶고 만주 땅도 먹고 싶고, 그도 유유자적하게 노리고 있던 아라사가 어찌 되었겠소? 그러니까 아라사는 기고만장했던 일본에게 찬물을 끼얹었던 게요. 당사자인 청나라도 아닌 아라사가 독일과 불란서라는 나라에 충동질하여 협박을 했단 말씀이오. 아무리 일본이 전승국이라고는 하나 대국 아라사와 불란서 독일의 삼국을 상대하여 이길 재간이 있었겠소? 문명이 앞서 있고 신식 무기로 무장한 그네들을 말이오. 게다가 영국하고 미국이라는 나라는 어부지리나 얻을까 싶어 관망하는 상태였으니 일본으로서는 눈물을 머금고 요동반도를 포기하지 않을 수 없었지요. 그때부터 일본은 아라사에 대해서 보복의 칼을 갈았던 게지요. 참으로 나라와 나라의 다툼이라는 것도 생각해보면 사람과 사람이 다투는 것과 조금도 다를 것이 없는 성싶소."

본시 어설픈 신지식을 시국 얘기에 실려서 대단한 일가견인 듯 펴 보이는 것이 장기다. 처음 이곳에 내려왔을 때부터 김훈장을 만만한 일개 촌로로 여겨 제 잘난 척 시국 얘기로 시작하더니 지금 역시 상대편이 말할 틈도 없이 내리 지껄이는 것으로 보아 조준구도 김훈장 못지않게 공론광(空論狂)이라고나 할까. 김훈장은 자기에게 말할 여지를 주지 않는 조준구 변설이 아니꼽기는 했으나 한편 새로운 지식인 것도 같아 귀를 기울이고 있었다.

"이런 시국에 관해서는 이 나라 위정자들도 깊이 깨닫지 못하고 있어요. 일이 눈앞에 터져야 우왕좌왕하는 꼴이란 참으로 딱하고 한심한 노릇이오. 내 일찍이 이런 정세에 관하여 방책이 시급하며 뚜렷한 방침을 세움이 옳다는 말을 모모한 분들께 누차 했소이다만 소귀에 경 읽기였지요. 내 그런 사람 밑에서 일하기 싫어서 해외에도 나갈 기회가 여러 번 있었으나 마다했지요. 사람들이 어찌 그리 아둔한지. 체면이나 차렸지 실속 차릴 줄은 모른다 그 말 아니오."

마다하기는커녕 얼마나 열렬히 소망했던가, 그러나 그에게 그런 행운의 기미조차 찾아온 일은 없었다.

"한결같이 모두 능이 없고 코앞에 한 치를 볼 수 없는 위인 들이 수구파다 개화파다 하며 쌈질이나 했지 나라 생각을 했 던가요? 한심한 일이외다. 김생원께서도 이거 실례의 말씀인 지 모르겠소만 상투 자르고 양복 입는 것만 대역이요 불효막 심이라고 할 게 아니라, 또 양이니 왜구니 하고 유아독존의 말 만 할 것이 아니라 조선땅의 수백 배나 되는 넓은 세계가 어찌 돌아가는지 그것을 아셔야 한다 그 말이오. 눈을 바로 뜨고 본다면 조선땅이란, 사람 몸에 붙은 한 마리 빈대만도 못하지 요. 향암(鄕闇)하셔서 그럴 테지만 우물 안의 개구리가 우물 밖 세상을 모르더라고 김생원께서도 생각을 좀 달리해야만,"

김훈장의 눈알이 벌게진다.

"노여워 마시오. 다 무관한 사이니까 하는 말이고."

"그래 상투 자르고 양복만 입으면 빼앗긴 우리 권리를 다 찾을 수 있다 그 말씀이오?"

"허허, 외모가 어떻다는 거보다 마음씀으로 하여 외모에도 뜻이 있는 게 아니겠소? 그런 얘기는 다음으로 미루고 지금 시국이 어찌 돌아가는가,"

"그럼 말씀해보시오."

"아까 동학란 얘기를 했었지요? 그러니까 동학란 때문에 청국하고 일본이 부딪치고 그래서 일본이 오늘날 열강 가운

데서 한몫을 하게 되었다는 얘긴데, 아라사에 대한 보복에 불탄 일본은 그동안 오로지 아라사를 치기 위해 칼을 갈았고 청나라에서 받은 배상금으로 군사력을 기르면서 백성들의 마음을 한곳에 모아 그야말로 물심양면으로 단단한 무장을 하였는데 그 참에 청나라에서 의화권비(義和拳匪)의 난이 일어나지 않았겠소? 기실 의화권비라는 것은 서태후(西太后)가 지원해서 방국멸이(防國滅夷)의 기치 아래 외국인과 외국인이 들여온 문물제도를 몰아내자는 목적으로 만들어진 것이었소. 나라가 외세에 찢겨나는 판이니 왜 그런 생각을 아니 했겠소. 그러나 나라가 어지러우면 항용 그러하듯이 모여든 무리들이 오합지졸이었다 그 말이오. 건달 무뢰한들이 적잖이 끼어든 의화단은 게다가 도술까지, 말하자면 비술과 주문을 쓰면 적의 철환도 맞지 않는다는 우매하고 황당한 생각들을 했더란 말입니다. 포복절도할 노릇이지요. 하기는 이 땅의 식자라는 것들 중에도 그와 대동소이한 생각을 하는 자들이 적지 않으니 남의 집 불구경하는 심정만도 아니오만 모화사상에 찌든 선비들이 뭐, 그건 그만두지요. 김생원께서 또 화를 내실 테니. 그는 그렇고, 그 어리석은 친구들은 천주학도들을 학살하고 선교사를 죽이고 독일 공사, 일본 공사관의 서기를 죽였으니 그게 제 나라 명을 줄인다는 것을 몰랐단 말이오. 오죽 구실이 좋소? 호시탐탐하고 있던 열강은 벌 떼같이 청나라에 밀고 들어갔으니 아라산들 가만있을 수 없지요. 자기 권익의 옹호를 내세우며 만주 방면을 점령했지요."

여러 해를 시골에 죽치고 있었던 조준구는 복닥거리는 서울 사정을 다소 알고 있었을 뿐 세계가 어찌 돌아가는지 그간의 일에 대해서는 김훈장과 마찬가지로 별 아는 것이 없었다. 근년에 와서 서울 출입이 잦아지면서부터 옛날 안면 있던 일인들, 요직에 있는 사람들을 찾아보았는데 전과 사정이 달라진 준구는 그들 환심을 사기에 어려움이 없었고 접촉이 잦아지면서 자연 시국에 소상해졌던 것이다.

"그리하여 일본 군대를 선두로 각국의 군대가 북경으로 쳐들어가니, 비술이나 주문을 믿는 그따위 허약한 청나라 정권이 들이대는 신식 무기에 무슨 수로 견디어내겠소. 서태후는 서안부로 도망하고 결국, 작년 아니 재작년에 조약이 성립되어 일단 일은 마무렸으나 그 체결된 의정서(議定書)의 내용이라는 게 별의별 조항이 다 있었소만 그중에서도 외인 묘지에 속죄비를 세우라는 둥, 무기 탄약을 이 년 이상 수입 못한다는 둥, 어마어마한 보상금을 삼십구 년 동안 갚아야 하는데 그것도 이자를 붙여서 말이오. 참으로 감내하기 어려운 굴욕이었던 거요. 그런데 문제는 아라사였소. 옛날 청일전쟁 때요동반도를 일본으로부터 빼앗아준 공을 은근히 내세우며 청나라에 추파를 보내면서 그들만은 조약이 성립된 후에도 철군을 아니하고 뭉개어 앉았단 말씀이오. 여기서 노발대발한 게 영국이라는 나라와 일본이었지요. 일본으로 말할 것 같으

면 아라사는 숙적이요 영국으로 말할 것 같으면 세계 각처에
저희들 식민지가 있는 만큼 아라사가 한반도로 만주로 하여
바다 쪽으로 진출하는 것은 참을 수 없는 일이 아니겠소? 그
래서 그 큰 나라가 보잘것없는 조그만한 섬나라하고 손을 잡
았단 말이오. 이게 참으로 나라와 나라 사이…… 줄타기의 묘
미인데 일본이 그 줄을 교묘하게 탔단 말이오. 그러나 미련한
곰 같은 아라사가 그런다고 밀려나겠소? 한술 더 떴지요. 그
러니까 지난 오월 우리 땅 용암포(龍岩浦)를 점거하는 사태까
지 몰고 왔으니 일본이 콩 튀듯 할 수밖에요. 이러니 일본과
아라사는 전쟁으로 판가름을 할 수,"

하는데 밖에서,

"나으리마님."

하인의 목소리가 들려왔다. 한참 변설에 기름이 오른 판인
데,

"왜 그러느냐?"

조준구는 역정을 낸다.

"저어 서울서 손님이 오셨습니다. 허대감댁 서방님하고 또
한 분."

"뭐라구? 아니."

조준구는 벌떡 자리에서 일어섰다.

18장 당랑거철(螳螂拒轍) 격이라 하더니

난리가 날 것이라는 소문이 산간벽지에 나돌고 있을 무렵 전쟁은 이미 시작되어 있었다. 일본군에 의하여 아라사 군함 두 척이 제물포 앞바다에서 부서졌다는 데 이어 드디어 양국 간에 싸움이 붙었다는 소식이 산골 마을에까지 퍼졌을 때 이 무렵, 공수동맹(攻守同盟)을 전제로 한 한일의정서(韓日議定書)가 일본의 협박에 의해 조인되었던 것이다.

바람할만네의 물대를 거두기에는 이른 철이었다. 향목(香木)은 거무죽죽하게 언[凍] 빛에서 아직 풀려나지 못하고 쌀쌀한 늦겨울, 바람 부는 날씨는 계속되었다. 마을 사람들은 선잠을 깬 아이들처럼 마을 길에서 혹은 주막에서, 보리를 밟다가도 대중 잡을 수 없는 난리 얘기를 꺼내곤 했다.

"난리가 났다 카는데 그라믄 우리는 우찌 되는 긴고?"

"정감록 비결에 한양 말시가 되믄 난리가 나서 몰살을 당할 기라 캤는데."

"그러기, 살라 카믄 물가에서 삼십 리, 인가에서 삼십 리, 길가에서 삼십 리 떨어진 곳으로 피신을 해야 한다 카던가? 산중도 피신처는 아니라 카고."

"그렇다고 살던 집 버리고 땅도 버리고 가믄 식구들이 묵기는 머 묵고 살꼬?"

"그러기이 죽더라 캐도 꼽따시 앉아 죽을 수밖에 없지."

"옛날의 난리하고는 달라서 생이틀만 한 대포를 끌고 댕기 믄시로 싸움을 하는 판국이니 아 철함도 깨부리고 산도 무너 티린다 카는데, 어디 간다고 사까? 목심을 하늘에 맽길 수밖 에. 우리사 살 만큼 살았다마는 어린것들이 불쌍하제."

이같은 전쟁 얘기로 들떠 있다고 해서 마을에 어떤 별다른 변화가 있었던 것은 아니었다. 난리가 난다는 바람에 보리떡 서 말을 먹는 사람도 없었고 천체의 운행(運行)을 따르는 해와 달과 같이 여느 때의 봄과 다름없는 일상이었다. 날이 새면 농부들은 일찍부터 밭에 거름을 내고 아낙들은 봄 길쌈에 여 념이 없고 소년들은 쇠죽을 쑤고 조무래기들은 염소와 송아 지를 몰고 둑으로 나갔다. 마을 사람들은 먼 곳에서 일어나고 있는 전쟁보다 하늘의 기색과 끝없이 드러누운 들판 빛깔에 더 많은 관심을 쏟았다.

그러나 김훈장은 그렇지 않았다. 농사를 한경이에게 맡겨 버려 할 일이 없는 나날이긴 했으나 어떤 기대에 부풀어 있었 다. 전쟁의 시초, 들일이 바쁘지 않았던 초봄에는 찾아와서 의견을 묻는 마을 사람들에게 전쟁이 나게 된 국제 정세를, 조준구의 시국담이 밑천이지만 김훈장 나름으로 다시 풀이하 여 들려주곤 했는데 일본에 대해 동정적이던 조준구 의견을 깔아뭉개버린 것은 말할 나위 없고 파아란 눈알에 노랑 머리 털, 몸에서 노린내가 난다는 양인들을 금수로 상상할밖에 없 는 김훈장이 한사코 아라사의 편역을 들었던 것이다.

"그라믄 생원님, 우리 땅에서 싸우믄 우리는 우짜라 카는 깁니까?"

"어차피 어느 때 결판이 나도 나기는 나야 하는 게야."

"우리 땅에서 싸우믄은 우리만 죽어나지 않겠십니까?"

"왜국만 망하면 우리 살길이 생겨."

"망하까요?"

"나라나 사람이나 푼수를 알아야 하는 법인데 손바닥만 한 섬나라인 왜국이 청나라보다 더 큰 아라사를 어떻게 대적한단 말인고? 당랑거철(螳螂拒轍) 격이지. 하룻강아지 범 무서운 줄 모르더라고."

"하지마는 저분에 청국하고 싸워서 왜놈들이 이기지 않았십니까."

"그야 무어 이길 것을 이겼나? 투전판에서 손 한번 잘 놀린 격이야. 어쩌다 그리 된 게지. 그야말로 요행이라는 게야. 왜국이 싸움에 이겼다고 해서 청나라가 망한 것도 아니겠고 그까짓 만인(蠻人)들이 살던 섬 쪼가리 하나쯤 주었기로, 청나라에서 볼 것 같으면 개한테 고기 한 점 던져준 거나 무어 다르겠나. 처음에는 요동을 먹겠다고 덤비지 않았던 것도 아니나 아라사 호통에 꼼짝없이 청나라에 되돌려준 것을 보아도, 하기야 그 일 때문에 왜놈들이 이를 갈았고 결국 오늘날 사태로 몰고 오긴 하였으나 어림없는 일이지."

"그러믄은 생원님, 만일에 말입니다, 아라산가 뭔가 하는 나라가 이긴다믄 그때는 우리나라를 그놈들이 묵을라 안 하겠십니까."

김훈장은 몹시 당황하며 눈에 띄게 풀이 죽는다. 그러나,

"나라나 사람이나 제 가진 것이 많고 보면…… 후덕해지는 법이야. 우선 배고픈 놈하고 배부른 놈하고 같겠나? 왜국으로 말할 것 같으면 차돌이라도 새김질할 만큼 허기진 처지고 아라사는 넓고 넓은 땅덩어리."

"하지마는 어디 모도가 그렇십니까. 부자는 없는 사람보다 더 가질라 카니께요. 아흔아홉 섬 가진 사램이 한 섬 가진 사람 거 뺏아서 백 섬 채운다 안 캅니까."

"그야…… 그러나 우리가 중국을 의지하고 살아온 역사가 긴데……. 병자호란이 있어서 역사에 없는 항복을 하기는 했으나 그때는 아주 상스러운 여진족이었고, 그 싸움의 명분이라는 것도 우리 강산을 먹자는 게 아니라 명나라를 섬긴다는 데 있었던 게야. 우리네 또한 명나라와의 오랜 우의를 저버릴 수는 없는 대적이었고 임진왜란 때 명나라 군사가 와서 우리를 도와준 것을 잊어서는 안 되었던 게야. 싸움이 끝난 뒤에야 말굽을 돌렸던 게고, 어디 왜국 놈들 같았을라구. 섬나라 쥐새끼들이 기저귀 하나 차고 무리지어 몰려와서 뭣이든 먹성 좋게 먹어치우려 드는 그따위 치사스런 짓이야 그 시대의 만족이던 여진도 아니했거든. 그래 청나라 사람들이 조정에 들앉아서 국사를 좌지우지했던가? 대국은 대국으로서의 풍도가 있는 법이니."

"하지마는 생원님, 아라산가 뭔가 하는 나라도 청나라 겉다고 우찌 믿었십니까. 소문을 들으니께 아이들도 잡아묵는다 안 캅니까."

"낭설이야. 아무튼 국모를 시역한 대천지 원수 왜국이 망하는 걸 눈앞에 보고 싶은 게 내 지금 심정이네. 아니 할 말로 초가삼간 다 타도 빈대 타 죽는 게 시원하겠네."

그러나 정세는 김훈장이 바라는 방향으로 가고 있지는 않았다.

"뭐라구요? 우리나라가 왜국하고 공수동맹(攻守同盟)하기로 의정서에 도장을 찍었다 그 말씀이오?"

어느 날 서울 소식을 말해주는 조준구를 보고 그가 도장을 찍은 당사자이기나 하듯 김훈장은 펄쩍 뛰면서 화를 냈다.

"이런 분막심언(忿莫甚焉)일 데가 있나. 무슨 연고로 원수와 손을 잡고 이웃을 치자는 거요?"

"어느 쪽이 원수고 이웃인지 나로서는 모르겠소이다. 허나 김생원께서도 딱하시오. 도시 이 나라가 남의 나라를 칠 만한 병력이나 갖고 있단 말씀이오?"

"그렇다면."

"허허 그거야 명목상의 공수동맹이지. 실상은 저네들 일본이 군사행동에서 조선땅을 마음대로 쓸 수 있도록 못을 박아놓은 거지요. 그리고 아라사하고는 완전히 손을 끊으라 그 말 아니오?"

"그럴 수가 있나. 문서에 도장을 찍다니, 대신들은 모두 산 송장이었더란 말씀이오?"

"하는 수 없지요. 주먹은 가깝고 법은 머니까요. 사람의 경우도 그러하거늘 하물며 군사력이 만사를 좌우하는 나라와 나라 사이에 있어서는 말할 나위 있겠소? 일본군이 제물포에 상륙하자 아라사 공사인 파블로프는 창황히 달아나고 장안을 활보하는 것은 무장한 일본 병정이니 무슨 수로 대적하겠소. 아닌 게 아니라 서울에선 그 의정서 까닭으로 민심이 소란해졌다 하더구면요. 이지용대감댁(외무대신 서리)에 폭탄을 던진 사건도 있었다 하오."

그러나 사태는 그것으로 그치지 않았다. 친로파의 거두 이용익(李容翊)을 잡아 일본으로 데려갔다 하고 아마 살해되었으리라는 풍문이 있었다. 그리고 이등박문(伊藤博文)이 특파대신(特派大臣)으로 내한하면서 일본에 아부하는 세력이 커지게 되었다는 것이며 일군들이 주둔함으로써 넓은 땅이 군용지로 징발되고 통신망도 접수된 것은 이미 체결된 의정서에 의한 것이거니와 심지어는 군사행동과 아무런 관계도 없는 연해 어업권이며 전국에 흩어진 황무지의 개간 권리까지 일본 수중으로 떨어지게 되었다. 전황은 일본에게 유리하게 전개되어 압록강을 건너 구련성(九連城) 봉황성(鳳凰城)을 함락시켰고 여순항(旅順港)을 봉쇄했다는 것이다.

이러는 동안 조준구는 무슨 심산에선지 그 자신은 움직이지 않았고 서울로 사람을 놓아 그곳 소식을 소상하게 듣고만 있었다. 이용익이 일본으로 끌려가서 아마 살해되었을 것이란 얘기를 들었을 때 김훈장의 흥분은 최고조에 달하였다. 대신 전세가 일본에게 유리해져가는 데 따라 조준구의 언동에는 친일적인 빛이 짙어져갔다.

"다른 고관대작들은 모두 말 못하는 벙어리던가요? 중풍이 들어 사지가 굽었더란 말씀이오? 어째서 나랏일을 두고 생사를 같이하지 못했더란 말이오."

"허허헛헛…… 김생원께서나 함께하시지 그랬소?"

"지금 그런 객담할 때가 아니오. 남의 집 불구경이오?"

"그러면 날더러 어쩌란 말씀이오."

"조공께 어쩌라는 게 아니라 하도 기가 차서 그러오. 유약무(有若無)한 대신들은 편한 잠을 자고 꼭히 있어야 할 지조 높은 사람은,"

"지조 높은 사람이라구요? 이용익이 말씀이오?"

"아아니 그럼 누구 말이겠소? 그 양반이 일본으로 잡혀갔다는 얘기 아니던가요?"

김훈장은 역정을 내며 조준구가 하는 투로 비꼬아 말했다.

"그 양반이라? 나 일찍이 이용익이 양반이란 말은 못 들었소이다."

"근본이 어떻든 대신 자리까지 올랐던 분이오."

"그러니 세상 사람들이 웃지요. 시골 무지랭이 보부상에다가

54

광산꾼이었던 전신을 모르는 사람은 아무도 없으니 말이오. 하루 삼백 리를 걷는 첩각(捷脚) 탓이라고들 하기는 합디다만 아니면 이름 끝 자가 같은 탓이었는지 민영익(閔泳翊)대감의 줄을 잡고 오늘날 일약 대관으로 출셀 했지만 상놈으로 태어나 그만큼이나 되었으면 타국에서 객사한들 뭐 그리 억울하겠소."

"그것만은 조공의 잘못 생각이오."

김훈장은 장엄한 자세로 꾸짖는다.

"나도 그분의 얘기는 들은 바 있소이다. 출신이 천하다는 것도 알고 있는 바이오. 하나 그분의 행적이 우러러볼 수 있는 바에야 명문거족인들 그 앞에 꿀릴 것은 조금도 없는 줄 아오. 본시 양반이 양반으로서 숭상됨은 그 우수한 씨에 있은즉 그만하면 비범하고."

"김생원께서는 그자에 대하여 어찌 그리 소상하시오."

"예, 들었지요. 믿을 만한 사람이 그분 얘기를 많이 하더이다."

"믿을 만한 사람? 혹 행로에서 그자의 청지기라도 만나셨던가요?"

김훈장의 얼굴이 벌게진다.

"나도 조공 못지않게 양반의 혈통을 존중하는 사람이오."

"그것은 나도 잘 알고 있소이다."

조준구는 눈을 가늘게 뜨며 입가에 조롱기를 담고 웃었다.

"내 어찌 채신을 잃고 남의 집 청지기를 상대하여 그의 상전 얘기를 했겠소. 내가 듣기로는 작년 봄에 다녀간 이부사댁

이공한테서였소."

"무어라구요?"

"그 사람도 범상한 인물은 아니외다. 장암 선생께서 돌아간 이 댁 최공과 함께 애지중지하던 제자였었소. 조공께서도 이미 아시다시피 군자풍에다 호걸풍이 있지 않았소?"

"글쎄올시다."

"일구이언할 사람도 아니고 지조 높은 선비로서 세상 보는 눈도 넓고 밝아서 내 일찍부터 존중해온 터이나 이공이 말씀하시기를 상감께서도 청렴하고 검소한 이대감을 깊이 믿으셨다 하더이다. 그만큼 그분은 자신을 위해 호의호식하는 법이 없었고 후손을 위해 재물을 모으는 일도 없었다 하더구먼요. 일찍이 광산꾼이라 하여 모멸도 받았지만 광산꾼으로서 모은 그 거금도 사용으로는 쓰지 않았다 하니 참으로 명문귀족인들 본받기 어려운 일 아니겠소? 지각없는 사람들이 이대감을 무지렁이니 한다지만 그분 식견에 따를 만한 정치가는 현재 조정을 통틀어서 없다 하였소. 수구의 골수파인 민영익대감의 두호를 받아 오늘에 이르렀음에도 그 정실에 얽매임이 없고 나라를 위하는 일이라면 개명할 것도 생각 않는 바는 아니나 그렇다고 해서 개화파를 이마빡에 붙이고 미친 계집 널뛰듯이 나부대었던 친일배들 같을라구요. 아니 훨씬 더 앞을 내다보는 눈이 있었다는 게요."

"눈먼 나귀가 요령 소리만 듣고 간다더니*, 아 거 이동진인가 하는 사람 뭘 안다고."

"무슨 말씀을 그리하시오!"

"가소로워서 그러는 게요. 나도 연전에 그 사람을 만나보았지만."

"그렇지요. 거년 봄에 왔을 때 만나보셨을 테지요."

"김생원께서는 입에 침이 마르게 말씀하시지만 내가 보기에는 별 인물은 아니더구먼. 어디서 무슨 짓을 하고 다니는지 그것은 내 알 바 아니로되 이용익일 두둔하였다니 짐작이 가는 바가 있소. 이용익이 뭐 어쩌구 어떻다구요? 그자야말로 매국노가 아니고 뭐겠소."

만일 일본으로 끌려가 살해되었으리라는 소식을 몰랐던들 조준구는 이용익의 명예를 더럽히는 극언은 삼갔을 것이다.

"아아니 이럴 데가 있나. 그래 말씀이면 다 하시는 줄 아시오? 매국노라니!"

"흥, 모르시거든 가만히 계시는 게 신상에 좋을 겝니다."

"신상에 해로울 것은 무엇이오!"

김훈장은 지지 않고 대들듯 말했다. 이동진에 대한 그의 인식은 철석같았고 이동진을 통해 들은 이용익에 대한 가치평가도 요지부동이다.

"김생원께서는 노상 왜놈의 앞잡이니 왜놈의 주구니 하시면서 아라사의 앞잡이 주구는 모르셨던 모양이오. 용암포를 아라사한테 팔아먹으려고 책동한 자가 누군지 아시오? 바로 아라사의 주구요 앞잡이인 이용익이 그자란 말이오."

"그럴 리가 없지요."

김훈장은 단호히 부정한다.

"옹고집을 버리시오."

"조공이야말로 낭설을 믿어선 안 되오."

"이리 되고 보니 짚이는 것이 있구먼. 연전에 이동진이라는 그 사람을 만났을 때 수상쩍다고 생각했더니."

"그게 무슨 말씀이오?"

"역시나 옳게 짚은 모양이오. 그자는 틀림없이 아라사의 첩자일 게요."

"조고옹!"

"허허. 내 말이나 들어보시오. 아마 그게 틀림없을 게요. 뭐 산중에 있었느니 이곳저곳 떠돌아다녔느니 하고 횡설수설하더니 오 년 동안 어디서 무엇을 했기, 조선땅에 있었다면 이곳 소식에 대해서 그리 캄캄절벽이었겠느냐 그 말이오. 그 반일론자가 바다를 건너 일본에 갔을 리는 만무고 틀림없이 아라사땅 연해주 방면에 가 있었을 것이 분명하오. 못 살아서 남부여대하여 이민 간 것은 물론 아닐 터이고."

"설사 아라사 땅에 가 있었다 하더라도 첩자라니! 대대로 청백리로 이름난 집안의 자손에게, 예를 모르셔도 유분수요!"

"글쎄올시다. 청사에 남을 만큼 이름난 집안인지 나로서는 과문의 탓으로 알지 못하오. 하나 충신의 자손이 충신 되라는 법 없고 성현군자의 자손이 성현군자 되라는 법 없지요. 이용익의 말이 났으니, 아마 내 짐작이 틀림없을 게요. 두고 보시오."

"살이 살을 물더라고*, 원 천하에 이럴 수가 있나. 생사람을 잡아도 유분수지. 그렇다면 내 한 말 하리다. 이 댁을 왜놈 헌병 놈이 드나드는 것을 모를 사람이 없는즉, 그로 인하여 남이 조공더러 왜국의 첩자라 한다면 어쩌시겠소!"

수염을 부르르 떨고 눈을 부릅뜬다. 이날 김훈장은 이놈의 집구석엔 다시 발걸음을 아니하리라 마음속으로 굳게 맹세하며 최참판댁을 떠났다.

김훈장의 낯빛이 차츰 어두워지고 말수가 적어지면서 마을 사람들도 전쟁에 대한 관심을 버리기 시작했다. 지나는 나그네나 읍내 장터에서 더러 소식을 전하여 듣지만 마을 사람들은 전쟁 얘기보다 역적 모의가 있었다든가 상감이 계시는 대궐에 큰 불이 났다든가 하는 말에,

"무슨 시변이까?"

하며 눈이 휘둥그레지곤 했을 뿐이다. 어디서 전쟁을 하기는 하는 모양이지만 근동으로 난리가 쳐들어온다는 말이 있는 것도 아니어서 농부들은 저도 모르게 철에 쫓겨서 들일에 파묻혀 들어갔다. 최참판댁 노비들도 세상이 어찌 돌아가는지 어느 것 하나 똑똑히 아는 바가 없었다. 노상 조준구는 유쾌한 낯빛이었고 홍씨 역시 잘 먹고 잘 입고 지극히 만족하여 태평했으므로 노비들은 마을 사람들만큼도 전쟁에 대한 불안

을 느끼지 않았다. 수동이와 길상이만은 김훈장 비슷하게 희망에서 실의로 시들어가고 있었다. 그들도 다른 노비들과 마찬가지로 나라 형편이나 시국에 대하여 아는 것이 별로 없었고 우국하기에는 그들의 일상이 국사와 너무 멀기도 했었다. 다만 눈에 비친 조준구가 친일파였기 때문에 일본이 망하기를 원하였던 것이다. 일본이 지고 아라사가 이긴다면 그때 조준구 신상에 어떤 변동이 올는지 전혀 예측할 수도 없는 일이면서 기적을 바라듯이 기대를 걸어보는 그들이었다. 그러나 전세가 일본에게 유리하다는 소식은 실망을 안겨주었다.

수동이는 봄 동안을 자리 속에서 일어나지 못하다가 여름에 접어들면서 뜰 안을 걸어다닐 수 있을 정도의 건강을 회복했다. 그러나 여전히 기침은 했다. 그 정도나마 회복한 것에는 본인이 병에 이기려는 노력도 노력이거니와 길상의 극진한 간호의 힘이 컸다. 피를 토하고 병이 위중하였을 때 조준구는,

"거 좋잖은 병이니 집 밖에 막이나 하나 쳐서 내보내도록 해라."

하고 삼수에게 일렀다. 그러나 명령은 실행되지 못하였다. 병들었다 하여 아무리 하인의 신분이지만 집 밖으로 내어보내는 법은 지금까지 최참판댁에서는 없었다 하여 뜻밖에 복이 길상에게 합세하며 거역하고 나섰던 것이다. 신분이 같은 처지의 다른 노비들도—조준구가 데려온 하인을 제외하고—동조의 기색을 보였다.

"뭐라구? 그런 법이 없었다구? 그래 없었다면 내가 새 법을 만들지. 당장 내쫓으란 말이야!"

조준구는 침을 튀기며 고함을 쳤다. 이번에는 서희가 맞서고 나왔다.

"이놈들! 어느 놈이든 내 허락 없이 수동이를 내쫓을 때는 살아남지 못할 줄 알아라!"

하인들에게 으름장을 놓았고 조준구에게는,

"정 이러면은 내 서울로 가겠소. 외갓집에 가겠단 말이오!"

하며 위협을 했다. 순간 조준구의 얼굴은 핼쑥해졌다. 그러지 않아도 서희 외가에 대해서는 서울에 갈 때마다 늘 그 동향을 살펴온 준구였다. 여전히 그들은 최참판댁과의 내왕을 끈덕지게 거부하고 있었으나 외손녀 자신이 가서 매달린다면 사태는 어떻게 변할지 모를 일이다. 다 돼가는 밥에 재 뿌리는 격이 될지도 모를 일이다. 조준구는 흐지부지 후퇴하고 말았다. 서희 쪽에서는 그 여세를 몰아 의원을 데려오고 약을 지어오고 수동이 병을 위해 서둘렀다. 읍내의 월선이도 봉순이 길상이가 자주 드나들어 최참판댁 내막을 잘 알고 있는 터이어서 뇌짐병에 좋다는 백일 된 돼지 새끼, 염소 새끼, 개 새끼를 함께 고아서 보내주었던 것이다.

점심때가 지나고 중참 때도 지났는데 해는 아직 많이 남아서 행랑 뜰에는 뜨거운 여름 햇볕이 튀고 있었다. 처마의 그늘이 겨우 우물가 쪽으로 다가서려 한다. 행랑 툇마루에 걸터

앉아 수동이 우물 쪽을 멍하니 바라본다. 헐렁한 삼베 잠방이를 입고 있다. 팔다리는 뼈만 앙상하게 남아 있고 머리털도 많이 빠져서 상투는 엉성하고 황량하다. 햇빛에 눈이 부셔 눈살을 찌푸리며 길상이 약사발을 들고 돌아 나온다.

"또 약가."

"야."

"……."

"단숨에 마시소."

하며 길상이 약사발을 내민다. 수동은 그것을 받아 툇마루에 놓는다.

"마시라 카이요."

"식거든."

"다 식었소."

"시원한 냉수나 한 그릇 마시봤이믄."

"약 자시믄서 냉수는 안 돼요. 숭늉 떠오까요?"

"그만도오라. 하도 약 묵기가……."

수동은 약사발을 든다. 목구멍에 약 넘어가는 소리와 함께 창백한 얼굴에 솟아난 푸른 핏줄이 꿈틀거린다.

"자, 이자 다 마싰다."

빈 약사발을 툇마루에 놓으며 쓴맛에 얼굴을 찌푸리는 한편 웃는다. 길상이도 빙그레 웃는다.

"오늘 저녁에는 밥을 묵었이믄 좋겠는데."

"하루만 죽을 더 묵도록 합시다. 체기가 아즉 남아 있이믄 덮치니께요."

"그렇기는 하다마는."

수동이는 고분고분 길상이 시키는 대로 순종한다.

"그런데 서울 간다 카제?"

"그런갑십니다."

길상의 얼굴이 어두워진다. 조준구가 서울 간다고 할 때마다 불안해지는 것은 그동안의 습관이지만 그보다 길상은 달리 들은 말이 있어 우울했다.

'흥, 서울에 고래 등 같은 집을 샀다고 했겄다. 그 집에는 없는 것 없이 다 갖추어놨다고? 서울에 앉아서 일을 치겄다 그 말이겄지. 내가 이 말을 하믄 수동이아재는 또 노발대발할 기고 아픈 사람 심사에 불만 지를 긴께.'

서울서 데려온 헤죽헤죽 잘 웃는 계집종한테 들은 말이었다.

"또 무신 농간질을 할라꼬 서울 가는 기고?"

"그걸 누가 알겠소."

"껍데기만 냉기놓고 솔딱 뽑아낼 궁리를 하러 가는 기지."

"……."

"참말이제 사람 뒤에 사람 없는 세상, 누가 나서서 말 한마디를 해주어야……. 이렇게 적막할 수가 없다."

"아재요."

"와."

"나 서울 한분 가보까요?"

"머하러."

"애기씨 외가댁에 가보까 싶소."

"너 말 다 듣고도 그러나? 허사다 허사. 간다 캐도 이자는 찾지도 못할 기고."

지난 초봄, 그러니까 이동진이 다녀간 후 연곡사의 중 우관이 그 노구를 끌고 평안도 묘향산을 다녀온 일이 있었다. 일년이 넘는 오랜 행로였었는데 돌아온 그는 서희를 보러 최참판댁에 왔다 가면서 서울에 있는 서희 외가에 들렀던 얘기를 했던 것이다. 결과는 수동이 찾아갔을 때와 마찬가지였었고, 한 번 더 설득하기 위해 묘향산에서 돌아오는 길로 다시 들렀을 때는 이사를 갔다는 것이었고 그 행방조차 알 수 없었다는 것이다. 길상이는 다시,

"나 이런 생각도 해봤는데……."

"무슨 생각."

"남원 사는 이진사를 찾아가서 사정을 해봤이믄 싶어서요."

"말 마라. 양반들 체면 그거 무섭더라. 남우 재물 송두리째 집어묵는 도적놈 양반보다 무섭더라. 최참판댁 살림 때문에 남우 입질에 오를까 봐 벌벌 떨고 있는 양반이, 아서 소용없네라. 외가댁도 그 모양인데 이미 그 댁 손주는 다른 집하고 성혼을 했고 가서 말할 연고가 없다."

"……."

"그래 봐야 우리 애기씨한테 욕뵈는 거밖에 안 된다. 세상 인심이 이래가지고는, 그만 하늘하고 땅하고 딱 붙었이믄 좋겠다."

말하던 수동이의 눈빛이 별안간 날카로워졌다. 길상이 돌아본다. 삶은 빨래를 담은 사기를 들고 삼월이 우물가로 걸어오고 있었다. 기미가 씐 얼굴이다. 치마 밑의 배가 풀쑥 솟아올라 보기에 민망스럽다. 힘에 겨워 사기를 떨어뜨리듯 우물가에 놓는다. 바닥이 고르지 못했던지 사기는 심하게 흔들리면서 덜거덕덜거덕 소리를 내었다. 마치 먼 곳에서 북을 치는 것 같은 소리, 순간 길상은 이상한 환각에 사로잡힌다. 수만 대군이 북을 치며 몰려오는 것 같았다. 함성을 지르며 쳐들어오는 것 같았다. 시퍼런 칼날이 햇빛에 번득이고 깃발이 모래바람에 펄럭인다. 전쟁, 전쟁, 난리의 아우성이 길상의 고막을 찢는 듯, 그러나 고개를 돌렸을 때 눈앞에는 붉게 젖은 수동의 두 눈동자가 있었다.

"그만 난리가 나서 하늘하고 땅하고 딱 붙어부렀이믄 좋겠소."

씹어뱉는다. 길상의 그 말은 못 들은 척 삼월이는 사기 속의 빨래를 꺼내어 방망이질을 한다. 조용한 집 안에 빨랫방망이 소리는 신들린 무당이 뛰는 모습 같은 괴이한 분위기를 몰고 왔다.

19장 주석(酒席) 풍경

개명(開明)에의 물결은 시시로 일고 있었으나, 그것이 일개 정권욕을 위한 이용물이든 외래 문물에 대한 그릇된 가치관이든 혹은 진실한 우국충정의 개혁운동이든 하여튼 개명의 물결은 오백 년 왕실을 주축으로 하여 썰물 밀물같이 밀려왔다가 밀려가곤 했는데 물론 역사의 필연의 과정이라 할 수도 있을 것이다. 그러나 역사, 혹은 신의 의지는 공명정대의 역학(力學)을 기간(基幹)으로 하되 잔가지 잔뿌리는 역사의, 신의 의지 밖에서 우연과 변칙이 시간 공간 속을 소요(逍遙)하고 있음을 부인할 수 없고 다만 필경에는 우여곡절하여 그 기간으로 귀납될 것을 신이나 역사 그리고 예지의 사람들이 알고 있으며 믿고 있을 뿐이다. 지금 동방의 작은 등불 같은 조선의 백성들은 동트는 하늘을 바라보기 위해 새벽잠을 깨고 자리에서 일어나 밖으로 나온 것은 아니다. 무거운 오수(午睡)에서 눈을 뜬 혼미한 얼굴이며 한밤중 뇌성벽력에 잠이 깬 경악의 얼굴이며 주야를 헤아리지 못하고 어디까지 왔는가를 알지도 못하며 밀려오고 밀려가는 개명의 물결 소리를 듣고 있는 것이다. 그것도 꽤 여러 해 동안을.

중국의 정신문화, 그 속에서도 유교를, 유교 중에서도 철학과 인륜 도덕의 정주학(程朱學)을 숭상하였던 이조 오백 년 동안 그 이지적이며 귀족적인 사상을 골육으로 한 절도 높은 선비들과 왕실에 밀착된 명문거족들은 기존의 정신적 가치를 옹호하며 또는 외향적 기득권을 주장하며 지금도 수구(守舊)를 고집하고 있거니와 그것은 참으로 부수기 어려운 거대하고 준엄한 조선의 산맥 그 자체는 아니었는지. 설령 개명했다는 나라가 총칼을 들이대어 난도질을 한다 하더라도 그리 쉬이 부서질 성질의 것은 아닌 성싶다. 지금 일본은 이 땅에 와서 모든 것을 장악하려 하고 또 장악하고 있는 게 사실이다. 갖가지 이권과 국가의 권리와 국토, 인명에 이르기까지, 그러나 친일내각을 내세워 아무리 제도를 고쳐보아야 오백 년을 구석구석까지 배어든 사상은 졸지간에 무너지지는 않을 것이다. 하물며 소수의 조선인들이 단시일에 만들어진 민주주의라는 자(尺)를 미국서 가져와 만민공동회를 열고 독립협회를 만들고 신문을 낸다 하여 이 나라 백성들 몸에 맞는 옷이 되어질 리가 없고, 지난 갑신년(甲申年) 일본도 총 나부랭이로써 혁명을 일으켰다 하여 일본에서처럼 일본도가 양총으로 바뀌어짐으로써 무사도(武士道)가 군국주의로 탈바꿈하듯 용이할 수는 없다. 일본도와 양총은 원래가 사람 죽이는 연장이요 무사도와 군국주의는 한배 속의 사상이니 연장과 정치 이념을 갈아치운다는 것은 어렵잖은 일이었을 것이다. 군국주의는 현대적 무기로써 살찌우는 것이요, 현대적 무기는 군국주의로 말미암아 발달한다.

아무튼 저 정주학의 선비들과 왕실에 밀착된 명문거족들의 준령을 타고 뻗어내린 줄기에는 두 개의 지류가 있다. 그 하나는 실천에 청렴결백하고 인륜 도덕에 투철하나 학부족(學不足)하여 성현군자가 못 된 김훈장, 군자도에는 신독(愼獨)에 치우친 나머지 불의나 위험에는 고슴도치처럼 제 한 몸을 사리며 안빈낙도의 명예를 고수하기 위해 남의 재물의 냄새가 행여 의관에 배어들까 보아 분뇨 보듯 피하는 남원의 이진사 같은 아류, 혹은 딸자식의 패륜을 가문의 씻지 못할 수치로 알고 사회생활에서 은둔한 서희의 외가를 들 수 있고, 다른 하나는 줄을 타고 얻은 지방 관직에 앉아 그 권위의식에 수반되는 수탈을 자행함으로써 입신양명이 효지종야(孝之終也)라 하는 탐관배, 허명(虛名)을 자손에게 물리기 위해 매관매직하는 무치한(無恥漢)을 들 수 있겠다. 전자는 무위하고 후자는 종양(腫瘍)으로써 왕실 붕괴, 국가 파탄의 촉진제가 될 것이지만 수구 사상에서는 정예한 근위병(近衛兵)이라 할 수 있겠다.

그러면 이 두 줄기를 타고 뻗어난 들판, 그 들판을 메운 서민들은 어떠했을까. 한마디로 이들은 모두 수구파다. 생리적으로 수구파다. 수만 동학이 개혁을 부르짖고 일어섰으나 시초부터 그들은 인륜 도덕을 강렬하게 내포한 집단이었으며 그들의 기치는 위국진충(爲國盡忠)이며 소파왜양(掃破倭洋)이었던 것이다. 하기는 햇볕 안 드는 뒷방에는 반계(磻溪) 유형원(柳馨遠)을 시조로 하는 경세학파(經世學派)의 불우한 사류(士類)들과 현실적인 중인계급의 일부가 있어 진실한 개화에의 꿈을 기르고 있었으나 이네들은 일본을 업고 재주를 부리는 정치적 무대도 능력도 없었으며 민주주의라는 낯선 장단에 춤을 추며 백성들을 모아보는 주변도 없었고 청나라가 일본에 패한 후 수구파들이 열어놓은 혈로(血路) 아라사에게도 줄이 닿지는 않았다. 말하자면 이네들은 조선의 토종이었던 것이다.

그러면 다시 이야기는 돌아가서 서민들, 이 백성들의 정신을 지배하고 있는 것은 자연 종교 또는 무속(巫俗)의 세계인데, 유교에서 비롯된 삼강오륜의 도덕과 예 숭상에서 온 관혼상제의 제도조차 무속의 빛깔을 띠었다 하여도 무리한 얘기는 아닐 성싶다. 제반의 행사는 항상 무속을 동반했으며 최고 도덕인 효 사상은 조상으로 하여금 자연 종교에서의 제신(諸神)의 자리를 차지하게 하였으니 신앙의 대상이라면 그 어느 것도 거부하지 않는, 어떠한 종교이든 자리를 내어줄 것을 주저하지 않는 저 유교와 불교가 오랜 세월 아무 알력도 없이 공존해 왔던 사실을 우리는 알고 있다. 목신(木神)이든 산신(山神)이든 지신(地神)이든 풍신(風神)이든 상사바위든 벽사(辟邪)의 처용화상(處容畵像)이든 성황당에 모신 가면(假面)이든, 고사에 연유되거나 혹은 전설에 유래한 인물과 장소는 거의가 다 신앙의 대상으로서 정성을 들여왔었다. 믿음이 없는 사람은 없었고 어느 하나만을 믿는 사람도 드물었다. 저 서학(西學)이 있기까지는. 상호 연관되고 서로 얽혀서 그러면서도 불가사의하며 모호한 것을 맹신하는 마음에는 언제나 재앙에 대한 두려움, 천벌에 대한 무서움으로 가득 찬 소박하고 선량한 체념의 무리가 이 서민들이다. 어쩌면 그것은 자신들을 신비스런 자연 그 일부로 간주하고 영혼 깊은 곳은 무종교 무신앙의 자연 그 자체였었는지도 모를 일이다. 이러한 그들에게 종교적인 편견이 있을 수 없고 종교적 싸움의 유혈이 있을 수 없고 종교를 방어할 무기가 있을 수 없다. 그러므로 이 신비주의자들의 일상은 지극히 현실적이다. 신령에 관한 행사는 대행자인 무격(巫覡)들에게 맡겨버리고 실행하는 것은 삼강오륜의 생활방식으로써 신비와 운명에 자신들 의지를 위탁하였으면서도 오로지 단 하나의 이성이며 실천과 노력을 도모하는 것이 유교적 인생관은 아니었었는지. 식자들뿐만 아니라 서민들이 즐겨 쓰는 도리라는 말이 있는데 자식 된 도리, 부모 된 도리, 사람의 도리, 형제의 도리, 친구의 도리, 백성의 도리, 이 도리야말로 생활의 규범이다. 천재를 제신의 노여움으로 감수하듯이 무자비한 수탈 속에서 가난도 이별도 견디어야만 하고 도리를 준열한 계율로 삼아온, 이 자각 없이 고행해온 무리가 조선의 백성이요 수구파의 넓은 들판이다. 이조 오백 년 동안 씨 뿌려놓은 유교사상의 끈질긴 덩굴이며 무수한 열매인 것이다.

이 공자의 서자(庶子)들이 지금 도도히 흘러들어오는 약육강식하는 무리를 맞이하는데 과연 무엇으로, 사람의 도리로 대적한단 말인가. 일본은 선진국이다. 물질문명의 선진국인 것이다. 그네들은 봉건제도를 무너뜨리고 명치유신(明治維新)에의 비약을 위대한 국민성의 소위로 자부하고 있을 것이다. 물론 그 자부심이 틀린 것은 아니다. 그러나 그 대비약이 가능했던 요인에 대한 검토는, 오랜 옛날부터 문화의 수혜국(授惠國)인 조선을 미개국으로 왜곡하는 호전적인 저네들 국민의 자성을 위해 필요하지 않을까. 군웅이 할거하여 싸움으로 영일이 없었던 그네들의 역사에는 볼 만한 사상이 없고 학통은 미미하였으며 저 신라 예술의 정신세계에 미칠 만한 것도 존재하지 않았다. 근세에 이르러 이백오십 년 평화를 누린 듯 보이는 덕천막부(德川幕府) 시대를 말하더라도 역시 무가(武家) 전단으로써 무사도를 지주로 삼은 정치체제였던 것이 엄연한 사실이다. 대명(大名)이라 이름한 지방 제후(諸候)들은 덕천 정권의 위성들로서 지방자치의 권한을 쥐고 그들이 행한 것도 역시 무단정치였으며 병력으로 자가의 세력을 키웠고 그 자가 세력이 팽배하였을 때는 칼로써 무찌름을 당하는 무력만이 전능으로 군림하여 무력으로써 균형을 잡은 평화가 유지되어 왔었던 그와 같은 체제 앞에 밀어닥치는 외세는 무원고절*한 섬나라 안에서 무력의 통합을 가능하게 했을 것이다. 한때는 양이(攘夷)와 개국(開國) 양파의 싸움이 없었던 것은 아니었으나 궁극에서 무사도 정신은 상통한 제국주의를 받아들일 수 있는 터전이었다. 그리하여 그들은 크게 저해당함이 없이 제국주의 사상을 수입하고 외래 학문을 무제한 받아들이고 사회제도, 생활양식, 특히 신무기에 의한 군비확장을 단행함으로써 명치유신의 지반을 굳힌 것이다. 이렇게 커진 힘은 군국주의의 찬가(讚歌)와 함께 필연적으로 침략의 촉수를 외부로 뻗을 수밖에 없었을 것이며 무사도 정신으로써 달구질을 받아온 국민들 역시 별 저항 없이 검붉게 물든 전쟁의 정열 속으로 휘말려 들어갔으며 격정과 야욕은 애국이라는 덕으로 앙양되고 약탈, 음모와 악행을 아시아의 평화라는 미명으로 단장한 국가 권력자를 위해 기꺼이 목숨을 던지게 되는 것이다. 백성을 다스린다는 정치 이념은 백성을 사냥 몰이꾼으로 내모는 정치적 힘 앞에서 무력하고, 착하게 백성을 가르친다는 유교사상은 무기를 쥐여주며 끝까지 싸워 이기라는 질타 앞에서는 속수무책이다.

그리하여 이 나라는 지금 미거하고 우매한 백성으로 치부되어 일본의 희롱을 받고 있는 것인가. 중원의 대국 청나라가, 동방의 예의지국인 조선의 명맥이 바람 앞에 등불이란 말인가. 역사는 진정 정신문화의 종말을 고하고 물질문명의 흥성을 도모하고 있는 것이다. 저 푸른 하늘을 흐르는 구름을 보며 흙을 빚던 사기장이의 천심은 가고 나사못을 깎는 시대가 오고 있다. 이끼 낀 돌담 곁에 의관을 차려입고 유유히 팔자걸음으로 가던 선비의 풍도는 가고 쩔렁거리는 사벨* 소리와 흙먼지 일으키며 군화 소리가 오고 있다. 물질문명의 시대는 흉기부터 앞장세우며 오고 있는 것이다. 정신문화의 시대는 척박한 가난의 살림을 안고 가고 있는 것이다. 그러나 반대로 오고 있는 자는 또 갈 것이요, 가고 있는 자는 다시 올 것이다. 다시 올 때까지 산맥과 지류는 마멸되고 고갈되었어도 들판은 남아 명맥을 이을 것이다. 그리고 한 시대는 가고 한 시대의 사람도 가고 사물만이 남을 것이다. 이 사물에서 역사는 비로소 정확한 자를 들고 인간 정신을 측정할 것이며 공명정대한 역학적 기간(基幹)으로 귀납될 것이다. 그리고 인간 존엄을 찾게 될 후일 사가(史家)는 이 시대의 승리를 영광의 승리라 하지는 않을 것이다. 패배를 치욕의 패배라 하지도 않을 것이다.

아무튼 일본은 1905년 정월 여순(旅順)을 함락하고 삼월에는 봉천(奉天)까지 점령했다. 이로써 전국은 대체적으로 판가름된 셈이며 일본은 승리를 바로 눈앞에 보게 된 것이다. 이즈음 형세를 관망하고 있던 조준구는 드디어 평사리에서 엉덩이를 들고 서울에 나타났다.

동대문 밖의 초라한 옛집을 팔아버린 것은 이미 오래였었고, 남산 일대의 소론파(小論派) 반가들은 일군의 주둔으로 집을 비운 채 시골로 피신했건만 교동에 오십여 칸이 넘는 집을 진작부터 마련해두었던 조준구는 그곳에서 여장을 풀고 며칠 동안 몸보신을 한 뒤 원기백배하여 서울 형편을 살피는 한편 이곳저곳 줄을 찾아서 순방길에 나섰다. 그사이 세도가의 판도는 아주 싹 달라져 있었다. 재정(財政)을 비롯하여 경무(警務) 학부(學部)의 고문으로 일인이 자리를 차지하고 있었으며 외교(外交)만은 미국인이 고문으로 와 있었으나 일본이 추천한 인물로서, 또 미국 정부 자체가 아라사의 진출을 막기 위해 친일 외교를 펴고 있었으므로 정사는 일본의 독단이나 다름없었으니, 사실

상 세도가는 일인들이요 일인들 잔심부름이나 해주는 몇몇 조
선인이 세도의 끄나풀인 만큼 조준구가 찾아가는 곳은, 전에
도 그러했었지만 일인들의 숙소 아니면 그들 끄나풀의 자택임
은 말할 나위가 없다. 뿐만 아니라 날렵하고 재빠른 계집종 하
인배에다 값진 가장집물로써 으리으리하게 꾸며놓은 교동 집
에서도 진수성찬을 마련하여 수시로 사람들을 초대하였다. 초
대받아 오는 손님도 일인 아니면 친일파 일당이요 더러는 문벌
좋은 것 이외 능이라고는 없는, 말하자면 고등 건달들도 있었
는데 이들 명문가의 자제들을 초대하여 대접하는 데는 다분히
허영심도 있었고 지난날 조준구가 몹시 불우했었던 시절, 행여
말단 벼슬자리나마 얻을까 하여 따라다니며 견마지로(犬馬之勞)
도 아끼지 않았었던 설움에 대한 보복의 심리도 있었다.

이날도 송병준(宋秉畯)의 수하 두 사람과 병조판서를 지낸 바
있는 이 아무개 대감의 손자 이석영(李錫榮)을 불러다 놓고 주연
을 베풀고 있었다. 거나하게 술이 취한 이들은 연방 술잔을 거
듭하면서 정계의 뒷이야기로부터 일본의 승리가 목전에 있는
전황, 정부 요인들의 사생활까지, 얼굴이 희어멀쑥하고 대머리
까진 이석영은 주로 지저분한 정사(情事) 얘기를 즐겨 했다.

"아무튼 이제부터 그 양반 날갯죽지를 얻은 셈이고,"

조준구의 말이었다. 말 상의 사내는 고개를 끄덕이며,

"아암 그렇고말고. 여부가 있나. 그러고 보니 우리가 잡을
줄은 고래 심줄일세. 하하핫……."

그 말을 받아서,

"감투를 써도 아주 큼직한 것을 쓸 거요. 거 사람이란 다 때가 있는 모양이지요?"

헤죽헤죽 눈웃음치듯 또 한 사내가 말했다.

"그 양반도 그동안 일본땅에서 우울했던 심사 싸악 풀어졌을 게고 대로를 내 보란 듯 거닐게 됐으니, 이제부터는 그 뚝심으로 한판 자알 놀 걸세. 본시 호걸풍이었으니."

조정의 눈 밖에 나서 일본으로 망명하여 그곳에서 노다 헤이지로(野田平治郎)라는 왜명으로 일본인 행세를 해오다가 노일전쟁 덕분에 일본군 역관이 되어 귀국한 후, 지난해 동학교도의 이용구(李容九)와 만민공동회 의장이었던 윤시병(尹始炳)과 더불어 일본의 국수주의 단체인 흑룡회(黑龍會)의 후원을 얻어, 군국주의 어용단체 일진회(一進會)를 만든 송병준을 두고 하는 말이다.

"인물이야 그만하면,"

양념 치듯 다음 말을 재촉하듯 조준구가 뇌었다.

"그럼. 인물이야 그만하면, 왕년에 왕명을 받고 김옥균을 죽이려고 일본까지 건너갔다가 그 경륜에 탄복하고 도리어 동지가 되었다는 것을 보더라도 그 장부다운 의기는 높이 살만하지. 그 까닭으로 해서 조정에서는 몹시 그 양반을 핍박했었지만 사실 불우한 세월도 보냈고. 한데 그 양반의 장부다운 협기는 어딘지 일본 무사도하고 상통하는 데가 있는 것 같단 말이야."

말 상의 사내 말에 이석영은 히죽히죽 웃는다.

"그 양반 노상 하는 말이 있지. 일본의 형편을 누구보다 잘 알고 있는 터라 그렇겠지만 앞으로 조선은 일본의 보호를 받지 않으면 살길이 없다는 게야. 하긴 대청국이 뻥 하고 나자빠지질 않나, 세계강국인 아라사 역시 저 모양이니 조그마한 섬나라가 말이야. 작은 고추가 맵다더라고 일본이 일어서는 걸 보면 기적이야, 기적."

"그럼 그대도 저 울릉도에나 가서 나라 하나 세우게."

히죽히죽 웃고 있던 이석영이 느닷없이 말했다. 그는 다시,

"작은 고추보다 작은 후추가 더 매울지 모를 일이구면."

"허허, 그렇게 말씀하실 게 아니라,"

말 상의 사내는 이석영을 한 수 놓듯 비꼬는 말을 어물쩍거리며 넘긴다. 아직은 정계 요로에 이석영 인척이 적잖기 때문이다.

"아무튼 불과 몇십 년 동안 일본이 저만큼 자란 것은 기적이고 뭐니 해도 국제 무대에서,"

말 상이 말을 잇는데 또 한 사내가 헤죽거리며 말을 가로채었다.

"그렇지요. 국제 무대에서 당당하게 큰소리치게 되었지요. 영국과 미국이 뒤에서 밀어주는 것도 아라사가 미운 때문이긴 하나 무엇보다 일본의 국력을 넘볼 수 없는 데서, 아암요,

대세란 어쩔 수 없는 거지요. 우리나라도 진작부터 개방했어야, 아라사다 청국이다 하지 말고 일찍 일본하고 손을 잡았더라면 오늘보담이야 훨씬 유리하게 큰소리쳐가면서, 경우에 따라선 전승국의 입장에 설 수 있었을 텐데 말입니다. 만시지탄은 있으나 그러나 지금도 늦은 것은 아니지요. 우리 일진회를 말할 것 같으면,"

하자 이석영은 다시,

"하필이면 일진회야? 기왕이면 백진회 천진회면 어떻고?"

"하하, 이공께서는 아무래도 기생 없는 이 술자리가 무료한 모양이군요."

하고 말 상의 사내는 달래듯 말했다.

"거 어렵잖은 일이오. 이 자리가 파하면 다방골로 가지요."

조준구는 빙그레 웃으며 손을 청한 주인답게 말했다. 헤죽거리는 사내는 비윗살 좋게 다시 말을 이었다.

"우리 일진회를 말할 것 같으면 독립협회 황국협회 만민공동회 동학까지 총망라한 국민의 대변 단체로서 구습에 얽매였던 백성들을 계몽하고,"

하면서 일장의 열변을 토하는 것이었다. 한참을 지껄이던 그는,

"참으로 일진회야말로 시대가 요구하는 단체로서 송대감이야말로,"

송대감은 오발이다. 군수, 현감의 벼슬을 지냈을 뿐인 송병

준이 대감이라니, 아니나 다를까 이석영이,

"대감이라니? 웅덩이 감(坎)인가 감할 감(減)인가?"

쏘아댔다.

"하 이거 망발이었소이다."

사내는 기름으로 갈라붙인 머리를 긁는 시늉을 했다.

"그 양반이 일진회를 만든 것은 물론 잘한 일이나 민대감께
서 눈에 불똥이 일 게야."

조준구가 슬쩍 화제를 돌렸다.

"그건 또 왜?"

말 상이 짐짓 모르는 시늉을 하며 되물었다.

"아아니 몰라서 그러나? 그 양반이 민영환대감댁 식객으로
있었던 일 말일세."

"그랬었던가?"

"민씨네 줄을 잡고 출세한 사람이 한둘이 아니지만 그 양반
도 민대감 은덕으로 수문장에서부터 시작했지. 김옥균이 까
닭으로 일본서 돌아와 붙잡혔을 때도 역시 민대감이 주선하
여 풀어주었고 벼슬길도 열어주었으니 지금 민대감의 심사가
편하겠어?"

이석영은 잠자코 술을 마시고 있었다.

"그는 그렇고 최익현(崔益鉉)인가 그 늙은이는 왜 그리 주책
이지? 지금이 어느 시대라고 단발이 어떻고 흑의단수(黑衣短袖)
가 어떻고 국모 시역의 보복심을 잃어서 나라가 이 꼴로 망했

으니 대신들 목을 자르라느니. 흥 옛날 상소 하나로 대원군을 들어내듯 왕명이면 수만 일본 군사도 들어낼 줄 아는 모양이야. 그따위로 망령된 소릴 하고 다니니 일본사람들이 더욱더 넘볼 수밖에."

"허허헛…… 내 있는 고장에도 그런 인물이 하나 있지. 심심파적으로 불러다가 이야길 시켜볼라 치면, 포복절도한 일이 한두 번이 아니거든. 기저귀 찬 왜상놈이 어쩌구저쩌구. 국모를 시역한 왜국으로 왜 쳐들어가지 않느냐는 둥."

조준구는 낄낄 웃는다.

"한번은 일본으로 잡혀간 이용익이 욕을 내가 좀 했는데 그랬다고 해서 발걸음을 끊고 말았지만 그 우매함이란, 흐흐흐……. 사내 그것을 잘렸음 잘렸지 상투만은 움켜잡을 위인이란 말이야."

좌석에 웃음이 터졌다. 이석영은 웃지 않았다.

"이용익이 욕은 왜 했누. 지금 눈이 시퍼렇게 살아서 돌아왔는데. 아직은 세도 줄도 끊기진 않았어. 일진회를 못 잡아먹어서 눈에 불을 켜고 있단 말이야. 거 아무래도 일본이 셈을 잘못했어. 범 새낄 놓아준 셈 아닌가."

말 상의 사내 말에 헤실거리는 사내가,

"범 새끼 한 마리 놔준들 뭐 그리 대단한 일이겠소. 포수 한 사람이면 거뜬하게 해치울 것을, 제아무리 하루 삼백 리의 첩각이기로."

좌석에서는 다시 웃음이 터졌다.

"거 아까 일진회 얘기가 났으니 말이지만 참으로 세상 인심 돌아가는 게 기기묘묘하단 말이야."

조준구는 이석영의 빈 술잔에다 술을 부어주며 말했다.

"손병흰가 거 동학의 괴수 말이야."

"허허 그러시지 마슈. 우리 일진회의."

"아 글쎄, 어쨌든 왕년에는 동학의 무리가 역도였음에 틀림없었고, 그는 그렇고 일본을 철천지 원수로서 거살했던 그네들이."

"처음에야 단순한 민란이었지."

말 상의 사내가 고기 한 점을 입에 넣으며 말했다.

"글쎄 본말이야 어찌 되었든 그들이 끝까지 대적한 것은 일본이요, 그들이 일패도지, 일어설 수 없게 된 것도 일본군 때문인데 그 사무치는 원한은 어디로 버렸는지 손병희가 일본에 피신하고 있다는 것도 해괴한 일이거니와 이번 일로 전쟁에 있어서는 적극적으로 일본 편에 섰다 하질 않나."

"그랬지요. 듣기론 일군에게 군자금으로 일만 원이라는 거금을 헌납했다고도 하고 이용구 그 양반을 통해서 교도들로 하여금 일군에게 적극 협력하라 했던 거요. 그래 군대 수송이며 철도 부설에도 많은 교도들이 나와 일을 했었지요."

"그러니 기기묘묘하다는 거 아닌가."

조준구 말에 이번에는 말 상의 사내가 나섰다.

"그거야 대세를 바로 본 총명한 짓이었지. 손병희가 국사를 돌볼 처지는 아니겠으나 그러나 동학의 교주로서 정치적 수완은 있다고 봐야겠지."

"그럼요. 일본의 세력을 업지 않고 어찌 동학이 남아나겠소? 그만큼 일본은 동학에 대해서도 너그러웠던 거지요. 또 일본사람들은 정칠 할 줄 아는 사람들이니 동학인들 어쩌겠소? 세상이 날로 날로 달라져가는데 죽창 갖고 싸우겠소."

"아아니 이공께서는 어찌 그리 말이 없으시오."

조준구는 곁눈질하며 물었다.

"……그것을 움켜잡고 있네. 잘라버리는 게 옳을까 붙여놓는 게 옳을까 하고."

처음에는 어리둥절하다가 그것이 무엇을 의미하는지 깨달은 그들은 입들을 함박같이 벌리고 웃어젖힌다.

"아 성미도 급하시오. 뭣하면 내 종년 하나 불러다 이공을 협실에 모실까요?"

"그럴 것까지는 없고, 밖에는 바람이 몹시 부는데 왜년이나 하나 만났으면 좋겠네."

"그건 또 왜 그러시오?"

"그년들 속곳도 안 입는다 하는데 바람이 불면 경치 한번 볼만할 게야."

"그도 그럴 듯한 말씀이오. 하하핫……."

한참을 웃다가,

"자고로 호걸은 주색을 즐긴다 했거늘, 이공께서는 주색을 즐기시되 국사를 도모하실 생각은 도통 없으니 어찌 된 일이시오?"

말 상의 사내가 아첨을 섞어 말했다.

"국사가 뭔고?"

"하하, 그러시지 말고 우리 일진회에 드십시오. 문벌을 봐서라도 후일 두둑한 은사가 있을 거외다."

"은사라니? 어디서?"

"어디긴요? 일본 정부, 아니 일본의 천황폐하지 어디겠소? 전쟁만 끝나면은."

순간 술상이 와그르르 무너졌다. 이석영이 발길로 걷어찼던 것이다.

"이 개놈들아! 이제 그만들 짝짝 해! 내 썩은 놈이지만 네놈들은 썩은 개놈들이다!"

20장 떠나는 사람들

윤보는 곰방대를 물고 밭둑 사잇길을 걸어 올라간다. 어느새 햇빛은 맥 빠진 것처럼 엷어졌다. 한 뭉치 내려앉았던 구름이 미심쩍더라니, 찌푸린 잿빛 구름 속으로 해가 숨어버린다. 간신히 구름을 뚫은 햇빛이 비비적거리듯 둔하게 들판을 비춰준다. 바람이 흙먼지를 일으키고 있었다. 검푸르게 자라난 벼가 바람에 이리저리 미친 것처럼 나부댄다. 숲의 나뭇잎들이 희끄무레한 뒤 잎을 뒤집어 보이며 방향을 잡지 못한 바람에 시달리며 흔들린다. 한줄기 소나기가 뿌릴 모양이다. 입에서 곰방대를 뽑은 윤보의 걸음이 빨라진다. 마당에 널어놓은 보리를 걷기 위하여 들일을 하던 아낙이 집을 향해 뛰어간다. 암탉도 병아리를 불러모으며 제집을 향해 뒤뚱거리며 가고 강아지는 공공, 하고 하늘을 보며 짖는다.

윤보는 강변 언덕에 있는 집까지 못 가서 소나기를 만났다. 집 앞에 이르렀을 때 나그네 한 사람이 처마 밑에 바싹 붙어서서 오종종한 꼴을 하고 있었다. 저만큼 떨어진 곳에, 지저분하고 뿔이라도 돋친 듯 못생긴 버드나무에 매인 채 나귀는 비를 맞고 있었다. 가지를 쳐버린 버드나무가 엉성했기 때문이다.

"아 곰보 목수 아닌게라우?"

나그네는 반가운 듯이 말했다.

"내 얼굴이 곰보인 것도 거짓말은 아닐 기고 내 업이 목수인 것도 참말이제. 한데 댁은 누구요?"

윤보는 나그네 옆으로 바싹 다가서서 그도 비를 피하며 말했다.

제집이 아닌, 그 자신도 나그네처럼, 하기는 퀴퀴한 냄새가 나는 단칸방에다 툇마루도 비에 젖고 있었다.

"하 참 나를 알 것인디 어찌 그러요?"

나그네 얼굴에 낭패한 빛이 떠오른다. 윤보는 씩 웃는다.

"거보란께? 알면서도 공연시리."

"문딩이보고 문딩이라 카믄 좋아할 문딩이가 어디 있일 기고."

"허허 이런 딱한 일을 워짤 것이오? 성명 삼 자를 알았이야 말이제이. 언제 성씨를 가르키준 일이 있었단가?"

이태 전인가 전주에 사는 윤참봉의 집을 지어준 일이 있었는데, 나그네는 그 집 하인이었다.

"하기사 윤보 목수나, 곰보 목수나."

"성씨는 워찌 되지라우?"

"상놈의 성 있으나 마나. 그래 그 노랭이 양반은 밥 잘 자시고 잠 잘 주무시는가?"

"그러지 말란께. 우리 댁 나리께선 곰보 목수를 참말로 대단케 생각허시지라우. 그래서 내가 이리 오지 않았간디?"

"나를 생각해? 와."

"솜씨 칭찬이 이만저만이라야제. 우리 댁 나리께선 연장을 안 들어서 그렇제 보시는 눈은 대목 뺨칠 것이오."

"말로 품삯 반 몫을 치를라 카니께. 그러니 노랭이 양반이라 안 카나."

"너무 그러지 마시요이, 이분에는."

"안 할 기다. 그 양반 일이라 카믄 안 할 기다. 말이 배부르나."

"그기이 아니란께로, 이분에는 서울인디."

"서울?"

"우리 나리께서 이분에 서울 다니오싰지라우. 친척 되는 윤 감찰께서 집을 짓게 되싰는디, 우리 나리께서 곰보 목수 칭찬을 하신 모양이라우. 그래 나리께서 곰보 목술 보내겠노라 그렇그럼 장담을 하싰는개 비요. 그 댁은 유복허고 인심도 후하니께로…… 비위만 잘 맞추믄은 일이야 기맥히게 잘헌다 하싰을 것이요잉."

"머라고? 머 비우만 잘 맞추믄?"

"아하, 그런 말은 그분네끼리 하신 말씸이제이. 화낼 것 없지라우. 인심이 후하니께로."

"서울이라? 거 괜찮기는 하다마는 서울 가서 윤감찰을 우찌 찾을 기고. 가마 가지고 데불러 온다 카더나."

"그런 말은 마시고요이, 여기 내가 가지고 갈 펜지랑 주소하고 또 도면을 그리 왔어라우. 가믄 해롭잖을 것이오. 다 연줄로 연줄로 해서 일자리도 생기는 거 아니겠소이? 노자도 가지왔으니께로."

하인은 나귀 등에 실린 꾸러미에 눈을 한 번 주고 나서 부실부실 바지 말기에 손을 밀어 넣는다.

두만네가 장독가에 앉아서 풋콩을 까고 있는데 영팔이댁네가 들어왔다. 어리숙해 보이는 그 여자는 감나무 그늘에 멍석

을 깔아놓고 바짓가랑이를 둥둥 걷은 채 점심을 먹고 있는 두만아비를 보자 무안하여 주춤하다가,

"판술네 오나."

말을 걸어주는 두만네에게,

"야 성님."

하고 급히 장독가로 간다.

"콩을 벌써, 아즉 삐죽을(덜 영글었을) 긴데."

"사돈이 화개 갔다 오는 길에 들린다 캐서 밥에 둘까 싶어까는데 영 삐죽네."

"사돈이 온다고요?"

"음, 불각처 장에 갈 수도 없고 머 대접할 기이 있이야제."

"참 선이가 이분에도 아들을 낳았다 카지요."

"이분에도 아들이란다."

두만네는 만족스럽게 말했다.

"선이는 받을 복이 많은갑소. 가던 질로 한 탯줄에 아들을 삼형제나 낳았이께 시가에서 얼매나 우해 바치겠소."

"아닌 게 아니라 그 아아는 난 시가 좋아서 잘 살 기라 카더마는 하기사 머 다 살았나. 질고 짧은 것은 대봐야."

"그래도 시가 살림도 따시고. 성님 나 체 좀 빌리러 왔는데."

"그래라. 머할라꼬."

"밀을 좀 뽀샀더마는 칠라 카니께 체가 있이야지요."

"아아니 체가 없었나?"

"그기이 그러세, 두리네가 빌리가더마는 밑이 빠졌다 캄시로, 말짱한 새 거로 가지가서 안 그러요."

"그 집에사 버릇이 온 그렇네라."

영팔이댁네는 쭈그리고 앉으며 함께 콩을 깐다.

"밑이 빠지도 돌라 카니께 머 체장시가 오믄 고치준다 안카요."

"고치주기는, 말이 그렇지."

"부아가 나서 똑 죽겄소."

"욕심만 퉁창까지 차가지고 사람이 그러믄 못씨는데……. 요새 한복이는 너거 집에 있담서?"

"야, 일 좀 거들어주고 있소. 며칠 전에 곰보 목수가 서울 따라 안 가겄느냐고 하더랍니다."

"나도 그 말이사 들었다. 그래도 가아는 안 갈 기구마."

"우리 생각 곁에서는 여기 있는 것보다 곰보 목수 따라 댕기믄서 대목 일이나 배우는 기이 좋을 성싶은데."

무표정하게 밥을 먹고 있던 두만아비의 얼굴이 조금 움직인다.

"그러세. 작년에도 아니 재작년이던가? 이서방이 읍내 월선이 집에 가 있는 기이 우떠냐고 했다더라마는 거기도 안 가고. 나이 어리지마는 지 생각이 따로 있는 모양이다."

"이자는 열다섯 살이라 카지요, 아마."

"우리 영만이 동갑이니께. 가아도 죽은 함안댁 성님을 닮아서 고집이 있지."

"임자 그거 무신 말이오."

밥상을 밀어내며 두만아비가 물었다.

"이녁도 아는 일 아니던가요? 여자가 혼자 사니께 이 남자 저 남자 자꾸 지분거리쌓아서 자식 삼아 한복이를 월선이가 데리고 있일라 캤는데 그 아아가 마다캐서 곁방 사람을 두었다 안 캅디까."

"그거는 나도 알구마. 머 윤보가 어쩌구 하는 말 말이제."

"아아 이분에 곰보 목수가 서울로 집 지으러 간다 캅디다. 그래서 한복이가 하도 신실하니께 곰보 목수가 일도 가르치고 할라꼬 데리갈라 캤던가 배요."

"한복이 안 갈라 캤는가."

"아마 그런가 배요. 동네서 안 뜰 작정인갑소."

"그래?"

두만아비는 더 이상 말하지 않았다.

"하기사 동네서도 손쪽박겉이 쓰니께 입은 살 기고 우찌나 부지런하던지 저의 집에는 벌써 나무를 해다가 차곡차곡 쌓아놓고, 질엎을 보니께 사람 되겠더마."

"우리 판술이아배도 늘 칭찬합디다. 나중에 괜찮을 기라고."

"참 내가 이라고 있네. 체 빌리도라 캤제?"

"야."

두만네는 일어서 허리를 두드리며 부엌에 가서 체를 가져온다.

"성님 고맙소. 씨고 곧 가지오겠십니다."

"와, 니도 두리네겉이 그만 떼묵으라모."

두만네와 영팔이댁네는 함께 웃는다. 영팔이댁네가 가고 난 뒤 두만아비는 일어서며 물었다.

"윤보는 서울 언제 간다 하던고?"

"그거는 모르겠소."

"서울까지 불리가고……. 거 입정이 나빠 그렇지 솜씨 하나는 썩기 아깝지."

웬일인지 두만아비는 윤보 칭찬을 하며 들일하러 삽짝을 나선다.

저녁때가 되어도 온다던 사돈은 오지 않았다.

"화개서 자는가 배요."

"그런가 배."

두 내외는 기다리다 지쳐서 아주 캄캄하게 어두워진 뒤 사돈을 위해 보리쌀은 적게 넣고 콩을 두어서 지은 밥을 아들 형제하고 함께 먹는다. 두만이와 영만이는 오래간만에 먹는 콩밥을 한 그릇 다 먹고도 또 먹으려 했다.

"식충이 될라꼬 그러나. 깡보리밥도 아닌데."

두만네는 꾸짖는다.

"치이."

영만이 부르튼다.

"한복이 본 좀 봐라. 온종일 남우 일 해주고 틈틈이 나무해서 쌓아놓은 것 못 봤나. 한복이 신 벗어놓은 데나 따라갈라."

"그래도 나무할 때 내가 거들어주었는데 머."

그 말에 두만네는 빙긋이 웃는다.

"그래야지 하모."

저녁이 끝나고 두만네가 부엌에서 설거지를 하는데 모깃불을 피워놓고 곰방대를 물고 있던 두만아비는 슬그머니 일어섰다. 삽짝을 나서려 하자 부엌에서 두만네가,

"어디 가요?"

하고 물었다.

"음."

"밤이 저물어도 사돈이 오시믄 우짤 기요?"

그러나 두만아비는 아무 말 없이 나간다. 마을 정자나무 옆을 지나서 외딴길로 접어들었을 때 달이 떠올라서 어슴푸레한 속으로 밭둑에 쭈그리고 앉은 사내 모습이 눈에 띄었다.

'누군고?'

좀 가까이 갔을 때 중얼거리는 목소리가 들렸다.

"내가 죽든지 그놈이 죽든지 결판을 내야지. 사램이 한 분 죽지 두 분 죽나."

"누고?"

홱 돌아보는데 달빛을 받은 창백한 얼굴은 한조였다.

"여기 와 이라고 있노."

"간에 천불이 나서요."

"그만 집에 가거라."

"계집 새끼들 시퍼런 눈까리를 보니께 더 미치겄소. 빌어묵을! 그만 초가삼간 불을 확 질러부리고,"

"씰데없는 소리. 강약이 부동인데 아무 말 말고 참아라."

"나는 못 그러겄소!"

"못 그러믄 우짤 기든고?"

"어느 놈이 죽든가 살든가 한판 해볼라요!"

"하마 남보고 그런 소리 할라? 그런 소리 하다가는 큰일 날 긴 줄 알아라."

"와요? 형님은 서울 그 조씨네 편역이 아니던가요?"

"우짜는 기이 편역고?"

"그러세요."

한조의 목소리는 쌀쌀했다.

"개 모래 묵듯이 시부리고 접은 대로 시부리라. 바우를 차믄 니 발만 아플 긴데."

"그라믄 내가 바우를 찼기 때문에 이 지경으로 됐다 그 말이오?"

"그 경위사 나도 모르겄다마는."

보름 전의 일이었다. 한조가 낚싯대를 들고 둑으로 막 올라서는데 말을 탄 조준구를 만났던 것이다. 졸지 간이어서 한조는 허리를 굽히는 둥 마는 둥 하고 길켠에 비켜섰는데 웬 까닭인지 조준구는 한조를 유심히 보며 지나갔다.

그 일이 있은 며칠 후 불문곡직하고 최참판댁에 불려간 한조는 힘깨나 쓴다는 서울서 데려온 하인 녀석과 합세한 삼수한테 매를 맞은 것이다.

"와 이러노? 무, 무신 일로 사, 사람을 패노!"
했으나 그 말대꾸는 없었다. 실컷 두들겨맞고 인사불성이 된 한조를 집에까지 메다 준 삼수는,

"두 번 다시 우리 댁 나으리 험담을 하고 댕기봐라. 어느 귀신이 잡아가는지도 모르게 될 기니께."

내뱉고 가버렸던 것이다.

아이들과 아낙 울음소리에 정신이 든 한조는, 그러나 며칠을 자리에서 일어나지 못했다. 아무리 생각해도 모를 일이었다. 왜 맞았는지 알 수 없었다. 원체 성미가 괄괄한 한조는 아픈 것보다 분해서 괴로웠다. 혹 재작년 흉년 때 최참판댁 고방 부수는 일에 참여했기에 그랬는가 생각하기도 했으나 그때 함께 간 사람들이 매를 맞았다는 말은 못 들었고 이 년이나 지난 일을 새삼스럽게 지금 와서 보복을 한다는 것도 납득하기 어려웠다.

조준구를 마음속으로 좋잖게 생각하는 것은 사실이다.

마을에서 눈 밖에 난 사람 중에 끼어 있는 것도 알고 있다. 그렇다 하더라도 왜 하필이면 자기 혼자 당했을까. 아무래도 짚이는 일은 없었다. 한조는 여러 해 전, 김평산이도 살아 있을 무렵의 어느 날 일 때문에 당한 것을 전혀 모르고 있는 것

이다. 그날 한조는 강가에 낚싯줄을 드리우고 김평산을 상대하여 편잔을 주고 있었는데 저만큼 조준구가 나타난 것을 보고 아니꼬운 생각에서 험담을 한 일이 있었다.

"저런 양반이 원님이라면 아마도 송덕비가 설 깁니다. 남원부사 변학도는 동헌에 높이 앉아서 춘향이 볼기짝 때리는 거로 정사를 삼았다 카지마는 저 양반이사 조석으로, 비오는 날 초상집 개도 아니겄고, 마을 농사 형편 소상하게 돌아보니, 아이 어른 할 거 없이 밥 잘 먹느냐 병 안 들었느냐, 허 참 이 고을 원님 아닌 게 한이고 최참판댁 당주 나으리 아닌 게 한이구마요."

그 말을 조준구가 들었던 것은 아니었지만 그가 다가갔을 때 평산에게는 시늉만의 허리를 굽히고 조준구는 본체만체 자리를 옮겨버린, 한조의 바로 그 노골적으로 무시하던 태도가 조준구 감정을 거슬렸던 것이다.

그도 그럴 것이 지체로 말할 것 같으면 김평산과는 하늘과 땅 사이의 차가 있다고 생각하는 조준구 자신을 일개 상놈이 무시를 해? 하는 생각이 있었고, 최참판댁에 불우한 객인으로 와 있는 만큼 옹졸한 그 마음에다 깊은 상처를 주었던 것은 사실이다.

오랫동안 잊고 있었던 일을 그날 우연히 둑길에서 만나게 되어 기억해낸 것이 불문곡직하고 매를 맞은 이유였다.

밭둑에 앉아 있는 한조를 내버려두고 두만아비는 언덕을

올라간다. 외딴 언덕 위에, 윤보가 사는 초가의 모깃불이 보였다.

'집에 있구나.'

가까이 다가갔을 때,

"거기 오는 기이 누고."

윤보의 우렁우렁한 목소리가 울려왔다.

"나다."

"나라니?"

"이평이다."

"짚세기나 삼을 일이지 머하러 왔노."

거적을 깔아놓고 마당에 누워 있던 윤보는 부시시 일어나 앉는다.

"와 오믄 안 되나?"

"우리 집이사 사통팔방[四通八達]이니께, 금줄을 칠라 캐도 삽짝이 있이야제. 산짐승도 오는데 사람 못 올 기이 머 있노. 짚세기나 삼아서 팔아가지고 계집자식 봉양 잘하라 그 말 아니가."

"우찌 그리 밤낮 삐뚜룸한 말만 하노."

"그 재미로 안 사나."

"옴시로 한조를 봤는데 그놈 아아 팔팔한 성미에 무신 일 안 저지를란가 모르겄네."

"니도 남우 걱정 할 때가 다 있나. 자기 앞만 가리고 사는 줄로 알았더마는."

"자꾸 그래쌓으믄 옳은 죽음 못할라?"

"허 내사 보나 마나 길바닥서 죽을 기구마. 아 어디서 죽으믄 무신 상관고. 어차피 계집자식이 있어서 임종해줄 것도 아니겄고."

"누가 말리서 계집자식 못 두었나?"

"니맨치로 될까 봐서 안 그러나. 목매인 송아지처럼 오도 가도 못하고. 그 꼴이 머꼬? 풀발 센 삼베 적삼 뒷고대가 헐렁하니 비었구나. 자식새끼들은 쌀강아지 겉고 마누래는 톰방니 겉은데*."

"실없는 소리 고만하고. 니 서울 간다믄서?"

"음."

"그래서 내 저어…… 부택이 하나 있어서 왔는데."

"그르믄 그렇지. 니가 공걸음할 것가."

"다름 아니고…… 내, 생각 끝에 하는 말이니 들어주어야겄다. 우리 두만이 놈 서울 데리고 안 갈라나?"

"머라꼬?"

"농사꾼 팔자, 이놈의 팔자 평생 가봐야 펼 날이 없고 대목일이나 배워서 제 자작으로 살아보는 기이 아무래도,"

"목수 팔잔 별수 있건데? 밤낮 짜르고 깎고, 허 참, 바느질쟁이 목수 잘사는 것 못 봤다더라."

"그놈의 땅뙈기 부치묵으믄서 땅임자 눈치 살피믄서 사는 것보다는."

어슴푸레한 밝음 속의 두만아비 두 눈은 슬프게 보였다. 윤보는 그 눈을 지그시 바라본다.

'오냐. 그래도 네놈이 마음속으로는 괴롭아했구나.'

두만아비는 조그마한 윤보의 두 눈이 부시기라도 한 듯 목을 긁적긁적 긁는다. 핏줄이 풀쑥풀쑥 솟아오른 손등, 깡마른 모습에 비하여 손은 무척 크게 보였다.

"그러다가 잘될라 카믄 잘될 기고 못 돼도 재주 하나 있이믄 밥이사 굶겄나. 서울 바닥에서 한분 굴러보는 것도,"

"아 이 사람아, 내가 서울로 아주 가나?"

"좀 부리묵다가 내비리고 오라모. 그놈이 그래 봬도 단단하니께 잘못되지는 않을 기구마."

두만아비는 낮에 들은 한복의 얘기는 입 밖에 내지 않는다.

"하기사…… 내 한복이 가아를 데리갈라 캤더마는 안 갈라 카더마. 두만이가 올해 몇 살이던고?"

"열여덟 아니가."

"그라믄 장개는 우짤 기고."

윤보는 엄지손가락으로 한쪽 콧구멍을 누르며 코를 탱! 하고 푼다. 다음은 반대쪽을 누르고 코를 푼다.

"장개는 머 그리 바쁘나, 없는 놈이."

"아따 되게 울어쌓는다 정 그렇다믄."

"데리고 갈라나?"

"아이사 괜찮지."

"고맙네."

윤보가 두만이를 데리고 떠나기로 한 날, 아침 하늘에는 연기같이 엷은 구름살이 퍼져 있었다. 산등성이서 막 떨어져나온 해도 뿌연 빛을 사방에 내어뿜고 풀밭의 이슬방울은 보석같이 반짝였다. 찰밥과 콩고물에 굴린 인절미를 꾸리면서 두만네는 아들에게 타이른다.

"야무지게 해라. 우짜든지 사램이란 지 하기 나름이니께. 시키는 대로 멋이든지 고분고분하고, 니를 보내고 나믄 니 아부지 허리가 더 휠 기다마는. 나도 서분해서 우찌 살꼬 싶기는 하다마는 니 장로를 생각해서 그러니께 제발 부모 얼굴에 똥칠하는 짓은 하지 마라."

태연하게 말했으나 두만네는 지난밤 챙겨놓은 괴나리보따리를 끌러 다시 챙겨보곤 하면서 두만이 몰래 눈물을 글썽인다.

"헹아 서울 가믄, 그라믄 돌아올 적에는 말 타고 올 기가?"

영만이는 오소소한 꼴을 하고 물었다.

"이 철없는 것아, 말이 무신 말."

어미 말에,

"그때, 그전의 그때 곰보 목수도 말 타고 오던데?"

두만아비는 짚세기 두 켤레를 묶고 있었는데 검버섯이 핀 얼굴은 딱딱해 보였다. 윤보가 연장망태를 짊어지고 왔다.

입이 붙은 것처럼 말 한마디가 없었던 두만아비는,

"오나."

하고 처음으로 윤보에게 말을 했다.

"오기는 온다마는 또 가야제. 우째 떠날 차비는 다 됐나?"

"야."

두만네가 대답한다.

"그라믄 선걸음에 가는 기이 좋겄구마. 하마 나릿선도 올 거로요."

"그렇지마는 술 한 잔이라도 들고 가시야제요."

"그럴 것 없소. 두만아, 가자."

"그렇게 가시믄 서분해서 우짭니까."

윤보 뒤를 따르는 두만이 등을 쓸어주며 두만네가 말했다. 삽짝까지 나왔을 때 두만아비는 묶은 짚세기 두 켤레를 마누라에게 주면서,

"윤보."

하고 불렀다.

"와."

"니만 믿는다."

"믿는 도끼에 발등 찍힌단다."

두만아비는 잠자코 돌아섰다.

"주우주, 주주주주우……."

병아리를 몰면서 집 안으로 들어간다.

"아부지이! 갔다 오겠소!"

괴나리봇짐을 겨드랑에 낀 두만이 소리쳤다. 아무 대답이

없었다.

이슬에 신발이 흠씬 젖는다. 영만이는 엉겁결에 제 형이 신던 큰 짚세기를 끌고 나왔기 때문에 따라 걷노라고 애를 쓴다.

두만네의 굵은 허리에 두른 삼베 치마가 풀잎을 스치며 천천히 지나간다.

나루터까지 온 두만네는,

"두만아, 마음 단단히 묵고 야무지게 해라. 집 생각은 하지 마라. 아재씨 말 잘 듣고 부모 얼굴에 똥칠하믄 안 된다."

인절미를 싼 꾸러미와 짚세기를 두만이한테 건네주며 말했다. 두만이는 눈물 고인 눈으로 어미를 쳐다본다. 여드름이 몇 개 돋아서 억실억실한 얼굴에 슬픔과 난생처음 객리로 떠나는 불안이 엇갈린다.

"아지마씨는 들어가소."

윤보가 말했다. 야, 하고 대답은 했으나 두만네는 팔짱을 끼고 서 있다.

"오매 그만 들어가소."

두만이도 권했다.

"니 가는 것 보고 갈란다."

아침 공기는 싸늘하다. 영만이는 오소소 떨면서 저만큼, 뭍을 향해 오는 나룻배를 바라본다. 윗마을의 농부 한 사람이 강 위의 나룻배를 보고 둑길에서 급히 달려온다. 윤보와 두만이 그리고 윗마을의 농부는 나룻배에 올랐다. 윤보는 연장망태를 배 바닥에 내려놓고 곰방대와 담배쌈지를 꺼낸다.

두만이는 짐을 든 채 뱃전에 서서 어미와 동생을 바라보고 사공은 작대기로 바위를 밀어 강심 쪽으로 배의 방향을 잡는다.

"두만아!"

"오매 들어가소!"

"헹아!"

"들어가거라, 영만아!"

"두만아!"

"오매! 자, 잘 있이소오!"

배는 멀어진다.

"아재씨 말 잘 들어라! 두만아!"

치맛자락을 끌어올리며 눈물을 닦는 두만네의 모습은 차츰 작아 보인다. 바람이 없는 아침 강물은 깊이 잠들었다가 미소하며 깨어난 아기 얼굴처럼 맑고 순해 보였다.

대숲에서 들려오는 소리는 없고 물오리들이 아침 목욕을 하고 있었으며 들려오는 것은 노 젓는 소리뿐이다.

"참 날씨 조옹다!"

윤보는 뻑뻑 연기를 뿜어내며 연기 같던 엷은 구름살마저 사라진 푸른 하늘을 올려다본다.

"이분에는 어디로 가노."

윗마을의 농부가 물었다.

"서울 가지."

"좋은 데 가기는 간다마는 시수가 상그럽다 카데."

"머 상그럽으믄 우리네 날품팔이 역적모의했다 카겄나."

두만이는 점점 작아지고 멀어져가는 어미와 동생 모습에서 눈을 떼지 않았다.

"두만아."

윤보가 불렀다.

"야."

하고 울먹이다가 산마루에 가려져 강가의 모습이 보이지 않게 되었을 때 두만이는 흐느껴 울었다.

"자아가 와 그 카노."

마을의 농부가 의아해서 물었다.

"이분에 나를 따라가는데. 인마 사내새끼가 울기는 와 우노."

"하 하, 그러니까 대목 일을 배우겠다 그거구마?"

"그러세. 대목 일을 배울 긴가 서울 가서 금줄 두른 벙거지를 쓸 긴가 그거사 모를 일이제."

"대목 일 배우는 것도 좋고 서울 가는 것도 나쁘잖다마는, 두만아."

"야?"

두만이는 손등으로 눈물을 닦으며 배 바닥에 부시시 주저앉는다.

"제발 이 곰보딱지 뽄은 보지 마라."

"머라 카노."

"니 뽄 보지 말라 캤다."

"내가 우째서. 삼신이 맨든 이 꼬라지 하고 손님이 맨들어 준 곰보딱지 말고는 베릴 기이 하낫도 없지."

"니가 사람가?"

"그라믄 짐승이가?"

"짐승도 처자식은 있지러."

"제기럴!"

"기왕지사 떠나기는 떠난다마는 그래도 땅 파묵고 사는 기이 제일이지."

"흥 배부른 소리 하는고나."

"객리 바람 쐬서 잘되기가 어렵지러. 그놈, 죽은 칠성이 놈도."

"사램이 다 같나."

"그러세……. 칠성이 놈도 바람을 잡아서 객리를 떠나더니 사람 베맀지. 하기사 잘돼가지고 고향에 돌아오믄 그보다 더 좋은 일은 없지마는 허파에 바람 들믄 거 칠성이 꼴 나네. 니도 그렇지."

"와, 내가 샐인하더나?"

"평생 계집 처신도 못하고 물 떠놓을 자식이 있다 말가. 역마살이 들어서 밤낮 싸돌아댕기니께, 사람이란 한자리를 지키고 살아야."

두만이는 그들의 말을 듣고 있지 않았다.

제5편

떠나는 자(者),
남는 자(者)

1장 – 18장

1장 황천의 삼도천(三途川)

　칠월 백중날 월선이는 재(齋)를 올리기 위해 강 건너 선혜사(善慧寺)로 갔다.

　어미의 기일을 모르는 것도 아니었고 그동안 제사를 지내지 않았던 것도 아니었다. 보부상이던 늙은 남편을 따라 타관 땅을 떠돌아다니던 월선이 일부종사하며 팔자 치레하고 살라던 어미의 말을 목에 걸린 가시처럼 되새겨가며 보따리 하나를 겨드랑에 끼고 바람에 떠밀리듯이 마을로 돌아왔었던 그날, 비로소 어미의 죽음을 알았고 봉순네로부터 윤씨부인이 장사를 후히 지내주었다는 얘기며 월선네가 딸을 얼마나 보고 싶어했었는지 그런저런 얘기를 들었는데 그때 봉순네는 기일을 일러주었던 것이다. 월선이는 해마다 잊지 않고 제사를 모시기는 했으나 그때마다—간도에 있을 때를 제외하고—절에 가서 불사를 치렀다. 딸자식이라서 그랬다기보다 노상 떠도는 신세이며 뿌리 없는 나무 같은 자신의 처지를 생각하여 집에서 제사를 지내고 싶지가 않았던 것이다. 그러던 참에 작년 백중날부터 오랫동안 별러오던 우란분재(盂蘭盆齋)에 참여하게 되었다.

아침부터 절 마당은 사람들이 하얗게 모여들어 붐비었다. 지난해보다 재꾼들이 많은 것 같았다. 괴질과 흉년의 아픈 상처가 다소 가라앉은 때문인지도 모른다. 강을 내려다보는 산중턱 숲에 싸인 곳이지만 여름이 막바지에 접어들어 날씨는 무더웠고 불사에 쓰일 음식은 물론 재꾼들 점심 마련을 위해 아궁이마다 불을 지핀다 쌀을 씻는다 하며 분주히 오가는 공양스님들, 행자(行者)들의 모습과 어미를 따라온 아이들의 울음소리는 더위를 더 느끼게 한다. 숲의 나무들도 후줄그레하니 늘어진 듯, 구름은 움직이지 않았고 법당 네모 처마 끝에 달린 풍경도 꼼짝 않는다.

지장경(地藏經)을 송하는 법사의 목소리는 맑고 힘차다. 독경에 목탁 소리가 어울려 높고 낮음을 이루는 법당에는 사람들이 가득 들어찼으며 그들 속에 끼어든 월선이는 옷자락이 밟히지 않게 흰 생고사 치마에 옥색 허리끈을 매고 겉으론 지성스럽게 예배를 올리고 있었다. 그러나 월선이는 정성이 한

곳으로 모이질 않아 애를 쓴다. 봄날 흩어진 병아리 불러모으듯 지그시 눈을 감고 죽은 어미의 복락을 빌려 했으나 어느덧 마음은 홀로 사람 없는 삼가름길에 서 있곤 하는 것이었다.

안개가 자욱 끼어 있는가 하면 회오리바람이 불고 흙먼지가 이는 삼가름길, 그런가 하면 끝도 없고 시작도 없는 망상이 꼬리에 꼬리를 물고 나서면서 의식을 낯선 곳으로 끌고 간다.

'이래서는 안 되는데…… 정신 쓰러 와가지고…….'

검은 장삼에 붉은 법단 가사를 두르고 독경하는 법사의 목덜미에서는 땀이 흐르고 있다.

'정신이 부실해서 이런갑다. 와 이리 어지럽을꼬?'

소리들이 멀어지기 시작한다. 목탁 두드리는 소리, 독경 소리, 사람들의 웅성거리는 소리가 아득한 곳으로 물러간다. 법사의 검정 장삼이 먹물같이 푸석푸석 번져나가더니만 붉은 가사는 핏물이 되어 출렁거리고 다음엔 목덜미를 흐르는 땀방울이 수백 수천의 구슬로 변해서 법당 안에 구르기를 시작한다. 달무리 같고 무지개 같은 환상이 깜박깜박 졸듯이 다가오는가 하면 물러간다. 수백 수천의 구슬, 눈보라 같고 물보라 같고 칠쇠방울 같고 칠쇠방울이 새된 소리를 낸다. 한 개의 쇳소리가 수백 수천의 쇳소리로, 그것은 또 산사의 인경 소리였다. 쉰대 부챗살이 활짝 펴지고 꽃갓의 노랑 빨강 꽃송이가 뱅뱅이를 돈다. 홍색 관띠에 남색 전복(戰服)이 구름같이 펴지면서 펄러덕거린다.

삼지창 대신 칼이 햇빛을 받고 번뜩번뜩 희번덕거린다.

'어허헛! 대신이야아아.'

외치며 칼춤을 추는 어미의 얼굴, 땀방울이 뚝뚝 떨어진다. 창백한 얼굴이다. 눈을 크게 벌린 채 웃는다. 운다. 아니 입이 찢어지게 소리를 지른다. 넋 들이는 소리다. 귀신을 꾸짖는 소리다. 무지개처럼, 달무리처럼 환상이 깜박깜박 졸듯 다가오고 물러간다.

'월선아! 내 너를 당장 잡아갈 것이로되 정상이 가긍하야 이번만은 용서하느니, 듣거라! 너 임이네 죽기를 바란 것이 한두 번이 아니거늘 그 부정한 마음으로 어찌 감히 부처 앞에서 어미의 극락왕생을 축원할 수 있단 말인고!'

울긋불긋한 색채를 뚫고 요란한 소리를 뚫고 벽력 같은 목소리가 울려왔다.

'아, 아니오! 그런 일, 그, 그런 일 없소! 갬히 우찌 남 죽기를 바라겠소!'

노하여 외쳤으나 월선이는 제 귀에 목소리가 들리지 않았다.

'염라청의 정파리경(淨坡璃鏡)을 모르느냐? 너는 너를 속여도 정파리경에 비친 죄목은 못 속이느니!'

'아, 아니오. 그런 일 없소, 이 내 신세를 하, 한탄한 일은 있지마는.'

'무슨 발명인고!'

'꾸, 꿈에 임이네가 죽은 것을 기, 기뻐한 일이 두, 두 분인가.'

'그게 생시 마음의 소이로다! 눈으로 부정해도 아니 될 것이요 입으로 부정해도 아니 될 것이요 귀로 부정해도 아니 될 것이어늘, 마음으로 부정하며 부처 앞에서 어미의 극락왕생을 축원하나뇨? 연분이 아니어든 그만인 것을 어찌 분복을 거역하려 드는고? 어미가 짝 지워준 서방을 늙다 하여 버린 죄목도 클 것인즉, 사내가 탐나기로 자식이 탐나기로 남 죽기를 바랄 것이며, 악업 위에 또 악업을 쌓겠다 말인고?'

'아니오! 아니오! 서방 버린 죄는 있십니다마는 남 죽기를 바라지는 아니했소! 이내 신세가 기박하여 잘못 태어난 탓으로 남들겉이 못 살아도 영신을 원망하지 아니하였소! 어찌 애멘 말씸으로 꾸중하시오. 야속.'

월선이는 전신을 떤다. 떨면서 법당 바닥에 엎드린 채 있는 자신을 깨닫는다. 버선목이 조여들어 발목이 아픈 것을 느낀다. 지장보살을 뇌는 소리가 옆에서 들려왔다. 촛불이 깜박이고 푸른 향연(香煙)과 삽삽하고 매캐하면서 향그러운 백단향의 내음이 콧가에 스치고 지나간다. 석가여래의 좌상은 전과 다름없이 자비로우시고 협시한 보현(普賢) 문수(文殊) 두 보살은 아름다우시고 후불탱화(後佛幀畵)에는 부처의 권속인 많은 천중(天衆)들이 중앙 여래를 옹위하고 굽어보시는데, 몸을 일으킨 월선이 손을 모아 다시 예배를 올린다. 가슴이 뛰고 식은

땀이 등골에 흐른다.

'지장보살, 지장보살, 불쌍한 울 어무니 부디,'

하다가는 말이 뚝 끊어지고 다시 지장보살 지장보살 불쌍한 울 어무니 부디, 하다가는 다시 다음 말을 잇지 못한다. 월선이 마음은 어느덧 사람 없는 삼가름길에 홀로 선다. 이리 갈까 저리 갈까 헤맨다. 안개가 자욱이 밀려오는가 하면 흙바람이 일어서 앞을 볼 수가 없다. 손을 들어 헤쳐보지만 여전히 앞을 볼 수 없다.

'여보시오. 이렇기 적막강산일 수가 있소? 도무지 어디를 우떻게 가야 할지 모르겠소. 내 나이 서른여덟이오. 서른여덟인데 자식이 있소 남편이 있소 부모 형제가 있단 말이오. 이럴 바에야 차라리 중이나 되어 사는 기이, 글안하믄 어매같이 무당이 되까요? 신을 풀믄 한이 없어지겠소?'

'사람우 정을 못 끊는데 우찌 중이 될 것고. 신을 푼다고 한이 없어지나?'

하면서 뜻밖의 얼굴이 안개 속에 나타났다. 망건을 두른 조그마한 상투머리, 수염이 하나씩 둘씩 돋아난 안존스럽기 노파 같은 노인이다.

'할아부지!'

'오냐. 니가 그래도 내 말을 명념하고 있었고나. 하모 그래야지. 뿌리 없는 나무가 없고 부모 없는 자식이 없네라.'

히죽히죽 웃는다.

언제부터 월선의 집을 드나들었는지 그것은 알 수 없었다. 길손처럼 이태 만에 혹은 삼 년 만에 한 번씩 들러 월선네의 칙사 대접을 받고 떠나곤 하던 노인이었다. 월선네 집에는 박수(男巫)나 무배들이 수시로 출입하였고 장구잡이 소리꾼 같은 광대들 사당패들의 출입도 잦았는데 걸걸한 성미의 월선네는 곧잘 그들과 어울려 술을 마시고 놀기를 잘했으며 말버릇도 무관하여 너 내 하는 처지였으나 그 노인에게만은 깍듯이 어르신이라 불렀다. 문의원을 약국어른이라 부르는 이외 진심에서 존경하는 사람이 그 노인이었다.

"도(道)를 통한 어른이구마. 절에서 이십 년 넘기 수도하시고 도를 깨친 분이지."

이웃 아낙에게 소곤거리는 어미의 말을 월선이는 어릴 때부터 들었다.

"그라믄 전에 중이었다 그 말이오?"

"그냥 거사(居士)지마는 축지법을 써서 댕기고 술법도 능해서 돈도 맨든다 카기는 카더라마는 그거는 사도니께로 엔간히 급하잖으믄 안 써묵는 기라."

"누가 그럽디요?"

"그 어른이사 입 딱 다물고 기시지마는 전에 내가 데리고 댕기던 무배가 그러데."

"그라믄 그 풍골에 신선이라 그 말이오?"

"보기로는 폴딱지만 하지. 그러나 모리는 거 없이 유식한 어른이제."

신선이라는 말에는 명확한 답을 못하고 어물쩍 넘겼으나, 월선네는 월선이에게도 항상 말했다.

"니가 우찌 난 줄 아나? 그 어른이 공을 딜이주시서 태이났다."

노인은 월선이를 귀여워했다. 어미 말대로 모르는 것 없이 유식했던지 곧잘 부처님과 보살의 얘기며 불교에 관한 여러 가지 설화를 어린 월선이에게 들려주었다. 그 노인을 마지막 본 것은 그러니까 월선이 출가를 앞둔 무렵이었다. 이런저런 얘기 끝에

"옛날에 말이다. 육통(六通)을 얻은 목련존자(目連尊者)라는 어른이 기싰는데."

슬며시 시작하는 말이었다.

"어느 날 도안(道眼)으로 세간을 두루 살피니께로 아귀도(餓鬼道)에서, 아귀도란 어딘고 하니 육도윤회(六道輪廻)의 한 곳인 기라. 지옥보다는 조금 낫지. 생시 재물을 탐했거나 불쌍한 짐승을 직있거나 거짓말하고 시기심 많은 죄인들이 가는 곳인 기라. 그러니께 아귀도란 염라대왕이 기신 땅 밑에도 있고 인간이 사는 염부제(閻浮提)에도 있는데 말하자면 잡귀라 카는 그런 기지. 사람우 눈을 피해서 산중에서도 살고 무덤 속에서도 살고 뒷간에서 사는 놈도 있고, 잡귀에도 여러 가지가 있지마는 모두가 다 흉칙하게 생깄고 노상 배가 고픈 놈들인데

111

그중에는 남이 토해놓은 것만 보믄 묵고 접어서 죽을 지경인 놈도 있고 제사 때 향냄새만 맡고 게우게우 살아가는 놈, 주린 창자를 붙잡고 온 산을 헤매다가 게우 절 가까이 와서 설법하는 소리를 듣고 연명하는 놈, 목이 타도 아침 이슬밖에는 못 묵는 놈, 화장하는 불만 묵고 사는 놈, 하루 아이 다섯을 잡아묵어도 밤낮 배가 고파서 못 견디는 놈, 똥이나 피고름밖에 먹을 수 없는 놈, 아무것도 묵을 기이 없이니께 제 머릿골을 빠개서 골수를 꺼내 묵는 놈."

"아이고 무섭아라."

"그래, 그래 이자 그 얘기는 고만두고 아무튼지 간에 목련존자께서 세간을 두루 살피니께로 아귀도에서 전생의 업보로 도현의 고초를 겪고 있는 망모(亡母)의 가련한 모양을 보게 되었다 그 말인데, 도현이란 거꾸로 매달린다는 말이고, 그래 그 어른은 바리때에다가 반식을 담아가지고 불쌍한 망모 옆으로 가서 주림을 면케 할라 카는데 이기이 우찌 된 일이냐? 반식은 순식간에 불꽃으로 변해부리고 망모 입에까지 반식이 안 들어가는 기라. 그것을 슬퍼한 목련존자께서는 세존(世尊)께 울면서 애원을 하시는데 망모를 구해주십사 하고, 그 간절한 발원을 들으신 세존께서는 중승자자(衆僧自恣)의 날인 칠월 십오일을, 그러니께 백중날을 택하시고 이날 시방 불승(十方佛僧)한테 백미(百味)의 반식하고 오과(五果)를 공양하믄은 망모에 대한 비원이 성취될 것이라, 뿐만 아니라 과거 현재 칠세(七世)

에 이르기까지 망부모는 아귀도에서 사함을 받게 될 기고 천인(天人)이 사는 곳에 가서 복락(福樂)을 누릴 것이라 하시더란다. 이 연유로 해서 칠월 백중날의 우란분재가 숭상되어왔던 긴데…… 요새 사람들은 집을 나가서 죽었기 때문에 기일을 모르는 혼신들의 제삿날인 줄로 알고 있거든. 그라고 제사를 안 지내는 아이들이나 비명으로 죽어서 저승에 못 가고 허공에 떠도는 귀신을 대접하는 날로도 알고 있단 말이다. 본뜻이야 어디 그렇건데? 시방불승한테 공양을 하믄 죄 많은 망령들이 죄 사함을 받는다 그거지. 아무튼지 그거는 그렇고 왜 이런 얘기를 하는고 하니 내 갈 길도 멀지 않았으니 또 니가 출가를 하게 된다 하니 언지 또 만나겠노. 니 어미는 죄가 많다, 죄가 많지러. 본시 탐심이 없고 거짓이 없는 여자지마는 그러나 술 처묵고 음행한 죄는 면키 어려울 기니 세상에 나서 기출이라고는 니 하나, 후일 잊지 말고 삼악도에 떨어질 니 어미를 위해 추선공양(追善供養)을 올려주어라. 그거사 머, 니 성시 따라서 해얄 기다마는 우란분재는 해마다 할 수 있는 기고 동참이믄 별 돈 드는 것도 아닌께."

'작년 이맘때, 절에 왔을 적에도 그 어른이 보이더마는 맘에 씌어서 이러까? 어매는 참말로 삼악도에 떨어졌이까? 삼악도에, 이승서도 박복했던 어매가…… 그렇다믄 낸들…… 내 갈 길도 삼악도가 아니고 어디겠노. 남편 버린 제집이 가는 곳이

삼악도가 아니고 어디겠노. 임이네를 시기하지 않았다고는 말 못할 기다. 날마다 마음으로 죄를 짓는데.'

임이네 죽기를 바랐다는 생각만은 아무래도 인정할 수 없는 것이다. 그러나 마음 깊은 곳에는 강청댁 죽음을 연상하며 다른 또 하나의 죽음을 바랐던 것은 아니었다 하더라도 그럴 경우를 생각하지 않았다고는 절대로 말할 수 없다. 지난 설무렵 가슴 한가운데에 못을 박아놓고야 만 소문을 들은 후부터는,

'차라리 중이 되까. 머리 깎고 중이 되까. 남편을 지키고 살았던들, 그랬이믄 이승서 업이 끝날 기든가.'

월선이는 하염없이 눈물을 흘린다.

재는 끝났다. 위패들을 법당 밖으로 내간다. 사람들도 법당 밖으로 쏟아져 나갔다. 하루가 기울면서 바람이 거실거실 일기 시작했다. 위패에 불이 붙고 연기가 피어올랐을 때 독경 소리는 한층 우렁차게 울려 퍼졌다. 망자의 유족들은 연기에 흐느끼고 울음으로 흐느낀다. 허리 꼬부라진 늙은이, 부골스런 중늙은이, 아이 업은 아낙, 풀어버린 귀밑머리가 서러운 젊은댁네, 말쑥한 차림새에 염주를 손목에 건 중인층의 여인들, 삼베 적삼도 등바닥을 기워서 입은 촌부, 빈부귀천 할 것 없이 늙음과 젊음의 차별 없이 슬픔도 하나, 바람도 하나다. 망자의 극락왕생은 바람이요 뜬구름같이 덧없는 인연의 슬픔이다.

'어매! 불쌍한 울 어무니! 부디 좋은 곳에서 환생하소! 그곳에서도 여자로 환생커든 한 남자를 만나서 일부종사하, 하고 아들딸 낳아서······.'

마지막에 이르러서 비로소 월선이는 간절하게 손을 모아 정성을 들인다.

강물을 물들여놓고 해는 떨어졌다. 숲에서 시작한 어둠은 절간 뜨락에 서서히 밀려들어왔다. 사방은 본시의 적막한 장소로 돌아가고 대부분 재꾼들도 돌아갔다. 먼 곳에서 온 몇몇 사람과 함께 월선이는 절에 남았다. 재꾼들은 거의 하동에서 왔으므로 해가 떨어질 무렵 나룻배 편으로 당일에 돌아갔던 것이다.

어둠이 오기 전에 달이 떴다. 사라져야 할 밝음과 나타난 달빛이 서로 겨루듯 잠시 사방은 옅은 회갈색으로 흐리더니 여광(餘光)은 아주 자취를 감추어버리고 달은 산허리에서 솟아올랐다. 보름달은 은가루 같은 보송한 빛을 뿌린다. 밤이 깊어지면서 은가루는 물기를 머금기 시작했고 숲이 야기(夜氣)에 식어갔을 때 푸르름을 뿜어내며 달빛은 출렁이는 것이었다. 산사 뜨락의 도라지꽃 달맞이꽃, 창백한 꽃들은 애잔하게 고개를 쳐들며 혹은 엷게 스치는 바람에 흔들리고 나무 그림자도 흔들리고 개울물 흐르는 소리, 부엉이 울음이 들려온다. 처창(悽愴)한 적막은 저승일까 이승일까. 절간 행랑 툇마루에 걸터앉은 월선은 밤을 바라보고 있었다.

'기가 막히는 밤이고나. 사램이라고는 어느 구석서도 찾아볼 수 없을 것만 같다. 무섭다. 낮에 들끓던 그 많은 사람들은 다 어디 갔이꼬? 어디 가기는 가아? 모두 이녁 집으로 돌아갔겠지. 날짐승도 해가 지믄 제 둥우리로 찾아가고 산짐승도 제 구멍으로 들어가는데 나만 갈 곳이 없네. 내가 사는 집 그기이 어디 사람우 사는 집이건데? 허깨비들, 음 그래 허깨비들이 사는 집일 기다. 나도 허깨빈지 모르겠다. 아마 나도 허깨빌 기다……. 염부제 어느 벌판에는 고독지옥이라는 게 있다 카던데…… 그것은 어디메 있이까? 그곳에는 이런 적막한 밤만 있일 기다……. 황천(黃泉)으로 가는 길에는 또 삼도천(三途川)이라는 강이 있다 카던데, 그 강가에서 기다리고 있는 망령들을 비치주는 달도 아마 오늘겉이 저리 무섭은 달이겠지. 강을 건닐라 카믄 할매 할배가 나타나서 망자들 옷을 뺏는다 카더마는 울 어매도 그 강에서 옷을 뺏깄이까? 염할 적에 손에 엽전은 쥐여주었이까? ……나도 죽으믄 그 강을 건너가겠지. 이렇기 무섭은 밤이겠지. 달도 없는 캄캄한 밤인지도 모르겠다. 하기사 무섭을 거는 없네. 생각기 탓이니께. 내가 살고 있는 이곳도 고독지옥이 아니고 머겠노. 무섭은 지옥이기는 매일반 아니가. 넓고 넓은 세상에 내 하나 의지할 곳이 없는, 머리 깎은 중이라믄 부처님이나 의지하지. 무당이 되었더라믄 영신이나 의지하지. 애시당초 그 사람한테 정들있던 것이 불찰이라. 와 정을 못 끊을꼬? 내 없이믄 못 살 기라고 정을 못 끊었일

까. 야속한 사람, 무정한 사람……. 누가 기다릴 기라고 남들 겉이 허겁지겁 돌아갈꼬.'

"이렇그럼 더운 날씬디 방에 불을 워쩌자고 처넣었단가."

안늙은이 중얼거리는 소리가 방 안에서 들렸다.

"재꾼들 밥 삶아낼라니께 그랬지라우. 재꾼들이 좀 많았이 야?"

다른 늙은이의 대꾸하는 소리였다.

"아이고매 답답혀 워쩐다냐. 어디 자겄는게라우?"

"그래도 새북이 돼보제, 칩울 긴께로. 오늘이 백중 아니더 라고? 여름도 이자 마지맥이란께 참말로 세월 잘도 가누마요 잉. 인생 육십이 풀잎의 이슬 겉다 안 헙디여?"

"탕숫국 묵을 날도 아니 멀었제잉. 이자부터는 저승길을 닦 아얄 긴디 이런 날 아니믄 무신 수로 절에 온단가."

"금매."

"내 백중날이믄 만사 제쳐놓고 절에 오는디, 그거 자식들 뽄배기로 안 그려요."

"그러니께로 죽은 뒤 자식들이 재를 올려서 할매 좋은 데 가라고 빌어돌라 그 말이구마요."

"하모니라우. 아이고매, 답답혀. 바램이라도 쏘여야겄네."

안늙은이는 툇마루에 나와 앉는다. 시큼한 땀 냄새가 풍겨 져 왔다.

"이자 심이 좀 트이네잉. 바깥 날씨 식은 걸 본께로 비 오기는 글렀이야."

"머 철이사 다 가는디."

방 안에서의 늙은이 대꾸다.

"아니여, 채전(菜田) 생각은 워찌 안 혀?"

"금매."

"참말로 달도 밝다! 이런 밤에 과부 안 미치까잉?"

"한분 미쳐보더라고. 젊으나 늙으나 과부는 과부니께로."

방 안에서 핀잔이다. 안늙은이는 껄껄 소리 내어 웃어젖힌
다.

"임자는 워디서 왔지라우?"

웃다가 월선에게 묻는다.

"하동서 왔소."

"그라믄 와 안 돌아갔이까아? 엎어지믄 코 닿는 곳인디."

"……."

"아아들이 없는가 비여."

"야?"

"아아들이 있이믄 한가스럽기 집을 비우놓고 절에서 잘 수
있간디?"

"없소."

"금매……. 자석헌티 살림 내어준 우리 겉은 늙은이는 가나
마나 이자는 소앵(소용)이 없는 몸이지마는……. 그래 임자 서
방은 있겄제이?"

"없소."

"없이야? 아아 자석 못 놓는다고 소박맞은 게라우?"

"……."

"아니믄 과분가 비여."

대꾸 없이 월선이는 용이를 남편으로 치부할 수 있을까 하고 생각해본다.

'언제 내가 그이하고 기영머리 마주 풀었노. 기영머리 마주 푼 사람은 강청댁 아니가. 그라고 자식 낳아준 사람은 임이네고. 아무 상관 없는 사램이다.'

"부모 형제도 없이까?"

"없소."

"그라믄 누구 재를 올리러 왔지야?"

"어매…… 울 어무니요."

"허기야 부모 없는 자식은 없으니께로."

여염집 아낙이 아님을 눈치챈 늙은이는,

"나무관세음보살, 임자도 팔자가 기박한가 비여."

"……."

"그래 어매는 괴정 땜시 죽었는가."

"아니요."

"그라믄 숭년 땜시?"

"그것도 아니고 옛날에."

"나는 우리 영감탕구 재 지내러 왔는디 우리 영감 괴정에 죽었단께."

'그 늙은이도 죽었이까? 죽었을지도 모르지.'

도망쳐 나온 후 찾아온 일도 없었고 소식을 들은 일도 없는 남편, 어쩌면 입 하나 덜었다 싶어 다행으로 여겼을지도 모를 일이다. 지독한 구두쇠였었다. 젊은 아내의 두 끼 먹는 밥도 아까워 발발 떨었다. 그러나 구두쇠 그 늙은이야말로 월선의 귀밑머리를 풀어준 남편이 아니었던가. 월선의 눈에서 눈물 방울이 굴러떨어진다.

"나무관세음보살, 서방도 없고 자석도 없고 워찌 늙을란가? 내 이 나이가 되어도 영감 없인께로 서글퍼서 못 살겠는디 아즉도 앞날이 창창한 사람이."

"앞날이 창창하지도 않소. 머지않아 사십이오."

"그렇구름 뵈이지 않는디."

방에서는 코 고는 소리가 들려온다.

"아이고매 워찌 세상이 그래야."

땀도 식고 코 고는 소리에 졸음도 오는 모양 늙은이는 중얼거리며 방 안으로 들어가고 월선이만 툇마루에 혼자 오두머니 남는다. 달은 정말 미치도록 밝다. 나뭇가지와 나뭇가지의 짙은 그림자가 바람에 일렁인다. 부엉이 울음소리. 이따금 짐승 울음도 들려온다.

집에 가기가 허전해서 월선이는 못 돌아가고 절에 처졌다. 방문을 열면 거기 빈방이 기다리고 있을 것이 두려워서였다.

빈방을 혼자 지키고 앉아서 밤이 지나가는 소리, 외롭게 굴러가는 나뭇잎 소리, 개 짖는 소리, 문풍지 흔들리는 소리, 그러다가 발자국 소리가 나면 소스라쳐 일어나 앉으며 행여 용이가 아닌가 하고 귀 기울이는 밤이 월선에겐 견디기 어려웠다. 절에서는 사람을 기다릴 필요가 없다. 용이 절에 올 리가 없는 것이다. 절간의 밤도 그러나 편하지는 못하였다. 종일 예배를 드려 다리가 무거웠다. 몸은 실실이 풀어졌는데, 잠이 오지 않는 것이다. 잠자리가 달라진 탓이라고 할 수 없었다. 재를 올리려고 절에 왔었던 작년만 해도 오늘과 같이 서럽고 절망하지는 않았었다. 용이를 의지하고 믿었었다. 그러니까 지나간 설 이후부터 월선이 심중에 변화가 왔던 것이다.

"이서방이 설장에 갔다가 임이네 깔진을 사왔는데 니 그 소문 들었나?"

좁쌀 몇 됫박을 가져와서 팔고 돌아가는 길에 들른 김서방댁의 말이었다.

"야?"

"자줏빛에 유록 전을 둘러서 오묵한 기이 이삐기는 이삐더마. 그것을 신고 내보란 듯이 동네 길이 좁다 하고 쏘다니는데 농사꾼 제집의 무명옷에 당할 기든가? 개 발에 편자 아니가. 임이 년도 시적 남우 집에 보낼 나이가 되었는데 두었다가 시집갈 때 줄 일이지. 하기사 지도 신고 접어서 신은 거는 아닐 기구마는, 서방이 나를 오금딩이겉이 섬긴다 하고 지갈

121

을 떨고 접어 그랬겠지. 그래 이서방이 니한테도 깔진을 사갖
고 왔더나."

"……."

"안 사주던가 배? 그러기 소나아들은 다 도둑놈인 기라. 속
다르고 겉 다르제. 자석 낳았인께 장로로 데꼬 살 제집이 더
중하다 그거 아니겠나. 그러기, 하 참 니가 일편단심으로 그
래쌓아도 말짱 헛거다 헛거라. 임이네는 나이 있으니께 또 자
식 낳을 기고 그라고 보믄 니만 짝 잃은 외기러기, 정이란 하
나지 둘은 아닌께."

"……."

"하기사 머시마가 하 좋아서, 애비 간장을 녹이게 생깄더마.
메주덩이 겉애도 늦기 본 아들이라 밉잖을 긴데 돋아나는 달
덩이 겉고 참말이제 상놈우 새끼 되기는 아깝지. 밭 좋고 씨가
좋은께, 아 인물이야 이서방이나 임이네나 좀 좋은가? 피도 살
도 안 닿은 나만 하더라도 그눔아가 달랑달랑 뛰어오는 거를
보믄 안아주고 접은데 지 애비사 얼매나 사랑스럽겄노."

한참을 늘어놓고 간 김서방댁은 달포쯤 지나서 또 나타났
다.

"마님 돌아가신 뒤 섧네 섧네 해도 나겉이 서럽우까. 옛말
에 공든 탑이 무너지까 하더라마는 우리 김서방의 공도 마님
눈 하나 없어지니께 무신 소앵이 있노. 다 소앵없더라 소앵없
어. 푼돈이 답답해서 깨 한 됫박 가지고 나왔더마는 빌어묵을

장돌뱅이들 그저 뺏아갈라 안 카나. 그것도 옛날부터 부치던 밭에 내 젖국 겉은 힘으로 깨 심고 조 심고 했거마는 주친(지친) 닭맨치로 서울아씬가 마님인가 그 양반 알세라 모를세라 가지 나온 긴데.”

자기 신세타령에서 그치는 게 아니었다. 앙상한 몸을 흔들어대며 임이네 말투 몸짓까지 흉내 내가면서 전하는 말은,

'흥! 제년이 아무리 소나아 보비유를 잘한들 무신 소용고? 보비유 잘하기로야 기생년들이 우뜸일 기고 그거사 소나아 돈 빨아묵을라꼬 하는 짓일 기다마는 그년이사 미치고 기든 년이제. 머를 바래고? 깨알 하나 가지갈 사램이던가? 질잖을 기구마. 첫째는 우리 천금 겉은 홍이한테 해롭을 기고 홍이아배가 그것을 모르겠소? 돌아가신 시어무니도 이언[遺言]을 하 있는데 잡귀가 붙은 무당은 천하없이도 안 되는 기라요. 집안이 망하니께요. 남자 맘을 끌던 것도 한 나이나 젊었일 적 일이고 이자는 할망구가 다 됐는데 언제꺼정? 법으로 만냈다 말가 자식이 있어서 거물장(경첩)이 된다 말가. 우리 홍이아배도 인생이 불쌍해서 한분씩 딜이다보기는 하지마는 어리석은 년이지.'

나이에 관한 것이라면, 젊음에 관한 것이라면 얼마든지 의기양양할 수 있었을 것이다. 임이네는 서른넷, 터질 듯이 피가 지글지글 끓듯 정력이 넘쳐 보였으니,

“팔자가 더럽아 그렇지, 제집이 아금발라서(다부져서) 살림이

사 피가 나게 살지. 집에 가믄 따신 내가 나니라. 장무새(간장
된장) 임석 솜씨도 좋고 상일을 하믄서도 농사꾼 여핀네가 남
정네 옷 해 입힌 거를 보믄 손끝도 야물고 그만하믄 제집이
버릴 기이 없지.”

김서방댁은 그런 말도 했다.

새벽녘에 월선은 잠깐 눈을 붙였다. 꿈에 어미를 보았다.
어미는 용이를 잡겠다고 삼지창을 치켜들고 달려가는 것이었
다. 꿈에 본 용이는 열네댓 살 적의 모습이었다.

‘어매! 와 이러요?’

‘저눔아 초롱초롱한 눈알을 뽑을라꼬 그런다.’

‘아이고오! 그라지 마소! 봉사가 되믄 나는 우찌 살겠소!’

어미가 깔깔대며 웃었다.

‘봉사가 되믄 니가 지팽이 노릇 하믄 될 거 아니가. 이 벵신
축구야! 그라믄 니를 안 베리고 펭생 데꼬 살 기다. 용이 놈은
눈이 멀었으니 벵신이고 니는 에미를 잘못 만내 벵신이고, 벵
신끼리……. 아이고 청백 겉은 내 자식아. 내 간장에 피가 진
다아! 불쌍한 내 새끼야! 니를 우찌 키웠다고.’

울음소리, 종소리, 머리빡 가득히 밀려오는 종소리, 또 종
소리. 잠이 깨었다. 잠든 지 한 시간도 못 된 성싶었다.

‘와 그런 꿈을 꾸었이까.’

가슴이 철썩 내려앉는다. 처음에는 왜 그랬는지 월선이 자
신 어리둥절했다.

'행여 어젓밤에 찾아오지나 않았이까. 왔다가 그냥 헛걸음하고 돌아갔이믄?'

급히 일어나 앉으며 옷매무새를 고친다.

'설마 왔일라고……. 왔이믄 왔제. 내가 이녁한테 매이 사는 몸도 아니겄고 재수 없고 집안 망해묵을 무당 딸년이 무신 소용고. 법으로 만냈다 말가. 자식이 있어서 거물장을 쳐났다 말가. 임이네 말이 하낫도 안 그르구마.'

독하게 마음을 먹으려 한다. 종소리는 꼬리에 꼬리를 물고 쟁쟁하면서 나지막하게 여음을 남기면서 울려 퍼진다.

2장 꽃신

"형니음!"

용이 돌아본다.

"술 한잔 안 사줄랍니까."

잠방이 바람의 한조가 밭둑길을 휘청휘청 지나서 다가온다. 핏발 선 눈알에 입술은 까맣게 타서 신색이 몹시 언짢다.

"형님한테 돈 없이믄 내가 사지요."

비비대듯 트집을 잡듯 말했다.

"내가 내지."

둘은 나란히 마을 길을 내려간다. 몹쓸 아이들의 장난이겠지, 배가 터진 개구리 한 마리가 길바닥에 굴러 있다. 흐르는 도랑물에 햇빛이 희번뜩인다.

"어디 가시는 길인가 분데."

"머, 바쁠 거 없다. 해는 아즉 중천에 있으니께."

멀리 타작마당 쪽을 바라보며 걷는 용이의 누리끼한 살갗과 눈언저리의 잔주름이 피곤해 보인다. 풀발이 선 굵은 모시 올 중치막이 서걱서걱 소리를 내고 꼬질꼬질 낡은 갓끈이 조금씩 흔들린다.

"동네서는 나만 보믄 똥 묻은 개겉이 피하는데 형님은 함께 술을 마시도 되겠소?"

흥, 하고 용이 웃는다.

"이눔우 세상! 그만 싹 씻갓아부렸이믄(쓸어버렸으면) 좋겠소. 이래가지고는 동네에 질기 살지도 못할 기요."

"……"

"윤보형님은 훨훨 떠났이니 얼매나 속이 씨원할까."

"떠나기는 노상 떠나니께 곧 돌아오겄지."

"약다 약다 했더니 이펭이형 참말로 약십디다."

"두만이를 서울 보낸 일은 잘한 짓이지. 아이가 신실하니께."

"나도 괭이자루 집어던지고 진작 목수 일이나 배웠더라믄, 이리 썩는 꼴 보고 사느니."

"그렇다고 오만 사람이 다 목수는 될 수 없는 일이고."

"계집자식만 없어도……"

핏발 선 눈에 눈물이 핑 돈다.

"쪽박을 차고 빌어묵었이믄 빌어묵었지 아무리 죽어지내는 농사꾼이라 해서."

"자네가 죽어지냈이야 말이제."

"야?"

"다른 사람들겉이 죽어지내기로 작정하지 않았을 바에야 매 맞을 것도 미리 작정해두어얄 기고 동네서 쫓기날 것도 미리 작정해두어얄 기고."

"······."

"어차피 눈 밖에 난 사람들은 무신 수로든지 당하기는 당할 기구마. 세상 돌아가는 형세가 서울 그 양반한테 유리하다 카던가. 김훈장 말씀으로는 왜놈들하고 한 당이니께 왜놈들이 득세하믄 자연히."

"목을 쳐 직일 놈들! 나라 은공은 저희 놈들이 더 받았임서."

"어느 세상이고 그런갑더마. 악문은 많이 묵은 놈이 더하더라고······. 벌써 처서가 지났다고 덤불 밑이 훤하네."

그러고는 주막까지 가는 동안 서로 말이 없었다.

"어서 오시오. 오래간만에 보겄구만이라우."

영산댁은 각별히 반가워한다.

"와 이리 텅 비었소."

술판 앞에 가서 앉으며 용이 말했다.

"오늘이 백중 아니더라고?"

"백중이믄 백중이지 남정네들이 절에 간 것도 아닐 긴데."

"절에는 안 갔겠지마는 오늘 겉은 날은 집에서 술 빚어놓고 놀 긴께로."

"무신 팔자가 좋아서, 한두 집 그런 집이 있겠지요."

"펭일이라도 매일반이제. 동네 사램 믿고 이 장시하겠어라우?"

"그라믄 누굴 믿고 장사한단 말이오. 누가 세전(稅錢) 받으러 왔나? 오직이도 엄살 떨어쌓는다!"

화낼 일도 아니건만 한조는 화를 낸다.

"동네 사램이야 가뭄에 콩 나기, 농사꾼이 무신 돈이 있단가? 풍년 들믄 술 빚어서 묵을 기고 숭년 들믄 죽도 못 묵는디 술 사 묵으야? 길목이니께로 오는 사람 가는 사람 나그네 주무니 보고."

시부렁거리면서 영산댁은 젓가락을 닦아놓고 술안주도 내어놓고 사발에 막걸리를 듬뿍 부어놓는다.

"하기는 그렇지. 윤보형님이나 문턱이 닳게 댕기까, 무신 수로. 자아 술이나 마시게."

권하고 용이 자신도 술사발을 들어 마신다.

"요전분에는 억울하게 당했더마."

목구멍에 꿀꺽꿀꺽 술 넘어가는 모양을 바라보며 영산댁이 한조에게 말했다.

"아따! 술맛 없거시리, 씰데없는 챙견 마소!"

술사발을 메치듯 놓고 안주를 집으며 한조는 또 화를 낸다.

"하도 세상 인심이 고약혀서 묻는디 목청 돋울 것도 없이야."

"고약하다고요? 하핫핫핫⋯⋯."

"벵신겉이 웃기는."

"오늘 겉은 태평성세가 어디 있일 기라고. 동네 사램이 모두 우에서 밑에까지 인심 쓰기를 서로 다투는 판국인데 여기는 귀가 먼가 배."

"환장하게 생깄으라우."

"옛날 생각 좀 해보소. 여기서 이십 년을 넘기 장살 했이믄 알 만치는 알 긴데 옛날에사 참판님댁 마님이나 사랑의 나으리 만내보기가 하늘에 별 따기, 갬히 그 댁 문전에 얼씬거리기나 했건데? 죄 없는 사람 잡아다 놓고 북 치는 일도 없었고 이것저것 물건 들고 진상하러 가는 사람도 없었고."

"일 년 열두 달 시래기죽만 묵음서 말이요이?"

"주고받고 사랑도 품앗이더라고 그만하믄 인심이 조옿지."

"장리 빚을 내서도 말이요이?"

"하모요. 씨암탉에다가 아들딸 혼수로 매련한 명주필 무명필, 그것도 없이믄 장리 빚을 내서라도 진상을 하고 하인 놈들한테는 술 사주고 담배 사주고 기색 살피고."

죽이 맞아서 지껄인다.

"그렇그름 한께로 까매기 떼라 허요."

"까매기 떼라꼬요."

"내가 한 말이간디? 지체 높은 서울양반님께서 명절이믄 꾸역꾸역 밀어닥치는 진상꾼들보고 한 소리제이."

"듣던 중 처음 들겄네. 여차하는 날이믄 소두(疏頭)꾼이 될 귀한 사람들을 까매기 떼라니."

한조는 얼굴을 일그러뜨리며 웃는다.

"겉으로 이뻐한다고 마음속으로도 이뻐 생각허까이. 갈쿠리 겉은 손발 하며 등 빠진 삼베 잠방이서 물씬 나는 땀 냄새 허며 까매기보다 더 낫기 생각헐 리가 있겄어라우? 그런께로 까매기 모이는 곳에 백로는 안 가는 법이여."

이번에는 썩 기분이 좋아서 한조는 껄껄 소리 내어 웃는다. 맥 빠진 듯 멍청히 앉아 있던 용이도,

"그런다고 술 많이 팔아줄 처지도 아니구마는, 우리가 백로도 아니겄고 여기 술이나 더 주소."

하며 피식 웃는다.

"아, 아니 내가 이서방을 술손님으로 치부한다 그 말이란가?"

사발에 술을 뜨고 술단지 뚜껑을 탁 덮으며 새뚝해져서 묻는다.

"내 이서방 무정헌지는 진작부텀 알고 있었지라우. 사램이 그러믄은 못쓴다아. 불쌍한 월선이 생각도 좀 못혀?"

흐미하게 남아 있던 웃음기가 용이 얼굴에서 싹 가셔진다.

한조는 남은 술을 마시고 영산댁에게 술사발을 내밀었다.

"동네가 시끄럽기 깔진을 신고 댕기는 사램이야 떡판 겉은 아들 낳았인께로 그렇다 하겄소만 자식도 없는 월선이 왜 안 서럽우까아?"

"씰데없는 소리 말고 술이나 주소!"

한조는 용이를 생각하여 영산댁을 윽박지른다.

"발등에 불 떨어지는가? 엣소오!"

한조에게 술을 떠준 뒤,

"태이나기로 잘못 태이나 그렇제. 노류장화도 아니겄고, 하루 이틀새 맺은 인연도 아니겄고 남으 말 할 거는 아닐 것이요만 이서방 아니더믄 죽자 사자 허는 사내들도 있었다던디 진작 팔자 고치고 살지 않았간디?"

벌겋게 상기되었던 용이 얼굴은 다시 파아랗게 변한다.

"전에는 안 그렇더마는 와 그리 말이 많아졌소?"

한조 말에,

"금매, 나이 탓인가 비여, 이 내 처지가, 아 금매, 그런께로 동정심도 있었던 게라우."

말을 꺼내기는 했으나 용이 기색이 험악하여 영산댁은 어물어물 넘기려 한다.

"제가끔 사정이 있인께……. 사람이 우찌 할 말 다 하고 사는고."

씹어뱉듯 뇌고 용이는 술사발을 덥석 잡더니 벌컥벌컥 들이켠다. 한조와 영산댁이 어색하여져서 마주 본다.

"술꾼을 쫓을라꼬 이라나, 와 그라요?"

한조 말이 끝나기도 전에 술사발을 술판 위에 놓고 엽전 몇 푼도 놓고 용이 일어섰다.

"나 먼지 가네."

하기가 바쁘게 횡하니 주막을 나가버린다. 영산댁이 혀를 두 드린다.

"남정네가 더분더분한 데가 없고 속도 좁다아. 웃어넘기믄 될 일 아닌가 비여?"

"웃어넘길 수 없으니께 안 그렇소. 성내고 간 거는 아닐 기 니 깨씹어쌓지 마소."

"아 말이야 바로 허지. 강청댁이라믄 모르까 임이네헌테 비 하믄 월선이는 청백 겉은 제집 아니란가? 내사 월선이하고는 사돈의 팔촌도 안 되지마는 임이네 까불랑거리쌓는 게 하 가 소럽어서."

"거 여자들끼리나 할 소리제 나보고 할 말은 아니구마는."

그러자 영산댁은 웃었다.

"그리고 본께로 나도 이서방헌티 반했는게라우."

하고 이번에는 소리를 내어 웃어젖힌다.

"쭈그렁박이 된 얼굴 생각은 안 하고."

"그려. 쭈그렁박이 됐구만이라우. 그라믄 이자부터는 내 술 묵으시오. 오늘은 백중이고 나도 한잔 마실라누만. 마시고 온

132

갖 시름 다 잊어부릴라요."

영산댁은 한조에게 술 한 잔을 더 권하고 자신은 탕기에 술을 부어 홀짝홀짝 마신다.

"내 생각도 바로 그렇소. 이 술 마시고 온갖 시름 잊어부린다믄 얼매나 좋겠소."

한조는 김치 조각을 어적어적 씹는다.

"어렵울 거 없이야. 산 입에 거미줄 치는 법 없인께로, 만사곰보 목수맨치로 생각허믄 제집 자식 있는 게 탈이제이. 그는 그렇고 삼수 놈 얘기 들었지라우?"

"삼수 놈 얘기라믄 이름만 들어도 이가 갈리요."

"삼수 놈이 봉기 딸 두리를 돌라 캤다가 혼짝 난 얘기는 모르는개 비여."

"내가 알아 송사하겠소."

"아 금매, 그러니께로 그저께 붙들이란 그눔 아아들이 와서 허는 소리를 나도 들었는디. 봉기나 삼수나 다 아장부피장부 아니더라고? 그런께로 여간 재미있이야제. 봉기 그 사람도 좀 어뭉(의뭉)스럽간디? 곰이제 곰."

영산댁이 하는 말에 의할 것 같으면 서울서 조준구가 심복 하인배들을 데리고 온 다음부터 삼수의 콧김은 숙어졌다는 것이다. 쓸 만큼 써먹었고 자기 공이 대단한 것처럼 자칫 버릇없이 구는 삼수를 못마땅하게 생각하는 데다 삼월이 누구씨인지도 모를 아이를 낳은 후부터는 더욱 삼수를 삼월이에게 밀어붙이며 달가워하지 않는다는 것이다. 그러나 본시 위인이 사악한 데다가 푼수 없는 뚝심이 있어서 봉기한테 깔아놓은 밑천, 밑천이라야 흉년 때 남보다 곡식 말이나 더 간 것하고 조준구에게 좋게 말하여 문전답을 부치게 한 것 등이지만 최참판댁에서 자기 처지가 떳떳지 못하게 되면서부터 깊은 정을 느끼는 것도 아니면서 마치 장리 빚이라도 받아내려는 심정으로 두리를 내놓으라 엉기엉기 덤비었던 모양이라는 것이다.

"언제 난 봉기간디? 어림이나 있는 일이까아? 뚝심으로 친다 혀도 그렇고 능청스러운 거는 한술 더 뜰 긴께로. 볼만허게 붙었지야. 그래 뭐라 혔는고 허니─나 너거 상전한테 가서 물어볼란다. 삼월이 년하고 짝을 지어주시고 새끼까지 내질렀는데 우리 두리를, 아 우리 두리가 어디 종년이건데? 명색이 상사람으 딸자식하고 그래 계집자식 있는 종놈하고 혼사가 되겠는가, 그기이 사리에 맞는 일인가 물어볼라누마. 또있지러, 물어볼 일이. 니를 면천시키서 집안일을 몽땅 두량하게 할 기라 하싰다 카니 일자무식자 니를 말이다. 그기이 정말인가 물어볼라누마. 또 있지러. 삼월이 낳은 아아가 그 어른 씨종자임이 틀림없다 했고 최참판댁 살림을 그 양반이 뺏는데 니 공이 제일 크다는 말도 니 입으로 했으니 내 물어볼라누마. 듣기로는 아 서울서 온 그 지서방인가 하는 사람이하는 말을 들으니께 딴판이더마. 딴판이라─그렇그름 봉기가 말했다는 거 아니겠소? 되게 당했지라우. 그 늙은 곰 겉은 봉기가 벌써부텀 지서방인가 뭔가 허는 작자헌티 온갖 정성을, 왜 그 함안댁 목 매단 줄까지 갖다 줌시로 푹 삶아서 제 편역을 만들었인께로 집안 형편은 다 알 만치 알아서 큰소리 탕탕 친 거 아니겠어? 삼수 놈 한마디 말도 못허고 뒷맛이 썼을 것이요이."

"흥, 호랭이 잡아묵는 담비가 있다 카더마는."

"그라믄 삼수가 호랭이란가? 거 출세했구만이라우."

"호랭이는 무신 호랭이, 말이 그렇다는 기지. 살쾡이도 못 될 놈!"

"사람이란 제 푼수를 지키고 내일 어찌 될 값에라도 곧은 길을 가야. 우리 집에 술 처묵으러 올 적마다 삼수 놈 얼굴을 빤히 치다보곤 했는디, 당장은 좋을지 모르지마는 남헌티 몹쓸 짓을 하믄 옳은 죽음 못히여. 세월이 보를 갚는 법이여."

"그렇다믄 이 세상에 억울한 사램이 어디 있겠소. 참말로 세월이 보를 갚는다믄 천년이라도 기다리겠소."

"그런다고 머 착한 사램이 고생 안 헌다 할 수는 없제. 그것은 전생의 죄 아니까아? 그래도 제 마음만 청백 겉으믄 무서울 거는 없일 기고 마음도 편헐 기고오."

"나쁜 짓 하는 사램들은 맘이 안 편헐 기라 그 말이오?"

"수풀에 앉은 새맨치로 맘이 안 편헐 사램도 있일 기고 편헐 사램도 있일 기지마는 업보를 받을 적에도 마음이 편하까아?"

월선이 집 앞까지 왔을 때 해는 떨어지려 했다. 둥근 선을 그은 초가지붕 위에 까치가 앉아 있었다. 반쯤 열려 있는 판자 삽짝을 떠밀며 용이 마당에 들어섰다. 암갈색 암수탉 두 마리가 붉은 볏을 흔들며 울타리 곁의 배추밭에서 배추를 쪼아먹고 있었다. 이웃 조무래기들과 제기를 차며 놀고 있던 천석이가 땅바닥에 떨어진 제기를 얼른 주워들고,

"아지매 없소. 절에 갔소."

하며 용이 얼굴을 빤히 쳐다보다가 제풀에 무안했던지,

"저녁에는 올 기요."

하며 천석이는 조무래기들을 몰고 밖으로 뛰어나간다. 마루 끝에 가서 걸터앉은 용이는 허리를 구부리고 신발을 내려다본다. 삼십 리 길을 걸어와서 땀에 젖은 옷이 후줄근했으나 그보다는 용이 얼굴이 더 후줄근해 보인다. 백중날이기 때문에 월선이 절에 갔을지 모른다는 생각을 못했던 것은 아니었다. 보고 싶어 못 견디어 찾아온 것도 아니었다.

'월선이를 잡아두었던 기이 옳았던 일이까.'

눈을 감는다.

'이제 와서 이런 생각을 하다니……'

자신의 마음을 알 수 없었다. 뭔지 모르게 가뭄 탄 푸성귀처럼 자기 내부에서 시들어가고 있는 것을 용이는 느낄 뿐이다.

'나이 탓이까, 홍이가 커가는 때문이까.'

홍(弘)이 커가는 때문일까 했으나 그는 아들의 장래를 꿈꾸

어본다거나 기대를 걸어본 일은 별로 없었다. 농사꾼 자식이면 농사꾼 될밖에 없다는 막연한 체념 비슷한 생각은 했었다.

'월선이는 이렇기밖에 살 수 없는 기고 나 역시 그렇기밖에, 무신 심이 있다 말고. 내 나이 이제는 사십이다.'

감았던 눈을 뜨고 허리를 구부린 채 손바닥으로 얼굴을 쓸어내린다. 부드러운 수염이 손바닥에서 미끄러진다.

불에 단 쇠를 두 손으로 꽉 쥐는 것 같은 아픔, 가시덤불 속에 몸을 굴리고 싶었던 안타까움, 푸른 눈동자 속에 일렁이던 정염(情炎)은 참으로 찬란한 희열이 아니었던가. 그것들은 이제 사라지고 없는 것이다. 바닥 모를 심연이요 끝이 없었던 오뇌(懊惱), 그것도 이제는 사라지고 없는 것이다. 줄기차게 넘쳐흐르던 감정들은 싸늘한 재가 되어 핏줄을 흔들어주는 힘이 없는 것이다. 용이는 자신이 많이 변했다고 생각했다. 봄볕 따스한 장다리밭에 보승보승 핀 노랑 꽃이파리 위를 노랑나비가 나풀거리는 것 같았던 화사한 젊은 날, 아니 어린 날 월선이를 못 잊어 울었던 소년은 장가를 들었고 꽃샘바람이 불던 이른 봄 할미꽃을 꺾어왔던 돔방치마의 어린 새댁을 연민의 눈으로 보지 않을 수 없었던 어진 젊은이는 가끔 우스갯소리도 했고 명주 수건에 장구를 메고 맴을 돌면서 인생의 허무를 부드럽게 어루만지기도 했었다. 월선이 돌아왔을 적에 수줍고 염치 바르고 도덕심이 굳었던 삼십의 사나이는 그러나 보승보승 핀 노랑 꽃이파리에 나풀거리던 나비는 될 수 없었다. 벌겋게 단 무쇠를 잡듯이 그 아픔은 참으로 황홀하고 아름다운 것이었다. 월선이 다시 종적을 감춘 후 줄이 끊겨 허공에 뜬 연처럼 이태의 세월을 보내었고 그런 뒤의 강청댁과 임이네 두 여자에게 향한 욕정의 광풍(狂風)은 용이로 하여금 지옥의 밑바닥을 보게 했다. 강청댁이 죽고 임이네는 홍이를 낳았고 액병이 지나간 자리에 많은 죽음을 보았고 흉년을 겪었다. 그러나 고난에 이지러진 사내는 숙명처럼 나타난 월선이 앞에 다시 섰던 것이다. 마디마디에 못이 박힌 크다만 손, 흰 머리칼이 생기기 시작한 상투, 힘없이 늘어난 살가죽 이외 아무것도 가진 것이 없는, 그러나 사내로서의 자존심은 갈등을 몰고 오기도 했으나 이제는 그것마저 흐미해지고 말았다. 생활의 무게를 떠밀어버릴 수 없는, 그리고 그 무게와 더불어 짐짝 같은 자기 모습을 보는 수밖에 없었다.

이처럼 피곤한 그에게 아들 홍이는 따스한 빛이었다. 하얀 무명 저고리에 갈매빛으로 물들인 무명 바지를 입은 홍이가—임이네는 남의 아이들같이 아무렇게 옷을 입히는 법이 없었다. 밤을 지새가면서 푸새를 하고 바느질을 하여, 홍이는 그에게 자식 이상의 뜻을 가진다. 마치 수호신과도 같은—방그레 웃으며 아비를 쳐다볼 때 용이는 저도 모르게 눈길을 모으며 미소한다. 느긋한 봄날 아지랑이 같은 평화스러움을 느낀다.

'저놈을 월선이가 낳았더라믄…… 죽은 그 사람이 낳았거

나…….'

하다가 마당을 왔다 갔다 하는 임이네 모습을 피하여 하늘을 올려다보곤 했다.

"이녁곁이 무심하까. 그 자식이 우떤 자식이라고…… 남우 씨나 받아서 낳은 거맨치로."

임이네는 자기에게 무심한 용이 태도를 아이를 앞세워 푸념하기도 했다. 한 집에서 한 이부자리 속에 지낸 것도 벌써 사 년이 지나갔다. 칡넝쿨같이 줄기찬 생활력과 물가의 잡풀같이 무성한 생명력을 지닌 임이네, 식욕과 물욕과 성욕이 터질 듯 팽팽한 살가죽에 넘쳐흐르듯 왕성한 임이네는 대지에 깊이 뿌리박은 여자, 풍요한 생산의 터전이라고나 할까. 그러나 그는 접을 붙여주지 않는 꽃나무, 무정란을 품은 슬픈 새다. 용이는 홍이를 얻은 뒤 다시 자식을 바라지 않았다. 지난날 강청댁에게 그러했듯이 부부의 관계를 끊은 것은 아니었지만 정액을 밖에 쏟았다. 그의 행위는 언제나 싸늘하고 그 행위에 혐오를 느끼는 듯했다.

"우찌 그러요?"

"없는 놈이 자식 많아 머하게."

대꾸는 그 이상을 넘지 않았고 임이네는 옛날 칠성이한테처럼 악악거리거나 투정하고 군소리하지는 못했다. 물론 오욕스러웠던 자신의 과거가 말을 막기도 했으나 말 없는 엄격한 용이 태도는 허물 수 없는 높은 장벽이었다. 월선이 탓이라고도 생각했다. 그러나 자식을 낳았다 하여 월선과의 관계를 막고 나설 수 없는, 그렇게 되면 용이 어떤 결단을 내릴지 임이네는 무서운 파탄을 예감하지 않을 수 없었다.

동네 소문이 쫙하게 깔린 당혜의 경위를 말할 것 같으면, 그것은 임이네가 생각 끝에 꾸며낸 연극 같은 것이었다. 아니 저항이요 자위 수단이었는지도 모른다. 당혜는 명주 한 필이 둔갑한 것이다. 염치를 무릅쓰고 동냥하다시피 뽕을 얻어다 누에를 쳤고 짬짬이 짜서 농 밑에 넣어둔 명주 두 필은 과년해가는 임이 혼수였다. 그 명주 한 필을 꺼내었다. 설장을 보러 가는 용이에게 주저주저하다가,

"팔아서 깔진 한 키레 사다 주소. 명주 한 필 팔아서 깔진 사자 카믄 두 냥쯤 남을 기요. 그라고 오래 신거로 너무 야하지 않는 거로 사소."

했다. 용이는 명주 두 필이 임이 혼수인 것을 알고 있었고 그렇기 때문에 당혜는 임이 몫으로 장만하는 줄 알았다. 살인 죄인의 딸로서 의붓아비 밑에 자라는 임이 처지를 가슴 아파하는 어미 마음을 측은하게 여긴 용이는 반대할 아무 이유가 없었다. 그러나 임이네는 따로 생각이 있었다. 결국 임이에게 줄 신발이지만 자줏빛에 유록색 전을 두른 예쁜 당혜를 사왔을 때,

"나 평생 깔진이라고는 신어본 일이 없소. 이분 설에 내가 좀 신다가 임이 줄라요."

용이는 아무 말도 하지 않았다.

"자식을 낳았으니 할 수 없어서, 글안하믄 꾸중물 겉은 제집을 누가 데리고 살 기라고."

"하모 백정 놈한테도 치매를 걷은 제집 아니가. 그래도 이 서방이 어지니께 그렇지. 다른 남정네 겉애 봐라. 자식 뺏으믄 고만 아니가. 지가 어디 가서 머라꼬 발명할 기든고?"

"데꼬 살기는 살아도 무신 정이 있겄나. 제사 때는 멧상도 안 들린다 카데."

"안 그래도 정이사 벌써 다른 데 홈싹 쏟아났는데."

"그래도 감지덕지해야지. 집에 들앉히놓은 것만 해도 지 주제에? 피둥피둥 살이 쪄서 무신 요조숙녀라꼬? 지갈 떨어쌓는 거 참말로 눈이 씨어 못 보겄더라."

이웃 아낙들의 뒷공론을 임이네는 알고 있었다.

'자아, 보아라! 너거들 팔자 치레한 년들, 나를 업수이여기더라마는 내 너희 년들을 부럽아하는 줄 알았더냐? 너희 년들 중에 서방이 깔진까지 사다 준 년 하나나 있이믄 어디 그 깔진 구겡이나 좀 하자!'

십분 거동으로 그런 말을 나타내며 임이네는 정월 초이튿 날부터 당혜를 신고 이 집 저 집 시위하고 다녔던 것이다. 과연 마을 안에서는 의견이 들끓었다. 임이네가 노린 이상의 효과가 나타났다.

"농사꾼의 제집이 깔진은 무신 놈의 깔진고. 신고 나서는 년도 그렇지마는 사다 준 이서방도 미쳤지."

욕을 했으나 멸시가 아닌 선망이었고,

"전사는 우찌 되었든 오래 함께 사니께 정이 드나 부제? 제집 사내란 그런 긴가."

"홍이 놈이 애비 에미 근원(정의)을 붙이주었는갑다. 머시마가 좀 좋아야제? 남우 자식이라도 안아보고 접은데."

어느덧 임이네 위치를 인정해주고 있는 것을 마을 아낙들 자신도 깨닫지 못했다.

'너거 년들 서방 스물 백을 모아보아라! 우리 홍이아배 한 사람을 당할 기든가. 꾸중물겉이 더럽운 년이라 하고 샐인 죄인 제집이라 하고 너거 년들이 나를 설움 주고 구박하더라마는 너거 년들보다 열 배 백 배 내가 못할 거 머 있노. 자아, 보든 알 거 아니다. 홍이아배가 나를 이렇그름 섬기는데 너거들보다 못할 기이 머 있노. 사램이 몇백 년을 살 기든가. 팔자치레 못한 거를 이마빡에 붙이고 댕기던가. 정이 나한테 없다고? 나를 대수로 안 여긴다고? 정이 없고 대수로 안 여기는 제집한테 깔진 사다 주겄나. 소나아가 잘나믄 계집질하기 매련이고 그까짓 뜬 계집 내일이라도 가믄 고만인 기라. 그래도 우리 홍이아배는 제집한테 빠지서 살림 망해묵을 사람은 아니고 집안 거이라믄 깨 한 톨도 안 가지고 가니께. 그래도 월선이한테 정이 있다 하겄나? 씰데없는 주딩이 까지 말고 너거들도 내맨치로 깔진 하나 사돌라 해보라모. 흥, 말이 그렇지,

평생 끝밭 매고 길쌈하고 그래 봐야 깔진이 어딨더노? 보선 목달이 한 짝이라도 사다 주믄 가랭이 치키들고 춤을 칠 년들이.'

설 명절 며칠 동안을 임이네는 그런 말을 거동으로 나타내고 희색이 만면하여 마을을 쏘다녔던 것이다.

"아이고오, 오싰구마요, 방에 안 들어가시고 어둡은데."

곁방살이하는 천석어미가 거리에서 팔다 남은 떡 함지를 이고 들어오며 말했다. 용이 고개를 든다. 순간 용이는 기우뚱하며 한 팔을 내저었다. 그의 눈앞에 생각지도 않았던 최치수의 얼굴이 지나갔던 것이다. 환각이었다. 사방은 어둑어둑해 있었으며 천석어미의 모습도 뚜렷하지 않았다.

"절에 갔는데 곧 돌아올 깁니다. 백중날이라꼬 재 지내러 갔이니께요. 방에 들어가시이소."

용이는 천석어미 목소리에 쫓기듯 짚세기를 벗고 마루에 오른다. 방문을 열고 얼른 방 안으로 들어간다. 빈방 기운이 썰렁하게 콧가에 와서 닿는 것 같다. 갓을 벗어 걸고 중치막도 벗어놓고 용이는 피곤해진 몸을 드러눕힌다. 방바닥의 냉기가 땀에 젖은 살갗에 쩍 들러붙는 것 같다. 밖에서는 늦은 저녁을 짓느라고 허둥지둥하는 천석어미의 발소리, 장독 뚜껑을 여닫는 소리, 물 푸는 소리가 들려왔다. 방 안은 어둡고 들창을 비쳐들어 온 희미한 밝음이 장롱 나비 모양의 주석 장식을 조금 떠올려주고 있다.

'이상하다? 뜬금없이 서방님 얼굴이 우째 보일까?'

최치수가 죽은 뒤 두서너 번인가 꿈에 본 일이 있었다. 꿈에서 만난 최치수는 그럴 때마다 죽을 무렵의 모습이 아닌 어린 시절의 소년으로 나타났다. 한번은 열한 살 때 마마로 죽은 누이 서분이와 함께 놀던 모습이었고 한번은 조그마한 계집아이, 월선의 머리끄덩이를 잡아당기는 모습이었다. 꿈이 깨었을 때 용이는 죽을 무렵의 최치수 얼굴을 떠올려보려 했으나 희미하여 구름 잡는 듯 종내 또렷이 기억해낼 수 없었다. 그러던 최치수가 별안간 눈앞에 뚜렷이 나타났다는 것은 이상한 일이다.

불그스름하고 얄팍한 입술, 쏘는 듯 강한 눈동자, 도드라져서 모가 난 관골과 날카로운 콧날, 창백한 낯빛, 모두가 생시 그대로의 얼굴이었다. 화가 났을 때 뱅글뱅글 도는 것만 같이 보이던 입매조차 생생하게 느껴졌던 것이다.

밖에서 사내 목소리가 들려왔다. 천석아비가 돌아온 모양이다. 강가에 나가 나룻배 장배, 혹은 뗏목이 들어올 때 짐꾼일을 하는 천석아비는 꽁하는 성미여서 방세 없는 석가살이(더부살이)가 미안하여 그랬던지 아침 일찍 저녁 늦게 돌아오면서도 월선이와 마주치기를 피해왔는데 용이 오는 날이면 더욱더 조심스러워져서 인사는커녕 쥐 죽은 듯 방 속에서 말이 없는 사내였다. 천석어미가 제 남편을 보고 용이 왔다는 귓속말을 한 모양이다. 방문 여닫는 소리와 천석의 목소리가 잠시

들리는가 싶더니 그러고 나서 방 안은 잠잠했다. 천석어미의 저녁 짓는 기척이 났을 뿐이다. 한참 후,

"불도 안 키고……. 오기는 올 긴데 저무네요."

문밖에서 천석어미가 말을 걸었다. 용이는 일어나서 등잔에 불을 붙인다.

"우리 집에서 저녁은 했는데 우짤랍니까? 더 기다리보실랍니까."

"괜찮소."

하다가 용이는 방문을 반쯤 열었다.

"저 천석이 있지요?"

"야."

"저녁보다, 미안하지마는 술을 좀."

"그러지요. 천석아!"

"야!"

하고 천석이 뛰어나왔다. 용이는 아이에게,

"니 술 좀 받아올래? 한 되만."

"야."

주머니 속에서 엽전을 꺼내어준다.

용이는 한 되 술을 다 마셨다. 그리고 술상을 밀어붙인 채 잠이 들었다. 얼마나 잤는지 눈을 떴을 때 등잔불이 가물거리고 있었다.

'깜박 잠이 들었구나.'

새벽닭 우는 소리가 들려온다.

'벌써 새북가?'

일어나 앉는다.

'우찌 된 일이꼬? 안 돌아왔는가 배?'

윗목에 뽑아놓은 곰방대 담배쌈지를 끌어당겨 담배 한 대를 넣어 붙여 물었다.

'속이 쓰리다. 우째 썰렁하구마.'

담배 연기를 뿜어내며 용이는 생각에 빠져들어간다.

'뜬금없이 서방님이 우째 보이있이까?'

그것은 어느 가을날의 일이었다. 치수의 조모 조씨가 살아 있을 무렵이다. 최참판댁에서는 가을 굿이 벌어지고 있었다. 굿을 하는 무당은 월선네였고 용이어미도 와서 최참판댁 뒷일을 보살펴주고 있었다. 어미를 따라온 머슴애와 계집아이 그리고 치수는 시끄러운 집 안에서 빠져나와 뒷산으로 올라갔다. 단풍이 한창인 산은 아름다웠다. 치수는 언젠가 산에서 벌통을 본 일이 있다면서 그것을 찾으러 가자 했다.

"지금쯤 꿀이 많아졌을 거야."

계집아이는 하아하아, 하고 숨을 가쁘게 쉬며 따라왔다. 용이는 계집아이의 손을 잡아주고 싶었지만 치수가 화를 내면 어쩌랴 두려운 생각이 들어 못 본 척하고 느릿느릿 산길을 올라갔다.

"빨리 와! 뭐하는 거야!"

치수는 눈알을 굴렸다.

"예, 도련님."

"싯!"

별안간 치수는 입술을 손가락으로 누르며 돌아보았다. 그러고 나서 다시 베어낸 나무 밑동에 움이 돋아 여름내 자라서 너불너불 이파리가 벌어진 오리나무를 손가락질해 보였다. 꿩이다. 머리는 이파리 속에 숨기고 감청색으로 반들거리는 꼬리와 갈색, 녹색의 윤이 흐르는 몸뚱이는 드러내놓고 있었다.

"가만히 있어, 내가 저눔을 잡을 테야."

치수는 소곤거리며 두 팔을 벌리고 살며시 발을 떼어놓았다. 얼굴을 빨갛게 상기시키며 계집아이는 꿩이 있는 것도 모르고 치수의 거동이 수상하여 그 모습에 눈을 팔고 다가오다가 그만 돌부리에 채어 넘어졌다. 그와 동시 재빨리 기기 시작한 꿩은 푸드득 날아올랐다.

"이 계집애! 죽여버릴 테야!"

치수는 악을 쓰며 엉겁결에 일어선 계집아이에게 달려가 주먹으로 가슴을 쥐어박았다. 계집아이는 다시 뒤로 나자빠지면서 울음을 터뜨렸다.

"죽여버릴 테야! 죽여버려!"

연신 악을 쓰며 발길질이다.

"도련님! 도, 도련님!"

용이는 울면서 치수의 팔을 잡았다.

"이놈아! 너, 넌 뭐야! 왜 울어!"

이번에는 용이 가슴을 쥐어박았다. 용이는 우는 대신 하하, 하고 웃었다.

'상놈이 우찌 양반을 때릴 것고.'

타이르던 어미 말을 분하게 여긴 용이였었는데 계집아이 대신 맞는 것이 기분 좋았다.

"이게 미쳤어?"

연신 쥐어박다가 치수는 맥이 풀렸던지 혼자 휭하니 산을 내려갔다. 용이는 땅바닥에 퍼질러 앉은 계집아이를 일으켜 세워 치마에 붙은 마른 나뭇잎을 털어주고 업었다. 계집아이의 무게는 가뿐했다. 아마 그때 월선이는 일곱 살쯤 되었을 것이다. 용이는 꿈을 꾸듯 어린 날의 기억을 더듬고 있었다.

'이서방 아니더믄 죽자 사자 허는 사내들도 있었다던디 진작 팔자 고치고 살지 않았간디?'

영산댁의 말이 돌팔매처럼 의식 속에 뛰어들었다.

'새북닭이 우는데 간밤에 안 돌아왔구나?'

갑자기 가슴이 방망이질하듯 뛴다.

'절에서 잤겠지.'

여전히 가슴은 뛴다.

'내가 와 이러지? 이, 이기이 무슨 짓인고 모르겠네.'

해괴망칙한 망상이 밀려든다. 강한 욕망이 핏줄을 흔들며 달겨든다. 질투, 의심, 사랑과 미움이 목을 눌러 죽여버리고 싶은 강포한 힘이. 용이는 배앓이하는 사람처럼 방 안을 헤맨다.

월선이는 해 돋기 전에 돌아왔다.

"우, 우찌 오싰소."

강바람을 다 마시고 달려온 것처럼 월선이는 숨을 몰아쉬었다.

"어디서 잤노?"

가만히 월선이를 노려보며 용이 물었다. 머리칼 하나 눈빛 하나 움직이는 것이 있다면 때려잡을 듯한 기세다.

"절에서 잤소. 우쩐지 맴이 씌어서 날이 새기도 전에 절을 나섰더마는."

수줍고 기쁨에 넘치는 미소, 눈과 눈이 마주쳐서 떨어지질 않는다.

"언제꺼지 니는 이리 덩신으로 살 것가."

용이는 스스럽게 여자를 가슴에 안았다.

'아무래도 나는 니 없이는 못 살 긴갑다.'

3장 농발 없는 장롱

안채와 별당 사이에 한 그루 서 있는 팽나무 속에서 우는 걸까. 찢어지게 공간을 흔들며 매미가 운다. 병수는 글을 읽다가 얼굴을 든다. 하늘에는 덩어리를 이룬 새하얀 구름 뭉치가 움직이지 않고 있었다.

'여름도 다 가는데 여태 매미가 우네? 저러다가 찬 바람이 불면 어디로 갈까? 아마 죽어버릴 거야.'

병수는 늘 생각하는데, 귀청이 윙윙 울리도록 시끄럽게 울어대는 매미 소리가 싫지 않은 것이 이상했다. 어머니 홍씨의 악쓰는 목청을 들으면 전신이 오그라들듯 무섭고 괴로웠는데 그보다 시끄러운 매미 소리는 왜 싫지 않을까 하고. 절에서는 안거(安居)라 해서 여름철에는 탁발을 하지 않고 중들은 수도를 한다는 것이다. 아무래도 벌레들은 여름철에 성하기 때문에 모르게 밟아 죽이는 일이 허다하므로 살생계(殺生戒)를 범할까 봐 중들은 나돌아다니지를 않고 하안거(夏安居)를 한다는 것이다. 길상이 한 말이었다. 언젠가 병수에게 들려준 말이다.

길상이는 항상 무뚝뚝하게 병수를 대했다. 어떤 때는 미움에 가득한 눈으로 노려보는 일도 있었다. 그러나 한번은 높은 마루에 오르질 못하여 병수가 버둥거리고 있을 때 뒤에서 누가 안아 올려준 일이 있었다. 길상이었다.

그때 그의 눈에는 슬프고 따스한 것 같은 빛이 서려 있었지만 그 후 다시 무뚝뚝해지고 말았다. 그러나 병수는 길상이 좋았다.

'이슬만 먹고 사는 죄 없는 벌레니까, 사람들처럼 욕심부리고 싸우지도 않지. 그리고 여름이 가면 죽는 슬픈 신세니까 말이야.'

매미가 울음을 뚝 그쳤다. 다시 책을 읽으려 하는데 이번에는 이초시의 드렁드렁 코 고는 소리가 옆방에서 들려왔다. 병수는 푸우, 하고 한숨을 내쉬며 다시 바깥 하늘을 바라본다. 덩어리를 이룬 새하얀 구름 뭉치는 여전히 움직이지 않는다.

으흠으흠, 큰기침하는 것, 허우대 좋은 것, 게을러빠진 것과 낮잠을 즐기는 버릇 이외 이렇다 할 특징이라곤 없는 이초시는 병수의 글 선생이다. 코를 골거나 말거나 장죽을 물고 낮잠을 자거나 말거나 별채에는―윤씨부인 생존시에 조준구네 식구들이 거처하던 곳―조준구와 홍씨는 얼씬거린 일이 없었으므로 누가 가타부타 할 사람도 없다. 애초부터 병신 아들, 면무식이나 하게 하자고 데려다 놓은 사람인 만큼 두 내외는 이초시에 대해서도 도통 관심이 없는 것이다. 자식인 병수조차 있으나 마나, 어떤 경우에는 있어서 곤란한 존재로 생각했으니 글 선생에 대해 무관심하다는 것은 조금도 이상스러울 게 없다. 그러나 내색한 일이 없었고 설령 내색을 했다손 치더라도 알아줄 사람이 없었겠지만 병수는 이초시를 좋아하지 않았다. 어쩌다가 고향에라도 다니러 가고 없는 날이면 속이 시원하고 기분이 좋았다. 글 읽기가 싫어 그랬던 것은 아니다. 오히려 글 읽기를 즐겨하는 편이었다. 병수는 이초시의 코 고는 소리만 들으면 악을 쓸 때 어머니가 씨익씨익 숨을 몰아쉬던 소리와 혼동을 하게 된다. 코 고는 소리하고 씩씩대는 숨소리는 분명 다를 터인데 그만큼 병수 의식 속에는 어머니에 대한 두려움, 혐오감이 깊이 박혀 있었는지도 모른다. 서울서 열두 살까지 불구 자식을 수치로 아는 홍씨에 의해 세상 구경을 못하고 어두침침한 골방에서 자란 병수가 이곳에 온 지도 어언 사 년이 지났지만 자라지 않은 채 열다섯이 되었다. 사대부 집 자제로서는 성례를 마쳤어야 할 나이다. 자라지 않는 신체, 그 신체와는 반대로 정신의 성장은 이상하게 빨랐다. 넓은 천지, 그러니까 서울에서의 골방살이에 비한다면 평사리는 넓고 넓은 천지였던 것이다. 그는 시시로 뒷산에 올라 하늘과 강물과 숲과 들판을, 철 따라 다양하게 변모하는 자연을 볼 수 있었고 날짐승 들짐승 뭇벌레들, 사철의 식물들을 볼 수 있었고 먼발치로 들일 하는 농부들의 생태도 볼 수 있었다. 별당을 제외한 넓은 집 안을 돌아다녀도 방해하거나 관심하는 사람이 없었다. 가두어진 생활에서 일시에 밀어닥친 외계의 상황은 그런 만큼 신선하고 강렬했을 것이다. 목마른 나무가 물을 빨아올리듯이 새로운 환경은 그에게 숱한 지혜를 주었고 생각을 풍부하게 해주었으며 사물을 판단하는 능력을 길러주었다.

대체로 신체적 불구자는 성한 사람들보다 감각이 예민하다고 한다. 천질인지 혹은 다만 병적 체구 탓인지 병수는 감수성이 빨랐다. 직감은 정확했고 본능적으로 상대방의 특질을 파악한다. 단순히 선악의 기준에서 파악한다기보다 사람들 성격의 빛깔이랄까 분위기랄까, 의식한 것은 절대 아니지만 지극히 탐미적인 요소를 띤 느낌 같은 것이라 할까. 시원찮은 선생이었으나 이초시한테 소학(小學)을 배우고 통감(通鑑)을 떼고 사서(四書)를 배우면서 도덕률에 의한 가치를, 인간 행위의 존엄성을 헤아리는 의지를 지각하게 된다. 실로 병수는 조상이 남겼을 가풍에 접한 일이 없었고 부모의 훈도를 받은 일이 없었으며 스승의 인격을 느낀 바도 없었으나 옛날 성현의 글, 그 행간 행간에 배어난 위대한 사상을 가르치는 사람의 의도를 훨씬 넘어서 흡수하고 깨달으며 비약하고 상승해갔다. 물론 십오 세라는 나이의 한도에서 우수했었다는 얘기다. 이러한 자질을 아는 사람은 아무도 없었다. 조석으로 함께 기거하는 이초시도 병수 내부에 형성되어가는 과정을 엿보지 못했고 부모 역시 그러했다. 관심이 없었다는 것도 이유겠으나 그들은 모두 어느 면으로서든지 범속한 인물들이었으니까. 그토록 오랜 시일 집념으로 적대해오던 길상이가 의외로 병수의 남다른 점을 감지하고 있는 듯. 세정에 밝고 처세에 능란하며 제반사에 형통하다 하여 우이(牛耳)에 있는 사람들이 도금된 자신들을 높이되 진토 속에 묻힌 옥을 모른다는 것은 그 자신들이 옥의 동류가 아니기 때문이요 병수 내부에 숨은 청랑(淸朗)한 오성(悟性)을 느낀 길상은 비록 신분이 얕고 천애고아이나 조물주께서 선험(先驗)을 풍부히 부여한 운명아, 많은 장님 속의 눈뜬 사람의 하나라고나 할까. 왈 꼽추 도령이요 천치 바보요 오줌도 가릴 줄 모른다는 사실과 억측 속에 하여

간 병수는 인간 폐물로 추호의 동정 없는 낙인 찍힌 존재다.

코 고는 소리는 여전했다. 병수는 책을 덮고 일어선다. 신 돌과 상당히 거리가 있는 마루를 미끄럼타듯 내려선 그는 잠시 동안 코 고는 소리에 귀를 기울이다가 살금살금 걷기 시작한다. 얼굴에 부드럽고 약간의 장난스런 미소가 흘렀다. 구름 뭉치는 어느새 층(層)으로 변하여 서서히 움직이는 것 같다. 별채 모퉁이를 돌아서면 뒤켠은 대숲이다. 대숲 속에 실낱처럼 가는 한줄기 길이 있다. 사당(祠堂)으로 통하는 길이다. 병수는 사당이 어떻게 되어 있는지 여러 번 가보려고 마음먹었으나 종내 못 가고 말았다. 옛날 대숲에 호랑이가 나타나서 포수의 총에 맞아 죽었다는 얘기도 얘기지만 별당 담장가에만 대나무가 성글었을 뿐 나머지 곳에 가득 들어찬 대나무 숲이 어찌나 울창했던지 대낮에도 여우가 나타날 것 같은 무서움증이 들었기 때문이다. 병수는 대숲 속에 난 오솔길 초입(初入)에서 오른편으로 걸음을 꺾는다. 그곳은 길이 아니었고 바로 대숲 속이지만 담장이 연이어져 대나무는 드문드문하고 햇볕이 환하게 비치는 곳이다. 마른 댓잎이 발밑에서 와삭와삭 바스라지는 소리를 낸다. 담장을 따라 한참을 가던 병수는 걸음을 멈춘다. 얼굴에 부드럽고 약간은 장난스러운 미소가 다시 지나간다. 담장 가까이로 행복해진 얼굴을 가져간다. 담벽 흙이 좀 허물어진 곳에 돌과 돌을 맞물린 사이에 조그마한 구멍이 하나 나 있다. 그 구멍에 한쪽 눈을 바싹 갖다 댄다. 한쪽 눈에 비친 곳은 별당 뜨락이다. 해당화 잎이 아랫도리를 가렸으나 별당 전부가 보인다. 마루가 있고 마루 안쪽에 방이 있고 마루 곁에 있는 툇마루가 달린 큰 방이 서희의 거실이다. 한데 그 툇마루에는 문짝 하나가 걸쳐져 있었다. 남치마에 흰 적삼을 입은, 엉덩이까지 내려온 머리꼬리에 자줏빛 댕기가 흔들리는 봉순이 모습이다. 신돌 위에서 허리를 구부린 봉순이는 풀비로 종이에 풀칠을 하고 있었다. 곁에는 얹은머리가 부스스한 김서방댁이 지껄이고 있는 모양이다. 이윽고 두 사람은 풀칠을 마친 한지를 맞잡아 들고 툇마루에 기대어 세워놓은 문짝 앞에 가더니 문을 바른다. 그러기를 몇 차례, 다 발라버린 문짝을 번쩍 치켜든 김서방댁이 별당 출입문 근처 담장에다 문짝을 옮겨놓은 뒤 사발에 떠서 들고 나온 물을 입에 머금더니 문짝에다 푸우! 하고 뿜는다. 이때 문짝을 들어내어 반듯하게 네모로 드러난 문틀 공간에 서희 모습이 나타났다. 병수 눈빛이 환해진다. 두 주먹을 꼭 쥔다. 연분홍 치마, 유록빛 바탕에 자줏빛 무를 끼운 회장저고리를 입었다.

서희는 문기둥에 한 손을 짚고 병수 쪽을 향해 서 있다. 서희 모습 뒤켠에 백동 장식이 반짝이는 장롱의 일부분이 보인다.

'가엾은 서희……'

훤하게 트인 이마, 갸름한 얼굴 윤곽에 꺼뭇꺼뭇한 눈은 멀리서도 또렷하다.

'하늘의 선녀라고 저렇게 어여쁘게 생겼을까.'

병수 눈에 눈물이 글썽인다.

'내 이 병신만 아니더면…… 이 세상 끝까지 너를 따라가겠다! 내 이 병신만 아니더면 너도 나를 싫어하지는 않았을 거야. 가엾은 서희, 너를 위해 나는 무엇을 하리.'

눈물에 흐려 서희 모습이 물감처럼 번져난다.

'부끄럽다! 부끄러워. 이 집도 살림도 땅도 모두 서희네 건데…… 우린 비렁뱅인데 네 말대로 비렁뱅인데 말이야!'

"도련님."

용수철같이 튀면서 돌아섰다. 노기에 찬 길상의 눈이 쏘아보고 있었다.

"거기서 뭘하시오?"

병수의 얼굴은 사색이다.

"도련님!"

평소 준수했던 모습이 무시무시한 살기를 뿜어낸다. 다음은 웃었다. 살기보다 무서운 모멸의 웃음이다.

"숯구리 꽁 잡아묵는다* 카더마는."

"……."

"병신 육갑한다 카더니마는 흥! 그 말이 조금도 그르잖구마."

"나, 나……."

"꿈도 꾸지 마시오. 하늘을 우러러보고 땅을 굽어보고 물어보시오. 될 법이나 한 일이오?"

"꾸, 꿈에도."

"그렇소, 꿈도 꾸지 말라고 말했소! 천지개벽이 있어도 우리 애기씨는 안 될 기요!"

하는데 길상의 얼굴은, 입술빛까지 하얗게 질린다.

"꾸, 꿈에도, 그, 그런 생각은."

"……."

"나, 나는 서희가 불쌍했을 뿐이야. 꾸, 꿈에도, 아, 아버님이 굳이 혼인하시겠다면 나, 나는 죽어버릴 테야."

길상의 눈이 차츰 가늘게 좁혀진다.

"도련님?"

속삭이듯 낮았다.

"정말로 그리 생각하시오?"

"정말이야."

"정녕 그렇소?"

여전히 속삭이듯.

"정녕!"

"그러믄 와 이런 짓을 하시오?"

"너, 너무 이뻐서."

길상의 얼굴은 다시 질린다.

"죽어버릴 테야. 맹세하겠어. 나는 죽어버릴 테야."

"……"

"아무도 용서할 수 없는 일이야. 난 그걸 알어. 어째 길상이는 그걸 몰라주니?"

"알겠소."

"나, 나, 난 말이야. 누이동생이 예, 예뻐서 말이야."

"알겠소."

병수에 비하면 거인같이 키가 큰 길상이 어두운 눈빛으로 내려다본다. 사색이 되었던 병수 얼굴에 핏기가 돌아오고 그 핏기는 얼굴에서 목덜미까지, 봄을 알기에는 아직 부드럽고 연약한 살갗이 해당화 꽃빛으로 물든다.

"길상아."

"예."

"내 이 수치스런 짓 아, 아무에게도 말 안 하겠지?"

"예. 입 밖에 내지 않겠습니다."

병수는 흐느껴 운다. 울음은 격렬해져서 경기 들린 아이처럼 전신을 떤다. 길상은 병수를 번쩍 안아 올리더니 대숲을 빠져나간다.

김서방댁은 담장에 세워놓은 문짝을 손가락으로 톡톡 퉁겨 본다.

"다 말랐소?"

봉순이 뒤에서 물었다.

"응, 햇볕이 좋아서 금시 탕글탕글 말랐다."

"그라믄 가지가서 문을 답시다."

"그러까? 오늘이 칠월 스무이틀인가?"

"야, 스무이틀이오."

"팔월에 문을 바르믄 도둑이 든다 카니께……. 아따, 금년
에는 늦기까지 매미도 울어쌓는다."

"팔월에 문을 바르믄 정말 도둑이 드요?"

"그거사 머 옛적부터 내리온 말이고, 밖에서 이 거궁한 집
에 무신 도둑이 들까마는 집안 도둑이 더 무섭은 기라."

"그기이 무신 말이오?"

"말이 그렇다는 기제. 흥, 집안 도둑이사 벌써 들었으니께."

김서방댁과 봉순이는 오래간만에 의견이 일치되어 서로 마
주 보며 쓰디쓴 웃음을 띤다.

"그렁저렁 추석이 오고 나믄 금년 한 해도 가는데, 빌어묵
을! 이래서 우찌 살 긴지 내사 통 모르겄다."

문을 달 생각은 않고 김서방댁은 풀이 듬성듬성 돋아난 땅
바닥에 퍼질러 앉는다.

"이래가지고는 못 산다, 못 살아."

김서방댁은 주머니 속에서 담뱃가루를 한 줌 꺼내어 찢어
낸 창호지에 담배를 말고 침을 칠한 뒤 붙여 문다. 콧구멍으
로 연기를 뿜어내며,

"서울서 온 그 연놈들(서울서 데려온 계집종 하인들)은 촌에 사는
우리 겉은 사람은 사람으로 여기지도 않는 모양이라."

"시끄럽소. 김서방댁은 여기 와서 이 말 하고 거기 가서는

저 말 하고, 알다가도 모르겠십디다."

봉순이 한마디 쏘아준다.

"사람 잡네. 내가 언지?"

"언지나 마나 늘 글안하요?"

"애멘 소리 하지 마라. 초록은 동색이요 가재는 게 펜이더라고 우찌 내가 거기 가서 저 말 할 것고? 니가 글리 싫어서 그러는 기지. 요새사 머 길상이 놈도 서울서 온 옥이 년하고 친하더마."

"듣기 싫소!"

"하 참, 그럴 기다. 듣기 싫을 기다. 하하핫핫…… 니도 시집갈 나이 됐인께."

"내 걱정하지 말고 남이 시집보낼 생각이나 하소."

"찾는 사램이 있이야 보내제."

"이자 그만 시부리고 문이나 달아주소!"

봉순이는 화가 나서 어쩔 줄을 모른다.

"걱정 마라. 내가 니 맘 떠보니라고, 하하핫…… 머시마가 헌헌장부요 관옥겉이 생깄이니 가시나들이 딸는 것은 이치가 그리돼 있는 기고, 그래도 우리 길상이사 넘어갈 성미가 아닌께."

"되잖은 소리도 해쌓는다."

눈을 흘겼으나 봉순이의 말투는 한결 누그러졌다.

"하여간에 서울서 온 그 연놈들은 우리 겉은 촌사람은 사람으로도 여기지 않는 모양인데 생각해보믄 주제넘는 년들 아니가? 아 그래 봉순이, 니나 내나 어디 이 집의 종년이더란 말가? 내사 본시부터 농사꾼 딸이었고 죽은 우리 김서방만 해도 옛날 윤참의댁의 씨종이기는 하지만 그 댁이 천주학을 해서 종문서를 없이 해주었으며 면천한 지는 삼사십 년 전이고, 니는 그 내력을 잘 모를 기다마는 그 댁 어른이 돌아가신 마님의 친정아부넌데 우리 김서방이 그 어른을 업고 밤길을 도주해가지고 이곳까지 왔이니께, 말을 하자믄 마님한테는 은인인 기라. 그리 그리해서 김서방이 이 댁 살림을 모두 두량하게 됐는데 수십 년을 뼤 빠지게 일을 보아온 거사 천하가 다 아는 일이제. 기찰 일이다. 마님만 살아 기싰으믄 우리가 이 천대를 받고 살 기든가?"

콧구멍으로부터 연신 연기를 뿜어내면서 혀를 끌끌 찬다.

"마님이 처리를 잘못하싰지, 잘못하싰어."

"지나간 일 말하믄 머하겠소. 우리 애기씨 수모당하시는 거 생각하믄 김서방댁 억울한 거사 소분지애씨요."

"그야 머 내 일만 가지고 하는 말은 아니다. 어느 구석을 봐도 그저 복통을 찍을 일뿐인께. 우쨰서 우리 꼴들이 이리됐는지 모르겄다. 내가 문딩인가, 안에는 얼씬거리지도 못하게 안 하나. 멋이 우떻고 함시로 숭만 찔찔 봄서, 옛말에 날아온 돌이 본돌 친다 카고 객이 주인 노릇 한다 카더라마는 서울서 온 그 연놈들은 물도 씻어가지고 묵는가, 나를 짜잖다 카더라나? 그뿐이믄 또 좋게? 내 말 좀 들어보라모. 내가 꼴이사 이렇다마는 내 세상 밖에 나와가지고는 남우 눈 기신(속인) 일이 한 분이라도 있었이믄 참말이제 앉고 못 일어날 기다. 바늘 하나 기신 일이 없구마. 한데 그 연놈들이 내가 요전분에 깨한 뒷박 장에 가서 팔고 온 거를 알고 안에서 퍼내 간 줄 생각는 모양이라. 세상에 그런 벼락 맞일 연놈들이 어디 있겄노? 서울서는 모두 도둑질하는 거만 보고 살았던가? 옛날부터 내가 부치 묵는 밭뙈기서 나는 거는 내 맘대로 쓰게 돼 있는 거고, 아 그거사 모를 사램이 없지. 그저껜가 내가 도장 앞을 지나가니께 나를 보고 얼른 도장 문을 잠그는 거 아니가. 우찌나 괘씸하던지. 그래 지나다가 정기에라도 들어가믄 반찬 하나 손을 못 대게 하니 더럽어서 이 세상을 우찌 살겄노. 내사 그렇게는 안 살았구만. 마님 살아 기실 적에는 늘인 듯이 임석 해가지고 갈라 묵고 살았구만. 웃물이 맑아야 아랫물도 맑더라고, 제 배만 부르믄 종들 배도 부른가, 손톱 밑에 끼워놓고 발발 떠는데 그것도 이녁이 모은 살림이라믄 또 모르지. 누구 살림인데? 돌아가신 우리 마님이사 당신은 절용하시도 아랫사람들한테는 얼마나 후하싰노? 남으 살림 가지고 양칠봉칠(흥청망청) 쓰문서."

어느덧 김서방댁은 홍씨 험담에 기승을 부리는 것이었다.

이때 삼월이 히적히적 걸어들어왔다. 어딘지도 모르고 정신 없이 걸어오는 모양이다. 봉순이는 샐쭉해지면서 얼른 마루 쪽으로 가서 앉아버린다.

"삼월아."

"야?"

"니 얼굴이 와 그렇노."

"머가 우떻소."

"숭년 묵은 풀째기 겉다. 그래 젖은 잘 나오나?"

"잘 나기는……. 암밥* 묵소."

먼 산을 바라보며 되는대로 대꾸한다. 그러거나 말거나 김서방댁은 새로운 말상대가 생긴 것이 신이 나는 모양으로 또다시 지껄이기를 시작한다. 삼수 얘기며 두리 얘기며.

"김서방댁! 해가 져야 문 달 기요!"

삼월이를 멸시하기 위해 마루에 뻗치고 앉았던 봉순이 기다리다 못해 팩 소리를 질렀다. 그 소리에 정신이 든 편은 김서방댁보다 삼월이였다. 멀거니 쳐다보다가 삼월이는 비실비실 나갔다.

"졸갑스런 구신이 물밥 천신 못한다 카던데 머가 바빠서 이 긴긴 해에. 아이구 허리야."

김서방댁은 문짝을 들었다. 봉순이는 작은 문짝을 옮겨놓는다.

"나 김서방댁겉이 말 많은 사람 첨 봤소!"

"아따 지랄 그만 하고 자아, 문이나 달자."

책을 읽고 있던 서희 일어섰다. 분홍 춘사 치마 밑에 오목한 버선발이 내다보인다.

"다 말랐느냐?"

"예."

김서방댁은 문을 달아놓고 이리저리 밀어본다. 그러더니,

"애기씨."

"왜 그러느냐."

"저기, 저어 장롱 말입니다."

서희가 돌아본다.

"본시 농발이 있었일 긴데?"

순간 서희의 낯빛이 살짝 변한다.

"와 막대기로 고이났이까요?"

"……."

"전부터 그랬십니까."

봉순이도 김서방댁 어깨 너머 방 안을 들여다본다.

"쓸데없는 걱정하는군."

서희의 목소리는 딱딱하고 떠밀어내듯 엄격했으나 왠지 당황해하는 기색이 있다.

"차암, 나는 여태 그것도 몰랐네요."

봉순이 말이다. 김서방댁은 다시,

"농발이 있었일 긴데 농발을 우짜고 농을 벵신 맨들었이까."

"나머지 문이나 빨리 달아."

"예. 그래도 저 좋은 농이 농발이 없어 되겠십니까. 소목꾼

불러다가 맞추도록 하시이소."

"왜 이리 시끄러우냐! 내가 알아 할 터이니 참견 말어!"

서희는 화를 낸다.

작은방의 문까지 다 끼워놓고 손을 씻으면서 김서방댁은
중얼거렸다.

"그 농은 별당아씨 혼인 때 맞친 건데 얼마나 좋은 농이라
꼬? 언제부터 농발이 없어졌이까."

"모르겠소. 생각이 안 나네요. 옛날부터 그랬던 것 같기도
하고……. 나는 무심히 보았는데."

"살림이 콩가리가 됐지. 집안이 망할라 카믄…… 하기사 농
발 하나가 그리 대단하겠노."

"봉순아!"

길상이 부르는 소리가 담장 밖에서 들려왔다. 다급한 목소
리다. 봉순이 일어나서 치맛자락에 손을 닦으며 쫓아간다.

4장 난행(亂行)

밖에 달려나왔으나 길상이 보이지 않았다. 봉순이 이리저리
살피는데 행랑 쪽 모퉁이를 막 돌아가는 뒷모습이 눈에 띈다.

"길상아! 와 그러노?"

불길한 생각이 든다.

"머꼬?"

뒤따라 나온 김서방댁이 목을 뽑으며 묻는다.

"모르겠소."

봉순이 행랑 쪽을 향해 급히 걸어가고 김서방댁도 엉기정
엉기정 따라간다. 수동이 거처방 앞에 짚세기가 벗어 던져진
채 울음소리가 새어 나왔다.

"와 그 카노!"

고함치는 봉순의 얼굴이 질린다.

"으ㅎㅎ흣…… 으ㅎㅎㅎ흣……."

김서방댁이 툇마루에 손을 짚고 방 안을 들여다본다.

"갔구마는."

"머라 카요?"

"죽었다 말이다."

"수, 수동이아재가요?"

봉순이 땅바닥에 주저앉는다.

"쯔쯔쯔…… 아무도 종신을 못했는가 배. 오래 시라아(실랑
이해)쌓더마는 그예 가부렀구나."

치맛자락을 걷어서 김서방댁은 콧물을 닦는다. 행랑 뜰에
하인들 몇이 모여들었다. 선뜻 방 안으로 들어서려 하지 않는
다. 기별을 받고 뒤늦게 온 복이가 방 안으로 들어간다. 그는
먼저 수동이 손목을 잡고 팔을 배꼽께로 올려놓는다. 시체에
서 배어난 송진 같은 진땀이 손바닥에 쩍 하니 들어붙고 얼음

같은 냉기가 복이 등뼈를 타고 내려간다. 나머지 한 팔도 끌어다가 나란히 올려놓고 다음 두 다리를 쭉쭉 훑어내려가며 바로 뻗게 한 뒤, 끝은 천장을 보게 발바닥을 반듯이 세운다. 죽음의 경직이 오기 전에, 염을 하기 전에 우선 그렇게 해야 했던 것이다. 수동이는 눈을 뜬 채 숨이 끊어져 있었다. 살아 있는 사람 같다.

"눈 감고 가소."

손바닥으로 쓸어서 눈을 감겨준다. 길상은 엎어진 채 울고 있었다.

"머하고들 있노! 옷부터 한 가지 내놔야제."

행랑 뜰에 김서방댁 목청이 울려퍼진다.

"연이 니는 색히 뒤 부석에 가서 사잣밥부터 안치라. 한두 분 당하는 일도 아니겄고 전후 할 일이사 뻔한 것 아니가. 길상이는 머하고 있노? 운다고 죽은 사람이 살아오나."

수동의 무명 적삼 하나가 육신에서 빠져나온 넋을 실은 듯 행랑 지붕 위로 날아 올라간다. 형식뿐인 향목 물[香木水]이 든 바가지가 방 안으로 들어갔다. 시체 여기저기 향목물을 찍어 바르는 것으로서 목욕을 끝내고 옷을 갈아입히고 그러고 나서 염이 시작된다. 우우오! 우오오! 하며 팽나무에 앉은 까마귀를 개똥이, 쫓고 있다.

수동의 죽음은 사랑에 있는 조준구에게도 알려졌다. 손님과 담소하고 있던 준구는 혀를 차면서 알아 할 일이지 무슨

큰일이 났다고 와서 이러느냐, 하며 꾸지람이었고 안방의 홍씨는,

"속이 후련하구나. 삼 년 묵은 체증이 내려가는 것 같다. 그 육시랄 놈이 그예 죽기는 죽었구먼."

희희낙락이었다. 별당의 서희는 아무 말이 없다. 붉은 법단에 흰 무명 안을 받쳐서 염낭을 깁고 있었다.

"수동이아재 그렇구름 주야로 애기씨 걱정만 하더니."

행주치마로 얼굴을 가리고 훌쩍거리며 봉순이는 푸념이었다.

"신령님도 무심하시요. 애기씨를 우찌하고 수동이아재까지 데리고 갑니까, 으흐흐……."

잠자코 있던 서희는 짜증을 낸다.

"울지 마라. 시끄러워!"

"애기씨 으흐흐……."

"시끄럽다 안 하느냐? 하인 하나 죽었기로."

하다가 벌컥 역정을 낸다.

"그동안 연달아 사람이 죽어나갔어! 새삼스런 일도 아니지 않느냐? 이 집에 귀신이 들어 그렇다고들 하더구나!"

"으흐흐……."

"정말 그렇다면 나는 귀신하고 싸울 테야! 신령님네 살려주시오, 살려주시오 골백번 그래 봐야 아무도 살려주진 않던걸. 구구하고 치사스러워."

놀라며 봉순이 쳐다본다.

"모조리, 다아 잡아가라지. 하지만 나는 안 될걸. 우리 집은 망하지 않아. 여긴 최씨, 최참판댁이야! 홍가 것도 조가 것도 아냐! 아니란 말이야! 만의 일이라도 그리 된다면 봉순아? 땅이든 집이든 다 물속에 처넣어버릴 테야. 알겠니? 난 그렇게 할 수 있어. 내 원한으로 불살라서 죽여버릴 테야. 난 그렇게 할 수 있어. 찢어 죽이고 말리어 죽일 테야. 내가 받은 수모를 하난들 잊을 줄 아느냐?"

어떻게 땅과 집을 물속에 처넣을 것인가. 치켜올라간 눈썹, 뱅글뱅글 돌아가는 입매, 가위 작은 야차(夜叉)를 방불케 한다. 그는 원한에 사무쳐 있었을 뿐 수동이 죽음에 대해서는 조금도 슬퍼하는 기색이 없다. 봉순이는 마음속으로 야속하다고 생각한다. 서희는 버티고 앉아서 그예 염낭을 기워 뒤집었다.

지어내온 사잣밥 세 그릇, 숟가락이 세 개, 간장 소금이 든 항아리가 각각 하나씩 행랑 뜰에 놓여 있었다. 그리고 깨어진 호박도 한 곁에 놓여 있었다. 그것들은 망자를 저승에 인도해 갈 사자한테 베푸는 제물이다. 연이네가 팔짱을 끼고 서서 김서방댁과 얘기를 하고 있었다.

"그새 뜰 안 출입도 하고 그러길래 더 살라나 부다 했지."

"나는 죽을 날이 멀지 않았고나 하고 짐작은 했구마. 벌써 목이 쉰 것부터가 심상찮았고 얼굴도 부숭부숭 부어서, 아픈 사람이란 살이 빠져야 회춘하기가 쉬운 기지. 더군다나 오래

아픈 사람이 붓기 시작하믄 그렇지. 열이믄 열 사람 사는 것 못 봤구마."

"하기사 우리 먼족 일가 한 사람도 진짝겉이 붓더마는* 못 살데."

"잔벵치리 소자 없더라고 길상이도 지칬는가 임종도 못 봤이니."

"무신 팔자가 좋아서, 임종하믄 우떻고 안 하믄 우떨꼬? 죽으믄 그만이지. 어느 자식이 있는 것도 아니겄고."

사방이 어둑어둑해왔다. 등불을 들고 행랑 문 앞까지 나온 길상은 문기둥에 등을 걸어놓고 마을을 내려다본다. 검은 안개 같은 어둠이 덮여지고 있는 마을은 조용하고 변함이 없이 거기 있었다. 어디서 나는가, 방울 소리, 아 돌아오는구나 하며 길상은 또 운다. 이틀 전에 진주로 떠났던 지서방이 나귀 등에 물자를 싣고 돌아오는 말방울 소리였던 것이다.

"초상났구먼."

한마디 내뱉고 지서방은 안을 향해 소리친다.

"누구 좀 나와!"

하인들이 나귀 등에서 물자를 끌어내리고 고방에 나르는 것을 지켜보고 있던 지서방은 말없이 서 있는 길상을 본체만체했다.

이튿날 초라한 출상이 있었다. 상제도 없고 명정 하나, 그러나 텅 빈 곳간같이 낡은 상여는 마을 길에 나섰다. 봉순이,

김서방댁, 그리고 개똥이 하인들만 칠팔 명. 못마땅한 얼굴의 삼수도 따라간다. 길상의 눈은 퉁퉁 부어 있었다. 길거리에는 상여 구경하려고 아낙들 아이들이 나서 있었다. 쓸쓸한 상여 행렬에 실망하는 빛을 띤다. 하인의 신분으로서, 더군다나 자식도 없었던 수동이고 보면 쓸쓸한 것은 당연하였고 지게송장이 되지 않았던 것만으로 다행하게 생각할 수도 있는 일이지만 사람들 마음 한구석에는 왜 그런지 수동의 비중을 크게 잡고 있었다. 윤씨부인이 간난할멈의 장사를 크게 지내준 지난 일을 생각했기 때문인지도 모른다. 서희에게 충성을 다 바친 수동이기에, 마음속으로는 서희의 권능을 무시하지 못하는 마을 사람들은 이번 장례식에 기대를 걸었던 것인지도 모른다. 봉기 집 앞을 상여가 지나갈 때 삼수의 눈이 희번덕거렸다. 내다보고 있는 두리의 하얀 얼굴을 발견했던 것이다. 두리는 당황하며 어미 등 뒤에 얼굴을 숨긴다. 삼수 입가에 차디찬 미소가 지나갔다.

'어느 때고 나는 네년을 잡아묵고 말 기다.'

상여가 용이 집 앞을 지나갈 때 괭이를 들고 용이 말없이 따라나섰다.

"서서방이나 실성 안 했이믄 상두가 부르고 앞장섰을 긴데."

"와 아니라."

"참말 고생 많이 하고 죽었다."

"그러기."

"자식 좋다는 게 다 이럴 때를 위해서지."

"그라모."

"본시는 가는 벼 재놓은 듯이 얌전한 사램이었는데 우짜다가 병신이 돼가지고."

"그렇지, 얌전한 사람이었지."

최참판댁에서는 연이네가 사잣밥, 소금, 간장을 조금씩 퍼내어 문밖에 뿌리고 깨어서 조각낸 호박도 여기저기 뿌리고, 하인 하나는 지붕에 올려놓은 적삼을 불태우고, 그것으로써 수동의 육신과 혼령은 깨끗하게 처리되고 말았다.

저녁때 장지서 돌아온 하인들은 길상을 제외하고 모두 들일에서 돌아온 것처럼 배부르게 밥을 먹었으며 다른 때보다 더 요란하게 잡담들을 했다. 의식적으로 수동에 대한 말은 삼가는 눈치다. 수삼 년 동안 원인이야 어디 있었든 넌더리가 났던 인물이었고 그렇다고 흉허물을 하기에는 그들 자신 양심에 떳떳한 형편도 아니어서 되도록이면 수동이를 잊으려 했을 것이다.

"제에기랄, 이자 정말 송장은 그만 치웠으믄 좋겠다."

별안간 삼수가 뇌까렸다.

"그거 어렵잖은 일이제."

복이 말을 받았다.

"어렵잖다고? 그라믄 어디 불로초라도 구해났다 말가?"

다른 하인이 말했다.

"죽어부리믄 되는 기라. 뫼구덕까지 찾아가서 송장 치우라고는 안 할 긴께."

복이 말투에는 삼수에 대한 비난이 있다. 밤이 저물어서, 역시 사람이 죽어나간 밤은 기분 좋은 것이 아니었다. 저녁때까지 무심하려 했던 사람들은 밤이 되면서 무섬증을 느낀다. 절룩거리는 수동이 모습이 집 모퉁이를 돌아나올 것 같았고 기침 소리가 들려오는 것 같았고 부릅뜨고 노려보던 눈이 생각났고. 하인들은 모여 앉아 노름으로 기분 나쁜 밤을 잊으려 한다. 입김이 가득 찬 방에는 퀴퀴한 냄새가 났고 자욱한 담배 연기 속에 심지를 돋운 등잔불이 여러 겹의 원광(圓光)을 만들며 흔들린다. 삼수 혼자 목침을 베고 드러누워서 천장을 보고 있었다.

'설마 어느 때고 걸리기는 걸리겄지. 내가 단념을 해? 야, 그렇십니까 하고 물러날 줄 믿었다간 큰코다칠 기다. 안방에 놔둔 농짝도 아니겄고 장독간의 도가지도 아니겄고 두 다리가 멀쩡한 년이 어느 때고 한분은 나하고 부딪칠 기다.'

와글와글 떠들어대는 속에서,

"삼수!"

누군가가 불렀다.

"머할라노."

"오늘 밤에는 안 나가나? 초상 친 날이라서 근신을 하는가 배."

"흥, 내 할애비가 죽었다고 근신을 하까."

삼수는 일어나 앉았다. 노름에 정신이 팔려 있는 하인들은 더 이상 말을 걸어오지 않았지만 방문을 열고 삼수가 나간 뒤 노름에 장단치듯 몇 마디씩 지껄였다. 막딸네 집에 갔을 거라고들 했다. 그러고도 삼월이는 삼월이대로 새벽녘까지 잠을 못 자게 하니 그놈의 양기 대단하다고도 했다.

삼수는 당산으로 해서 윗마을을 빠져나왔다. 윗마을에서 아랫마을로 되잡아 내려온다. 그러니까 마을 사람 눈에 띄지 않게 우회한 셈이다. 삼수는 벌써 여러 날째 이런 식으로 마을 우물까지 내려왔다. 멀찌감치 서서 아무도 없는 것을 확인한 그는 우물에 가까운 수수밭으로 들어가서 쭈그리고 앉으며 귀를 기울인다. 이윽고 아낙이 한 사람—그는 서서방네 자부였다—혼자 와서 물을 길어 윗마을 쪽으로 올라가고 바람에 수숫대가 서걱서걱 소리를 내며 부딪는다. 사방은 보름날같이 밝지는 않았지만 그러나 제법 밝은 편이어서 물동이를 이고 가는 서서방네 자부 뒷모습이 한참 동안 삼수 시야에 있었다.

'오늘 밤도 허탕을 치까?'

땅바닥으로부터 차가운 냉기가 엉덩이를 통하여 전신에 번진다. 삼수는 우물가에 두리가 나타나는 것을 기다린다. 낮에 물을 긷지 않는 것은 아니지만 대개 과년한 처녀들은 밤에 물을 긷기 때문에 그 기회를 노리고 있는 것이다. 그동안 두 번인가 물을 길으러 온 두리를 수수밭 속에서 보았으나 그럴 때마다 두리는 혼자가 아니어서 기회를 잡을 수 없었다. 도란도란 씨부리는 소리, 발소리가 들려온다. 웃는 소리는 한결 높게 들려온다. 두리 웃음소리임에 틀림이 없다. 우물가에까지 온 두 계집아이, 하나는 바로 난쟁이 막딸이다. 키에 비하여 머리는 길어서 치마 끝에 닿을 듯, 그것만 보아도 누구나 막딸임을 알 수 있다.

'저 빌어묵을 년은 와 따라왔노!'

화가 나서 혼자 주먹을 휘두른다. 상대가 막딸이기 때문에 더 화가 나는 것이다. 계집애들은 타래박질을 하면서 계속 웃고 얘기를 한다.

그들은 마음 놓고 지껄였으나 용을 쓰고 있는 삼수 귀에는 무슨 말인지 알 수 없었고 간간이 길상이니 수동이니 애기씨니 하는 낱말이 튀어나오는 것을 보아 오늘 낮에 치른 초상 얘기를 하고 있는 모양이다.

"애기씨가 서분을 기다. 벵이 들어도 울타리 삼아 마음으로 의지하던 수동이 아니가."

"만석꾼이믄 머하고 천석꾼이믄 머하겠노. 팔자도 기박하지. 우리들겉이 문밖 출입을 한다 말가, 그 좋은 인물 만석 살림이 곱새 벵신한테 넘어간다니…… 얼매나 무섭고 싫겠노."

"그러기."

"옛날에도 그랬지마는, 그때사 어럽은 생각에서 그랬지마는 요새는 최참판댁이라 카믄 가깝기 가기도 싫더라. 도깨비 구신들만 사는 것 같아서."

"니사 삼수 놈이 무섭아서 그렇겄지. 삼수 고놈 말짱 도둑 놈이다. 사람 아니네라."

제 이름이 나오자 삼수, 귀가 쫑긋 선다.

"보믄 짐승 보는 것맨치로 소름이 쭉 끼친다."

"너거 아부지도 어지간하더마."

"머가 어지간해."

"삼수 놈이 어디 보통내기가."

"보통내기 아니믄 우짤 기든고? 그놈한테 시집갈 바에야 차라리 목을 매달고 죽어부리는 기이 낫다."

두 계집아이는 깔깔거리고 웃는다.

'저런 목을 비틀어 직일 년들!'

"니 한 분 더 올라나?"

허리를 젖히고 물동이를 이며 두리가 묻는다.

"우짜꼬? 물독이 찼는데, 니는?"

"나는 한두 분 더 와얄 기다. 물이 떨어진 거를 보고 왔으니 께."

"한 분 더 올 만하믄 오고."

'한두 번 더 온다 캤제? 저눔우 난쟁이 가시나만 안 오믄 일 이 되는 거 아니가?'

삼수의 가슴이 뛴다. 두런두런 씨부리며 그들은 멀어져간다.

'어디, 이눔우 가시나 목을 매는가 안 매는가 보자.'

깃털을 세운 투계처럼 두 어깨를 뻗쳐 올린다. 밤마다 찬 이슬을 맞으며 기회를 노리고 있는 삼수의 행위는 물론 보복을 하기 위한 것이다.

우물 앞에 다시 두리가 나타났다. 이번에는 혼자다. 삼수는 허리춤에서 수건을 뽑아 들고 수수밭을 나서며 민첩하게 마을 길에 시선을 준 뒤, 발소리를 죽이고 두리 뒤편에서 접근해간다. 인기척에 두리가 돌아보는 순간 덤벼든 삼수는 한 팔을 뒤에서 감아 가슴팍을 안고 한 손은 수건으로 입을 틀어막는다. 고함을 칠 사이가 없다. 빠른 동작이다. 물려든 팔은 무쇠보다 강하다. 수수밭까지 끌고 온 삼수는 밭고랑에다 계집애를 밀어트리고 입에 물린 수건을 더욱 깊게 쑤셔 박는다. 버둥거리는 다리를 무릎으로 짓누르며 허리춤에서 풀어낸 허리끈으로 허공을 잡는 계집아이의 두 팔을 겨드랑에 바싹 붙여서, 바로 어제 시체에 염을 했을 때처럼 묶는다. 키 큰 수숫대에 가려진 밭고랑은 병풍을 둘러놓은 듯 현장을 가려준다. 바람이 불어서 서걱서걱 잎이 부딪는 소리는 계집아이의 몸부림과 삼수가 토해내는 거친 숨결 소리를 막아준다. 잠시 후 막딸이 우물가에 나타났지만 삼수는 몸을 덮친 채 막딸이 돌아가기를 여유 있게 기다린다.

"야가 물동이를 갖다 놓고 어디 갔이꼬?"

두리야! 두리! 하며 부르다가 어정쩡하게 서 있던 막딸이

물을 긷기 시작한다. 물을 길어놓고 다시 한번,

"두리야! 두리야!"

불렀다. 이번에는 싸아 하고 강한 바람 소리가 지나간다. 바람 소리를 탄 삼수의 손이 뭉클하게 솟은 가슴을 헤친다. 엎어놓은 사발같이 매끄럽고 딴딴한 유방의 맨살이 손바닥에 닿는다. 손톱을 세우며 거칠게 쥐어뜯는다. 밑에 깔린 따뜻한 몸이 꿈틀거린다.

"야가 어디 갔이꼬? 이래 놓고 마실 갔나?"

하다가 막딸이는 물동이를 이고 가버렸다.

함정에 빠진 토끼 한 마리를 다루듯 삼수는 한 팔을 아래로 옮기고 가슴으로는 계집아이의 상체를 누른 채 치마를 걷어올린다.

"내가 곱게 물러설 줄 알았더나? 이 망할 년아, 뭐 목을 매달아 죽는 편이 낫다고?"

물어뜯듯 웅얼거리며 밀착해간다.

"니 신세도 이자 마지맥이다. ㅎㅎㅎㅎ……."

빙글빙글 도는 불덩어리, 불꽃이 출출 쏟아지면서 얼굴을 덮친다. 불덩어리 또 불덩어리, 뒹굴고 흩어지고 모여들고 솟구치는 불덩어리가 전신을 덮친다. 캄캄한 어둠이다. 칠빛보다 더 짙은 어둠이다. 아무것도 없는 어둠이다. 욕지거리, 풀무질 같은 거친 사내의 숨소리, 아무리 흔들어도 꿈쩍 않는 몸뚱어리—.

삼수는 바짓말을 추킨다. 묶었던 허리끈을 풀고 휙 잡아빼는 서슬에 계집아이의 몸뚱이는 모로, 다음은 허수아비 넘어지듯 엎으러진다. 허리끈을 매고 난 삼수는 가래침을 뱉는다.

"이자는 할 수 없을 기구마. 떠들어보아야 니 망신일 기고, 그렇다고 해서 니를 데리고 갈 생각은 추호도 없으니께로 알아서 하라고. 목을 매달든가 새미(우물)에 빠지든가. 흥 네년 애비가 종놈한테 상사람 딸자식 줄까 부냐고 했겠다? 그 주둥아릴 치키들고 와서 내 딸 데리가시오, 하지는 못할 기구마. 이자는 내가 딜인 밑천은 뽑았으니께 다시 상관할 필요가 없지."

몸을 흔들며 유쾌한 듯 웃어젖힌다.

사내 발소리가 멀어져갔다. 빙글빙글 불덩이가 돈다. 불꽃이 출출 떨어진다. 뒹굴고 흩어지고 모여들고 솟구친다. 욕지거리, 풀무질하는 사내의 거친 숨소리, 막막한 어둠이 밀려온다. 천 길 낭떠러지로 굴러떨어진다.

"아아, 앗!"

엎어진 채 두 손으로 땅을 친다.

"이 제집아가 물동이는 여기 놔두고 어디 갔이꼬? 두리야! 두리야!"

딸을 찾아 나온 어미 목소리다.

"이 제집아가 어디 갔단 말고? 두리야! 두리야!"

잠시 끊었다가,

"어디 마실 갔나? 다 큰 제집아가 물동이를 내비리두고, 미쳤는가 배, 빌어묵을 년."

어미는 욕을 구시렁구시렁하면서 빈 동이에 물을 길어 이고 간다. 가면서도,

"이눔우 가시나 오기만 해봐라. 다 큰 제집아 년이 밤에 무신 마실고."

벌떡 일어나 앉는다. 하늘을 우러러본다. 별도 멀고 천지만물이 다 멀리 있다.

'어매! 나 그만 죽어부릴라요. 살믄 머하겠소. 아이구우 흐흐흣⋯⋯.'

두 주먹으로 땅바닥을 치며 소리를 죽이고 운다.

'이 원수를, 원수를, 아아 우리 부모도 알아야 할 기다. 원수를 원수를,'

비틀거리며 일어선다. 기진한 몸을 끌고 밤 깊은 길을 걸어간다.

'원수를, 원수를 가, 갚아야⋯⋯.'

집 앞에까지 당도한다. 삽짝은 잠겨 있었다.

"옴마아! 문 열어주소."

안방에 불은 켜져 있었다.

"네 이눔우 가시나!"

어미가 방문을 덜커덕 열고 쫓아 나온다.

"문 열어주소! 옴마."

"염치 좋은 년아! 문 열어돌라꼬? 말만 한 가시나가 밤에 마실이 뭐꼬?"

"옴마, 나 주, 죽소."

털썩 쓰러지는 소리가 났다.

"아 아니?"

두리네는 문고리를 끄르고 삽짝 문을 열었다.

"두리야!"

엎으러진 딸을 안아 일으킨다.

"보, 보소!"

마누라와 함께 깨어 있던 봉기가 외마디 소리에 뛰어나온다.

"와, 와 그라노!"

"기, 기절을 했소!"

"어, 어서 방으로, 아아, 아니 내가 안고 갈 기니께 이, 임자는 바가지에 차, 찬물을."

축 늘어진 두리를 안고 봉기는 허겁지겁 방 안에 끌어들인다. 불빛 밑에 보는 처참한 모습에서 봉기는 사태를 알아차린다. 꽉 다물리어진 입술가에 피가 배어나 있었고 걷혀진 검정치마 밑에 찢겨진 속곳 자락. 물을 떠가지고 들어선 두리네도 말뚝처럼 우뚝 서버린다.

"작은방의 아아들 깰라. 아, 아무 말 말고."

봉기는 후둘후둘 떨며 바가지를 받아 물을 한 입 머금고 죽은 듯한 얼굴에 뿜는다. 다시 다물린 채 있는 입술에 손가락을 밀어 넣어 벌리고 물을 붓는다. 두리는 몸을 뒤치었다.

"이기이 우찌 된 일고오오."

통곡을 터트리자 봉기는 미친 듯 바가지를 방바닥에 팽개치고 주먹으로 마누라 볼을 쥐어박는다.

"아가리 닥치라! 글안하믄 직이부릴 긴께."

"아이구 우우흐흣……."

"자석 앞길 생각거든, 소릴 내기만 해봐라! 입에 말뚝을 처박을 긴께."

말하는 봉기 얼굴은 잿빛이다. 땀방울이 줄줄 흘러내린다.

"아가."

새까만 눈이 아비를 올려다본다.

"정신이 드나?"

"……."

"두리야!"

이번엔 어미가 딸 옆에 꿇어앉으며 몸을 흔들었다.

"사, 삼수 놈이."

봉기는 전신을 부르릉 떤다. 짐작한 대로다.

"새미 옆의 수수밭."

"그 목을 쳐죽일 놈이 내 자석 신셀 좆당거맀네! 아이고오!"

주먹이 마누라 볼에 다시 날아왔다. 봉기 눈에는 마누라가 삼수로 보였던지 미치광이처럼 주먹질이다.

"지 죽고 내 죽고오 그놈애 목을 물어 씹을란다아!"

두리네 역시 아무리 쥐어박혀도 아픈 줄 모르는가, 발악이다. 방문을 박차고 나갈 기색이다. 겨우 정신을 가다듬은 봉기는 마누라 팔을 낚아채고 손바닥으로 입을 틀어막는다.

"자석 죽는 꼴 볼라꼬 이러나? 집구석 망하는 꼴 볼라꼬 이러나?"

낮은 목소리였다.

"임자가 그놈을 찢어 죽이지도 못할 기고 우사* 망신은 우리만 당할 긴께. 이런 일일수록 남이 알아서는 안 되는 기고 분한 생각보다 와 내 자석 앞길을 먼지 안 생각는고? 당자밖에 모르는 일을 에미가 들어 동네방네 외고 댕기겄다 그 말이가?"

"아이고 으흐흐…… 이 죽일 년이 찾아 나갔이믄서도 마실만 간 줄 알고 으흐흐…… 이 일을 우짤꼬."

제 가슴을 치고 소리를 죽이며 운다.

"내 말 단단히 멩심하라고. 옷부터 갈아입히고 차근차근 전후 사정 물어보소. 저 방 아아들 깨문 안 될 기니 자식 하나 살릴라 카거든 입 딱 다물라고."

중풍 든 늙은이처럼 봉기는 팔을 떨며 방문을 열고 나간다. 마루에서 또 말했다.

"임자, 아아 옆을 떠나지 마소."

"야. 으흐흐……."

봉기는 초롱을 들고 허둥지둥 걷는다. 우물 앞에까지 온 그는 초롱을 들이대며 샅샅이 살펴본 뒤 수수밭 쪽으로 걸음을 옮긴다. 도중에 미투리 한 짝을 발견하고 얼른 그것을 집어든다. 초롱은 다시 수수밭을 헤치고 들어간다. 현장, 난행의 흔적이 역력한 곳에 봉기는 멈추어 섰고 초롱만이 이리저리 움직인다.

흰 수건이 떨어져 있고 미투리 한 짝도 엎어진 채 굴러 있었다.

"으흐흐……."

곰같이 미련하고 뱀같이 간교하고 돼지같이 욕심꾸러기인 사내가 울음을 터트린다.

5장 과객

햇빛은 마루 끝에 닿을 듯 닿을 듯하면서 신돌 위에 놓인 조그맣고 하얀 가죽 신발에 머물고 있다. 햇살은 두텁지만 늦가을의 공기는 차다. 어수선한 몸가짐의 삼월이 배추를 뽑고 있었다. 요량 없이 닥치는 대로 뽑아젖힌다. 이초시가 얼굴을 찡그렸지만 초봄부터 김서방댁이 부지런히 거름을 뿌린 덕택에 속이 가득 찬 배추는 먹음직스럽다.

"휴유우."

엉덩방아를 찧고 밭고랑에 주저앉은 삼월이 칼을 잡아당

긴다. 무 꼬리만큼이나 가늘디가는 배추 뿌리를 하나 잘라낸다. 칼끝으로 흙 묻은 껍질을 서걱서걱 긁어내고 오두둑 깨물어 먹으며 하늘을 올려다본다. 눈 밑에서 관자놀이까지 푸르죽죽한 멍이 퍼져 있다. 지렁이처럼 목을 휘감은 것은 손톱에 할퀸 자국이다. 뚜렷이 눈에 띈다. 삼월이 얼굴에서 피멍이 가실 날은 없었다.

그래 그랬던지 본시부터 그런 얼굴이거니 생각하기라도 하듯 남들은 말이 없었고 본인 역시 울고 푸념하는 일이 없다. 전에도 삼수는 매질이 잦은 편이었지만 요즘 부쩍 심해졌다. 말로는,

"네년 때문에 나는 밑졌다! 제기랄, 과부가 제 몸 내주고 뺨 맞는다 카더마는 뻬 빠지게 일 봐주고 헌 계집을 물리받아? 복이 놈은 아무것도 안 하고 생짜 가시나 연이를 얻었는데 내가 미친 지랄을 했제."

하는가 하면,

"흥, 개구리 올챙이 적 모르더라고 만석 살림 틀어쥔 데 내 공은 없었이까? 도로아미타불이다. 도로아미타불, 음? 도로아미타불이면 좋게? 못 쓰게 된 계집년하고 애비가 누군지도 모르는, 빌어묵을! 공연히 인심만 잃고 의리 없는 인간만 되고, 불이라도 확 싸질러부릴까 부다. 개멩이 되든 종놈도 금테 벙거지 쓸 거라고 함서 꿀 겉은 말로 살살 꼬우더마는."

울분에 차서 씨근덕거렸으나 삼월이한테 매질을 하는 것이

반드시 울분 때문만은 아니었다. 성적 쾌감을 위한 변태다. 수수밭에서 두리를 무참하게 범한 뒤부터 그런 버릇은 한층 심해졌다. 삼월이는 폭행을 당할 때마다 햇병아리처럼 삑삑거리며 약한 비명을 질렀으나 날이 새면 집안의 궂은일을 스스로 도맡아서 한다. 가늘었던 허리는 굵어지고 손끝은 뭉뚝하고 손마디는 굵어지고 말이 적었고 무슨 생각을 하는지 속을 알 수 없었는데 사람들은 늘 반 정신이 나갔다고들 한다. 한집 안에서 조준구 홍씨를 만나는 일도 드물었다. 막일꾼이 되었으므로 사랑이나 안채 출입이 없는 때문이다. 홍씨는 삼월의 존재 따위는 잊어버렸다. 그런 점에서는 조준구도 마찬가지였다. 조준구는 삼월이를 불러들이지 않았을 뿐만 아니라 홍씨 이외 계집종들과 관계를 맺는 일은 없는 모양이다. 서울에 첩이 있었고 하동 읍내에도 다니는 기생이 있어서 그랬겠지만 몸을 아끼는 그 나름대로의 지각 때문일 게다.

배추 뿌리를 우적우적 씹어먹은 뒤 삼월이는 퍼질러 앉은 채 배추를 다듬기 시작한다.

다른 날보다 바깥 날씨는 밝은 것 같았다. 햇빛이 들이칠 시각은 아닌데 장지문이 환하다. 봄의 화창한 날씨를, 땅이 터지면서 토실토실한 움이 돋아나며 아지랑이가 강기슭을 흔들어주고, 착각이다. 그럼에도 병수는 좀이 쑤셔 앉아 있을 수가 없다. 책을 덮고 일어섰다. 방문을 열고 나섰을 때 바람은 설렁하다. 풍경은 초겨울이 지척에서 머뭇거리고 있었다.

병수는 채마밭에 쭈그리고 있는 삼월이를 본다. 여전히 피멍이 든 얼굴이다. 어머니의 소행이거니, 병수는 언젠가 삼월에게 모진 사매질을 가했던 어머니의 무서운 형상을 생각한다. 삼월의 얼굴의 피멍도 노상 새로웠지만 그것을 볼 때마다 느끼는 어머니에 대한 두려움도 새로웠다. 어떤 때 병수는 삼월의 멍든 얼굴이 자기 등에 짊어진 혹과 비슷하다는 생각을 한다. 눈으로 볼 수 없는 등의 혹에도 저와 같은 피멍이 있고 손톱으로 할퀸 핏자국이 있으리라는 생각을 한다. 왜 그런 생각을 하는지 알 수 없었다. 마당에 내려간 병수는,

"삼월아!"

하고 불렀다.

"예."

배추 다듬는 손을 멈추지 않고 대답한다.

"배출 뭘 할려고 그래?"

"머하기는요? 김치 담글라고요."

뻔한 일이다. 뻔한 일을 물어보는 것은 삼월에게 말을 하고 싶었기 때문이다.

"날씨가 추워졌지?"

"예."

"좀 있으면 김장할 거 아냐?"

"예."

병수는 빙긋이 웃는다. 무슨 말을 할까. 적당한 말이 없다.

가까이서 보는 멍은 자줏빛에 가깝다. 별안간 멍든 삼월의 얼굴을 쓸어주고 싶은 충동을 느낀다. 울컥울컥 치미는 애정, 정다운 마음.

"밥 많이 먹었니?"

"예?"

삼월이 의아해하며 쳐다본다. 바보 도련님이 하는 소리거니 하고 다시 배추 진잎을 뜯어내고 다듬는다.

'엄마 같고 누님 같고…… 내 이 등의 혹같이 불쌍한 삼월이……. 우린 어쩌면 옛날 옛적부터 잘 알고 있던 사이가 아닌가 몰라?'

"삼월아."

"예."

"옛날에 말이야."

"……?"

"장화홍련 있잖어?"

"예?"

"계모 땜에 죽은 형제 말이야."

"예."

삼월이는 도통 관심이 없다. 병수 역시 들어주기를 바라는 것도 아니다. 그렇다고 해서 무심히 한 말은 아니다.

"삼월아, 니가 그 장화 같단 말이야."

"예."

덮어놓고 삼월이는 대답한다.

'그러면 나는 홍련이란 말이지?'

병수는 제 깐에도 우스워서 하하핫 하고 웃는다. 웃는데 아기 울음소리가 등 뒤에서 들려왔다. 어줍게 아이를 안은 개똥이 까불며 걸어온다. 병수는 당황하여 물러선다.

"아, 애, 애이우우……. 젖 도움미이이오(애기 우요, 젖 좀 먹이소)."

아이를 쳐들고 둥가둥가를 하면서 삼월이 앞에 내민다. 찢어지는 울음소리, 누더기 같은 포대기에 싼 아이 얼굴은 온통 입뿐인 것 같았다.

"젖이 나야 믹이제."

"그, 그야믄, 우, 우야이오(그라믄 우짤 기요)?"

아이를 달랜답시고,

"오오하! 어겨어겨겨겨어!"

입 속의 혀를 굴리며 흘러내리는 코를 들이마시곤 한다.

"이리 도고."

칼을 놓고 삼월이 아이를 받아 안는다.

"울거나 말거나 내버려두지."

젖을 물린다. 아이는 허겁지겁 젖을 빨았으나 목에 넘어가는 게 없었던지 어미 가슴에 주먹질을 하며 다시 운다. 병수는 살금살금 뒷걸음질을 쳐서 개똥이한테 들키지 않고 산에 갈 참이다. 보기만 하면 제길 차자고 귀찮게 구는 때문이다. 침을 게게 흘리며, 도여이(도련님) 도여이 하는 데는 질색이었다.

하늘과 땅덩어리는 끝과 끝을 꽉 물려놓은 것처럼 몇천 몇만의 겁(劫)을 그러하였는지 완강하게 팽팽하게 정지하고 있었다. 세월은 도시 어느 통로를 거쳐서 지나가고 있는 것일까. 삼월이 애기를 낳았고 수동이 죽었다. 그게 세월이란 말일까? 불타 없어진 누각 빈터에 쭈그리고 앉아서 마을을 내려다보며 병수는 생각한다. 그러고 보니 팽나무에서 시끄럽게 울던 매미도 찬 서리에 죽어 없어진 모양이고 곱게 물들었던 잡나무숲에는 물기 잃은 마른 잎이 구른다. 탐스럽게 벼이삭이 일렁이던 들판은 회갈색 쓸쓸한 빛깔이다.

'생각할수록 모르겠어. 섣달그믐날 밤잠을 자면 눈썹이 희어진다지 않어? 그래서 꼬박이, 음, 자정까지 있어도 말이야. 어디 세월이 찾아와서 한 해를 보내고 떠난다는 작별 인사를 한 일이 있었나? 어째서 세월을 간다 하는고? 정월 초하룻날 떡국을 먹으면 한 살을 더 먹는다 하는데 마찬가지 아냐? 세월이 찾아와서 한 해 동안 함께 있게 되었다는 말을 한 적이 있었어? 그래도 사람들은 한 해가 가고 한 해가 온다고 말들한단 말이야. 날마다 해는 동쪽에서 서쪽으로 가고, 그게 세월이란 말일까? 그래서 사람들은 늙어가고 죽고 또 아이가 태어나고 자라는 걸까? 세월, 시간, 그게 뭐길래? 해가 뜨고 달이 뜨고 또 지고 사람이 죽고 아이가 태어나고, 알 수 없군. 정말 윤회라는 게 있다면 왜 사람이나 짐승이나 벌레나 초목이나 그런 것들이 빙빙 돌아야 하는 걸까? 세월은 바람일까? 바람이 사람들을, 이 세상에 있는 것을 어디로 자꾸 몰고 가는 걸까?'

산에 오르면 늘 하는 생각이다.

'아니야. 끝이 없을 건데, 시작도 없을 건데 어째 시간이 있단 말이야? 사람들은 해시니 술시니 하고 길이를 재어서 시각에 이름들을 붙이지만 이 천지가 꼼짝 않고 있는데 세월이 어디 있다고 금을 긋고 길이를 재느냐 말이야.'

금을 긋는다는 말에서 병수의 생각은 별안간 비약한다. 은전 한 닢. 칼끝으로 찢어놓은 듯 작은 눈이 벌어지면서 흰자위가 드러난 어머니의 무서운 얼굴이 바싹 다가왔다. 언제였던지 뚜렷이는 기억할 수 없다. 서울 있을 때의 일이었다. 집에 낯선 손님이 찾아왔었다. 병수는 햇빛을 따라 골방에서 마루까지 기어 나왔다. 따스한 초봄 햇빛을 받고 앉았는데 졸음이 왔다. 드높은 어머니의 목청과 나지막한 여자 목소리가 안방 쪽에서 간간이 흘러나왔다. 얼마나 시간이 지났던지 눈을 떴을 때 마루의 햇볕은 두 치가량이나 나가버리고 병수는 그늘에 앉아 있었다.

"아이구 이게 누구야? 우리 병수도련님이구먼."

중년의 점잖은 여인이 웃으며 말했다.

"어릴 때 내가 안아주곤 했었는데."

하다가 슬픈 눈이 되었다.

"관옥 같은 얼굴에⋯⋯ 가엾은 병수."

눈에 눈물이 핑 돌았다.

"형님."

등 뒤에서 병수를 노려보던 어머니는 여인의 소매를 잡아 끌었다.

"자아, 병수야."

여인은 주머니 속에서 은전 한 닢을 꺼내어 병수 손에 쥐여 주었다. 문간까지 바래다주고 돌아온 어머니는 병수를 쥐어 박았다.

"하필이면 손님이 와 있는데 마루까지 나올 건 뭐람? 온, 창피스러워서."

병수는 은전 한 닢이 신기하여 골방 속에서 이틀을 가지고 놀았다. 골방이지만 뒷벽에 봉창이 하나 있었고 해 질 무렵이면 조그맣게 뚫린 구멍에서 곧은 무지개 같은 빛줄기가 방 안을 가로지르곤 했다. 심심했던 그는 방바닥에 은전을 놓고 장판지를 이어서 바른 금을 따라 은전을 찼다. 되풀이 되풀이하여, 그랬는데 세차게 찬 것이 잘못되어 은전을 잃었다. 아랫목에 놓인 큰 궤짝 밑으로 들어가고 말았던 것이다. 엎드려서 들여다보니 하얀 은전의 모서리는 보였으나 좁은 틈으로 손이 들어가지 않았다. 그러다가 병수는 은전 잃은 것을 잊었다. 다음 날 어머니가 나타났다.

"너 아주머님한테 받은 은전 내놔. 뭣에다 쓰겠니."

했다. 병수는 두려운 생각 때문에 입이 떨어지질 않았다. 몇 번인가 쥐어박힌 뒤 궤짝 밑에 들어갔노라 했다. 어머니는 궤짝 밑에 왜 넣었느냐 하며 또다시 쥐어박았고 맹추와 함께 궤짝을 들어내어 은전을 찾은 뒤에는 뺨을 두 차롄가 맞았다. 그런 일이 있은 후 병수는 어머니 장롱 속에 은전이 가득 들어 있는 것을 한 번 보았다. 아버지가 없을 때도 그 은전을 꺼내어 쓰는 것을 본 일이 없다.

'나한테 그만큼 은전이 있다면 첫째로 삼월이한테 주고 싶어. 그러면 삼월이는 애길 데리고 도망칠 수 있을 거야. 그러면 얼굴에 멍도 안 들고 목에 피딱지도 앉지 않을 거야. 왜 어머니는 삼월이를 노상 때릴까? 이젠 아기 낳은 어머닌데 말이야.'

하다가 병수는 무슨 다른 재미나는 생각이 없을까 하고 눈을 멀리 보낸다. 눈에 비치는 것은 모두가 새롭고 신기하다. 말 없는 자연과 마주하고 있으면 샘처럼 온갖 공상이 솟아나 그를 즐겁게 해준다. 슬픈 일을 생각할 때도 슬프지 않다.

'내가 어찌 서희한테 장가를 든단 말이냐? 나같이 병신 계집애가 있다면 내 색시 삼아서, 눈물도 닦아주고 신발도 신겨주고 맛난 복숭아도 따다 주고 또오 또오……'

하다가 얼굴을 붉히고 혼자 웃는다. 담장 구멍으로 별당의 뜰을 들여다본 그때의 창피스럽던 일이 떠올랐다. 그러지 않기로 길상에게 약속을 했으나 그곳에 가고 싶고 몰래 서희 모습을 보고 싶은 생각이 든다.

'삼월이는 갔을까? 갔을 거야.'

누각 빈터에서 일어선 병수는 내리막길을 어린아이 모양으로 대죽대죽 걸어 내려오는데 사랑채와 잇단 담장, 그러니까 서울서 내려온 조준구의 식솔이 들기 위해 별채를 수리했을 때, 난달이었던 별채 주변을, 사랑채 담장과 잇닿아 담을 쌓았던 그 담장 옆에 중키의 사나이가 서성대고 있는 것이 보였다. 사내도 내리막길을 걸어 내려오는 병수를 바라본다. 초라한 몰골이다. 상사람은 아닌 것 같고 몸가짐이 다소 경망해 보이지만 영락한 양반의 후예인 성싶다. 가까이 갔을 때 사내는 난처해하는 웃음을 띠었는데 병수를 알고 있는, 그래서 난처해하는 웃음이다. 병수로서는 전혀 모르는 사람이었다. 일기가 꽤 쌀쌀한데 겹옷이 얇게 보인다. 갓도 이미 낡은 것이며 시장기가 얼굴에 역력하다.

"저어 이 댁 도령님이시오?"

웃음을 거두고 정중하게 물었으나 여전히 히죽거리는 기색이 있다.

"그렇소."

"예. 바로,"

하다가 말은 끊고,

"다름이 아니오라 조참판댁에."

"조참판댁이 아니라 최참판댁이오."

"아 그, 그러시오. 다름이 아니오라 이 댁에 우정 선생,"

병수는 빙그레 웃는다. 이초시의 호가 우정(雨亭)이었다.

"그 우, 우정이 소생의 친구이온데."

사내도 비시시 웃는다. 자기 깐에도 우정 선생이라 한 것이 계면쩍었던 모양이다. 우정 선생을 우정으로 내려놓고 또 어떨까? 하고 망설이는 눈치이기도 했다.

'아무튼 선생은 선생이니…… 허나 아무리 꼽추 병신이지만 이런 대가댁에서 이초시 같은 글 선생을 데려다 놓은 것은 시시한 얘기야. 이초시 말로는 내외분이 아들 면무식이나 시킬 요량이라, 그러긴 하더라만.'

"실은 행랑에 인적기도 없고 해서."

인적이 없었던 것은 아니었다. 문간에서 삼수를 만났다. 거만한 삼수 태도에 기가 죽은 사내는 남해서 온 글 선생이 여직 이 댁에 있느냐고 우물쭈물 물었다. 저어기 가보시오, 하면서 삼수는 손가락도 아니요 턱으로 별채 쪽을 가리켰던 것이다.

"들어가십시오. 선생님이 계십니다."

"예, 저, 먼저."

병수는 반쯤 열려져 있는 문을 밀고 들어섰다. 사내도 따라 들어선다.

"선생님, 손님 오셨습니다."

병수는 이초시 있는 방을 향해 말했다. 이초시는 방문을 반쯤 열고 얼굴도 반쯤 내밀었다.

"여보게 나야, 날세."

저승서 할아비를 만난 듯 반색하며 사내는 신돌 앞으로 바싹 다가섰다. 방문을 반쯤 열어놓은 채 일어선 이초시는 망건 위에 탕건을 쓰고 나서 방문을 조금 더 열었다.

"올라오게나."

"음, 나 진주 갔다 오는 길일세."

방문을 닫고 들어선 사내는,

"바로 조씨네 도령인가?"

밖에서 확인을 했으면서도 다시 묻는다. 호기심이 있어 그랬다기보다 말수가 적고 흐리멍덩한 이초시에게 그런 식으로 해서 말을 시키자는 것이다.

"여기 아랫목에 앉게."

"음, 그, 그러지. 따습구면."

사내는 아랫목에 엉덩이를 디밀고 앉는다. 으흠, 으흠, 기침을 하고 나서,

"방이 따습구면."

되풀이 말한다. 이초시는 여전히 흐리멍덩한 표정이다.

"그래 자네 제자는 그 꼴 해가지고 노상 돌아다니는가?"

"노상 돌아다녀."

"집안 망신이구면. 거 심히 보기 거북하던걸."

"집안 망신이나 마나, 그럼 어쩌겠나."

"육신만 성하다면야 금지옥엽일 터인데, 애석하구먼. 한데 아까 말일세."

"……."

"내가 짐짓 조참판댁이냐고 물었더니 조참판댁이 아니고 최참판댁이라 하지 않겠나?"

"조참판댁이라고?"

"허 이 사람아, 내가 몰라 그랬겠나."

처음으로 이초시는 웃는다.

"그래 그곳은 모두 편안들 하던가."

"내가 나올 때까지는 자네 집안도 태평하더라만 그 후 일이야 낸들 알겠나. 집 나온 지가 반년일세."

"뭘 하느라고?"

"말 말게. 내 형편이야 노상 그런 게지. 자네처럼 훈장질이나 해서 따스운 방 하나라도 차지했으면 오죽이나 좋을까? 본시 밑천이 짧고 보니 죽을 지경이야."

"……."

"곧 겨울은 들이닥칠 게고, 빌어먹을, 이럴 줄 알았더라면 자네 따라 서당에나 부지런히 다니는 건데."

"농사나 짓지 뭐."

"내 땅만 있다면야 까짓것 낡아빠진 의관 벗고 나서겠다만 남의 땅 얻어 부치는, 그런 비루한 짓이야 굶어 죽었으면 죽었지."

“…….”

“날이 갈수록 세태 인심은 험악해서 전과 같지 않아. 과객한테 하룻밤 잠자리라도 내주려 않으니 말일세. 옛날 같으면야 싫으나 좋으나 문객들을 괄시 안 하는 게 장자의 풍도로서 숭상되었건만.”

“그건 그랬었지.”

허기진 사내의 의도를 헤아리지 못한 이초시는 덤덤히 맞장구를 친다. 알았다손 치더라도 끼니때가 아닌데 자기를 찾아온 객인에게 상을 차려 내오라 할 수 있는 이초시의 처지도 아니었다. 한참 궁한 소리를 늘어놓던 사내는 눈을 깜박깜박하면서 화제를 획 돌린다.

“여보게, 자네 이 댁 내력은 잘 알고 있겠지?”

“내력이라니?”

“허허, 최참판댁 내력 말이야.”

“내력이라 하지만 내력도 하 많으니, 오대조까지 거슬러올라가자면.”

“오대조까지 올라갈 것도 없고 몇 해 전 일 말이야.”

“그러니까 최치순가 그 양반의 죽음.”

“아, 아닐세. 이 댁 며느리가 하인 놈하고 달아난 바로,”

“아아.”

“헌데 내가 이상한 얘기를 들었네.”

“……?”

"그러니까, 그, 그러니까 이 댁에 혼자 남은 여식 아이의 생모 되는 여인네 말일세."

"그래서?"

"그 여인네가 지리산 어느 암자에 살고 있다던가?"

"뭐?"

"여기 내가 들른 것도 바로 그 일 때문일세."

"그 일 때문에?"

"이 댁에선 그 여인네에 대해서는 깜깜소식이겠지?"

"그, 그런 모양이더구먼."

"그러려니 내 생각했지. 그리고 보면 내가 여기 오길 잘했구먼."

"글쎄, 뭐 옛날에 지나간 일, 새삼스럽게……. 이 댁 최공께서 살아 계신 것도 아니겠고."

"아, 아닐세. 그렇게 말할 게 아니라구."

사내는 팔을 내저었다. 그러고 나서 목소리를 줄인다.

"우리끼리니 하는 말이네만 지금 조씨네가 이 댁을 꽉 틀어쥐고 있으며 장차도 이 댁 살림을 좌지우지할 것이 뻔한데 눈 위의 혹이 그 여식 아이 아니겠나?"

"그런 일은 나 알 바 아니고."

"허허, 내 말이나 듣게. 그러니 그 여식 아이 생모가 살아서 근처에 있다는 것은 역시 그 양반한테는 찝찝한 일 아니겠나."

"글쎄……."

이초시는 되도록이면 그런 얘기에는 깊이 들어가지 않으려 한다.

"피는 물보다 짙으다고 뒷구멍으로 줄이라도 놓는다면 그거 다 귀찮은 일이지."

"설사 그 아이 생모가 이 근동에 와 있다손 치더라도 이쪽에서 지난 일을 들추어 벌을 준다면 모르까 그쪽에서야 뭐라겠나. 그 아이 외가에서도 코빼기를 내밀기는커녕 거처까지 옮겨가며 도통 관여를 피하는 형편인데. 그리고 이 댁 사랑양반의 처지로서는 그 아이 모친에 대해서 이러쿵저러쿵할 수 없을 게고, 하지도 않을 게야."

"허 이 사람이 얘기를 어떻게 듣나? 나야 이 댁 조씨네 편에서 하는 말 아닌가."

"그건 알겠네만 남의 일에."

"어디 사람 사는 게 그렇던가? 지금은 꼭두각시지만 어미 지혜가 들어가면 사람 새끼로 변할 수도 있는 게고, 아무튼 자네도 그 양반 덕분에 밥술이나 먹는 형편이고 보면 걱정이라도 해주는 척, 해로울 건 없지."

"대체 무슨 얘긴지."

이초시는 끝내 시치미를 뗀다.

"하기야 이런 경우는 알 듯 말 듯 일들이 다아 그렇게 돼 있지. 여하튼 그 양반한테 소식 전해주어서 해로울 건 없다 그 말인데, 그도 그렇고 내가 여기 며칠을 묵기로 자네가 눈치

살필 필요도 없을 게고 아, 그래도 모르겠나?"

비로소 이초시는 파안대소한다.

"진작 그렇게 말할 일이지. 꾀가 늘었네그려. 그러면 그 아이 모친이 지리산 암자에 와 있다는 건 거짓말이겠다?"

"아, 아닐세. 전혀 터무니없는 말은 아니야. 오다가 중한테 들을 수도 있는 일이고 들은 사람이 객줏집 주인한테 전할 수도 있는 일이고 그러고 보면 나그네 귀에 들어올 수도 있는 일이고."

사내는 씩 웃는다. 요는 그 소문의 진부에 대해서는 책임질 수 없다는 실토요 최참판댁에 며칠 비비대고 앉아보는 데 구실로 삼자는 얘기다.

"그렇다면야 자네 가서 얘기해보게나."

"아닐세. 아니야."

사내는 엉덩이를 뒤로 물리며 팔을 젓는다.

"내, 내야 면대한 일도 없고 그러니 자네가 가서, 아 말하기야 자네 편이 예사로울 거 아니겠나? 이러저러한 친구가 찾아와서 하는 말이라 하며 슬쩍 건네보게. 그러면 말이 있을 걸세. 나를 만나보자든가 아니면 소식을 전하려고 일부러 수고를 했으니 좀 쉬어 가라든가."

"하하하핫, 그러세."

이초시는 며칠 동안의 침식을 얻으려고 지혜를 짜낸 가난한 친구를 위해 동조해주기로 한다. 하여간에 이초시는 그 일로 조준구를 찾아 사랑에 다녀왔고 그 결과가 어찌 되었는지 알 수 없으나 나그네는 열흘을 이초시 곁에 묵은 뒤 떠났다.

6장 을사보호조약

"괴이한 소문이 있어서 소상하게 알아보아야겠다."

의관을 차려입고 초조하게 집을 나간 김훈장은 저녁 짓는 연기가 피어오를 무렵 마을에 돌아왔다.

"아부님, 이제 돌아오십니까."

한경이, 자부가 함께 뜰로 내려서며 인사를 하는데 김훈장은 아들 내외를 힘없이 바라본다.

"소식은 알아보시었습니까."

한경이 조심조심 묻는다. 김훈장은 시선을 옮긴다. 갓끈이 흔들리고 수염이 흔들리고 엉성한 수염에 묻힌 입술이 떨고 있다.

"망했다."

중얼거리더니 발길을 돌린다. 사랑으로 가는 김훈장을 뒤쫓으며,

"무슨 말씀이신지요."

했으나 한경의 말엔 대꾸가 없었고 지름나무가 썩어서 글렁글렁 노는 마루에 올라간 김훈장은 도포 자락을 걷으며 앉는다.

"일기가 찬데 방에 드시지요."

동편 하늘을 노려보고 있던 김훈장은 주먹을 쥐고 마룻바닥을 친다.

"나라 없는 백성이 어디 있으며 나라 잃고 살아 무엇하겠느냐! 으흐흣흣……."

통곡이다.

"아, 아버님! 어이 이러십니까."

마루에는 오르지 못하고 엉거주춤해 있던 한경이 혼비백산한다. 콧물 한 방울이 떨어지는 것도 모른다. 그는 감기를 앓고 있었다.

"통분하다! 이런 일이 어디 또 있겠느냐? 으흐흐흐, 충간의 담(忠肝義膽) 한 선비들은 자결이요 내 강토를 팔아먹는 문서에 도장 찍은 역적 놈들! 앞으로 이 나라 사직은 어찌 될 것이며 백성들은 어디로 간단 말이냐. 으흐흐……."

"아버님, 일기가 매우 찬데 방으로 드십시오."

"이놈아! 방이 다 무엇이냐. 방에 들어 편한 잠자게 되었느냐? 원통한지고! 세계만방이라 하거늘 도적질하는 왜적을 견제할 만한 나라는 하낫도 없었더란 말이냐."

땅거미가 진다. 김훈장의 비통한 울음은 아랑곳없이 흐려 있던 동편하늘에 별이 하나씩 둘씩 돋아나며 반짝거린다.

"아버님, 이러시다가 병환 나시겠습니다."

아이 울음소리가 안방 쪽에서 들려왔다. 자부도 근심이 되어 사랑 문밖에 우두커니 서 있었다.

이윽고 울음을 거둔 김훈장은 비뚤어진 갓을 고쳐 쓰고 도포끈을 바로잡으며 일어선다.

"어디 가시려고 이러십니까."

"이러고 있을 수 없다."

목이 잠긴 나지막한 소리로 말하며 수건을 꺼내어 눈언저리 코밑을 닦는다.

"날이 저뭅니다. 저녁진지도 안 드시고."

"최참판댁에 다녀오마."

허우적허우적 발을 떼어놓는다. 꺼뭇꺼뭇한 밭둑가에 흰 도포 자락이 산란하게 펄러덕거린다.

마을에 불빛이 나돌기 시작했다. 아슴히 보이는 둑길을 등짐장수가 지나가며 슬픈 가락을 뽑는다. 내일 구례 장에 대어 가기 위해 밤을 도와서 가는 모양이다. 멀어지면서 가락은 더욱 슬프게 메아리가 되어 돌아오고 조금씩 이어지곤 한다.

"생원님, 저녁 드싰습니까."

소를 몰고 내려오던 두만아비가 김훈장에게 인사를 한다. 다른 때 같으면 서울 간 아들의 소식을 듣느냐고 물었을 것을 도포 자락만 펄러덕거리며 그냥 지나친다. 소는 방울을 흔들며 주인을 따라간다. 주인이 멈추니 소도 멋는다. 두만아비는 무엇인가 생각하듯 발부리를 내려다보다가 고개를 들어 돌아본다. 어느 곳에 가든지 반드시 들고 다니던 담뱃대를 김훈장은 들고 있지 않았다. 어둠 탓이겠지만 아랫도리와 윗도리가 희미하고 흰 도포만 가고 있는 것 같다.

'예삿일이 아닌 모양이다. 노상 망한다 캐쌓더마는 이분에는 헛소문 아닌가 배. 나라가 망하믄 우리는 우찌 될 긴고? 서울 있는 두만이 눔도 걱정이네.'

소 등을 가볍게 치며 두만아비는 집을 향해 걸음을 옮긴다. 김훈장은 그동안 발길을 끊었던 최참판댁 문전에 섰다. 발걸음을 끊은 지 일 년이 넘은 성싶다. 대문 기둥에 내걸어놓은 육각등에서 뿌연 빛이 번지고 있었다. 하인 하나가 말에서 말 안장을 내리며 김훈장을 눈여겨본다.

"조공 계신가?"

잠긴 목소리로 묻는다.

"예, 방금 돌아오싰습니다."

"내가 좀 뵙잔다고 전하게."

"예."

하인이 안으로 들어간 얼마 후 신분이 뚜렷하지 않은 서울서 온 지서방인가 하는 자가 육각등 옆에 나타났다.

"어인 일로 오시었습니까."

입이 나쁜 김서방댁 말에 의하면 빨아놓은 김치 같은 사내라는 것인데, 명주 바지처럼 호졸호졸한 느낌을 주는 사내다. 눈 밑으로 살살 살펴보며 불쾌하리만큼 정중하다.

"조공을 만나러 왔네."

"어디서 오시었습니까."

모를 리가 없다. 일부러 놀려먹기 위한 수작인 것이다. 김훈장은 노여움을 굴꺽 삼킨다.

"나 이 마을에 사는 김생원이야."

"네, 그렇습니까. 한데 나리께서는 출타하셨다가 방금 돌아오셨기 때문에…… 수고스럽지만 다음 날에라도, 네, 나리께서는 매우 고단하신 모양입니다."

"이노옴! 무슨 잔말이냐?"

"네 네, 하오나."

지서방은 두 손을 맞잡고 비벼댔으나 김훈장 기세에 풀이 꺾인 것은 아니다. 입가에 비웃음이 있다.

"썩 들어가서 내가 뵙잔다고 여쭙지 못하겠느냐?"

"말씀은 여쭈어보겠습니다만."

들어간 지서방은 나오질 않았다. 김훈장은 분통이 터져서 발을 굴렀으나 눈앞에 사람은 없고 대문 기둥에 걸어둔 육각등만 땅바닥을 비춰주고 있었다. 반 시각은 족히 지난 성싶다.

"사랑에 드시라 하십니다."

발소리도 없이 나타난 지서방은 실실 웃는다. 김훈장은 두 어깨를 치켜들고 걸음을 옮긴다.

"나리께서 매우 고단하셔서, 이거 죄송하옵니다."

여전히 발소리 없이 따라오며 지껄인다.

조준구가 거처하는 사랑방은 옛날과는 달랐다. 기방(妓房)

을 연상할 만큼 채색(彩色)이 여기저기서, 김훈장 눈에 거슬렸다. 열 폭 병풍의 그림도 채색화였다. 돈에 아양 떠는 화공의 솜씨임이 분명하고 표구는 최근에 한 듯 지질(紙質)이 쌀쌀하다. 주홍빛 보료, 그 한복판에 깔린 호피는 옛날부터 최참판댁 낡은 궤짝 속에 간수되어 있었던 물건이다. 문갑 위에는 청동향로와 청자연당초문병(靑磁蓮唐草文瓶)이 놓여 있고 서안에는 백자투조필통(白磁透彫筆筒), 그 밖에 이것저것 집물이 빽빽이 들어찬 것 같은 느낌을 준다. 주먹만큼 굵은 초는 백동 촛대 위에 눈물을 흘리며 타고 있다. 방 안은 따스하고 달착지근한 향내가 풍겼다. 먼 길을 모진 풍설(風雪)을 맞으며 찾아온 것같이 임자 없는 빈방에 혼자 앉은 김훈장은 아랫도리가 후들후들 떨려오는 것 같았다.

울음이 굴꺽굴꺽 목구멍에서 넘어온다. 답답하고 괴로운 시간이 많이 흘렀다. 이윽고 방문을 열며 조준구는 들어섰다.

"오래간만이오."

침울한 얼굴이었다.

"소식 들으시었소? 물론 들으셨겠지요."

조준구의 침울한 얼굴은 김훈장의 고통을 얼마간 덜어주었다. 피는 물보다 짙은 법이며 팔은 안으로 굽는다는 말을 확인한 듯싶어 일시나마 외로움은 무산하고 친애의 정이 솟았다.

"네, 들었소이다. 방금 동헌에 갔다 오는 길이었소."

조준구는 입맛을 다시었다.

"조공, 어떻게 하면 좋단 말이오."

김훈장이 찾아와서 통분해할 때마다 날더러 어쩌란 말씀이요, 하며 남의 집 불구경하듯 대하던 조준구가 오늘은 심각한 낯빛으로 말이 없다.

"소생도 읍내에 나가서 소상히 알아보고 왔소. 듣자니까 민대감[閔泳煥]이 자결하셨다 하지 않소."

준구는 자그마한 손으로 이마빡을 밀어올린다. 주름이 밀렸다가 손을 떼는 동시 제자리로 돌아와 이마는 본시대로 팽팽해진다.

"어디 민대감뿐이겠소."

"조병세 대감께서도."

"그렇소. 팔십 노구를 이끌고 가평(加平)서 올라와 정청(庭請)하다가 일본 헌병에게 쫓겨났다 하오. 그래 가마 속에서 음독 자결하신 모양이오."

"허허."

"홍만식 참판도 자결하고, 자결할 사람이 앞으로도 속출할 것이오."

"이런 천하에."

"약현(藥峴)에 있는 이완용의 집에 불을 지르는 둥 유생들이 들고 일어나는 둥."

"찢어 죽일 놈들! 조약에 도장을 찍은 다섯 놈들을 밟아 죽여야 하오!"

"그네들도 그리고 싶어서 했겠소. 총칼이 한 짓이지요."

"나라가 넘어가는 판국에 제 목숨 지키려는, 으음! 목을 걸어놓고 왜 반댈 못했단 말이오. 대신 놈을 치레로 세워놨단 말인가요?"

격한 마음에 표현이 서툴다.

"그런다고 해결이 되는 것도 아니겠고 죽는다고 대신할 사람이 없겠소?"

준구는 쓰게 입맛을 다신다.

"독 안에 든 쥐 꼴이 되었지요. 일본은 오조약에 도장을 찍은 그 사람들 아니라도 얼마든지 오적(五賊)을 만들어낼 거요."

"세상에 협박 공갈하는 보호조약도 있답디까?"

"코에 걸면 코걸이 귀에 걸면 귀걸이 아니오."

조준구의 심정은 착잡하다. 친일단체인 일진회 인사들과 어울려 다니며 주거니 받거니 친일적 언사를 농했던 것도 얼마 전까지의 일이었다. 사실 그 자신 친일파임에는 틀림없고 오늘의 사태를 예상하지 않았던 것도 아니었다. 그러나 막상 나라의 주권이 넘어간 보호조약이 체결되고 서울이 통곡의 도가니로 들어간 사태에 직면하고 보니 감정이 이상했다. 어느 구석엔지 남아 있던 민족의식 같은 것이 꿈틀거렸던 것이다. 언젠가 서울에서 술상을 걷어찬 이석영의 희여멀쑥하고 대머리 까진 얼굴이 눈앞에 어른거리기도 했다. 그러나 김훈장의 절망과 비통에 비하여 조준구의 우울증에는 상당한 여유가 있었던 것은 말할 나위가 없다. 한마디로 이 순간 조준구 가슴을 흔들고 있는 민족적 긍지는 습관에 대한 추억이다. 소위 그 사대부집 자손으로서, 하며 밀고 나오던 가문에 대한 추억이다. 말하자면 정신적 풍토의 티끌이 의식 어느 구석엔가 조금은 남아 있었던 것이다. 그의 친일적 언행이라는 것도 따지고 보면 실적이 있었던 것도 아니었고 오늘 사태의 하수인도 아닌 만큼 다소는 안심하고 망국의 슬픈 감상에 젖은 것이다. 그러나 서울서 내려온 비통한 소식들이 말초신경을 자극하기는 했으나 중추신경은 역시 정세와 자기 개인의 이익을 저울질하고 있었다. 중추신경이 말초신경을 몰아낼 것은 시간문제다. 그러나 말초신경이 째릿째릿하게 울려온다는 것은 아무래도 우울한 일이다.

"대세요."

슬픈 가락으로 한숨과 함께 한마디를 떨어뜨렸다.

"대세라니? 대세이니 받아들일 수밖에 없다, 그 말씀이오?"

김훈장이 다잡는다.

"그런 뜻은 아니지요."

"그렇다면?"

"받아들이고 안 받아들이고 간에 그것은 이미 우리들 힘이 미치지 못하는 일이 아니겠소? 상감이 협박을 당하는 지경에 아무리 울부짖고 주먹을 휘둘러보았자 그놈들은 우리를 어린애 이상으로 보지 않을 게요. 아라사를 상대로 싸워서 이긴

그네들이니까."

준구는 전과 달리 신중하고 억양 없는 목소리로 말했다.

"나 그럴 줄 알았소. 조공이 그렇게 말할 줄 알았소."

주먹을 휘두르며 대들 것 같다.

"개화를 주장하는 것도 나라 아끼는 방편이라 하더니 이제는 대세라 어쩔 수 없다 그 말씀이오? 나라 팔아먹은 대신 놈들 역시 대세라 할 수 없다 그 말이면 다 아니오. 조공도 그들과 다를 바가 없지요."

"허허, 내가 나라를 팔아먹은 장본인인가요? 힘이 없는 우리 처지가 한탄스러워 한 말 아니오."

"부끄럽소! 부끄럽소! 참으로 부끄럽소이다. 나라 없는데 내 영화가 어디 있으며 가문이 무슨 소용이오. 밤 사이에 나라 넘겨주고 백성들 앞에 양반 놈들, 무슨 염치로 낯짝 쳐들고 다니겠소. 내 말이 그르오?"

한동안 침묵하다가,

"말씀이야 옳지요. 그르고 옳고 간에 이리 흥분한다고 무슨 일이 어찌 되겠소? 고정하시오."

김훈장은 어세를 낮추었다.

"실은 여기 내가 온 것은, 그, 그렇소이다. 시비하러 온 것은 아니었소. 비록 당주는 아니 계시지만, 아니 서희는 나이 어린, 그도 영식이 아니오. 그렇다고는 하더라도 최참판댁은 이 마을을 다스려왔었소."

당주가 아니 계시다는 말이 그동안 숙연해 있던 준구를 자극했다.

"최참판댁이 이 마을을 다스려왔다구요? 거 식자 있는 분이 하실 말씀은 아닌 성싶소. 백성은 나라서 다스리게 마련, 최참판댁 백성은 아니잖소."

비쭉 솟은 어투로 당장 쏘아댄다.

"지금 사소한 말꼬리 잡고서 왈가왈부할 때는 아니오. 이 마을 사람치고 이 댁과 인연 없는 사람은 없다 그 말 아니오. 뿐만 아니라 지체를 보더라도 마땅히 마을을 이끌어나가야 할 처지인 만큼."

아첨하듯 호소하듯 조준구를 바라보며 김훈장은 말을 잇는다.

"다행히 조공께서 계시니, 아 어느 면으로 보나 조공이야말로 지체 높으시고 우리네들과는 달라서 새로운 문물에도 접하셨고 정세에도 소상하시며,"

무슨 속셈에선지 추켜세운다.

"조공께서 재량하실 수 있는 재물도 그렇고 달리 적격자가 누구 있겠소? 조공이면 모두 승복할 것이오. 뭐니 해도 우선 사람이 움직이려면."

하자 조준구 눈에 경계하는 빛이 돈다.

"우리 일어서야 하오. 나라 없는 백성이 어디 있으며 일찍이 왜란 호란을 겪었으되 우리 주권을 빼앗긴 일은 없었소.

이, 이런 일은 역사에 없었소. 싸움 한번 없이 고스란히 이, 이럴 수는 없는 일이오. 이 판국에 농부들이 농사짓고 선비들은 글 읽고 해야겠소? 설령 쓸개 빠지고 썩어 문드러진 대신 놈들이 나라를 파는 데 도장을 찍었다손 치더라도 백성 모르게 한 짓은 합당하지 못할뿐더러 무효란 말씀이오. 모두 나라 은덕 입고, 이 우리 강산은 내 피 내 살점 아닙니까. 헌데 어찌 바라만 보고 있을 것이오. 안 그렇소, 조공? 양반은 두었다 무엇에다 쓰겠소. 우리가 앞장서면 마을 사람은 다 따를 것이오. 그뿐이겠소? 기왕에 항거해온 의병들이 있고 우리 마을에서 일어선다면 그것으로 해서 인근에서도 일어날 것이오. 방방곡곡 백성들이 모조리 연장 들고 나선다면 무슨 수로 그놈들이 대적할 것이오?"

김훈장은 아까 이 방으로 들어왔을 때처럼 아랫도리가 후들후들 떨려옴을 느낀다. 그것을 누르려고 두 주먹으로 무릎을 꽉 누른다. 그러나 양 무릎을 누른 주먹도 부들부들 떨린다.

준구는 그런 제안을 해오리라고는 미처 생각지 못하였다. 기껏해야 방바닥이나 치며 통분하는 것으로, 서울 대신 놈들 욕이나 하는 것으로 끝나는 줄 알았다.

'허 참, 이거 야단났구먼. 낸들 나라 망한 것이 좋을 리 없겠으나, 나를 의병장이 되라는 그 말인데 될 법이나 한 일인가?'

그러나 준구는 신중히 생각해본다.

'가만있자. 이놈의 산골에서 세상 돌아가는 것은 캄캄절벽인데 이들을 상대로 형편 이야기나 해보았자, 그러지 않아도 나를 친일파로 간주하고 있는 터에 만일 들고일어나는 날이면 무슨 변을 당할지 모르겠구먼. 법은 멀고 주먹은 가깝다고 이런 혼란기에는 처신을 조심해야지. 동학 놈들이 일어섰을 때 제일 먼저 당한 사람들은 누구였지? 지방 관헌들과 재물 있는 양반들 아니었느냐 말이다. 어리석은 것들! 일본을 어떻게 대적하겠다는 건가. 서울서는 시골 놈들만 못해서 도장을 찍었나? 나라는 기왕 망한 건데 손가락에 불을 켜고 하늘로 올라가지, 일본을 물리쳐? 바지저고리에 상투 틀고 짚신 신고 쇠스랑 든 농부 놈들 이끌고 일본을 물리쳐? 흐흐…… 가만있자. 결과야 뻔하지만 우선, 우선에 내가 먼저 당하면? 그렇지 무슨 일이 일어날지 모른다.'

한 줄기 남은 감상적 애국심은 순식간에 무산되고 말았다. 자기 보호의 충동은 명확한 한계를 지운다. 고민할 것도 없이 그의 의식은 일본 진영으로 줄달음쳤다. 재물을 털어내고 의병 무리 속에 들어가다니, 얼마간의 재물을 내어줄 수도 있는 일이다. 그러나 후환을 누가 감당할 것이며, 그러나 그 어느 것에도 협조를 아니한다면 먼저 준구 자신에게 달려들 것이다. 준구는 숨을 가다듬는다.

"그렇다면 김생원께서는 어떤 계획을 세우셨소."

"예, 너무 졸지간이라 계획을 세울 겨를도 없었고 우선 생각해야 할 것은, 마을 사람들을 모아놓고 나라 사태를 알려야

할 것 같소. 몽매한 백성들이야 우리가 깨우쳐주지 않는다면
어찌 알겠소."

'바로 기름을 붓고 불을 지르는 게로군.'

김훈장이 두려워진다.

"그런 연후에는?"

"무기가 없으면 죽창이라도 깎아서 싸울 차비를 차려야지
요."

"죽창으로."

"예. 기왕의 의병들도 곳곳에 적잖을 터이고 산간에는 동학
의 잔당들도 수울찮이 있을 터인즉."

"동학의 잔당이라구요."

동학의 잔당(殘黨)이라는 말은 신경이 곤두선 조준구를 걷잡
을 수 없는 공포로 몰아넣는다. 이제 조준구는 무일푼의 식객
이 아니다. 만석 살림을 장악한 실권자다. 그 옛날 동학이 지
르던 함성이 조준구 귀를 찢는 것 같은 착각이 든다.

"전사야 여하튼 그네들은 왜놈들하고 싸웠소. 동학이라고
이 나라 백성이 아니겠소? 사태가 이쯤 되었으니 싸움에는 경
험도 있고 하니 잘 싸울 게요."

실정을 모르는 김훈장의 계획도 황당한 것이지만 동학에
대한 조준구의 공포도 황당무계한 것이다. 이성을 잃고 흥분
했다. 언젠가 최치수가 한 말을 그대로 되풀이하여 조준구는
떠들어댄다.

"그, 그러니 김생원께서는 아무것도 모르고 계시다 그 말 아니오? 지금 동학당의 거두들이 어떤 줄 알기나 하시오? 동학의 접주 이용구를 말할 것 같으면 일진회 두목으로서 친일의 앞장을 선 사람이요, 손병희는 일본에서 편하게 좌정하면서 거금을 일본 정부에 헌납하고 오로지 아라사가 거꾸러질 것을 빌었단 말씀이오. 동학의 졸개 놈들은 또 어떻고요? 개미 떼처럼 몰려나와서 일본군을 도와 철도도 깔고 군수물자도 날라주고, 허 참 그런 동학이 일본한테 죽창을 들어요? 도대체 일본하고 싸워보겠다는 그 자체가 망동이오. 나갈 구멍도 없이 그러면 다 죽자 그 말씀이오? 서울서는 모두 김생원만 못해 도장을 찍었겠소?"

감정을 상하지 않게 잘 구슬러보겠다는 생각은 까마득히 잊어버리고 본심이 둑이 터진 듯 쏟아져나온다.

"어리석은 말은 집어치우시오. 누굴 망해먹으려고. 아 그래 내게 의병장이 되라 그 말씀이오? 낭도*들을 이끌고 산에 들어가서 개죽음을 하라 그 말씀이오? 어림없는."

뒤늦게 조준구는 아차 하며 깨닫는다. 풀이 죽으면서 부릅뜬 김훈장의 눈을 슬그머니 피한다.

'의병장이 될 사람이 따로 있지. 그래도 최소한도 군자금쯤은 내줄 줄 알았는데……. 목을 쳐 죽일 놈!'

김훈장은 일어섰다.

"아, 아니 왜 일어나시오? 약주나 함께 듭시다그려."

잡는 팔을 뿌리치고 김훈장은 밖으로 나왔다. 지서방이 따라나왔다. 눈꼬리를 치켜세우며 육각등 옆에 서서 실실 웃는다.

"안녕히 가십시오."

순간 김훈장은 대문짝에다 대고 퉷! 하며 침을 뱉는다.

밤길을 돌아오는 김훈장은,

"쳐 죽일 놈!"

하고 악을 썼다. 또다시 아랫도리가 후들후들 떨리면서 힘이 빠져나간다. 다리뼈가 해파리처럼 물컹물컹해지는 것 같다. 김훈장은 길섶에 주저앉는다. 맵고 찬 바람이 마음속 깊은 곳을 거슬러 오른다. 고독했다. 담배를 피우려 했으나 항상 손에서 놓은 일이 없는 담뱃대가 없었다. 담배는 단념하고 어둠을 뚫어보려고 김훈장은 목을 뽑아 올린다. 천지는 모두가 다 철없이 잠만 자고 있구나. 어째 벌레 한 마리 우는 소리가 없는고? 이렇게 적막할 수가. 김훈장은 조준구의 말을 생각한다.

'동학의 접주 이용구를 말할 것 같으면 일진회의 두목으로서 친일의 앞장을 선 사람이요, 손병희는 일본서 편하게 좌정하면서 거금을 일본 정부에 헌납했고 오로지 아라사가 거꾸러질 것을 빌었단 말씀이오. 동학의 졸개 놈들은 또 어떻고요? 개미 떼처럼 몰려나와서 일본군을 도와 철도도 깔고 군수물자도 날라다주고, 허 참 그런 동학이 일본한테 죽창을 들어요?'

'상놈들이 들고일어나면 일본놈을 치기는커녕 양반들을 모조리 잡아 죽일 게요.'

"허허, 이럴 수가 있나. 이 강산에서 핏줄을 이어온 놈들이. 상민인들 제 조상은 있을 거 아니겠나. 어째 왜놈보다 양반들이 더 밉더란 말이냐."

수백만 군병을 잃고 홀로 남은 장수같이 김훈장은 밀어내어도 밀어내어도 달려드는 고독을 참을 길이 없다.

저 멀리서 초롱이 하나 온다. 초롱은 김훈장 쪽을 향해 온다.

"아버님."

"한경이냐?"

"예."

한경이 어둠을 헤치고 가까이 다가왔다.

"여기 왜 이러고 계십니까."

"음."

"날씨가 찬데 병환 나시겠습니다."

"그래 가자."

일어섰다. 버마재비같이 껑충한 한경이 김훈장 옆을 비스듬히 따라가며 발부리에 초롱불을 비춰준다.

"한경아."

"예."

"너는 애비가 하자면 하자는 대로 하겠느냐?"

"예."

"우리가 죽어야 한다면 그때는 어쩌겠느냐?"

"아버님 뜻대로 하겠습니다."

헤엄질 치듯 가는 김훈장 도포 자락이 밤바람에 나부낀다. 부엉이 울음이 들린다. 밤이 깊어졌다.

"음…… 우리는 뼈대 있는 집 자손이니라."

이튿날 부랴부랴 차비를 차린 조준구는 서울로 떠났다. 무슨 일이 날지 불안해진 그는 처자도 버리고 잠시 피신하며 정세를 관망할 요량이었던 것이다. 한편 떠나 있으면 귀찮은 일에 관여하지 않아도 될 것이요 후환도 없을 것이기에. 조준구가 떠난 뒤 점심때쯤 해서 마을 사람들은 타작마당으로 모여들었다. 김훈장 지시에 따른 것이다. 김훈장은 담뱃대 한가운데를 꽉 잡고 서서 꼬장꼬장한 목청으로 말을 시작했다. 소위 을사보호조약(乙巳保護條約)에 도장을 찍게 된 경위와 그 다섯 조목의 조약이라는 것의 내용을 아는 대로 설명하며 수천 년 내려온 이 나라가 일본 통치 밑에 들어갔다는 것을 알린다.

"그라믄 우찌 되는 깁니까, 우리는."

"생원님! 나라가 뺏깄이니 우리는 땅도 부치묵을 수 없다 그 말씀입니까."

"제사도 못 모시게 한다 카던데요."

"그예 상투도 잘라야 합니까?"

"이 사람들아! 그게 무슨 소린고? 이 철없는 백성들아!"

김훈장은 목이 잠기면서 울음을 터뜨렸다. 이런 철없는 백성을 어찌 믿겠느냐 싶어 울음이 터졌던 것이다.

그는 울면서 목쉰 소리를 짜내며 민영환 조병세 등이 자결한 얘기를 한다. 비로소 마을 사람들은 충격을 받는다. 나라의 위기를 실감한다. 오조약이 무엇인지 생소하지만 그런 큰 인물들이 자결하였다는 것, 김훈장이 울음을 터뜨렸다는 것으로 사태를 통감한다. 애석하고 분통하다 하며 와글와글 떠들어댄다.

"싸운다 카믄 나가겠십니다! 나라를 뺏깄이믄 땅도 뺏길 긴데."

한조가 소리를 질렀다. 최참판댁에서 혼자 나온 길상이는 얼굴이 벌게져서 한복이, 영만이 두 소년을 거느리고 서 있었다. 용이는 타작마당 한 귀퉁이에 쭈그리고 앉아 땅바닥만 내려다보고 있었다.

두만아비가 용이 곁에 다가왔다.

"용아!"

얼굴을 들고 쳐다본다.

"자네 생각은 어떻노?"

"그러세요."

"김훈장 말씀으로는,"

용이 말허리를 꺾는다.

"이럴 때 윤보형님이 기싰더라믄 하고 생각하고 있소, 저기

저 양반들."

김훈장과 그의 옆에 손을 맞잡고 서 있는 한경이를 가리킨다.

"용하기만 했지 엄두가 나지 않을 기요."

"윤보가 있이믄 우찌할 것고?"

"그 형님은 아는 것도 많고 동학당 했으니께 이력이 안 있소. 무엇보다 과단이 있으니께요."

"그라믄 쌈을 해야 한다 그 말이가."

"할 형편이믄 해야겠지요."

"나는 통 모르겠다. 김훈장 말씸도 그렇고…… 서울서도 쌈이 벌어졌다는 얘기는 없지 않나."

"아직은 혼란해 있일 기니, 그러나 가만있기야 하겠소."

"왜눔들이 우리를 다 쫓아낼 기라 그 말인지……."

두만아비는 양미간을 모으고 한숨을 내쉬며 중치막에 갓을 쓰고 지팡이를 든 서서방을 바라본다. 서서방은 바쁜 일이라도 있는 것처럼 이리저리 사람 속을 헤치며 왔다 갔다 하고 있었다. 사람들은 제가끔 지껄이고 와글대고 있었다. 이제는 김훈장의 목쉰 소리에 귀를 기울이는 사람은 없다. 각각 여러 패로 나누어져 의견 백출 중구난방이다. 의견을 모아보는 사람도 없고 결론을 내리는 사람도 없다. 아녀자들만 집에 남아 있는 마을은 불안에 싸여 침묵하고 있었으며 해는 덧없이 저물고 말았다.

7장 음지(陰地)에서 햇빛

이듬해 삼월 하순경 김훈장은 인근에 있는 유생(儒生)들 몇 사람과 함께 마을을 떠났다.

겨울 동안 칼날 같은 강바람을 마셔가며 동분서주, 침식을 잊다시피 했으나 김훈장이 의도한 일은 성사를 보지 못했다. 허사였다. 마을에서도 그러했고 안면이 있는 유생들을 읍으로, 혹은 인근 마을로 찾아다니곤 했지만 용두사미로 흐지부지되고 말았다. 산간벽촌에서 대세에 어둡기로는 유생들이라고 농부들과 다를 것이 별로 없었다. 더러 개중에는 약삭빠르게 제 앞만을 가리고자 하는 사람들의 회피도 있었지만 결국 속수무책, 어떻게 할 바를 몰랐다. 그저 우왕좌왕 감정만 격노해 있었을 뿐 김훈장이 접촉한 인물이란 대개가 자기 자신과 엇비슷한, 생각도 그러려니와 군자금 한 푼 군량미 한 섬 내놓을 만한 처지가 못 되었고 한결같이 불우하게 탈락된 향반들로서 선비의 명맥, 하루 두 끼의 끼니조차 이어가기가 어려운, 김훈장의 행동거리 속에 그런 인물들밖에 없었다는 것은 그 자신을 위해 참으로 불행한 일이었다. 하기는 동학내란의 불씨를 안고 뛰어든 전봉준이 미리부터 군량미, 병기를 저장했던 것도 아니었고 돈 많은 사람들이 뒷배를 보아주었을 리도 만무다. 함에도 수만의 백성들은 백의종군했던 것을 생각할 때 유교사상이 빠질 수밖에 없는 함정이라고나 할까, 너 죽고 나 죽자가 아니요 나만 죽겠다는, 그것도 의관을 바로 하여 욕됨이 없이 죽겠다는, 결국 김훈장이 몇 사람의 유생과 더불어 떠난 것도 그 자신으로서는 죽을 자리를 찾아간 셈이라고 할밖에 없다.

김훈장이 떠난 후 한경이는 식음을 전폐하고 불효를 슬퍼했지만 동행하지 못한 것은 전혀 본인의 의사가 아니었다.

"너는 남아야 하느니라. 선영봉사를 어찌하고 가겠다는 게냐?"

"아버님, 아니 되옵니다. 불효자식이 어찌 낯을 들고 살겠습니까."

"허허, 그렇게 타일러도 못 알아듣는구면. 그러면 절손이 효도더란 말이냐?"

"석이가 있지 아니합니까."

"아직 어린것을 어떻게 믿어? 게다가 네가 없으면 모자는 명 보전하고 살아갈 수 없을 게야."

"그렇다면 아버님께서 남으시고 소자가 대신 가겠습니다."

"이놈! 그래도 잔말이구나. 나를 욕되게 할 셈이냐? 아비 말을 거역하는 것은 불효가 아니더란 말이냐?"

그리고 떠날 때 김훈장이 한경에게 거듭거듭 당부한 말은 죽은 듯이 엎드려 있으라는 것이었다. 어떻게 하든 명 보전을 하여 가문의 대를 끊어서는 안 된다는 것이었다.

마을 사람들은 김훈장의 소식을 궁금해하였다. 궁금한 나머지 어느덧 김훈장은 마을 사람들 이야기 속에서 의병장으로 등장하게 되었을 뿐만 아니라 차츰 전설적인 인물로 변모되어가고 있었다. 그것은 마을 사람들 자신의 자존심의 소이였다. 왕시, 김훈장을 두고 화심리에 사는 장암 선생 수제자로서 학식이 깊다고 믿었으며 자랑으로 생각했던 그 심리와 흡사했던 것이다. 그렇다. 그것은 마을 사람의 공통 심리였다. 꼭히 믿는 것도 아니면서 즐거움을 위해 믿어보는 것이다. 희망이 적은 그들의 감정적 사치였을 것이다. 한편, 한경이 식음을 전폐하다시피 두문불출이라는 소문 또한 마을 사람들의 마음을 흡족하게 했다.

"아무리 망해도 뼈대 있는 집이라 우리네들 상사람하고는 다르지."

"뼈도 살도 안 닿았는데 법이 무섭다."

"아, 뼈도 살도 안 닿았다니? 한 할아부지 자손인데?"

"그래도 머, 팔촌을 훨씬 더 넘었다 카는데. 법이 무섭지, 아암 법이 무섭고말고."

"그러니 양반이제. 자부 되는 사람도 어찌나 요조하고 효성스럽던지, 저녁마다 목욕재계하고 시아부님을 위해 축수를 한단다. 친정도 찢어지게 기찹다고 하더라마는 법도만은 잘 가르친 모양이라."

이래서 마을 사람들은 한경이네 일을 도와주려 애썼고 제사를 모시거나 생일을 지낸 뒤면 첫째로 음식을 나르는 곳이 한경이네 집이었다.

이즈음 조준구는 큰 배를 탄 것처럼 마음 든든하게 마을로 돌아와 있었다. 서울서 그가 얻은 정보에 의하면 일본은 치안유지에 만반태세였고 사태가 역전될 기미는 추호도 없다는 것이었으며 마을로 돌아온 뒤 전 참판 민종식(閔宗植)이 홍주(洪州)에서 거병했다는 소문이 있었으나 막강한 일본군을 대항하기에는 새 발의 피라고 생각했다. 더욱이 조준구의 마음을 편안케 한 것은 하동 고을에도 일본 헌병이 주둔하게 되었다는 사실이다. 오조약을 맺었을 때 우울해졌던 것이 마음에 께적지근할 만큼 자신에게 태평성세를 가져다줄 일본에 대하여 준구는 충성심과 신뢰로 가득 차 있었고 나날은 쾌적하였다. 읍내 기생방에 가면 아낌없이 돈을 뿌렸다. 얼마간 두려워하던 홍씨에 대해서도 여유 있는 희롱을 하며 즐겼고 서희에게는 그다지 신경을 쓰지 않았다. 다만 근심 걱정이 있다면 점점 몸이 비대해져서 움직이는 데 힘이 드는 일이다.

나룻배를 내리는데 나루터에 억쇠가 팔짱을 끼고 서 있었다.

"나무 살라꼬 나왔나?"

멈추며 용이 말을 건다.

"머, 나무 사러 나온 것도 아니고."

팔짱을 풀고 새우눈을 깜박거리며 억쇠는 어정쩡한 어투로 말했다.

"맴이 산란스럽아서 나왔더마는,"

산란스럽다는 말은 귓가에 흘려버리고 용이 안부를 묻는
다.

"집안은 모두 안녕하시고, 새아씨도."

새아씨란 이부사댁에 맞아들인 며느리 말이다.

"집안이사 별일 있겠소. 나가신 양반이 걱정이지."

말해 놓고 억쇠는 잠시 주변을 살핀다. 심상찮음을 느낀 용
이는,

"그라믄 소식을 통 못 들었다 그 말가."

얼굴이 심각해진다. 근심이 된 것이다. 이동진은 용이에게
고맙고 우러러보였던 사람이다. 어린 시절에서 청년기까지 최
치수를 따라다녔던 용이는 자연히 이동진과 접촉할 기회가
많았다. 그들이 장암 선생 밑에서 공부할 무렵 괴팍한 성미의
최치수는 곧잘 용이를 난처한 지경으로 몰아넣곤 했었는데
그럴 때마다 이동진은 용이를 감싸주었으며 상놈의 자식으로
대한 일은 한 번도 없었다. 어린 날의 그런 추억은 아주 소중
하고 좀처럼 잊어지는 것이 아니다. 따라서 애정은 순수한 상
태로 남아 있는 법이다.

"며칠 전에 서울 갔다 오기는 왔소."

"그래서? 나으리께선."

"그기이…… 좋은 일인지 나쁜 일인지 우리 겉은 놈이 우찌

알겠소. 그렇지마는 쉬이 돌아오실 수 없일 기라 카이 근심 아니오."

"와 쉬이 못 돌아오실꼬?"

"사정이,"

"벌써 나가신 지가 여러 해 아니가."

"햇수로 하자믄 팔 년 아니오. 한 분 돌아오시기야 했지마는. 마님께서는 나으리를 기다리시다가 할 수 없이 큰도련님 혼사를 치를 수밖에 없었고."

"그거야 그럴 수도 있는 일이지. 그보다 쉬이 못 돌아오신다니 무신 말고."

"함부로 말할 수는 없지마는 이서방이니께 내 말은 하요만 씰데없이 말 퍼티리지는 마소."

억쇠는 목소리를 죽였다.

"그러니께 작년 그 작년에 말이오, 전쟁이 안 났소? 왜국하고 노국 사이에 쌈이 안 붙었소?"

"음."

"그때 우리 댁 나으리께서는 간도에 기싰는데 거 관리사라 카던가, 그기이 무신 벼슬인지 우리 겉은 무식쟁이는 모르겠소만 그 관리사 나으리하고 우리 댁 나으리가 합세를 해가지고 노국나라 편역을 들었었다 그 말 아니오."

"음, 그래서."

"그래 편역을 들어서 왜놈하고 쌈을 했다 카는데."

"음, 음."

"노국만 이깄이믄 우리네 국량으로도 썩 잘하신 일이었겠지요. 그런데 형편이 어디 그렇그름 되었어야 말이제."

"음…… 그라믄 나으리께선 그곳에 기시다 그 말가?"

"아마 노국나라로 가싰일 기라고 말하데요. 벌 떼 겉은 왜놈들 등쌀에 거기 눌러앉아 기시지는 못할 기라 캄시로."

"그라믄 우찌 되시는 긴고?"

용이 이맛살을 찌푸린다.

"말이 병정들을 모아가지고 왜놈들하고 싸울 기라 캅디다."

억쇠는 곁눈질을 하며 용이 표정을 살핀다.

"그렇다믄 장한 일을 경영하시는 거 아니가."

"그러세……."

억쇠는 말꼬리를 길게 뽑으며 거만스럽게 나온다. 자랑스러움이 그렇게 나타난 것이다. 그러고 보니 이서방이니 말을 한다 하고 소문 퍼뜨리지 말라 했으나 속셈으로는 자랑하고 싶어서 잇몸이 근질거렸던 모양이다. 상대방 반응이 미심쩍었고 한편 상전댁 가정 형편이나 상전의 신변이 염려스러워 마음이야 산란하기도 했을 것이다.

"이부사댁 나으리는 능히 그러실 수 있는 분이지."

흥분이 되어 용이 얼굴은 벌게졌다.

"들자니께 나라 안에서도 의병들이 그곳으로 많이 빠져나가니께 군사는 점점 커질 기고."

억쇠는 당장 거만을 때려치우고 용이와 함께 흥분하기 시작한다.

"그렇게 되고 보믄 우리 나으리께선 나라 안으로 쳐들어오실 기구마."

"다 그런 생각을 하시고서 가싰구마. 빌어묵을, 나라 안의 썩어빠진 벼슬아치들은 이자는 아주 송장이 돼부렸는갑다."

"와 아니라요."

"우리 동네 김훈장도 동분서주 애를 썼지마는 병기나 군량은 다 관영에 있는 기고 군수고 현감이고 움직이주어야 말이제."

"아, 총이고 칼이고 풀어주기만 한다믄 나 겉은 것도 달리나갈 긴데 꼼짝들 안 하고 있이께 말이오. 노략질에는 눈까리가 시뻘게서 덤비더마는 이럴 때는 와 백성들 목심을 노략질 좀 안 하는고 모르겠소."

"······?"

"백성들 목심을 노략질해서 왜놈들한테 대항 안 시키노 그 말 아니오."

"하하핫······."

"사사로이는 잘도 끌어내서 노역도 시키고 하더마는 이분에사 꾸린 입도 안 떼고, 참말로 한심스럽구마는."

의기상투(意氣相投)되어 한참을 지껄이다가 그들은 헤어졌다. 용이는 오래간만에 상쾌한 기분을 맛본다. 너무 흥분했던 것이 어린애 같았다 싶었으나 그런 대로 좋았다.

장날이 아니어서 장꾼도 없는 빈터를 용이는 발을 크게 떼어놓으며 간다. 빈 좌판들이 여기저기 놓여 있었으며 밀어붙인 듯 한켠에 늘어선 점포만 가게문을 열어놓고 있었다. 지나는 사람은 별로 없고 한가롭다. 용이는 지나치려다가 눈에 익은 모습을 보았다. 기분이 썩 좋았던 판이라 슬그머니 다가간다.

"여기서 머하노?"

돌아본 월선이,

"아이고."

하다가 제풀에 무안을 타고 얼른 고개를 되돌린다. 두 귀뿌리가 빨갛게 물들었다. 낯익은 가게 임자에게 민망스러웠던 모양이다. 다시 허둥지둥 되돌아본 월선이는,

"저어, 먼지 가 기시오. 저어, 곧 갈 기니께요."

알아들을 수도 없이 쭝울쭝울 씨부렸다. 월선의 당황하는 태도를 본 용이도 감염이 되었는지 엉거주춤, 가게 임자를 쳐다보더니 당황히 등을 돌린다. 호기심에 찬 눈이 등바닥을 쏘기라도 하는 것처럼 어색하게 걸음을 옮긴다.

'그만 집에 가서 기다리고 안 있고 남 보는데…….'

지물에서부터 등잔 기름, 갖가지 제수 감을 늘어놓은 가게 사내는 실실 웃는다. 공연히 발끈해져서 북어 두 마리 값을 치른 월선이는 얼른 가게 앞을 떠난다. 용이는 벌써 저만큼 가고 있었다.

'세상 사람이 다 나를 업수이여긴다. 하지마는 이녁만 날 안 버리믄, 고맙게 생각해야겠지.'

언짢았던 마음을 달랜다. 간도에서 돌아온 후 용이를 만나 옛날의 관계로 돌아간 지도 여러 해가 지났다. 그들의 사이를 알 만한 사람이면 다 알고 있고, 한때는 주막을 차려 뭇 남자에게 술잔을 건네주기도 했었던 월선이다. 그렇건만 도무지 언제까지나 자연스럽지가 못했다. 남의 눈이 두렵고 조심스럽고 죄짓는 것 같은 마음, 무당 딸로 태어나서 온전하게 남편 얻어 살 팔자도 아닌데 그러면 날 어쩌란 말이냐 하고 한번쯤 자기 자신에게 배짱을 부려볼 만도 한데. 그러나 월선이의 발길은 어느덧 가벼워져 있었다. 키가 큰 용이 뒷모습을 바라보며 가는 마음에는 저절로 미소가 피어오른다.

만나는 순간마다 새롭고 전부였고 더 바랄 것이 없을 것 같고, 기다리는 동안의 몸서리쳐지던 고통은 아주 쉽게 잊어버린다.

'우찌 저리 키가 큰지 모르겠네. 오늘은 무신 좋은 일이 있었는지 얼굴이 훤하더마.'

월선이는 용이 뒷모습을 한 번 보고는 한눈을 팔고 다시 한 번 보고는 한눈을 판다. 한눈을 파는 눈에는 아무것도 보이질 않았다. 다만 무의식 속에서 그런 동작을 되풀이하며 간다. 집 앞서 멈춘 용이는 기웃하니 집 안을 한번 들여다보더니 망설임 없이 쑥 들어간다. 조금 후 월선이도 집 안으로 들어갔다. 용이는 햇볕이 따스한 마루에 태평스러이 앉아 있었다. 망설임 없이 쑥 들어가던 용이 심리를 생각하고 월선이 빙그레 웃는다.

"와 웃노."

"야?"

"와 웃노."

월선이는 대답 없이 또 웃는다.

"싱겁기는."

"집에 아무도 없네요."

"머?"

하다가 용이는 자신이 놀림을 당한 것을 깨닫고 쓴웃음을 띤다. 천석이도 없었다. 집은 텅 비어 있었던 것이다.

용이는 곁방살이를 하는 천석이네 식구들과 영 사귀지를 못했다. 사귀질 못했다기보다 그들을 두려워했다. 천석이아비도 그러하거니와 용이는 되도록이면 그들과 마주치기를 피한다. 본시 속마음으로야 부끄러움이 많은 사내였으나 사람 사귐이 어려운 편은 아니었고 한 시절에는 농담도 꽤 잘하는 사내로 알려지기도 했었지만 어쩐지 천석이네 식구들에겐 기를 못 편다.

사내 구실을 못하는 주제, 남의 땅을 부쳐먹고 사는 가난뱅이 농사꾼이 계집을 둘이나 거느려? 그런 자기 자신을 가장 가까운 곳에서 지켜본다는, 다만 그 이유 때문에 용이는 천석이 내외는 물론 나이 어린 천석에 대해서도 마음이 안으로만 옹그리어진다.

"아무도 없인께 이리 좋은걸."

용이는 새삼스러운 듯 뜰 안을 이리저리 살펴본다.

"그라믄 천석이네 식구 내보내까요?"

월선이는 옮겨가는 용이 눈길을 쫓으며 묻는다.

"아, 아니, 그거는 안 될 말이제."

다급히 막아버린다.

"와요?"

"나는 가끔씩 오니께, 좋고 나쁘고 그거 생각할 처지도 아니고."

"우찌 당신은 그렇기만 생각하요, 노상 남남걸이."

"혼자 있는 날이 많은데 여자가…… 그 사람들이 있으니께 든든하고 또 우짜다가 병이라도 나믄 적막해서 쓰나."

용이는 곰방대를 꺼내어 담배를 넣는다.

잠자코 있던 월선이,

"그동안 별일은 없었소?"

하고 묻는다.

"별일이야 있을라고."

"여기는 왜놈들 별순사라 카던가 긴 칼 찬 사람들이 와 있어서 겁이 나 죽겠소."

"그것들도 사람인데 사람 잡아묵으까."

"그래도 남으 나라를 뺏은 놈들인데 무신 짓을 못하겄소."

단둘이만, 남의 눈이 없으니 한결 느긋한 마음으로 부부 같은 대화를 한다.

"그라고 당신도 조심하소."

"머를?"

"의병 간다고 소문들이…… 김훈장 어른이 선동해서."

"아무것도 된 기이 없었지."

"앞으로도 조심하소. 들으니께 의병이라 카믄 왜놈들 별순사가 모두 잡아서 직인다 안 카요."

"가지 마라 그 말이가?"

"야."

"계집들 생각은 다 마찬가지구마."

"야?"

월선이는 피뜩 임이네 생각을 했다. 가슴이 찡하니 아파 온다.

"동네서도 경위 바르고 후덕하다고 소문이 난 두만네 아지마씨까지, 머 그 형님이야 아지마씨가 가라 캐도 갈 사람이 아니다만."

"혼자 나선다고 뺏긴 나라 도로 찾을 것도 아니겄고, 모두지 앞들만 가리는데 당신이라고."

"아무리 그래쌓아도 갈 형편이믄 갔겄지."

"야?"

눈에 겁이 더럭 실린다.

"그는 그렇고 간도라 카는 데가 우떤 곳고?"

월선이 간도에서 돌아온 후 처음으로 용이는 간도에 대해서 물어보는 것이다.

"와 갑재기?"

"아 오믄서 간도 얘기를 들었기에."

담배 연기를 뿜어내면서 이동진에 관한 얘기는 하지 않는다.

"거기 가자 카는 사램이라도 있십디까?"

별안간 월선의 눈이 반짝거린다.

"머 그런 거는 아니지마는 살기가 우떤지 모르겠네."

"살기사 머 아무래도 여기보담사."

"왜놈이 많을까?"

"아니오. 왜놈들은 가뭄에 콩 나기고 청국사람들이 더 많소. 그래도 우리 조선사람한테 비하믄 아무것도 아니오."

"춥겄제?"

"춥소. 여름에는 덥고. 바람도 많고 눈도 많고, 삼월까지 눈이 오니께요."

"멋들 하고 사는고?"

"농사를 젤 많이 짓고 장사도 하고요. 거기도 여기맨치로 장날이 서요."

"거기도?"

"야. 이레 장, 이틀 장. 장이 서믄 아주 대단하요. 여기하고는 유도 아니오."

"음."

"조선사람치고는 함경도사람들이 젤 많은데 일찍 와서 자리잡은 사람들은 떵떵 울리고 산다 캅디다. 가난한 사람이사 어디로 가나, 그곳이라고 없겠소. 그렇지마는 눈만 밝히믄 사는 기사……."

"너거 삼촌 숙모는 아직 거기서 사시나?"

"모르겠소. 아마 기실 기요. 자리를 잡았으니께 쉽기 뜨지는 않았을 기요. 거기가 본시는 우리 조선땅이었다 카던데 조정에서 돌보지 않고 내비리두어서 청국사람들이 밀고 들어왔다 캅디다. 그래 놓고 이자는 저거 땅이라고 우긴다 카데요. 청국사람한테 결전(結錢) 바치는 기이 뼈가 아프다 캄시로 조정의 대신 놈들 하고 욕들을 안 합니까. 청국향약(淸國鄉約)의 행패도 어찌 심한지, 그들을 잘 구슬려야 한다 카던가."

"거기도 향약이 있나?"

"야. 그라고 또 외딴곳에서는 살 수 없다 캅디다. 무섭은 마적단이 있어서 재물만 뺏는 기이 아니고 여자들도 뺏고 사람들도 죽이고. 우리가 있었던 곳은 용정(龍井)인데 큰 도방이오. 조선사람들도 젤 많이 살고요."

월선이는 열심히 설명을 한다.

"처음에사 삼촌은 약초를 캐든지 아니믄 받아다가 장사를 하든지 할라꼬 가실 생각을 했는데 지가 따라갔으니께 그라믄

236

장에서 국밥 장사나 해보자고, 숙모님도 기시고 해서 시작한 기 장사가 잘 되더마요. 삼촌은 전에도 와본 곳이라서 그곳 형편은 훤했고, 그래서 고생은 안 했소. 토문강은 강도 크고 기니께 나리터도 수없이 많다 캅다. 여기랑은 달라서 소고 말이고 짐, 사람 모두 나릿선을 쓰는데 머 큰 벌이사 안 되겠지마는 그거를 모두 조선사람들이 부리고 있고 산포수들도 조선사람들이 많다 캅다. 장날이믄 짐승 가죽이랑 녹용이랑 약초랑 가지오는데 아닌 게 아니라 모두 조선사람들이었소. 아금바르고 부지런하고, 나라서만 좀 뒷배를 보아주믄은."

"당장 발등에 떨어진 불도 못 끄는데 그럴 엄두가 났이까."

"내 정신 좀 보소. 해가 넘어갈라 카는데 저녁도 안 하고, 보소."

"와."

"방에 들어가소."

"머 여기 있지."

"방에 들어가시는 기이 좋을 기요."

"나무라도 패주까?"

"저기 해 떨어진 것 보소."

"해 떨어졌이믄 떨어졌제. 밤일 갈 것가."

"석이어매가 시적 올 것 아니오?"

하고 빙긋이 웃는다. 간도 얘기는 언제 했더냐 싶게.

"제법 사람을 놀리네? 재주 늘었구마는."

용이는 웃으며 방문을 열고 안으로 들어갔고 월선이는 부엌으로 들어간다.

8장 봄풀과 겨울나무

나비 모양의 백동 장식을 모서리에 촘촘히 박은 괴목함 거울을 세워놓고 머리를 빗고 있는 서희는 속이 부글부글 끓어오른다. 누구 하나 별당 뜰에다 꿇어앉혀 놓고 몽둥이질이라도 실컷 했으면 속이 후련해질 것 같다. 속이 끓어오르지 않는 날이라곤 별로 없었다. 심한 날이 있고 덜한 날이 있을 뿐.

작은방에서는 기척이 없다. 하마 애기씨 하며 봉순이 건너올 법도 한데 세숫물 시중을 들고 난 뒤 저도 우물에서 세수를 하는가 했더니 방에 들어간 채 아무 소리가 없는 것이다. 쌀쌀하게 굴었기로, 어제저녁 때 숭늉이 차다고 신경질을 좀 부렸기로 지가 토라지면 어쩌겠다는 거냐 싶어 괘씸한 생각이 치민다.

요즈음에는 반드시 머리를 빗는 데 남의 손을 빌렸던 것도 아니었고 도와주겠노라는 봉순이를 떠밀어내어 귀찮게 굴지 말라 하며 무안을 준 일도 있었다. 지금, 애기씨 제가 머리 땋아드리겠십니다, 하고 봉순이 다가온대도 틀림없이 매정스럽게 뿌리쳤을 것이다. 그럴 것을 미리 알고 봉순이 꼼짝 않는

238

지 모를 일이다.

그렇다손 치더라도 괘씸하기로는 마찬가지다. 떠밀어내거나 볼을 쥐어박히는 한이 있어도 시중을 드는 처지고 보면 나타나야 할 거 아니겠느냐는 것이 서희 생각이다.

아무렇게나 땋은 귀밑머리를 뒤로 넘긴다. 가늠해가며 조심조심 만져야지 그렇지 않으면 귀밑머리란 뿔이 돋는다. 아니나 다를까 삐죽하니 머리 가닥이 솟았다.

"아이 참!"

풀어서 다시 땋기 시작한다. 콧가에 풍겨오는 동백기름 냄새가 메스껍다. 잔뜩 찌푸린 얼굴이 명경 속에서 서희를 노려보고 있었다. 미간에 모여든 꼬막살에 심술이 디룩디룩 매달려 있다. 양미간에 잡힌 꼬막살 때문인지 바가지를 엎어놓은 듯 둥그스름한 선을 그은 이마는 한층 매끄럽고 퉁겨질 듯 팡팡해 보인다.

'망할 계집애, 어디 두고 보자. 내 성미를 몰라서 그래? 하나하나 다 접어놨다가 내 그예 벌을 줄 테야. 감히 누가 내 영을 거역한단 말이냐.'

부글부글 끓는 도수가 올라가면 제 마음대로 시간을 갖는 것도, 우울해 있거나 시무룩한 얼굴을 보이는 것도 반항으로 받아들인다. 봉순의 요즘 행동거지가 다소 이완된 것은 사실이지만 거역으로 혹은 반항으로 받아들이는 것은 날이 선 서희 신경에 더 많은 원인이 있다. 이럴 때면 반드시 길상이나 봉순에게 의지하는 자기 처지를 생각하게 되고 상대방이 그 것을 의식하고 있을 것을 상상할 때 서희는 참을 수 없는 곤욕감에 몸을 떤다. 무조건 복종이면 복종이지 친근감을 갖는 것은 싫어한다. 동정하고 보호하는 기분을 가진다는 것이라면 더더군다나 용납될 수 없는 일이다. 도대체 저희들한테 무슨 능력이 있다는 것이냐, 아랫것이면 아랫것답게 내 명령을 좇으면 될 일이지 주제넘게 누굴 보호하며 누굴 감싸겠다는 것이냐, 수동이가 죽었기로, 머슴 한 놈이 죽었기로 내 자리가 흔들린단 말이냐, 나라가 망하여 왜놈이 땅을 먹을지도 모른다는 염려야 누구든 백성이면 하는 것, 왜놈이 득세한다고 조가(趙家)가 최참판댁을 삼킨다는 그따위 이야기는 또 뭣인고? 임금님이 산송장이 되셨다고 나도 산송장이 될 거다 그 말이냐? 그래서 나를 가엾게 여긴다 그 말이냐? 이 나를? 아랫것인 주제에 나를 가엾게 여겨? 서희의 기분은 그러했다. 옛날에는 네가 죽으면 나는 어쩌겠느냐고 봉순이한테 더러 어리광도 피우던 서희였건만.

외톨박이가 되어 헤매거나 혹은 병들거나 상처받아 힘이 약해진 맹수는 유독 사납다. 서희의 경우가 그런 것인지도 모른다. 외톨박이, 무수한 마음의 상처들, 불리해져가는 현실, 그러나 서희는 그것을 인정하려 하지 않는다. 결코 인정하려 하지 않고 그에 비례하여 높아져가는 신경질의 증세를 비위에 거슬리는 사소한 일에다 줄기차게 원인을 찾으려 하지만,

기실 자신을 속이는 일일 수밖에 없다. 이외 아무것도 아니다. 여러 해 전 삼수를 묶어놓고 수동이와 길상이를 시켜 난장질을 한 일이 있었는데 최근에는 서울서 데려온 매화가 그비슷한 일을 당하였다. 마침 봉순이가 없었기에 서고에서 꺼내 온 책들을 도로 갖다 놓으라는 영을 받은 매화가 홍씨 심부름을 먼저 하고 늦게 나타났던 것이다. 서희는 매화를 별당뜰에 꿇어앉으라 하고 공교롭게도 삼수를 불러다 매를 때리게 했는데 삼수는 무슨 생각에선지 서희 명령을 충실히 이행하여 매질에 사정을 두지 않았다. 홍씨가 노발대발했으나 조준구는 서희 기질을 매우 두려워하여 홍씨에게 나서지 말 것을 엄명했다. 홍씨에게까지 말채찍을 휘두르려 했던 성미를 홍씨 역시 모르는 바 아니었고 자칫 잘못하면 소뿔을 고치려다 소를 죽이는 결과가 될지도 모르는 일이어서 부부의 의견이 일치되고 사건은 유야무야로 덮어버렸다. 그 후 혼이 난 사람은 서울서 온 침모였다. 새로 지은 서희 저고리에 다림질을 하다가 불티가 날아 불구멍을 냈는데 서희는 소홀히 생각하는 심사가 괘씸타 하여 불러다 놓고 춘사 저고리를 발기발기 찢어 양주댁 면상에 집어던졌다. 계집종들과는 달라서 설마한들 매질이야 할까 생각은 했으나 매화가 당하는 꼴을 본양주댁은 그 족제비같이 생긴 얼굴에 핏기를 잃었다.

"애기씨, 잘못했습니다. 그저 잘못했습니다."

싹싹 빌었던 것이다.

"고약한 것 같으니라구!"

뒷공론이야 어떻든 모두가 서희 앞에서는 쩔쩔매는 시늉을 했다. 서울 대가댁을 굴러다니며 산전수전 다 겪어 매끄럽기가 비단결 같고 그 매끄러움을 무기 삼아 시골 양반들을 은근히 곯려먹는 못된 성정의 지서방도 서희는 한 수 놓고 되도록이면 걸려들지 않으려고 조심했다. 아무리 사소한 일이라도 자신이 소홀하게 취급된다는 것을 알아채기만 하면 서희는 맹수처럼 이를 갈았다. 그것은 차츰 병적으로 앙진(昻進)되어 갔다. 한편, 길상이나 봉순에 대해선 어떤가 하면 그것 또한 미묘한 갈등이었다. 앞서도 말한 것처럼 친밀하게 깊은 유대를 맺고 있다는 그들의 의식 자체를 허용하려 하지 않았으며 그들이 그렇게 느끼는 것을 자신의 약점으로 보았다. 혹은 자신을 격하하는 무례로 보는 것이다. 신성불가침의 영역을 침범한 것처럼 생각하는 것이다. 그래서 그들에게 주는 벌은 소리 내지 않고 목을 조르는 방법이다. 무엇이 잘못인지 왜 그러는지 본인들도 모르는 만큼 성미라 생각하고 참지만 그러나 그들도 이제는 머리가 커졌다. 이같은 냉전의 북새는 길상이보다 신변에 있는 봉순이 주로 당한다.

"이러믄 이런다 하고 저러믄 저런다 하고, 참말이제 어느 장단에 춤을 추어야 할지 모르겠다. 원 세상에 변덕스러워도 푼수가 있지."

봉순이는 길상에게 털어놓고 하소연하곤 했다.

"날이 갈수록, 전엔 그러지 않았는데 와 저러시는지 모르겠다. 뭐가 잘못되었으면 이래저래 해서 잘못했다 하시든가, 아니면 뺨짝이라도 하나 때리는 편이 낫지 북덕북덕 괴는 세상 정말 못 살겠구마. 그만 달아나든지 해야 할까 부다. 하기사 심난하니께 나한테 화풀이를 하는 것이겠지마는 하로 이틀도 아니고 당하는 사람은."

포악스럽고 음험하고 의심 많고 교만한 서희, 그러나 그것이 그의 전부는 아니었다. 제 나이를 넘어선 명석한 일면이 있었다. 본시 조숙했지만 그간 겪었던 불행과 지켜보지 않을 수 없었던 많은 죽음들로 해서 그의 마음은 나이보다 늙었고 미친 듯이 노할 적에도 마음 바닥에는 사태를 가늠하는 냉정함이 도사리고 있었다. 무료하고 지루한 나날, 서책에 묻혀 시간을 보내는 생활은 그를 위해 다행한 일이었으며 거기에서 얻어지는 지식은 또 지혜를 기르는 데 살찐 토양이 되어주었다. 언문으로 된 이야기책에서부터 서고에서 꺼내어 온 여러 가지 한서를 읽었으며 그중 오경의 하나인 『춘추』를 탐독했다. 그 밖에 서울서 발행되는 신문 조각 같은 것도 가끔 읽었다. 심지어 조준구한테 배운 일본 글로 일본 책까지 한두 권 읽었다. 이쯤 되면 여식으로서 박학하고 세상 물정에 밝다 하겠는데, 그것으로 총명한 천품을 무한히 닦아갈 수도 있겠는데 서희는 그 명석함도 자기 야심과 집념의 도구로 삼으려 했을 뿐 자신에게 합당치 못한 현실에 대해서는 아무리 그 총명이 뚫어본 사실일지라도 인정하지 않으려는 완명(頑冥)한 고집 앞에 이성은 물거품이 된다. 그에게는 꿈이 없다. 현실이 있을 뿐이다. 자기 자신을 위해 왜곡된 현실만이 있을 뿐이다.

"애기씨! 나라가 망했다 합니다! 대신 놈들 다섯이 들어서 나라를 팔아묵었다 합니다! 이렇게 되믄 우리는 우떻게 살겠십니까? 이럴 수가 있겠십니까? 모두 땅을 치고 통곡을 한다 캅니다. 충신들은 칼로 목을 찌르고 죽었다 카고요."

울며 봉순이 말했을 때,

"죽으면 무얼 해? 죽는다고 나라가 안 망하나? 충신이라는 말이나 듣자고 하는 수작이지. 그럴 바에야 왜 망하기 전에 손을 못 썼으까. 병신들 같으니라구. 초상난 것도 아니니 울지 말아라."

태연하고 냉정했다.

"애기씨, 길상이가 읍내 이부사댁에 다니왔는데요."

비밀스럽게 소곤거린다.

"이부사댁 나리 소식 들었다 안 캅니까."

"어떤 소식?"

"이부사댁 나리께서는 이분에 아라사하고 일본하고 쌈이 붙자 아라사의 편역을 들어서 아라사땅이라 카던가 대국땅이라 카던가 그거는 모르겠십니다마는 아무튼지 간에 아라사 편역을 들어서 군사들을 이끌고 왜놈하고 싸웠다 캅니다. 그런데 왜놈들이 이깄이께 좀해서 고향에는 못 돌아오실 기라고 하더랍니다."

"하긴, 이곳서 벼슬을 할 형편도 아니겠고 잘 되든 못 되든 넓은 천지서 한분 설쳐볼 만하겠지."

역시 냉정하게 저와는 무관한 일인 듯 말했다. 꿈이 있다면, 아니 그것 역시 꿈일 수는 없다. 망상이요, 미신이다. 굳이 꿈이라 한다면 자신을 위해 완명한 고집이 일그러뜨려 놓은 꿈이라고나 할까. 자신 속에 절대적인 것이 있다는 믿음, 만일 가슴팍에 창칼이 들어온다면 주먹으로 쳐서 부러뜨릴 것이요, 독약이 든 음식을 먹는다 하더라도 오장을 그냥 지나서 밖으로 내몰 수 있으리라는, 수동이 죽었을 적에 봉순에게 만일 조씨네 것이 된다면 땅이고 집이고 모조리 물속에 처넣어버리고 말겠다고 한 말은 진심이었다. 이같은 서희의 병적 증세는 다소의 차이는 있으나 봉순이, 길상에게서도 볼 수 있었다. 고집스러워지는 것, 신경질이 되는 것, 사태가 불안해지는 데 따라 서로가 복잡해지고 티격태격하는 상태, 그러나 이들에게는 서희와 달리 청춘을 앓는 심적 갈등이 보태어져 있었다. 아무튼 서희는 그들 생각이 불손하다고 혐오하고 그들은 그들대로 변덕스럽다고 불만해하고, 그러면서도 유대는 끊어질 수가 없다.

서희는 귀밑머리를 남은 머리에 모두어서 머리채를 앞으로 넘겨 다시 세 가닥으로 갈라 땋는다. 하얀 당목 적삼에 뱀같이 꿈틀거리는 새까만 머리채는 때마침 들창을 통해 비쳐 들어오는 환한 아침 햇빛에 선명하게 떠오른다. 머리를 엮어내리는 하얗고 가는 손, 그것은 마물 같고 열 손가락에 오묵오묵하게 박힌 손톱은 이른 봄날 바람에 날아내리는 매화 꽃이파리 같다.

거울을 보기 위해 검은 눈동자는 한켠으로 몰리었고 흰자위가 넓어진 얄팍한 눈매가 몹시 아름답다. 길게 찢어져서 확실한 골을 이룬 눈꼬리도 또렷한 윤곽과 더불어 오묘한 조화를 이루고 있다. 그는 천천히 자줏빛 댕기를 머리 가닥 사이에 끼워 몇 번 땋은 뒤 이빨로 입술을 지그시 물며 댕기를 감아서 졸라맨다.

한편 작은방에서도 봉순이 면경 앞에 앉아 머리를 빗고 있었다. 부글부글 끓고 있을 서희의 기분을 모를 리도 없겠는데 그는 그 나름으로 서희 성격을 이용하여 약을 올려주는 셈일까. 느릿느릿하게 빗질하는 품을 보아서는 반드시 서희를 염두에 두고 있는 것도 아닌 성싶기는 했다. 눈은 열심히, 열심히라기보다 거의 황홀한 빛을 띠고 거울 속의 제 얼굴을 쳐다보고 있다. 느릿느릿하던 빗질도 멈추고 어디선지 보내오는 미소에 답이라도 하듯이 눈을 가느스름하게 뜨고는 살쭉살쭉 웃는다.

"길상이는 눈도 없이까?"

나지막하게 중얼거린다.

"빌어묵을 자식."

하다가 제풀에 놀란다. 아이아범만큼이나 나이 든 길상이, 양볼에 수염 자국이 검실하고 훤칠하게 키가 큰 길상이고 보면 혼자서 한 욕이지만 어쩐지 마음에 켕겼던 것이다.

'옥이 년을 때깔이 빠졌다고들 하지마는 그거사 서울물을 묵었으니께 그럴 기고…… . 김서방댁도 말 안 하던가 배. 옥이가 봉순이 따라올라 카믄 감감하다고. 애기씨 말고 이 근동에서 내만큼 이삔 가시나는 없일 기라고…… . 옥이 년 지가 머…… .'

김서방댁이 좋은 말만 했던 것은 아니었다.

"니도 그래가지고 인물값 할 기다. 저리 생깄으니 우찌 여염집 지어미가 되겠노. 계집이 인물 잘나믄 노방초 되기가 십상이고, 니 에미가 생시에 그리 노래 부르는 거를 싫다고 직일 듯이 서둘더마는, 옛말에도 부모 말이 문서*더라고 자식 질웊을 알기로사 낳아서 기른 어미만 하까. 소나아 애간장을 녹일 저 낯짝이며 버들가지 겉은 허리매며 팔자 치레하고 사까 싶으지 않네."

하고 김서방댁은 혀를 끌끌 찼다. 봉순이는 피식 웃기만 했다. 과히 듣기 싫은 말은 아니었다. 사내 애간장을 녹인다는 말이 철없이 마음에 들었다.

'소나아 애간장을 녹일 기라 카지마는…… 머 길상이사 나를 거들떠나 봐야제. 지도 총각이고 나도 처닌데 어릴 적부터 속속들이 잘 알믄시로 와 나를 박대할꼬. 요새는 날 보기

만 하믄 실실 피하기는 와 피할꼬. 멋 땜에? 내가 미워서 그러까.'

거울 속의 얼굴을 잠시 잊고 벽을 쳐다본다. 윤곽이 서희처럼 또렷하지 않다. 살결은 서희보다 고운 것 같고 여식답게 나붓나붓하게 생긴 얼굴이다. 아지랭이가 낀 듯 화사한 봄빛이 배어날 것만 같은, 연연하다. 풍정이 있다. 나긋한 허릿매는 한 줌이나 될까. 언제이던가 나긋한 허리를 살짝 꼬며 아양 떨듯 연이 곁으로 다가갔을 때였다.

"니 똑 기생 겉구나."

연이 눈에도 봉순의 교태가 사랑스럽게 보였던 모양이다. 타고난 교태가 있었다. 홍씨가 서울 친정에 가고 없었을 때 조준구도 읍내에 출타 중이었고, 날씨는 화창했다. 봉순이도 기분이 좋은 날이었다. 옛날처럼 뒤꼍에서 카랑한 목청을 뽑았다. 즐겨 부르던 춘향가의 한 대목이었다.

"좋다, 좋아. 광대소리 곁방 나앉으라 칸다. 또 불러라."

김서방댁은 신이 나 했으나, 못생긴 딸을 가진 시샘 때문에 그랬었던지 연이네는,

"흥, 하동 고을에 명기 하나 났고나. 인물이 절색이요 노래는 명창이라. 우리만 보고 듣기 아깝네. 하기사 양반댁에서도 집안이 망하믄 딸자식이 기생 나간다 하더라마는, 진작 그 길로 나가는 기이 좋겠구마. 무신 성씨(姓氏)가 있다고."

아비 어미도 없는 너 주제에 그 길밖에 더 있겠느냐는 비양

이다.

"하다 버릴 말이라도 무신 그런 말을 하노. 커나는 아아보고 할 말 아니구마는."

김서방댁이 감싸고 나왔다.

"아아니, 그 말이사 김서방댁도 하지 않았소? 저렇게 되믄 타고난 기라고."

"내가 운제 그러더노."

"여치네야, 니도 들었제?"

주거니 받거니 했으나 봉순이는 그 말 까닭으로 마음 상해하지 않았다. 길상을 깊이 사모하면서 한편 봉순이는 그와 다른 꿈을 좇고 있었다. 꿈은 화창한 봄날의 바람 같고 도화(桃花) 같고 비단 치맛결같이 간지러웠다. 그런가 하면 어린 날 오광대놀음을 구경하던 밤의 광경 같기도 했다. 훨훨 타오르던 장작불, 시커멓고 밤을 삼킬 듯 불길이 널름널름 혀를 내두르던 괴이하고 강렬한 광경이 기억 속에 다가오면서 속삭이는 것이었다.

'평생을 재미지게 살 수 있지. 부르고 접은 노래 불러가믄시로 입고 접은 옷도 입을 기고 분단장 곱기 해서 오늘은 이 좌석에 내일은 저 좌석에, 만천 사람이 우청좌청하믄시로, 그 인물에 그 목청을 썩히믄 머할 기고?'

평생을 비단옷에 분단장하고 노래 부르며 마음대로 사는 세상, 봉순이 마음은 그곳으로 끌려간다. 방랑벽이 있던 아비의 피 탓인지 모른다. 아니면 운봉(雲峰) 깊은 곳에서 명창을 꿈꾸던 봉순네 조부의 피 탓인지도 모를 일이다. 올해 열여섯 살이다. 혼기는 늦었다. 어미가 살아 있었더라면 벌써 출가를 시켰을 것이다. 그러나 지금 그의 혼인을 생각하는 사람은 아무도 없다. 팔자 치레 못하겠다고 근심이라도 해주는 김서방 댁이 있을 뿐. 침모의 딸로 최참판댁에 매여 있는 종의 신분이 아닌 봉순이는 자유를 얻으려고 하면 언제든지 떠날 수 있었고 갈 곳이 아주 없는 것도 아니었다. 외가가 있다. 그러나 외가에 가보아야 넉넉지 못한 농사살림에 자식들은 많고 사촌들과 동등한 대접을 받는다 하더라도 사철 무명옷에 깡보리밥, 농사일을 거들어야 한다. 봉순이는 그렇게 살 수는 없었다. 외가는 외가대로 무심해서가 아니라 최참판댁을 믿었고, 남의 집에 얹혀살았어도 봉순네는 늘그막에 본 딸 하나를 금이야 옥이야 귀하게 길렀으니 데려가기가 염려스러웠다. 내막을 모르는 소박한 그들은 어미가 죽었다 하더라도 장차 만석꾼 살림의 임자가 될 애기씨 곁에서 곱게 차리고 시중이나 들며 호강스럽게 지내고 있으려니 했을 것이다. 봉순이는 혼인이라든가 혼기가 늦어졌다든가 그런 일에는 관심이 없다. 길상을 사모하면서도 불안한 기대가 있을 뿐이었다. 서희의 앞날에 대해서 그러했고 길상에 대한 감정에서도 그러했고 미지의 세계, 찬란한 꿈이 있는 동경의 세계에 대해서도 그러했다. 불안한 기대.

'아무래도, 아무래도 내가 맘에 없어서 그러는갑다.'

길상의 태도는 봉순이를 피하는 것이 완연했다. 몇 번이나 간절한 마음을 담고 쳐다보았으나 그럴 때마다 길상이는 눈을 무서워하는 것 같았다. 괴로워하는 것 같기도 했다. 어떤 때는 화를 내기도 했다.

'지가 먼데? 머가 그리 별수 있는 처지라고 도도하노 말이다. 남우 집에 머슴살이하는 주제에 그라믄 옥황상제 딸이라도 얻어올라 캤던가?'

하는데 봉순이 마음은 찡하니 아파왔다. 무서운 생각이 든다. 그런 생각을 한 자체가 후회스럽기도 하다.

'지가 먼데? 지 눈이 높으믄 우짤 기든고? 평생 각시도 안 얻고 혼자 늙어 죽을 기든가? 그럴 바에야 중이나 되지 여기 오기는 와 왔노. 아배 어매가 누군지도 모르는, 머 지가 종놈의 신세보다 나을 기이 어디 있노.'

길상의 처지를 깎아내리지 않고는 안심이 되지 않는다. 될 수만 있으면 더 천한 신분이기를 바랐다. 너무 잘난 것도 두려웠다. 설움이 와락 치밀어 허둥지둥 머리를 땋기 시작한다. 아슴하게 얼굴이 보인다. 핼쑥해진 것 같으나 그런대로 거울 속의 얼굴은 어여쁘다. 봉순이 입에서 겨우 달콤한 한숨이 새어 나왔다.

'길상이 눈에는 꽃봉오리 겉은 저 내 얼굴이 안 뵈이까? 벵신도 아닐 긴데, 사대육신이 멀쩡함시로 본시 성질이 그러까?

오만 사램이 날보고 참하다 카고 동리에 나서기만 하믄 총각 놈들이 죽을 동 살 동 모르고 한 분이라도 더 치다볼라꼬 미치는데 길상이는 벅수란 말이까? 정 나를 이리 박대하믄은 누구 말대로 내 기생이 돼부릴 기구마. 광대가 되든지…… 아니다. 그런 기이 아닐 기다. 길상이는 남우 눈이 무섭어서 그럴 기다. 소문이 나까 봐 무섭어서, 아니믄 부끄럽어서 그러까? 지 맴이 이상한께 나 보기가 부끄럽어서 일부러 성을 내는 척하고 쌀쌀한 척하고, 하기사 지 맴이 무심상하믄 그럴 기이머 있겄노.'

"봉순아!"

마루를 통해 메치는 것 같은 날카로운 서희 음성이 울려왔다.

"예에."

봉순이는 땋던 머리를 움켜쥐고 댕기를 찾는다.

"봉순아!"

"예, 애기씨."

댕기를 찾아 끼우고 묶으면서도 급히 달려간다.

"너 죽지 않았더냐?"

뼛골까지 찌를 듯한 시선이다.

"저어."

"오늘도 얼룩진 저 치마를 입으란 말이냐?"

서희는 흰 속치마를 입고 서 있었다. 어제저녁 때 신경질을 부리다가 국물을 엎질러 한두 군데 얼룩이 진 분홍 명주 치마가 의대에 걸려 있다.

"갈아입으실 치마 디리겠십니다."

봉순이는 무릎을 꺾고 장문을 연다. 연두색 숙수 치마를 꺼내어 무서운 눈을 하고 서 있는 서희 앞에 펴들었다. 서희는 확 잡아채서 입는다. 치마를 입은 뒤 분홍 저고리에 팔을 끼면서 봉순이 버선발에 힐끗 눈을 준다.

"버선 갈아신어. 여긴 토방 아니야."

무안을 면상에 던지고 문을 열더니 뜰로 내려가버린다.

"길상아!"

연이네가 불렀다.

"야."

"니 곧은 나무 하나 베서 서까래 두 개쯤 맨들어 안 줄라나?"

"멋에다 쓸라꼬요."

"장을 댈일라꼬."

"……."

"체에 걸러얄 긴데 그러자 카믄 체 받칠 기이 있어야제."

"장작개비 두우 개 걸쳐놓고 하믄 안 되겠소."

"야아가? 아, 가마솥이 얼매나 넓다고, 그것도 모르나? 장작개비라믄 퐁당 빠지부릴 긴데."

"집 안에 막대기가 그리 없소?"

"찾아봤는데 쓸 만한 기이 없네. 개똥도 약할라믄 없더라고. 잠시 뒷산에 톱만 가지고 가믄 될 긴데 머를 그리 세련(몸 사림)을 부리쌓노."

봉순이는 못 들은 척하며 연이네와 주고받는 말을 듣는다. 까대기로 들어간 길상은 톱과 낫을 찾아 들고 휭하니 밖으로 나간다. 길상이 나간 뒤 얼마 후 머리를 쓰다듬고 옷매무새를 고치고 하던 봉순이 바구니 하나를 들고 살그머니 밖으로 빠져나간다.

길상은 땅바닥에 두 무릎을 안고 앉아서 하늘에 흘러가는 구름을 보고 있었다. 바구니를 겨드랑에 끼고 발밑을 내려다보며 올라오는 봉순이를 발견한 길상이 자리에서 후다닥 일어선다. 엉덩이를 털고 톱을 쥔다.

가까이 온 봉순이는 허리를 꼬고 웃으며 바구니를 안 든 편의 손으로 풀을 잡아뜯는다. 순간, 앗! 하려다 얼른 삼킨다. 억센 갈댓잎에 손가락을 벤 것이다.

"여기서 머하는고?"

새끼손가락이 따끔따끔했으나 내색을 않고 어중간한 어조로 묻는다.

"나무 비러 왔다."

곧은 나무를 이리저리 찾아다니며 대꾸했다.

"나무는 머할라꼬?"

"멋을 하거나 말거나, 비다 달라 카니께."

여전히 거들떠보지 않는 대답이다.

"흥!"

버티고 서서 코방귀를 뀐다. 뒤따라온 것을 길상이 알고 있는 듯싶어 부끄럽고 무안하다. 분한 생각도 든다. 손을 내린 채, 엄지손가락으로 따끔거리는 새끼손가락을 꽉 누른다. 팔뚝만 한 크기의 곧은 소나무 한 그루를 고른 길상은 봉순에게 등을 돌리고 앉는다. 나무에 톱을 대었다.

그러나 봉순이 버티고 서 있는 것이 신경에 걸렸던 모양이다.

"머하러 왔노."

물었다.

"고사리 캘라꼬."

"그라믄 어서 올라가 봐라. 삼신당 뒤에 가믄 고사리가 많을 기다."

서걱서걱 톱질하는 소리가 조용한 산속에 울린다. 앞뒤로 왔다 갔다 하는 길상의 양어깨를 내려다보며 봉순이 중얼거렸다.

"눈도 없는갑다."

말은 없고, 톱질하는 소리뿐이다.

"멀쩡하니, 사대육신이 멀쩡해가지고 눈이 멀었나?"

"그래 눈이 멀었다. 나는 봉사다."

"봉사가 나무를 비나?"

"잔소리 말고 어서 고사리나 캐러 가아."

"누가 고사리만 캐러 왔건데?"

톱질이 계속된다. 하얀 톱밥이 쏟아지면서 이윽고 나무는 저쪽을 향해 넘어졌다. 톱을 놓고 낫을 집어든 길상은 잔가지를 치기 시작한다.

"요새 밤이믄 어디로 마실 가는지 내 알구마."

"……."

"한복이 집에 가는 거를 내 알구마. 동네 머시마들 모아놓고 샐인할 궁리를 하는가? 애기씨가 아시믄 상 주겄구마는. 나으리를 해친 놈의 자손인지 아닌지 그것도 모르더란 말이까?"

"……."

"흥, 곱새 도령하고는 또 우찌 그리 친해졌는지. 장차 애기씨 서방님 될 거로 생각하는가? 그래서 미리부텀 친해 두자 그 말이구마."

마음에도 없는 말을 하며 사뭇 시비조다.

"내 하는 일에 상관할 거 없다."

"언제부터?"

"상관 말라믄 마는 거지!"

얼굴이 시뻘게진다. 봉순이 입을 다물었다. 길상은 몽당다리*가 된 나무 한끝을 들고 껍질을 벗긴다. 낫이 나무껍질을 벗겨내는 소리뿐이다.

무거운 침묵의 시간이 흐른다.

봉순이는 그 시간과 침묵의 무게로 등이 휘는 것 같은 답답함을 느낀다.

"벵신인가? 머가 그리 잘났다고 사, 사람우 맘을."

울음에 가까운 소리를 짜낸다.

"빌어묵을 가씨나!"

별안간 눈을 들었다. 핏발 선 두 개의 눈이 잡아먹을 듯 봉순의 얼굴을 쏘아댄다.

"조막만 한 기이 인지부터! 여시도 아니겠고 와 꼬리를 치노오! 참자 참자 했더마는 해도 과하다! 내 똑똑히 말해둘 것이니, 니 겉은 화냥기 있는 가씨나 싫다! 싫단 말이다아!"

고래고래 소리를 지른다.

9장 걸인(乞人)이 전한 말

내내 시무룩해 있었다. 해가 지면서부터 길상이 입에서 나지막한 한숨이 자주 새어 나왔다. 저녁도 먹지 않았다.

"식범겉이 엉거리고 있지 말고, 저녁은 와 안 처묵노."

누군가 말했으나 길상은 그 말도 듣고 있는 것 같지 않았다.

'잘한 것 하낫도 없다. 너무했지, 너무했어. 그 불쌍한 거를, 볼 것 없이 그렇기까지 할 거는 머꼬?'

후회는 덜미를 잡고 떠나지 않는다. 무관하여 봉순이 버릇

없이 굴기도 했었고 길상이 욕을 하기도 했었다. 그러나 낮에 있었던 것 같은 일은 처음이다. 돌아서면 봉순아, 길상아 하고 잊어버릴 수 있었던 그런 싸움하고는 다르다.

봉순이한테 깊은 상처, 평생 잊지 못할 상처를 준 것이다. 생각하면 길상이 목에 밥이 넘어갈 리가 없다.

'지가 우찌 내 맘을 알 기고. 화냥기는 어디 지한테 있었나? 나한테 있었지. 지가 울고 내리가지 않았이믄 오히려 내가 낫을 놓고 덤비들었을 긴데.'

행랑 모퉁이에 서서 우두커니 달을 쳐다보는 길상의 얼굴이 달아오른다.

'책임도 질 수 없임서 우찌 내가 지 신세를 망칠 수 있단 말고. 나를 원망하고 나를 죽일 놈이라 생각하는 편이 낫지.'

"허 참, 요새 삼수 놈 그놈 아무래도 환장했제."

행랑방에서 들려오는 굵은 목소리다. 길상이 힐끗 소리 나는 쪽을 쳐다본다. 불빛이 비쳐 나오는 방문, 종이와 문살은 마치 등잔불이 깜박이듯 깜박이고 있는 것 같다.

"환장하게도 생깄지."

"와?"

"아 생각해보라모."

"모르겠는데."

"귀가 어둡구마. 두리가 시집갈라꼬 날 받아났다 안 카나."

"그런가? 하지마는 삼수 놈 이자는 준다 캐도 싫다고 노상 말하던데?"

"주기는 누가 주꼬? 떡 줄 사람도 없는데 김칫국부터 마싰던 기라. 새끼까지 있는 놈이 염치없는 심보 아니가. 아무리 봉기가 제 딸을 빈치(내보이며 자랑)함시로 그놈을 꼬았다(유혹했다) 하더라 캐도 지 처지를 생각하믄 나도 같은 처지, 종놈이라서 하는 얘기가 아니라 계집자식이 있는 놈이 그라믄 두리가 첩 될 기든가? 어림없제. 살림 따시겄다 인물 쓸 만하겄다, 봉기 마음으로야 양반이라 캐도 딸을 첩질 시킬 생각 없일 긴데. 사램이 경위 없이 욕심 많기로는 호가 나 있지마는 자식한테사 여간 애살스럽아야제."

"봉기한테 망신당한 뒤에는 두리를 차지 않으믄 지 눈을 빼라 해쌓더마는 지난가슬부터 시죽시죽 웃으믄서 봉기가 딸 주겄다 할지도 모른다, 하지마는 이분에사 내 편에서 딱지를 놓을 기라 해쌓던데?"

"무안수세지 머. 한데 욕심쟁이 봉기가 사돈은 잘못 골랐더마. 살림도 없고 신랑이라는 기이 커봐야겄지만 열세 살이나 처묵은 기이 코를 흘리며 댕긴다 카이."

"허 참, 열세 살에 장개를 가는데 우리 신세는 머꼬?"

"와 아니라."

"어디 뒤빗이(뒤집어) 업고 올 늙은 처자가 없나?"

"그러기 말이다. 처분만 기다리다가는 몽달이귀신 될 기구마."

"이런 팔자 타고났일 바에는 인물이나 잘생깄던가. 이래가 지고 언지 제집 천신하겄노. 세상이 고르잖아. 길상이 놈은 꼬리를 치는 가시나가 있어도 싫다 카고. 거 참, 봉순이 고기이 이름맨치로 봉숭애꽃 겉은데."

"헛심 쓰지 말라고. 삼수 꼴 날 긴께."

"하기사 삼수 꼴만 나까. 별당 마당에서 몽둥이뜸질은 우짜고."

웃음소리가 들려온다.

"노름이나 하자."

"제에기랄 것! 판돈도 없는 노름, 신이 나야 말이제."

길상이는 발소리가 나지 않게 행랑 뜰을 지나 집을 나선다. 내리막길을 내려가는데 거슬러 올라오는 밤바람이 땀에 젖어 끈끈한 이마를 스치고 간다. 화끈거리는 얼굴이 썰렁하니 식는다. 그러나 땀을 계속 흘리고 있는 것처럼 끈끈한 마음을 주체하지 못한다. 봉순이가 싫지는 않았다. 아니 좋아했다. 누이동생같이 생각해왔던 봉순이가 어느덧 여자로서 자기 앞에 서게 된 요즘 실은 당황했던 것이다. 사랑스런 누이가 여자로, 사모하는 마음과는 아무 관계가 없는 여자, 다만 여자로 보여졌다는 것은, 그것은 죄였다. 봉순이에게 죄를 짓는 일이었다. 스물한 살의 건강한 사내라면 겪는 성의 고민을 길상이 역시 겪고 있는 것이다. 살풍경한 머슴방에서 잔뼈가 굵어진 길상은 성에 대하여 무지하지는 않다. 삼수와 삼월이

와의 괴상한 정사는 늘 이야깃거리였고 이야기라도 해서 성욕을 발산하고자 하는 늙은 총각들의 후텁지근한 목소리는 귀를 막고 안 들으려야 안 들을 수 없었다. 그럴 때마다 길상은 마음속으로 절에서 익힌 염불을 뇌곤 했었다. 그네들은 가능한 방법으로 몇 번씩 경험이 있는 만큼 이야기의 내용들은 여실하였다. 그런데 이제는 귀를 막고 염불을 뇌는 것만으로는 어쩔 수 없는 내부 욕구에 길상이 시달리게 됐다. 장차 봉순이를 아내로 맞을 결심만 한다면 해소의 방법이 전혀 없는 것은 아니다. 길상은 그 결심을 할 수 없다. 봉순이를 아내로 맞을 생각이 전혀 없었다. 그러면 누구를? 길상이 자신도 모를 일이다. 다만 천 근의 무게를 가진 맷돌이 가슴을 짓누르고 있다는 것을 알고 있을 뿐이다. 천 근의 맷돌이 누르고 있다는 것을 잊을 수 없을 것이고 천 근의 맷돌을 들어올려 밑바닥을 보아서도 안 된다. 그것은 자기 자신에게조차 무서운 비밀이다. 어두운 마을 길을 뚜벅뚜벅 걸어 내려간다. 짚세기 바닥이 철버덕철버덕 땅바닥을 치는 것 같다. 발끝에 밟히는 제 그림자, 그러나 아무리 크게 발을 내디뎌도 자기 그림자를 넘어설 수가 없다.

"아아—."

길상은 한숨을 내쉰다. 그것이 바로 자기 자신의 운명만 같았던 것이다. 어느 집의 담장인가. 바로 두리네 집 담장이구나 하고 길상은 생각했다. 담 안의 감나무가 담 밖으로 가지를 내뻗고 있다. 감꽃은 벌써 져버린 모양이다. 발 밑에 감나무 가지 그림자가 짙게 깔려 있다. 감나무는 분명 담장 위에서 흔들리고 있는데 허상이 왜 흔들리는가. 걸음을 멈추고 나무 그림자를 밟은 길상이 입에서 아아, 이번에는 신음 소리였다. 길상은 감나무 그늘을 떠나 한복이 집에 어서 가야겠다고 생각했다. 어서 가야 할 아무런 이유도 없었다. 마을 집이 하나하나 지나간다. 삽짝이 있는가 하면 판자문이 있고 속대로 엮은 문이 있고, 울타리는 있으나 숫제 삽짝이 없어 허기진 사람의 떡 벌린 아가리같이, 역시나 문짝 없는 시커먼 부엌이 그대로 눈에 들어오는 집도 있다. 수수깡 울타리, 이엉을 얹은 흙벽담, 돌담이 나타나고 사라진다. 초가지붕들은 최참판 댁 겹겹이 이어진 기와집을 향해 읍하듯 납작하니 웅크리고 있었다. 우물이 바라다보인다. 조밭이 바람 따라 쏠리고 있는 것이 보인다. 달이 밝다.

"짖어봐야 별수 없을 기구마. 똥물은 누가 디집어쓸 긴데? 헤헤헤……"

"이 천하의 날도둑눔아! 한 칼에 배를 푹 찔러 직이도 내 한이 안 풀리겄다! 천하에 몹쓸 개눔아!"

"목청이 작구마는. 냉수 한 그릇 마시고 목을 다듬으소. 동네방네 다 듣거시리."

"이, 이, 이놈이!"

두리네가 타래박의 물을 뿌린다.

"이크!"

뛰어 물러난 사내는 삼수였다. 길상은 저도 모르게 걸음을 멈추었다.

"하하핫핫……."

"이노오옴 내, 내가."

"허, 물 마시고 목청 다듬으라 카이. 동네방네 다 듣거시리. 그라믄 내가 멋을 훔쳤는가 다 알 기고, 그라믄 당산나무에 매달리서 맞아 죽든지 읍내서 사령이 와가지고 날 묶어 가든지 할 거 아니오."

"……."

"글안하믄 내가 대신해서 떠들어주까요? 날 받아놓은 가시나 새미에 빠지 죽었다는 소문 좀 듣게."

두리네는 신음 소리를 냈다. 그러더니 미친 듯 타래박을 우물 속에 집어던지고 물을 긷는다. 삼수는 바짓말에 손을 찌르더니 뒤로 자빠지듯 두 어깨를 잰다. 그들은 길상이 서 있는 것을 모르는 눈치였고 삼수는 술을 마신 모양이다.

"그래 내가 머라 캅디까? 나를 건디리믄 좋잖을 기라 했지. 자는 범을 건디리믄 안 되는 기라요. 두리가 시집간다 카믄서요 하며 지나가다가 점잖거로 내가 묻는데, 간다든지 안 간다든지 잔치 술 마시러 오라 카든지 고이 대답을 했이믄 누부 좋고 매부 좋고 안 그렇소?"

"이, 이, 이, 똥만도 못한."

발을 구른다.

"이, 이, 이, 처, 천하의 몹쓸 놈아! 사람우 탈을 쓰고 이, 이, 이."

두리네는 기가 넘어서 나자빠질 것 같았다.

"오나가나 못된 짓은 독으로 차지하구마. 술 처묵은 개라니, 갈지 말고(상대 말고) 어서 물이나 길어 가소."

길상이 삼수를 떠밀듯 나섰다. 지독한 술냄새다. 처음에는 삼수도 꿈틀하며 놀랐으나 이내 게걸게걸 소리를 내며 웃는다. 별안간 두리네는 물동이를 덜렁 들고 머리에 이더니 타래박을 잡아채듯 들고 길상이 앞을 그림자처럼 슬렁 지나간다.

"××에 구멍 난 가시나 데리고 가는 놈 거 재수 더럽겄다아! 하기사 코흘리개라 카더라마는!"

두리네 뒤통수를 향해 소리친다. 길상은 머리 속에 피가 울칵 모여드는 것을 느낀다. 다음 순간, 등골에 식은땀이 흘렀다. 두리네는 천년을 침묵하여왔던 바위처럼 그 같은 자세로 묵묵히 걸어간다. 하얀 무명옷에 달빛이 함빡 쏟아진다.

"니는 어디 가노?"

두리네의 모습이 시야에서 사라진 뒤 삼수는 입을 떼었다. 솟아오른 이마, 짙은 눈썹에 그늘진 눈이 삼수를 노려본다.

"짐승 같은⋯⋯."

"허허허헛, 하기사 우리 새도 빚이 있긴 있지. 허허헛⋯⋯ 받아낼 거사 내 쪽에 있다마는 너무 오래됐이니께 물시(勿施)

하기로 하까?"

지난날 매 맞은 일을 두고 한 말이다.

"물시! 그럴 것 없지. 달도 밝고 팔다리 묶인 것도 아닌께 어디 날 쳐봐."

당당한 체구, 완력으론 이제 당할 수 없는 것을 삼수가 모르지 않는다.

"눈이 불쌍해서 그만두겠다."

큰소리는 친다.

"속바닥까지 썩은 인간이 누구로 보고 불쌍타 카노."

"흥."

하다가 무슨 생각을 했던지,

"길상아."

전에 없이 다정스럽게 불렀다.

"니 아까 들었제?"

"……."

"봉기제집이 지랄하는 것도 안 봤나?"

"……."

"하기사 지랄할 만도 하지."

"곧 죽어감시도 동곳 빼기는 싫은 모양이지."

"그러는 거를 본께 니는 아즉도 쑥이고나. 흐흐훗……."

"미친 개겉이 싸돌아댕길 거 없이 누구 덕에 호패 찰 궁리나 하는 기이 좋을 기구마. 우물을 파더라도 한 우물을 파라 카는데."

모멸에 차서 침을 내뱉고 떠나려 하는데 삼수는 길상의 소맷자락을 잡는다.

"내 비밀 하나 알리줄 것이니."

"듣고 접지 않구마."

"듣는 데 밑천 드나? 듣고 나믄 나한테 치사하고 접을 기다. 니나 내나 티각태각해봤자 남한테 매인 몸, 서로의 처지는 같은 기라. 아무리 종놈이 악독한들 양반만 하까, 만석 살림을 가로채지는 못하는 법이니께. 나라 팔아묵을 수도 없고, 가시나 치마 밑을 뒤졌이믄 뒤졌지."

"……."

"니도 영 쑥맥이다."

목소리는 한층 낮아졌다.

"가시나 하나 수수밭에 끌고 가믄, 니 겉은 놈이사 누이 좋고 매부 좋고. 아 사대육신 멀쩡한 놈이 그냥이야 보낼 수 있나. 그러고 나서 입 싹 씻어부리믄 되는 기라. 이래도 내 말이 안 고맙나? 밑천 안 딜이고 재미 보고."

길상이 부르릉 몸을 떤다.

"우떻노. 아까 니 눈으로 봤제. 그라고 안 들었나? 꼼짝없이 안 가더나? 속으론 겁이 나서 죽을 것만 같앴일 기라. 흥 언제 난 삼수라꼬. 야 그렇소? 하고 물러나까. 흐흐흐, 그눔우 가씨나 서방 될 놈이 열세 살 코흘리개라 카이 내 생각 오직이 날 기다. 수수밭 생각이 날 기라 말이다. 싫다는 년 팔목 묶어놓고……. 그, 그 재미가 또 각별했거든. 그래도 날 잡아 직이기는커녕 소문낼까 봐 맘속으로는 파리 손을 부비고 있일기니. 하, 세상.”

“이 더럽운 짐승아!”

“맞다. 사램이란 본시 짐승이니께로. 내가 짐승이믄 니도 짐승일 기고.”

“짐승만도 못한 놈우 새끼!”

“부처님이라고 안 하까? 중놈이라고 어디 안 하더나? 하기로는 마찬가지니께. 하하핫…… 성인군자도 그거는 한다. 절손은 불효니께로 효도할라꼬 하지. 우리사 머 효도할 부모도 없인께 억울한 나날을 잊을라 카믄 그런 재미나 봐야제. 새끼는 있는 것보다 없는 편이 좋고. 줄줄이 씨암탉을 거나리고도 양기 적은 양반 생각하믄, 흐흐훗…… 만석 살림, 아 그렇지 아직이사…… 그는 그렇고, 서울양반 몸 애끼는 거를 보믄 불쌍한 인생 아니가. 마, 우리 종놈 편이 낫다, 나아. 하하핫…… 재미지게 살아보는 기다. 오늘 청춘이 내일 백발이더라고 인생이 잠깐 아니가. 니도 곰곰이 생각해보믄 내 말이 맞다 할 기고 나중에 내 생각함시로 고맙다 할 기고. 음, 달도 밝다. 가서 신다 버린 헌신짝이나 실컷 두딜기……. 으 음, 그라믄 나, 나는 가네.”

삼수는 너털웃음을 계속하며 춤이라도 추는지 덩실덩실 몸

을 흔들며 간다. 환장한 사람 같다. 길상은 등골을 타고 내려
가는 전율을 느낀다. 걷는데 발밑을 느낄 수 없다. 마치 허공
을 밟고 가는 것 같다. 숨이 차고 머리 속에 불이 붙는 것 같
다. 길섶에 주질러 앉는다. 손이 닿는 대로 풀을 잡아 뜯어 그
것을 찢어서 길바닥에 내던지고 내던지고 한다. 음탕한 삼수
의 목소리가 귓가에서 떠나지 않는다. 벌 떼 소리처럼 왕왕거
리며 떠나지를 않는다. 불쌍한 두리, 불쌍한 두리, 하고 몇 번
이나 뇌었으나 진심에서 불쌍하게 생각하는지 그 자신 알 수
없다. 덮어놓고 불쌍한 두리, 두리, 두리를 중얼거리며 죄악
감에 가슴을 치고 싶다가도 어느덧 억제할 수 없는 흥분이 그
것을 쫓아버리고 전신이 나른한 환각에 빠져든다. 야릇한 환
각, 아찔아찔하게 손짓해오는 것, 버선목 위의 통통하고 하
얀 계집애 종아리다. 너울거리는 속곳 자락이다. 도드라진 젖
가슴이다. 사지를 버둥거리는 얼굴이다. 두리 얼굴이다. 아니
봉순이 얼굴, 봉순이의 가는 허릿매다.

'벵신인가? 머가 그리 잘났다구.'

도드라진 젖가슴, 버둥거리는 사지, 두리였다. 봉순이, 아
니 두리다. 여자다.

'맞다. 사램이란 본시 짐승이니께로. 내가 짐승이믄 니도 짐
승일 기고.'

길상은 머리를 움켜쥔다.

'부처님이라고 안 하까? 중놈이라고 어디 안 하더나? 하기

로는 마찬가지니께. 하하핫…… 성인군자도 그거는 한다!'

길상이는 몽유병자처럼 삽짝도 없는 한복이 집 마당에 들어섰다.

"와 안 오는고 했다."

윗마을의 관수가 짚세기 신총을 만들다가 쳐다보며 말했다. 눈이 조그맣고 까무잡잡한 얼굴의 길상이 또래다. 다른 머슴애들도 길상이를 쳐다본다. 여느 때와 다름없는데 그들의 눈이 무섭다. 세상에 나와서 사람의 눈이 무섭기로는 처음이다. 길상은 한구석에 주질러 앉았다.

"이리 앉으소."

등잔의 심지를 돋우면서 등잔 가까이를 가리키며 집주인답게 한복이 권했다.

"아무 데믄 어떻나."

자리를 옮기려 하지 않는다. 한복이, 영만이, 작은쇠 그리고 그들보다 나이 위인 관수, 양길이, 길상이 합한 여섯 명이 들어찬 방 안은 빽빽하고 좁다. 모두 일을 하고 있었다. 짚세기 말고도 작은 삼태기, 어리 같은 것을 싸리나무로 혹은 짚으로 엮고 있었다. 한복이 돌아온 후부터 길상이 이곳을 드나들게 된 것은 첫째 머슴방의 그 뭉뭉한 공기 속에서 벌어지는 노름판, 야비한 잡담을 피해서였고 한복이 이외 식구가 없는 자유스런 분위기, 아이들이 순박하고 착실하며 길상을 형같이 따르는 인정에 끌려서였다. 책도 읽고 글도 가르쳐주고 세상 돌아가는 이야기도 하고, 말하자면 젊은 아이들의 건전한 집회요 토론 장소였다고나 할까. 길상은 글을 알고―한복이도 길상이만큼은 아니지만 어미한테 배운 바탕은 있었다―모습이 준수하고 언행이 점잖아서 이들 모임에서 윗자리에 앉는 존재였다.

비록 식자는 없으나 윗마을의 관수도 똑똑했다. 친척을 믿고 어미와 함께 떠돌아와서 정착한 그의 근본을 아는 사람은 별로 없다. 아비는 장돌뱅이였다고도 하고, 갖바치였다고도 하고 혹은 동학당으로서 어디서 죽었을 거라는 말도 있었다. 그리고 보면 동학당 얘기가 나올 때마다 기를 쓰고 그들이 옳았음을 강조하였고 그 조그마한 눈에 열정이 타오르던 것이 인상적이었고 양반들에 대한 비판은 신랄하고 가혹했다. 그들은 서서방의 얘기를 하고 있었던 모양이다.

"운봉할배 집에 양자 데려온 얘기 들었소?"

한 살 아래건만 깍듯하게 존대하며 양길이 길상에게 말했다.

"아니."

"못사는 친척집에서 게우 젖 떨어진 애기를 그 집 아지매가 양자로 데리와서 오늘 낮에 동네 사람 불러다 놓고 잔치를 했는데요."

"얄리가 났던가 배요."

작은쇠가 말했다. 양길은 콧물도 없는 코를 들이마시면

서—그의 버릇이었다.

"딴 데서 낳아 왔다고 그 집 아지매한테 작대기를 휘두르고 그런 난리가 없었답니다."

"운봉할배가?"

"그라믄 누구겠소. 동네 사람들이 말리믄서 대(代)가 끊어지도 좋느냐고 막 야단을 쳤다 안 캅니까. 아무리 달래도 안 듣더마는 그 말을 하니께 들을 만하더라나요?"

"온정신이 아닌께."

"온정신이믄 그럭허겄소? 얼매나 좋은 사람이라고."

한복의 말이었다.

"그랬는데,"

양길이 다시 말을 이었다.

"잔치가 파해서 사람들이 돌아갈라 카니께 비죽비죽 웃으믄서 이자 나한테 지팽이가 하나 생깄다 카더라나요? 지팽이는 무신 지팽이냐고 했더니 저 머시마가 조금만 크믄 지팽이 대신 안 하겠느냐, 그러더랍니다. 남한테는 그러고 이내 아지매보고는 욕을 하고. 그리 착한 며누리가 어디 있일 기라고 효부 났다고 멀리까지 소문이 났고, 옛날 겉으믄 효부상을 받아도 받을 긴데."

"효부상이기는커녕 사돈가 원님인가, 가랭이 찢어지게 생깄다. 옛날에사 기생 데리고 뱃놀이하믄서 염치는 조금 있어서 그런 선심이라도 썼지마는."

관수는 이죽거렸다. 이때까지 조마조마하며 말할 차례를 기다리고 있던 영만이가,

"서울서 인편에 핀지 왔소."

풀쑥하니, 길상이에게 말했다.

"아, 참."

하고 한복이 거들어준다. 그들은 이미 먼저 들은 얘기였다.

"두만이한테서?"

"야, 내가 읽었소."

영만이는 길상이한테 그동안 언문을 배워서 편지를 읽게 된 것을 자랑스럽게 말하며 코를 벌룸거렸다.

"그래? 머라꼬 썼더노."

"잘 있다 캅디다. 윤보아재씨가 잘해주고 일도 가르쳐주어서 이자는 공밥을 안 묵는다 캄시로 일거리가 쉴 새 없이 있다 캅디다. 서울서도 윤보아재씨만큼 솜씨가 좋은 사램이 그리 흔치 않아서 남들은 일손 놓고 놀아도."

"음 그래. 그런데 서울 시수는 우떻다 카던고? 시끄럽을 긴데……."

"서울은 잠잠하다 캅디다."

"잠잠해? 그럴 리가 있나."

"잠잠하기는 지랄이 잠잠해."

관수가 뚝배기 깨지는 소리로 화를 낸다.

"그래도 잠잠하다고 씌었던데."

"집에서 걱정하까 바서 그러는 기지."

"사방서 의병들이 들고일어났다 카는데 서울이 잠잠하겠나. 씨끄럽울 기구마."

양길이 짚을 뽑으며 관수 말에 동조했다.

"우리 동네 김훈장 어른도 의병장 했다고 잽히갔다는 소문이든데."

작은쇠도 아는 체를 한다.

"잽히갔다고? 어디로 잽히갔는고?"

영만이 불안스러워하며 물었다.

"울 아부지가 그러는데 손발을 꽁꽁 묶어가지고 왜놈땅 대마도로 잡아갔단다. 왜놈들은 옛날 원수 갚을 기라고 거죽을 벗기서."

"에키! 순 거짓말도 푼수가 있다. 김훈장이 멋이 그리 대단한 사램이라꼬."

관수는 픽 하고 웃는다.

"대마도로 잽히간 사람은 김훈장이 아니라 전에 큰 벼슬을 살았던 선빈데 나이도 팔십이나 다 돼간다 카던가."

"그런 노인네가 의병장이 됐단 말이오?"

작은쇠는 다잡듯이 물었다.

"내가 전라도 사람한테서 자세하게 들었는데 말이 의병장이지 변변히 쌈 한분 못하고……. 동학군들을 모았이믄 그렇그름은 안 됐일 기구마. 선비들이 책이나 읽었지 머를 알아야

말이제. 그런데 한 가지 결전(結錢)을 내지 말자고 조선팔도에
다가 포고문(布告文)을 냈다 카는데 그거 하나 잘한 생각이라.
모두가 한마음 한뜻으로 그렇기만 하믄 조선 백성들을 이 잡
듯이 다 잡아 직일 수는 없일 기고."

"그렇기 못하니께 속 타지."

길상이 내뱉었다.

"그렇지마는 대마도로 잽히간 김훈장 어른,"

"인마! 김훈장 아니고 딴 사람이라 카이. 김훈장이사 그 양
반을 찾아갔일 뿐이다."

관수는 작은쇠를 나무란다.

"그, 그라믄 그 잽히간 양반을 정말 가죽을 벳기는 기까요?"

"머 그런 짓이야 하까마는 직이기 쉽겄지."

"가죽은 안 벳기고…… 그냥 직이……."

작은쇠는 고개를 갸웃거린다.

"그래도 서울은 잠잠하다 카던데……."

형의 신변을 염려한 영만이는 그렇게 믿고 싶은 모양이었
다.

"걱정 마라. 두만이 새끼 총대 들고 의병 나갈 놈은 아닌께
로. 누구 아들이라고."

관수 핀잔에 영만이 얼굴을 붉힌다.

잠시 침묵이 흘렀다.

"요담 추석에는 핵짚세기 몇 키레 삼아서 팔았이믄 돈 좀

벌겠는데."

양길이 방 안 분위기를 바꾸어볼 셈으로 말했다. 평소 같지
않게 우울해 있는 길상이 하며 방 안 공기가 무거웠던 것이다.

"니 솜씨에? 그기이 얼매나 구찮은 일인데."

관수는 뽈이 돋은 표정을 지었다.

"헤에기 추리낼 일이 한참이니께 잔손이 많이 가고."

말수 적은 한복이 말이었다. 핵짚세기란 짚 속의 벼를 훑어
낸 줄기만 가지고 삼는 신발이다.

길상은 여전히 우울한 채 앉아 있다가 일어섰다. 왜 벌써
가느냐고들 물었으나 대답은 하는 둥 마는 둥 밖으로 나왔다.
그곳을 나서는 순간부터 길상의 머릿속에는 다시 환상이 나
타났다. 귓가에는 삼수 입에서 나온 상말이 울리기 시작했고
눈앞에는 봉순이와 두리의 얼굴 모습이 번갈아가며 나타났다
간 사라지고 나타나고, 종내는 삼월이까지 합세하여 길상이
를 괴롭힌다. 얼마쯤이나 지나왔을까. 정자나무 가까이 달빛
을 등지고 서 있는 웬 사람을 보았다.

다가가서 보았을 때 포립(布笠)을 썼으나 남루한 의복이 거
지임에 틀림이 없었다. 그냥 지나치려 하는데,

"여보시오."

하고 거지가 불렀다.

"와 그러요."

"이 동네에 최참판댁이 있소?"

거지 행색과 달리 말씨는 부드럽고 가라앉아 있다.

"허 참, 그거 모르는 사람이 어디 있소?"

"그러세……. 한데, 그 댁에 지금도 길상이라는 사램이 있는지 모르겠소."

"야?"

길상은 제 귀를 의심하며 되묻는다. 술을 마시지 않았지만 술이 깨는 듯한 기분이다. 바싹 다가서며 얼굴을 보려 했으나 포립을 쓰고 달빛을 등지고 있기 때문에 알아볼 수가 없다. 늙은인지 젊은인지도 알아볼 수 없다.

"그 사램이 지금도 최참판댁에 있소?"

거지는 다시 물었다.

"만고에 나를 찾을 사람은 없일 긴데 댁은 누구요?"

"그라믄 바로 댁이 길상이라는 사람이오?"

조금도 변함이 없는 억양의 목소리로 묻는다.

"야. 내가 길상이오. 댁은 뉘시오."

길상의 가슴은 두근두근 뛰었다.

"다만 길 가는 사램이오. 어떤 사람의 부탁을 받고."

"어떤 사람? 그 사람이 누구요?"

"그거는 나도 모르겠소. 전하라고만 했으니."

"혹?"

"……."

"그라믄 말해보시오."

"이 말을 서희애기씨한테 전해도 좋고 전하기가 어려우믄 안 전해도 좋고, 댁이 알아서…… 누구든 알기는 알아두어야 할 일이니."

"그, 그러믄 서울 외가댁에서 오시었소?"

"아니오. 그렇지는 않소. 다름이 아니라 별당아씨가 돌아가시었소."

"예?"

"오 년 전의 일이었소."

"오, 오 년 전, 그, 그러면은 괴정 난 해."

"괴정에 돌아가신 게 아니고 병들어 주, 죽었……."

거지는 말끝을 잇지 못한다.

"댁은 누구요!"

길상이 울부짖는다.

"보시다시피 거지요. 그러면."

거지는 등을 돌렸다.

"여보시오!"

길상이 거지의 어깨를 움켜잡았으나 뿌리치는 힘이 더 강하였다. 걸음을 빨리한다.

"여보시오오!"

길상이 쫓았다. 그러나 거지의 걸음은 더 빠르다. 그림자보다 가볍고 바람같이 빨랐다.

"여보시오!"

10장 왕시(往時)의 동학 장수(東學將帥)

"옴마! 옴마!"

방금 뒷간에 용변보러 나간 아이가 비명을 지르듯 불러댄다.

"누구 숨넘어가나! 와 아침부터 야단이고."

"여, 여기 사, 사램이!"

"……?"

"주, 죽었다아!"

"머라 카노!"

"사, 사램이!"

"사, 사람이 우쨌다고?"

외딴 골짜기에 한 채 있는 오두막집 마당에서 수수 방아를 찧던 아낙이 절굿공이를 팽개치고 급히 달려나간다. 칠팔 세쯤 된 사내아이가 겁에 질려서 어미를 쳐다보며 손가락으로 수수깡 울타리를 가리킨다.

"거, 거지가 죽었다!"

아낙의 얼굴이 새파랗게 질린다. 과연 울타리 옆에 사람 하나가 엎어진 자세로 뻗어 있다.

"아이구! 이, 이 일을 우짜겄노!"

"오, 옴마! 아, 아배도 어, 없는데."

얼굴은 땅바닥에 처박힌 채 있었다. 겨우 살을 가렸을 뿐인

남루한 의복으로 보아 거지임이 분명하다. 해어진 짚세기 사이로 꿰어져 나온 뒤꿈치 발바닥이 가지런히, 안개가 걷혀져 가고 있는 연옥색 하늘을 올려다보고 있다.

"이, 이, 이 일을 우짜겄노! 크, 큰일 났네. 아, 아무도 없는데 우, 우리꺼정, 하필이믄 여기서 사램이 죽노."

벌벌 떤다. 아이도 어미와 함께 떤다.

"음?"

갑자기 아낙의 눈이 크게 벌어진다. 가지런히 하늘을 올려다보고 있던 발바닥이 희미하게 움직인 것 같았다. 다음에는 좀 더 확실히 움직이는 것을 볼 수 있었다.

"아아— 아?"

아이의 눈도 휘둥그레진다.

"옴마! 사, 살았는갑다!"

"가, 가만있거라."

아낙은 아이를 떠밀고 나서며,

"보소! 보소!"

땅바닥에 처박혔던 얼굴이 들린다.

"정신 차리소!"

"아아—."

가느다란 신음이 새어 나온다.

"여기가 어디라고, 이라고 있이믄 우짤 기요? 어 일어나소."

헉! 하고 숨이 트이는 듯 신음 소리도 멎고 송장이라 믿었던 몸뚱어리가 모로 돌려지고 꾸물꾸물 일어나 앉는다. 일어나 앉았을 뿐만 아니라 긴 팔을 뻗더니 굴러 있는 포립을 집는다. 천천히 그것을 망건 두른 상투 위에 올려 쓰고 낡아서 꼬질꼬질한 갓끈을 여민다. 행동거지가 분명하다. 행려병자는 아닌 성싶다. 너무 놀란 다음이어서 아낙은 화가 났다.

"사람 사는 마실에나 가서 죽든지 살든지 할 일이지. 이런 골짜기에 머할라꼬 와가지고, 죽어도 영장(송장) 치울 사람도 없단 말이오."

"……."

"나는 영장인 줄 알았구마."

한편 겸연쩍기도 하여 중얼거리던 아낙은 주먹을 쥐고 아이 머리를 한 번 쥐어박는다.

"빌어묵을 놈의 새끼! 알지도 못하고, 내사 마 아즉도 가심이 콩 뛰듯기 뛰어쌓는다."

이마빡에 부스럼이 돋은 아이는 아파서 앙! 하고 울음을 터뜨렸으나 그도 송장인 줄 알고 한 소동 벌인 것이 민망하였던지 이내 울음을 거둔다. 거지는 아낙을 쳐다보는 것도 아니요, 아이를 쳐다보는 것도 아니요, 혼자서 중얼거렸다.

"미안하게 됐소이다."

"미안하나 마나 인적도 없는 산골인데 이력하고 있이믄 우짤 기요. 어 일어나 가소."

"여기가 어디오?"

"청석이오."

"역시…… 발이 옳게."

"야? 머라 캤소?"

"아침 요기나 시키주시오."

"머라꼬? 솥에도 안 들어간 아침이 어디 있소."

아낙은 더욱더 화가 나는 모양이다.

"내 참 얄궂은 꼴을 다 보겄네. 이 산중에 얻어묵을 기이 머 있일 기라고, 하필이믄 외딴 우리 집 삽짝 앞에 와가지고 새북부터 사람을 십년감수시키더니, 멀쩡한 사대육신 가지고 아, 한 삼십 리 걸으믄 마실이 나올 긴데 거기 가서 얻어묵으소. 더군다나 남정네도 없는 집에 아무리 거지라 카지마는 외간 남자 딜일 수도 없고."

"바깥어른이 안 계시오?"

"사냥 갔단 말이오."

"외간 남자는 딜일 수 없다, 그렇겠구먼."

야속해하거나 비꼬는 투도 아니다. 그런 식으로 자기 자신에게 납득을 시키려는 것처럼 중얼거리며 일어섰다. 새까맣게 탄 얼굴은 무쇠 빛이다. 얼마나 오랜 세월 풍설을 맞으며 뙤약볕을 밟으며 정처 없는 나그네였기에 포립 밑의 흐트러진 머리칼은 햇볕에 그을리고 바람에 바래어 누르께하게 바스라져서 윤기가 없다. 눈은 맑고 빛이 있었다. 신열(身熱)에서 오는 빛일까. 눈동자가 젖어 보인다. 그런가 하면 무감동한 눈빛은 겨울 하늘처럼 차갑고 삭막하게 느껴지기도 한다. 아낙은 아까 거지가 말을 했을 적에 대체 어떤 얼굴이었던지 기억해낼 수 없었다. 대관절 얼굴이나 움직이며 말을 했었는지 그것도 기억할 수 없었다. 돌덩이같이 굳은 얼굴을 보고 있노라니 그런 생각이 들었던 것이다.

'무신 사람우 얼굴이 저러까아? 밥 빌어묵고 다니는 거진데, 얼굴이…… 무신 신장(神將)겉이 뵌다. 구신이까?'

신장을 보았을 리도 없겠는데, 아낙은 막연한 두려움을 느낀다. 일어선 거지는 피곤하고 허기진 모습이 아니었다. 의외로 뼈대는 탄탄했다. 곧은 자세는 위엄이 있었다. 얼굴은 무쇠를 부어서 빚어낸 것처럼 더욱더 굳어 보인다.

거지는 말없이 아낙과 아이 앞을 스쳐 지나갔다. 산허리를 꼬불꼬불 질러서 내놓은 길을 올라가고 내려가며 성큼성큼 걸어간다. 마치 평지를 가듯 수월해 보이고 날래다.

"옴마, 나는 꼭 죽은 사램인 줄 알았다."

거지의 모습이 시야에서 사라지자 아이가 말했다.

'거지치고는 참 이상타. 아침 요기를 시키줄 거로 그랬나?'

"옴마, 우쩐지 무섭다."

'얻어묵을 데도 없는 이런 산중에 거지가 올 리도 없일 긴데 심상찮은 일이구마. 아무래도 예사 거지로는 안 뵈는데 내가 벌 받을 짓을 한 거는 아닌지 모르겠다.'

"아배가 어서 왔이믄 좋겠다. 우짠지 무섭다."

"무섭기는 머가 무섭아!"

불안해지는 마음을 스스로 떨쳐버리듯 아낙은 아이의 등을 밀고 얼른 집 안으로 들어간다.

햇빛 한 줄기 들이치지 않는 잡목숲, 습기가 가득 찬 푸르스름한 지대를 벗어나고 군데군데 비틀어진 소나무가 바위 틈새에서 어거지로 자라난 야산 근처를 거지는, 변모된 구천이, 아니 환이는 걷고 있다. 일찍이 그의 백부(伯父) 우관이 삭발 안 한 비구요 투구 없는 장수라 하며 한탄했던 환이 거지가 되어 홀로 가고 있는 것이다. 그는 땅바닥에 엎어진 채 통곡을 하다 깬 꿈을 생각하고 있었다. 통곡은 아낙의 고함 소리에 끊어졌고, 언제나 그런 식으로 통곡하다 꿈이 끊어지곤 했었지만, 새삼스런 꿈도 아니었다. 그림자처럼 앞서거니 뒤서거니 노상 따라다니는 꿈인지도 모른다. 잠시 출타했다가 돌아오는가 싶기도 했고 먼 길을 떠났다가 불쑥 나타나는가 싶기도 했다. 한 달 만에 혹은 두 달 만에, 어떤 때는 반년이나 지난 뒤 환이는 그런 꿈을 꾼다. 창자가 끊어지는 울음을 우는가 하면 목이 잠겨서 소리를 내지르지 못하고 가슴을 치기도 했다. 몇 해 동안을 반복되어 온 꿈을 환이는 조금도 이상하게는 생각지 않는다. 지금 꿈을 생각하며 길을 걷는다고 해서 그의 마음이 슬픈 것도 아니었다. 산란했던 것도 아니었다. 여러 해 동안 환이는 꿈속에서 말고는 울어본 적이 없었다. 지난밤 평사리로 잠입해서 생모 윤씨부인 묘소를 찾았을 때도 눈물을 흘리지 아니했다. 때때로 꿈속에서나마 울지 않았던들, 창자가 끊어지는 것 같은 통곡을 하지 않았던들 그는 울음이 어떤 것인지 잊었을지도 모른다.

환이 최참판댁 소식을 들은 것은 화개 주막에서였다. 뱅어회를 고추장에 꾹꾹 찍어 먹으면서 주고받는 술꾼들 얘기를 무심히 듣던 중 최참판댁 얘기가 나왔던 것이다.

"옛날하고는 다르데, 달라. 어진 상전 밑에는 어진 하인이 있게 매련이고 행악하는 상전 밑에는 행악하는 하인이 있기 매련인데 거 죽은 김서방이야 좀 어질던가? 그 댁 마님이 돌아가셨어도 김서방이나 살아 있었다믄 저 지경으로는 되지 않았일 긴데."

"서울서 온 지서방인가 뭔가 어디 말이나 한번 붙이보겠더라고? 김서방이사 우리네가 통사정을 하믄 못해묵겠다 하믄서도 사정을 봐주고 했는데 작인들 등뼈 휘게 생깄지."

"작인들도 작인이지마는 최참판댁도 말씸이 아니다."

"와 아니라."

"이잔 최참판댁이 아니라 조참판댁이라 캐야 통할 기구마."

"그거사 어림없는 소리고, 아무리 세상이 콩가리가 됐다 카더라도 그리 쉽기 남으 살림 들어묵지는 못할 기구마."

"이이잉 세정 모르는 소리. 여식이 하나 있기로, 비리갱이 겉은 여식 아이 하나쯤 말아넣기는 누워 떡 묵기네."

"우선은 그렇겠지. 하나 장성하고 보믄 아, 최참판댁이야 본시부터 암탉이 울던 집안 아니가."

"쳇, 아무리 암탉이 울어도 수탉이 있어주었으니께. 이젠 영영 수탉도 없어졌고 거 만석꾼 살림도 갈라 카믄 하루아침이다. 자고로 살림이 망할라 카믄 사람부터 먼지 상한다 카더마는 사랑양반이 그리 됨서부터 이미 망조는 들었던 기라. 화무십일홍이더라고 하기야 그만했이믄 최참판댁도 오래간 셈이지."

연곡사로 가려던 환이는 발길을 평사리로 돌렸다. 어둑어둑해졌을 무렵 환이는 들일을 하다 돌아가는, 전혀 안면이 없는 마을 사람을 만났다.

"저 최참판댁 마님께서 돌아가셨다는 말을 들었는데 혹 그게 사실인지요?"

얼굴을 반쯤 숙이고 환이 물었다.

"야, 벌씨 언지라구요."

거지꼴이지만 말씨가 정중하여 마을 사람도 순순히 대꾸한다.

"그러면 그 산소가 어딘지 아시오?"

"그건 또 와 그러요?"

"옛날…… 그 댁 마님께 은혜를 입은 일이 있어서, 지나는 길에, 그냥 지나칠 수가 없어서."

마을 사람은 다소 미심쩍어하기는 했다.

"음…… 저, 저어기 마루터기로 돌아가믄 소나무가 삑 둘러

싸이 있는데 가보믄 알 기구마. 비석이 있이니께로."

최참판댁 선영이 있는 곳과는 반대 방향이었다. 환이는 그러려니 생각했다. 몇 번인가 돌아보곤 하며 마을 사람이 가고 난 뒤 환이는 산기슭에 앉아 어두워지기를 기다리다가 묘소로 찾아갔다. 생시 단 한 번 어머님이라 불러본 일이 없는 여인의 무덤 앞에 엎드린 환이 눈에서는 눈물 한 방울 떨어지지 않았다. 무념무상, 그리움도 원망도 없이 끝없는 갈대숲을 헤치고 가는 여인의 모습이 떠오르다가 사라질 뿐이다. 여인은 윤씨부인 같기도 했고 별당아씨 같기도 했다. 갈대숲은 때때로 진달래 숲으로 변하기도 한다. 혼미(昏迷), 끝없는 갈대숲을, 진달래 숲을 더듬고 가는 혼미, 혼미는 혼미를 부르고 허무가 하나의 정열로써 고개를 든다. 아아 어리석은 인간들이여, 하며 환이는 겨우 신음하며 일어섰다. 얼마 동안의 시간이 흘러갔는지 달이 떠 있었다. 이름조차 기억하기 싫은 북쪽 끄트머리 어느 깊은 골짜기에 별당아씨를 묻었던 그날 밤의 달이, 얼음조각같이 써늘해 보이는 달이.

묘소에서 마을로 내려오다가 환이는 길상이를 만났던 것이다.

그는 한눈에 길상임을 알아보았다.

"여보, 절 좀 일으켜주시려오?"

여자의 몸은 가벼워서 새털 같았다. 무게를 느낄 수 없었다. 땀에 젖은 머리칼에서 새콤한 냄새가 풍겨왔다.

"여보, 제 머리."

고개를 한 번 끄덕여주고 밖으로 나간 환이는 소금 접시를
담은 대야 그리고 물 한 바가지를 들고 들어왔다. 양치질을
하는 동안 환이는 수수깡, 대나무 등이 드러난 흙벽을 바라보
고 서 있었다. 허구한 날 여자는 세수라 하지 않고 반드시 제
머리, 라고만 말하였다. 왜 그랬는지 그것은 알 수가 없다. 양
치질이 끝나자 환이 방바닥에 무릎을 짚고 여자 입에 물을 머
금게 하고 뱉아내는 물을 대야에 받는다. 방바닥을 짚은 환
이 무릎은 가늘게 흔들리었다. 물을 머금을 때마다 핏기 없는
여자 얼굴에 부끄럽고 조금은 성이 난 표정이 떠오르곤 한다.
개울물에 대야를 부시고 깨끗한 물을 받아 다시 방으로 돌아
온 환이는 수건을 빨아서 여자 얼굴을 닦아준다. 조그마한 얼
굴을 몇 번이고 되풀이하여 닦아준다. 여자 얼굴에서는 어느
덧 조금 성나 했던 기색은 가셔지고 부끄러움만 남는다. 다음
은 손과 가는 손목을 닦아주고 버선을 벗겨 발까지 닦아주고
나면 다시 버선을 신겨주는데 물기가 있었지만 여위어서 작
아진 발에 버선은 수월하게 들어간다. 맨 마지막에 머리를 풀
어 얼레빗으로 빗겨주는데 환이 눈에 눈물이 돈다.

병이 들어 기동을 못하고 자리에 누운 뒤 매일 꼭 같은 순
서로 되풀이되어온 일이다. 그것은 일종의 의식 같은 것이었
는지도 모른다. 살아 있는 것을 확인하기 위한 경건한 의식이

없는지도 모른다. 순서를 따라 어김없이 거행하는 환이의 표정은 제관(祭官)처럼 엄숙했고 구름 같은 머리를 내맡기고 있는 여자는 또한 제관에게 운명을 바친 듯 체념과 화평에 몸과 마음을 풀어놓고 있었다.

"여보."

비로소 잠긴 목소리로 환이는 여자를 불러본다.

"이제 다 되었소. 시원하오?"

"예."

새털같이 가벼운, 도시 무게가 있을 것 같지도 않은 여자를 안아서 자리에 뉘고 이불을 덮어서 다독거린다.

초가을의, 그러니까 추석을 앞둔 팔월 초이렛날이었다. 오십 리 밖 장터에 나간 환이는 약초랑 덫을 놓아 잡은 짐승 가죽이랑 팔아 약을 짓고 일용품을 사서 망태에 넣어 어깨에 메고 골짜기로 돌아왔다.

"여보, 나 돌아왔소."

목소리가 떨리어 나왔다.

"여보, 나 돌아왔소!"

망태를 팽개치고 방문을 열었다.

"여보, 당신 약 지어 왔소!"

여자는 잠든 것처럼 죽어 있었다. 혼자서 죽은 것이다. 첫새벽에 떠나 오십 리 길을 가고 오고, 골짜기에는 저녁의 검은 안개가 밀려오고 있다.

관솔불을 밝혀놓고 환이는 죽은 여자 옆에 앉아 있었다. 이런 날이 오리라는 생각을 안 해본 날은 없다. 그날이 왔고, 아니 왔다기보다 죽음을 짊어진 여자와 더불어 있어오지 않았던가. 새삼스러운 슬픔도 아니지 않는가. 뙤약볕에 모래성이 쌓아올려지면 무너지고 다시 쌓아올려져 무덤이 되면 바람에 날리어 무너지곤 하는 의식 속에, 첫새벽에 떠났기 때문에 허구한 날 되풀이해온 세수하고 머리 빗는 그 의식을 거행하지 못한 일이 어이없이 떠올랐다.

'여보?'

'……'

'저 산새 우는 소리 안 들리세요?'

'……'

'얼마나 즐거우면 저리 명랑하게 지저귈까.'

'……'

'새들도 밤이 싫은 거예요. 아침이 좋아서, 햇빛이 환한 게 좋아서 저리 지저귀나 봐요. 캄캄한 밤이 싫은 거예요. 나도 저 새들같이 한번 날아보았으면, 산속을 한 번만 거닐어보았으면.'

관솔불이 미친 듯이 춤을 춘다. 그림자처럼 여자는 누워 있고 환이는 앉아 있다. 앉아서, 언제였던가 여자가 한 말을 듣고 있는 것이다.

이튿날 저녁때 환이는 제 입은 저고리를 벗어 시체를 싸고 이름조차 기억하기 싫은 북쪽 끄트머리 어느 깊은 골짜기에 여자를 묻었다. 얼음조각같이 싸늘한 달이 능선 위에 댕그머니 걸려 있었다. 꺼무꺼무한 능선과 맞붙은 하늘을, 환이는 그 푸른 은빛 나는 하늘을 언제까지나 바라보고 서 있었다. 환(幻)이다. 바람개비같이 돌고 있는 지나간 지상의 세월은 지금 없는 것이다. 진실로 없는 것이다. 자취 없는 허무의 아가리였던 것이다. 여자와 더불어 영원히 사라져버린 바람이었던 것이다. 능선을 감싸듯 푸른 은빛의 밤하늘, 영겁의 세월이 흐르고 있을 저 머나먼 곳에서 다시 여자를 만날 수 있는가고 환이는 자기 자신에게 물어본다.

'여보?'

'…….'

'나 명년 봄까지 살 수 있을는지…….'

'…….'

'산에 진달래가 필 텐데 말예요.'

'…….'

'그 꽃 따 화전을 만들어 당신께 드리고 싶어요……. 당신께 드리고 싶어요, 당신께 드리고 싶어요, 당신께, 당신께, 싶어요, 싶어요, 싶어요, 싶어요…….'

여자의 목소리는 진달래꽃 이파리가 되고, 꽃송이가 되고 계속하여 울리면서 진달래의 구름이 되고 진달래의 안개가 되고 숲이 되고 무덤이 되고, 붉은 빗줄기, 붉은 눈송이, 붉은 구름 바다, 그 속을 자신이 걷고 있다는 환각 속에 환이는 쓰러졌다. 꿈속에서 울었다. 꿈속에서 가슴을 쳤다. 여자를 부르고 달려가고 울부짖고, 여자가 죽어 이별한 뒤 환이는 줄곧 꿈속에서만 울었다.

평안도 묘향산 근처 주막에서 연추로부터 돌아오는 이동진을 우연히 만난 것은 별당아씨가 죽은 지 두 달 후의 일이다.

해가 중천에 떴을 즈음 환이는 옥수수, 콩을 심은 화전 근처에까지 왔다. 볏가리 같은 산철쭉 더미가 도랑을 향해 쓰러진 그 곁의 오솔길을 따라간다. 얼마쯤 갔을 때 초막 지붕이 나타났다. 환이는 햇빛이 튀고 있는 초막 뜰에 들어섰다. 백발이 성성한 노인 한 사람이 엉성한 보리똥나무 밑에 쭈그리고 앉아서 족제비 가죽을 벗기고 있었다. 덫을 놓아 잡은 모양이다. 노인은 마당에 들어선 나그네는 못 본 척 일에만 열중한다. 한참 동안을 우두커니 서서 노인의 일하는 양을 바라보던 환이,

"어르신네."

하고 불렀다. 노인은 얼굴을 들고 쳐다본다. 성성한 백발과는 달리 검붉게 탄 얼굴은 팽팽하고 눈망울이 굵으며 빛이 있다. 육십이나 되었을까. 노인은 거지꼴인 행색에는 무관하는지 굵은 눈망울을 굴리며 환이의 눈을 날카롭게 쳐다본다. 그런 다음, 무쇠를 녹여 빚은 듯 굳은 환이 얼굴을 이리저리 관상이라도 보는 것처럼 살펴본다. 일종의 의혹 같은 것이 얼굴

에 스치더니 이내 사라진다.

"요기 좀 시켜주십시오."

사라졌던 의혹이 다시 한번 노인 얼굴을 스치고 사라진다.

"기다리게."

짤막하게 말한 노인은 얼굴을 떨어트리고 하던 일을 계속한다. 환이는 햇빛이 튀는 땅바닥에 엉덩이를 붙이고 세운 두 무릎을 안으며 긴 손가락을 깍지 낀다. 햇볕에 얼굴을 쳐들며 먼 산을 바라본다. 산새울음이 간혹 들려올 뿐 골짜기의 한낮은 조용하다. 개울이 작아 그런지, 비가 오지를 않아 그런지 물 흐르는 소리도 없다.

"여보게, 젊은이."

"예."

"자네 몇 살인가."

일을 계속하면서 물었다.

"서른쯤 됐습니다."

"음⋯⋯."

환이의 옆모습을 힐끔 쳐다본다.

"태생이 어디지?"

"먼 곳입니다."

"말투는 이 고장인데? 자라기는 이곳에서 자랐겠구먼."

환이는 아무 말도 하지 않는다.

족제비 가죽을 다 벗긴 노인은 가죽을 널빤지 위에 늘어놓

292

고 내장은 뒷간에 가져가버리고 개울에 나가서 손을 씻은 뒤 어슬렁어슬렁 돌아왔다. 환이 노인을 쳐다본다. 두 사람의 눈이 강하게 마주친다. 환이는 의아해하고 노인은 생각에 잠기는 표정이 되었다. 부엌으로 들어간 노인은 식은 강냉이죽 두 그릇과 숟가락 두 개를 들고 나왔다. 그는 꼿꼿한 허리를 굽히지 않고 숟가락을 걸쳐놓은 죽사발 하나를 내민다. 환이는 반쯤 몸을 일으켜 두 손으로 받아든다. 노인은 나무 그늘 밑에 놓인 찌그러져가는 평상에 걸터앉더니 강냉이죽을 먹기 시작한다. 환이는 도로 땅바닥에 주질러 앉아 그도 천천히 죽을 먹기 시작한다. 죽이 반쯤 줄었을 때,

"자네 보통 거지가 아니구먼."

하고 노인이 말했다.

"예?"

먹는 것을 멈추고 노인을 바라본다.

"거지 아니지?"

"글쎄올시다……. 남들이 거지라니까 거지겠지요."

"음……."

"……."

"이상한 일이야."

"……."

"자넨 왜 묻질 않나?"

"뭘 말씀입니까."

"노인은 혼자 사시오라든가, 왜 이런 곳에 혼자 사시오라든 가, 누구든지 여길 찾아오는 사람이면 어김없이 묻는 말이거든. 이런 깊은 골짜기를 지나는 사람이래야, 뭐 그리 흔했던 것도 아니지만 처음에는 내 처지 때문에, 나중엔 말하기 귀찮고 반갑잖아서 대답을 안 했네만 남들이 다 묻는 말을 자네가 묻질 않으니 오히려 내 쪽에서 궁금하군그래."

"저도 산골에서 혼자 살았던 일이 있었으니까요. 다 그렇게 살 수밖에 없으니 사는 건데…… 물어 뭐하겠습니까."

노인은 고개를 끄덕끄덕한다.

"자네 글을 아나?"

"제가요?"

"음, 식자깨나 있는 말씨구먼."

"떠돌아다니는 처지에 식자랄 것도 없지요."

"그래 어딜 가는 길인가."

"정해진 곳이 있겠습니까."

강냉이죽을 다 먹은 노인은 담뱃대에 담배를 담아 붙여 문다. 뻑뻑 연기를 내어 뿜으며 천천히 죽을 먹는 환이를 유심히 바라본다.

죽을 다 먹은 환이는 사발을 한 곁에 놔두고,

"잘 먹었습니다."

한마디 하고 촐랑거리며 방정맞게 달려가는 도마뱀을 내려다본다. 보다가,

"저, 혹시 아시는지요."

"뭘?"

"우관스님을 혹."

"우관? 연곡사의 그 땡땡이 늙은 중 말인가?"

하는데 무슨 까닭인지 노인 얼굴에는 회심의 미소 비슷한 것
이 떠올랐다.

"이 근처에 그 늙은 중을 모를 사람이 있겠나. 교분이야 없
지만 말로는 많이 들었지."

"지금도 정정하신지 모르겠습니다."

"정정한지 어떤지 그거는 모르겠네만 죽었다는 얘기는 못
들었구먼."

"……."

"그래 그 땡땡이 늙은 중을 찾아가는 겐가?"

"글쎄올시다."

"동학군의 장수 김개주가 우관의 친동생이었지."

느닷없이 마치 칼날 모양으로 말이 날아왔다. 순간 환이 눈
이 불길에 닿은 듯 격렬하게 출렁인다. 노인은 골똘히 그 눈
을 지켜본다. 숨이 막히는 순간이다. 두 사람 사이에 들린 것
같은 괴이한 침묵이 지나간다.

"자네, 김개주를 알지?"

"……."

"피에 굶주린 이리 같은 위인이라 하기도 하고 살인귀라 하

기도 하고 양반님네들은 이름만 들어도 이를 갈던 그 위인 말일세."

"이 근동에서 그분 이름쯤 모를 사람이 있겠습니까."

이빨 사이로부터 목소리가 밀려나왔다.

"암, 아암, 그럴 테지."

노인은 연신 고개를 끄덕인다.

"김개주를 아는 사람이면 누구든 자넬 보고 그 사내를 한 번쯤 생각할 걸세."

"어르신께서는 뉘시오?"

"나 말인가?"

노인은 껄껄 소리 내어 웃는다.

"김개주를 잘 아는 동학군이었네."

"……."

"죽지 않았다면 자네만큼 됐을 테지. 김개주의 아들을 어릴 적에 본 일이 있는 늙은이야."

"……."

"그 위인이 지금까지 살아 있었다면 어떤 길을 걷고 있을까? 궁금한 일 아니겠나? 손병희 교주도 지금은 왜국에서 세월을 관망하고 계시고 이용구 등은 왜놈 앞잡이가 되어 미쳐 날뛰는 판국인데……. 하긴 김개주의 경우는 다르지, 달라. 아무래도 그 위인은 살아남지는 못했을 게야."

환이는 눈을 내리깐 채 말이 없다.

"지금도 그 피바다가 되었던 우금치의 싸움을 생각하면 뼈가 저리네. 어찌 시운이라 할꼬? 저주를 받아야 마땅할……."

우금치(牛金峙)의 싸움이란 축멸왜양(逐滅倭洋)의 기치 아래 재기포(再起包)한 동학군의 최후 결전으로서 시산혈해(屍山血海)를 이룬 처참한 패전을 말한다.

"양반이라면 치를 떨던 위인이, 그러나 그 자신은 상민의 배신으로 죽었으니. 녹두장군도 그러했고."

환이는 내리깐 눈을 쳐들었다. 눈에서 불덩이가 떨어질 것 같다.

"어르신께서는 어찌 홀로 이곳에 사십니까?"

"으음, 이제 묻는구먼."

노인은 아까처럼 크게 소리 내어 웃는다.

"세상이 부끄러워 홀로 이곳에 사네."

"……."

"핍박받는 상놈, 농민들을 이끌고 나간 내가…… 내 처자식은 그 상놈들 손에 잡혀 죽었으니 어찌 세상이 안 부끄러울 수 있겠나."

노인은 껄껄 웃었다. 우는 대신 웃는지 모른다.

"백성들이란 믿을 게 못 되네. 동학군이 왜군들 신무기에 무너졌다고들 하지만 인산인해를 이루었던 그 수많은 사람들이 모두 바지저고리였겠나? 왜군들 신무기 앞에 육신보다 마음들이 먼저 무너졌던 게야."

"……."

"내가 이 산중에 들어온 후 자네를 만나 처음으로 내 본색을 터놓았네. 자네를 보니 불현듯 옛일이 생각나고 잠잠했던 마음에 불이 붙는 듯싶으이. 그래 오늘 밤은 여기서 묵고 가는 게지?"

"아닙니다."

"그럼?"

"떠나야겠습니다."

환이의 눈꺼풀은 다시 내리깔려 있었다.

"그래서 쓰나. 하룻밤 묵고 가게. 내 자네한테 들려줄 얘기도 있고. 자네 부친,"

"아닙니다. 어르신께서는 잘못 생각하고 계십니다. 저는 다만 김 아무개라는 그 어른의 이름만 알고 있을 뿐입니다."

"진정인가?"

"예, 모릅니다."

노인은 미소를 지었다.

"아무렴 어떻겠나. 자네 얼굴을 보니 지난날 그 위인 생각, 뭐 그것만으로도 감회가 새롭네."

환이는 일어섰다.

"그럼 어르신네."

"아아, 아아 잠시 기다리게."

노인은 급히 팔을 저었다. 그리고 뒤로 돌아간 노인은 짚세기 한 켤레를 들고 나왔다.

"자네 신발이 말이 아니네. 자아 이걸 신어보게. 맞을 걸세."

환이는 우두커니 노인을 바라보다가 짚세기를 받아, 신었던 밑 빠진 것을 벗고 새 것으로 갈아신는다.

"고맙습니다."

"지나는 길이 있으면 또 들르게."

"예."

환이 눈에 눈물이 글썬 돈다. 한순간이었다.

"어르신, 아, 안녕히 계십시오."

노인은 떠나는 환이 뒷모습을 바라보고 서 있다가,

"지나는 길이 있으면 또 들르게!"

하고 소리쳤다.

11장 대면(對面)

절 근처에까지 온 환이는 서산 쪽을 바라본다. 해는 아직 노루 꼬리만큼 남아 있다. 손등으로 배어난 땀을 씻으며 나무 밑에 가서 주질러 앉는다. 무너지려는 흙을 소나무 뿌리가 간신히 움켜쥔 건너편 작은 언덕을 오랫동안 보고 있던 환이는 고개를 숙인다. 역시 오랫동안 새 짚세기를 내려다보는 것이

299

다. 오면서 내내 생각했었지만 그 노인이 누구인지 기억해낼
수 없다.

'김개주를 잘 아는 동학군이었네……. 죽지 않았다면 자네
만큼 됐을 테지. 김개주의 아들을 어릴 적에 본 일이 있는 늙
은이야.'

언동이나 풍모로 보아 노인은 상당한 지위에 있었음이 분
명하다. 거듭하여 환이가 물어보았더라면 노인은 더 확실하
게 신분을 밝혔을지도 모를 일이다. 환이는 그러질 아니했다.
그것은 다 부질없는 일로 생각되었기 때문이다. 그러나 부친
에 관한 일을, 그에게 새로운 사실은 아니었으나 듣게 된 것
은 역시 충격이었다. 왜냐하면 여러 해 동안 환이는 부친을
생각해본 적이 거의 없었다. 지난밤 윤씨부인 묘소에 엎드렸
을 때도 환이는 부친 생각을 까마득히 잊고 있었다. 왜 그랬
는지. 부친과 함께 겪지 않으면 안 되었던 비참한 날들이, 자
애로운 애정과 영웅으로 숭배했던 부자간의 그날들이 언제
어떻게 뇌리에서 사라져버렸는지. 최참판댁에 머슴으로 들어
갔을 때만 해도 환이 심정은 부친을 위한 보복에 넘쳐 있었
다. 전주 감영에서 효수된 부친의 최후가 뭐 반드시 윤씨부인
탓도 아니겠고 오히려 피해자는 윤씨부인이겠는데 외곬으로
흐르는 환이 마음은 그것을 헤아리지 못했다. 윤씨부인의 마
음을 갈기갈기 찢어놓으리라는 억하심정, 물론 그 심정에는
최참판댁 마님이라는 신분에 대한 증오심이 있었고 최치수의

어머님으로서 결코 환이의 어머니가 될 수 없었던 여인에 대한 원한도 있었다. 그러나 운명의 장난치고도, 부자 이 대에 걸쳐 그들은 최참판댁에 씻을 수 없는 오욕을 남긴 것이다.

언제였던지, 부친이 몸져누운 일이 있었다. 환이는 밤을 새워 부친의 시중을 들었다. 모두가 다 잠들었을 자정이 훨씬 넘은 시각이었다.

"환아."

"예, 아버님."

"너 대장부라는 것을 어떻게 생각하느냐."

촛불에 그늘진 얼굴을 환이 쪽으로 돌리며 느닷없이 물었다.

"아버님 같은 분을 대장부라 하지 않겠습니까?"

열기가 떠 있던 눈을 반쯤 감으며 부친은 껄껄 소리 내어 웃었다.

"그렇다면 대장부라는 것은 허욕(虛慾)이니라."

"예?"

"나도 내 자신을 만백성 구하려고 창칼을 들고 나선 사내, 그런 사내 중의 한 사람이거니 자부하고 싶다. 때론 그렇게 믿기도 하고."

"얼마나 많은 백성들이 아버님을 우러러보고 있는지 그것을 모르시어서 하시는 말씀입니까."

환이는 진심에서 그렇게 믿고 있었다.

"아직 어린 네가 그리 생각하는 것도 무리는 아니겠지. 그러나 내가 내 자신을 다스리지 못하고 남을 위하겠다는 것이 허욕이 아니고 뭐겠느냐? 하룻밤도 편안한 잠을 이루지 못하는 이 내가 말이다."

"공자께서는 사십에 불혹이라 하시었습니다."

"그 어른께서는 길을 구하여 생애를 걸으신 분이니까. 이 아비는 일개 필부이니라. 내 동학의 접주로서 하눌님의 말씀을 어긴 지 이미 오래이거늘, 나는 구도자가 아니다. 끝없는 싸움, 싸움의 회오리바람 속에 나를 잊고 싶은 게다. 그리고 죽음이 남아 있을 뿐이지."

"아버님!"

"만일 우리 동학이 마지막 승리를 거두고 이 땅 위에 화평이 찾아온다면 그날부터 나는 죽은 목숨이 될 게다."

"어찌 그런 생각을 하십니까."

"나도 모르겠다. 왜 그런 생각을 하는지…… 백성을 위하는 것도 하나의 도(道)가 아니겠느냐? 나는 그 도 밖에서 이는 일시적 삭풍일 게다. 혼돈 속에서만 말을 몰 수 있는 위인이야. 화평스런 대로를 시위 소리 들으며 대교 타고 갈 위인이 못 된다 그 말이니라. 내 그동안 수많은 군졸을 거느리고 탐관오리를, 악독한 양반들을 목 베고 추호 가차 없었으나 그게 사명감에서 한 짓인지 진정 자신 못하겠다. 그 밀물 같은 시기가 지나가면 나는 잠을 이룰 수가 없다. 바닥 모를 허무의

아가리가 밤새껏 나를 괴롭히는 게야. 실은 내 속에 이는 원한도 진정 그게 원한인가 믿을 수 없구나. 불민한 너를 위한 아픔도 진정 그게 아픔인가 믿을 수 없구나."

평소 환이에게 엄격한 부친은 아니었다. 때론 친구같이 허물 없이 대하기도 했었다. 어미 없이 자란 처지를 가엾게 여긴 때문인지 그의 생활이 삭막했기 때문인지 이같은 부자간의 일면을 아는 사람은 아무도 없었다. 추상같은 기상, 피눈물도 없는 것 같은 냉철하고 무자비한 처사, 동지들까지 그를 냉혈한이라 했고 야심가라 했고 무서운 독재자라 했다.

"환아."

"예."

"너 절에 계시는 노스님을 어떻게 생각하느냐."

"큰아버님 말씀입니까."

고개를 끄덕였다.

"민생을 외면하시고 홀로 쇠붙이를 모신들 무슨 소용이 있겠습니까."

부친은 빙그레 웃었다.

"홀로 절간에서 쇠붙이를 모시는 음, 그도 도에 이르기만 했다면……. 그러나 너의 큰아버님 마음은 때때로 항간을 헤매시니 말이다."

"어떤 사람은 큰아버님을 도를 깨친 법사라 하고 어떤 사람은 땡땡이중이라고 하더이다."

"필시 그 어느 편도 아닐 게다. 노스님께선 널 절에 두기를 원하셨지. 그러나 산간인들 항간인들 마음자리를 잡지 못한 다면 무슨 소용이 있겠느냐? 너는 산에도 가지 말고 사람들 무리에도 섞이지 말고 마음씨 착한 처자나 얻어서 포전이나 쫓고 살아라."

환이는 오래도록 짚세기를 내려다보고 있다가 일어섰다.

절 문을 들어섰을 때 마침 해는 떨어지고 사찰이 등진 산봉우리 중턱에 안개구름이 흐르고 있었다. 법당 쪽에서 법고(法鼓) 소리가 들려온다. 간단없이, 숨 쉴 사이 없이 쫓아오는 타음(打音)은 가락도 음색도 높고 낮음도 없는 단조한, 그 단조함이 오히려 괴이하다. 환이 눈앞에 장삼 소매를 걷어올리고 법고를 치고 있을 젊은 사미의 표정과 모습이 떠오른다.

'경쇠 바라 같은 쇳소리도 저렇지는 않지. 법고는 미쳤다. 미쳐 날뛰고 있다. 백팔번뇌, 무량겁의 번뇌를 잠시 잊을 만한 미친 소리구나.'

높은 석대 위에 솟은 대웅전, 그 아래 뜨락을 중들이 법의 자락을 펄럭이며 왔다 갔다 하고 있는 모습이 보인다. 저녁공양은 끝났을 성싶다. 환이는 돌아서서 물대를 타고 졸졸 흘러내리는 물을 우두커니 내려다본다. 법고 소리와 물대를 타고 흘러내리는 물소리는 도무지 죽이 맞질 않는다고 환이는 생각한다. 어제 하루, 오늘 하루 일어났던 일이 전혀 남에 관한 일같이 생각되기도 한다. 왜 자신이 이곳에 와 서 있으며 어린 날 이곳에서 보낸 일이 있었던가, 그것도 알 수가 없다. 윤씨부인의 죽음을 알고 슬퍼했다면 그것은 거세당한 슬픔 같은 것이요, 부친의 옛날 지기를 만나 충격을 받은 그것도 거세당한 충격 같은 것이나 아니었는지. 낯선 땅, 낯선 산천 이곳 역시 환이에게는 낯선 곳으로밖에 더 이상의 감회가 솟지 않는 것이다.

'법고는 미쳤다. 미쳐 날뛰고 있다. 백팔번뇌, 무량겁의 번뇌를 잠시 잊을 만한 미친 소리구나. 저 법고 소리처럼 아버님도 미쳐서 사셨던 것일까. 혼돈 속에서만 말을 몰 수 있다 하셨지. 혼돈은, 저 법고 소리는 잠시 동안 뭣인가 잊게 한다. 뭣인가를, 번뇌를.'

법고 소리가 뚝 끊어졌다. 세상은 심연 속으로 가라앉은 듯 조용해진다.

금어비구(金魚比丘) 혜관(惠觀)이 헐레벌떼 내려오다가 거지꼴의 뒷모습을 보고,

"거 뉘시오."

하며 말을 걸었다. 환이 돌아본다. 사십 줄에 가까워졌을 혜관. 환이는 마음속으로 많이 늙었구나 했다. 십오 년 세월 동안 환이는 혜관을 만난 일이 없다. 부친을 따라 절을 떠날 때 어릴 적부터 환이를 거두어주던 혜관은 십팔구 세쯤 나이였었고 오 년이 지난 뒤 다시 절에 들러 만나보고는 처음 대면이다. 언젠가 최참판댁에서 혜관의 이름을 들은 적이 있다.

절에서 데려왔다는 머슴아이 길상으로부터 들었다. 땅바닥에 자비상을 그리고 있는 것을 보고 어디서 배웠느냐고 물었을 때 절에서 배웠노라 했고,

"연곡사 혜관스님이 장차 지도 금어가 될 기라 하심서 맨날 초화를 그리게 했심다."

하며 길상이 말했다. 환이 최치수에게 쫓기면서 별당아씨를 이끌고 연곡사를 찾았을 때 그때는 혜관이 다른 절로 떠나고 없었다.

"여보시오, 댁은 뉘시오?"

"나…… 환이요."

담담한 음성이다.

"뭐, 뭐라구?"

혜관은 서너 발자국 앞으로 몸을 내밀었다. 옛날과 다름없이 불거진 관골, 관골 쪽이 금세 시뻘게진다.

"나 김환이오. 혹 잊으셨소?"

"김환이라니! 김환이라니!"

혜관은 크게 두 번을 외쳤다.

"아아."

삿대질이라도 하듯 팔을 휘두른다. 반가움과 노여움을, 달려들어 주먹질이라도 해주고 싶은 반가움과 노여움, 그러나 환이의 표정은 나그네였다.

"노스님께서는 안녕하시오?"

"안녕하시고 어쩌고 간에."

"노스님께선 여직도 이곳에 계시지요?"

"계, 계시고말고 하, 하여간에."

혜관은 환이의 팔을 덥석 잡는다.

"하, 하여간에 긴말은 안에 가서 하기로 하고."

환이를 끌다시피 허둥지둥 걸어간다. 골이 패 울퉁불퉁한 까까머리 뒤통수가 흔들리고 장삼 자락도 줄레줄레 흔들린다. 승방까지 환이를 끌고 온 혜관은 그 앞에서 얼쩡거리고 있는 상좌아이에게 냅다 소리를 지른다.

"이놈아! 저리 비키라!"

방문을 열어젖힌다.

"자아, 들어가게. 어서."

짚세기를 벗고 환이는 방에 오른다. 어둑침침한 방 안은 물감 접시랑 붓통이랑 초화를 그리다 둔 백지랑 한켠에 밀어붙여져 있다.

"이놈아! 게서 무얼 꾸물거리고 있느냐! 어서 저리 못 갈까?"

상좌아이한테 악을 쓰고 방 안으로 얼굴을 디민 혜관은,

"실은 노스님께서 병환이 나시었네. 여기서 잠깐 몸을 풀고 있게."

방문을 닫아준다.

"이놈, 학장아!"

혜관의 떠드는 소리가 또다시 들려왔다.

"예!"

"방 안에 등잔불 밝히고 손님한테 우선 따끈한 차 한잔 끓여올려라."

"아, 아? 손님이라구요? 말짱 거지를 방 안에 들여놓고 그러시네."

"이놈! 하라면 하는 게지, 무슨 잔소리냐! 혼짝나기 전에, 볼기 안 맞을라거든……."

떠드는 소리가 끊어지는가 싶더니 웬일인지 얼마 되지 않아 할딱거리는 숨소리가 문밖에서 들려왔다. 혜관이 방문을 열었다. 방 안으로 들어선 혜관은,

"가다가 생각하니 자네하고 얘기 좀 해야겠기에 돌아왔지." 하며 등잔에 불을 켜고 나서 환이와 마주 앉는다. 서로가 말을 잃고 멀거니 바라본다. 막상 마주 앉고 보니 무슨 말부터 해야 할지 혜관은 엄두가 나지 않는 것이다. 거지가 되어 돌아왔다는 것은 그리 놀라운 일은 아니었다. 바람결에 들려오는 환이 소식은 언제나 거지꼴을 하고 가는 것을 보았다는 것이었으니까.

'어릴 적에는 모르겠더니 부친을 많이 닮았구나.'

눈을 내리깔고 새까만 얼굴의 환이는 미동도 없이 앉아 있다.

'그러니까 그게 보리 흉년이 들었던 그해 초봄이던가?'

혜관은 생각한다. 그때 사흘 동안 절을 비운 우관스님이 개

울가에 서 있었다.

"스님."

"……."

"노장스님."

"혜관이냐?"

"예."

우관스님은 돌아보았다.

"혜관아."

"예."

"내 지금 무슨 생각을 하고 있는고 하니."

"……."

"천수관음(千手觀音)을 생각하고 있는 게야."

"천수관음을."

"음, 길상이 놈 말일세."

"예?"

혜관은 어리둥절한다.

"길상이 놈을 속세에 보내지 않았더라면."

순간, 혜관은 우관스님의 마음을 짚었다.

"길상이 놈을 길렀으면 천수관음을 조상(造像)할 수 있었을 게야."

"예, 그렇습니다, 스님."

사실 혜관은 길상을 최참판댁에 보내기로 했을 때 우관스님의 처사를 대단히 마땅찮게 생각했던 것이다. 무슨 생각에서 천수관음을 조상하고자 하는지 내심은 알 수 없으나 혜관은 우관스님 이상으로 길상의 재주를 믿었고 그놈이라면, 하는 마음이 절실했던 것이다. 금어인 자신이 하려면 굳이 조상을 못할 것도 없겠으나 천수관음상인 만큼 심히 난감한 일이다. 우관스님도 그것을 알고 길상을 생각했던 모양이었다.

"앞으로 이 나라 백성들 살기가 매우 어려워질 게야."

그 말로써 혜관은 천수관음을 조상하고 싶어하는 우관스님의 마음을 짚었다. 석장을 짚고 우관스님은 천천히 걸음을 옮긴다.

"나간 길에서 내 왜병 놈들을 보았네. 앞으로 점점 시끄러워질 게야. 그는 그렇고…… 내 일간에 길을 좀 떠야겠는데."

"어디로 가시려구요."

뒤따르며 혜관이 물었다.

"묘향산을 다녀올까 싶어서."

"예?"

"절을 오래 비우겠구먼."

"아니 그 먼 곳까지, 연로의 몸으로 어찌 가시렵니까."

"아마 먼 길도 이번으로 마지막이 될 게야. 한 여인의 비원이니,"

하다가 우관스님은 입을 다물었다. 한참을 말없이 가다가 다시 입을 열었다.

"내 어제 환이 놈의 소식을 들었지."

"환이 소식을 들으셨다구요!"

"으음. 하동에 사는 이부사댁 이동진이라는 사람이 얼마 전에 묘향산 근처 주막에서 환이를 만났다는군."

"예……."

우관스님이 묘향산으로 떠난 목적을 알기로는 혜관 혼자였다.

무거운 침묵 끝에 혜관이 먼저 입을 열었다.

"노스님께서 묘향산까지 다녀오신 일을 설마 아는 건 아니겠지?"

"묘향산? 뭣하시려구요?"

반문의 어조가 강했다.

"묘향산 근처 어느 주막에서 하동 이부사댁 이동진이라는 양반을 만났다며?"

"그런 일이 있었지요."

"그래도 노스님께서 그곳까지 가신 이유를 모르겠나?"

음성에는 다소 비난이 있었다.

"법문에 계신 분이 부질없는 일을 하셨소."

혜관의 얼굴이 일그러진다. 아닌 게 아니라 그도 우관스님이 묘향산까지 간 일을 과히 기분에 좋게 생각지는 않았었다. 노구도 노구려니와 환이 말대로 법문에 계신 분이 속세의 인연에 너무 집착하는 듯싶어 우관스님에 대한 평소의 존경심이 흔들렸던 것이다. 무슨 곡절이 있으리라는 심증이 있기는 했었지만 지금 환이 말을 듣고 보니 찜찔했던 그때 기분이 되살아났고 한편 환이에 대해서 괘씸한 생각이 들기도 한다. 그렇다면 자넨 법문에 계신 분을 왜 찾아왔느냐 하며 소리를 지르고 싶은 것을 간신히 참는다. 그간의 행적을 보아 사리를 따지려면 한이 없다. 환이를 사랑하는 것만큼 환이의 죄업을 용서할 수 없는 것이 혜관의 심정이었다. 그러나 따지려 들다가 제 발로 걸어들어온 환이 훌쩍 떠나는 결과가 되어도 우관스님에게 면목이 없다. 그러니 금 간 그릇 다루듯 혜관은 조심스러워진다.

마침 상좌가 차 두 잔을 날라왔다.

상좌는 말없이 대좌하고 있는 두 사람을 힐끔힐끔 보면서 이상하다는 표정을 지으며 방문을 닫고 나간다. 등잔불이 흔들리고 그림자도 흔들리고, 한참 후 등잔불과 그림자는 중심을 찾아 가라앉는다.

"그래…… 그 멀리까지 뭐하러 갔었댔나."

이윽고 달래듯 혜관이 묻는다. 환이는 김이 오르는 차를 내려다보기만 하고 마실 생각을 않으면서 말했다.

"쫓기는 처지, 어딘들 못 가겠소."

"그런데 어떻게 돌아올 생각을 했나?"

"이젠 도망칠 필요가 없어서 돌아왔지요."

순간, 혜관은 심한 불쾌함을 느낀다. 치수가 죽었기 때문에 안심하고 돌아왔다면 너무 뻔뻔스럽지 않느냐 싶었던 것이다.

"그렇다면 자넨 그곳에서 이곳 소식을 듣고 있었더란 말인가?"

"산중에서 무슨 소식을 들었겠소. 돌아와보니 올 필요도 없었던 것을."

"그게 무슨 뜻인가?"

"그 여인은 죽었소."

"뭐라구?"

"……."

"그 여인이 죽었다 말이지?"

"예."

혜관은 크게 충격을 받는다.

"음…… 그랬었구나. 최참판댁에 홀로 남은 여식이 그야말로 천애고아가 되었구면."

탄식한다.

"그래 자넨 최참판댁이 결딴난 걸 모른다 그 말인가?"

"이곳에 와서…… 다 돌아가셨다는 얘기만 들었소."

"그 댁 마님은 괴질 때 돌아가셨고 사랑양반은 그보다 앞서 괴상한 죽음을 당하셨지."

"괴상한 죽음……?"

혜관은 최치수가 죽은 전후 사정을, 현재 최참판댁 형편을 대강 이야기해준다. 최치수의 죽음이 비참했던 얘기를 들을 때 환이 입술에 경련이 일었다. 이야기가 끝나자 혜관은 환이로부터 눈길을 돌린다.

'무슨 인과응보인고.'

혜관 역시 찻잔에는 손도 대지 않고 무겁게 몸을 일으켰다.

"그러면 나 노스님께 다녀오겠네."

방문 밖에는 어느덧 달이 떠서 훤했다.

혜관은 좀처럼 돌아오지 않는다.

한 시각이 지나고 거의 두 시각이 가까워오는 듯싶은데 무슨 일이 일어났는지 혜관은 돌아오지 않는다.

'실은 내 속에 이는 원한도 진정 그게 원한인가 믿을 수 없구나. 불민한 너를 위한 아픔도 진정 그게 아픔인가 믿을 수 없구나.'

등잔불을 바라보는 환이 귓가에 부친의 목소리가 울려오는 듯하다.

'네 아버님. 소자 지금에 이르러 아버님 말씀하신 뜻이 깨달아집니다. 아픔이나 원한이나 그리움이나 인간사에서 그 모든 생각보다 더 깊고 큰 것이 있었습니다. 그게 허무가 아니옵니까? 아버님은 그 허무와 싸우셨습니다. 저에게는 지금 아픔도 없고 울음도 없고 아무것도 없습니다. 고통도 없습니다. 지금 생각해보니 지난 세월의 겪은 고통은 오히려 감수(甘水) 같이 달콤하게 여겨지니 말입니다. 아버님, 차라리 회한인들

제게 있다면……. 그렇지만 아버님 불쌍한 서희에게…….'

환이 눈앞에 별안간 능소화꽃이 떠오른다.

능소화가 피어 있는 최참판댁 담장이 떠오른다. 비가 걷힌 뒤의 돌담장에는 이끼가 파랗게 살아나 있다.

창백한 얼굴이다. 움푹 파인 눈, 붉은 입술이다. 팔이 길고 키가 크고 뼈가 앙상하고, 흡사 버마재비 같은 모습이다.

"너 절에서 자랐느냐?"

나직한 목소리다. 다그쳐 물었다.

"어릴 적에 절에서 자랐지?"

환이는 그렇지 않다고 대답했다.

"아비가 있느냐?"

환이는 고개를 흔들었다. 최치수를 쏘아보았다. 가슴에 불이 콸콸 붙어 올랐다.

"어디서 많이 본 얼굴 같군. 누굴 닮았을꼬?"

치수는 육박해오듯 말했다.

'당신 어머님을 닮았다 말씀이오? 아니면 동학군의 살인귀라던 접주, 그렇소! 이 마을을 지나갔었지요. 이 집에서 묵고 갔었지요. 그 접주를 닮았단 말씀이오?'

이빨 사이에서 터져 나오려는 절규를 악문다.

'그렇소. 나는 당신 어머니의 불의의 자식이오! 당신은 아비 다른 내 형님이오! 그리고 또 있지요. 형수를 사모하는 불륜의 사내요!'

끓던 피가 식었다.

치수는 골똘히 환이를 쳐다보다가 돌아섰다. 돌담을 따라 사랑문을 들어가는 치수 뒷모습에서 서릿발 같은 분위기가 번져나고 있었다.

십 년 전의 광경이 마치 어제 있었던 일처럼 환이 기억 속에 생생히 살아난다. 발자국 소리에 환이는 그 생생한 기억에서 놓여난다.

방문이 열렸다. 양쪽 관골뿐만 아니라 온통 얼굴 전체가 벌겋게 상기된 혜관이 얼굴을 디밀었다. 마치 술 취한 사람 같다. 무슨 일이 일어났는지 눈도 긴장되어 있다.

"나오게."

환이 일어섰다. 밖으로 나갔다. 법의 자락을 줄레줄레 흔들며 혜관은 앞서 걷는다. 암자 앞에까지 온 혜관은,

"스님, 환이가 왔습니다."

대답을 기다리지 않고 혜관은 살며시 방문을 연다. 우관은 돌부처 모양으로 눈을 감고 앉아 있었다.

12장 오막살이의 소리꾼

추수를 끝냈을 무렵 마을에서는 집 나갔던 사람 하나가 돌아왔고 한 사람은 마을에서 영영 추방을 당한 일이 생겼다.

돌아온 사람은 초췌한 몰골의 김훈장으로서 마을 사람들을 몹시 실망시켰다.

"김훈장이 돌아왔다 카네."

"그래?"

"뼈만 붙어서 못 보게 됐더란다."

"고생을 엄치 했는갑더마."

시무룩하게 말을 주고받는 마을 사람들 기분은 배신이라도 당한 것 같았다. 게다가 김훈장은 돌아온 후 일절 바깥출입을 하지 않게 되니 마을 사람들은 곡절도 모르면서 차츰 노골적으로 김훈장에 대하여 비난을 하기 시작했다.

"그 양반도 보통으로 질정 없는 사램이 아니구마. 나갈 때는 머할라꼬 나가가지고 돌아오기는 와 돌아왔을꼬."

"의병장이니 머니 해쌓더마는 그거 다 생판 거짓말이다. 식자가 있이니께 말만 번드르르했지 담뱃대 들고 마을 길이나 얼쩡거리고 댕기던 사램이 멋을 할 기라고."

"흥, 양반 양반 함시로 오직이도 고만(교만)을 떨어쌓더마는 머 별수도 없거마는. 하기사 본시부터 집안 내림이, 안 그렇나? 누구 하나 뾰족하게 벼슬한 사램이 있이야제. 기껏 해봐야 죽은 김진사……."

"아무리 그래쌓아도 일 치는 사램은 따로 있는 기라. 양반이라고 저저이 다 남으 우뜸에 서는 거는 아니거마는. 상놈이라도 지 하나 똑똑하믄 난세에 수만 군졸도 거느릴 수 있는 기고. 하기사 이자는 양반도 뼈가 물러져서 나라나 팔아묵었지, 별 재간 없는 모양이라. 우리끼리니 하는 말이네만 이럴 때 녹두장군 겉은 사램이 있었이믄 일어서서 나라를 구할 긴데. 옛적부터 나라가 망할라 카믄 충신부터 죽이끼."

"와 아니라."

김훈장 스스로도 마을 사람들과의 접촉을 회피했으나 마을에서도 그를 찾아가는 사람이 없게 되었다. 두 과부가 살았을 적의 김진사댁처럼 김훈장댁도 완전히 소외되고 만 것이다. 이 소문을 들은 조준구는,

"천하에 못난 위인 같으니라구."

하며 껄껄 소리 내어 웃었다.

한편, 마을에서 영영 추방된 사람은 김서방댁이다. 가을에 들어서면서 딸 남이를 여의게 되었는데 그 혼사에 드는 비용에 대하여 홍씨나 조준구가 일체 외면을 한 데서 사건이 벌어진 것이다. 김서방댁은,

"죽은 김서방은 이 댁 종이 아니었십니다. 한펭생을 이 댁에서 뼛골이 빠지도록 일하다가 죽었심다. 돌아가신 마님께서는 쇤네 식구들을 소홀히 하신 일이 없었심다. 큰딸아이 시집갈 때만 해도 생각하믄 서럽어 죽겄심다. 그리 졸지 간에 돌아가시지만 않았이믄 우리가 이 지경 됐겄십니까. 한 살림 떼어주시는 거사 떼어놓은 당상이고 그거사 머 천하가 다 아는 일입니다. 동네 사람들한테 물어보시이소. 쇤네가 거짓말

을 하는지 물어보시믄 아실 일 아닙니까. 머 그런다고 떼를
씨자는 것도 아니겠고 이 댁만 믿고 살아온 우리 처지고 보니
께, 가시나를 늙히묵을 수도 없는 일이고."

하며 장광설을 늘어놓았는데 그렇지 않아도 눈 밖에 나 있었
고 군식구로 치부되어왔던 참에 눈치코치 없이 돌아가신 마님
어쩌구저쩌구, 찢어진 작은 눈을 까끄름하게 뜨고 바라보던
홍씨 심통에 부채질한 것밖에 없다. 당장 호통이 날아왔다.

"네 딸년을 시집보내면 보내는 거지 누구 앞이라고 와서 감
히 따따부따하는 게냐? 당돌하고 무식한 계집년 같으니라구.
그렇게 돌아가신 마님 마님, 하지 말고 무덤에 가서 혼비 내
놓으라 하면 될 거 아니냐!"

그렇게 되고 보니 김서방댁 입에서 악다구니가 나오게 되
고, 본시 사대부 집 여인네로서 수양을 쌓고 교양을 지닌 여
자도 아닌 홍씨인지라 당장에 눈을 까집고 입에 거품을 뿜고
손찌검에 입에 담지 못할 욕설이 나오고, 그래도 분이 안 풀
리어 하인을 시켜 직사하게 매질을 했다. 결국, 남이는 보따
리 하나 겨드랑에 끼고 울면서 시집을 갔고 김서방댁과 개똥
이는 쫓겨났다.

삼수의 세력이 약해지면서부터 언론이 되살아난 마을에서
는 이 소문이 퍼지자 여론이 분분했고 저마다 한마디씩 했다.

"해도 너무한다. 도무지 경우에 없는 일 아닌가. 세상에 그
럴 수가 있나."

"김서방으로 말할 것 같으믄 최참판댁으 찌꺼미(지킴이) 아니가. 마님만 살아 기싰으믄 백 섬지기쯤 띠어 내주어도 주었일 사람 아니가. 종도 아니겄고 머심을 살아도 삼십 년 넘기 살았이믄 그 새경만 해도 얼마겄노. 때 찌었고 더럽은 심사 아니가."

"내쫓을라꼬 생각했던 기지 머."

"체모 없는 짓이제."

"체모? 법도 없는데 무신 체모고."

"뒤에서 말할 사람이 없이니께 무신 짓인들 못하까. 그 빌어묵을 할망구 입만 살았지 순 숫되배기(어수룩한 사람)라 카이. 나 겉으믄 집에다 불을 확 싸질러부리지. 빈 몸으로 쫓겨나?"

"뒤에 말할 사람이 없어 그러까. 흥, 김서방이 살아 있이도 별수 없네. 실개를 뽑아주어도 값 달라 못 하는 기이 상놈우 팔자 아니가. 앞으로는 갈수록 태산일 기구마. 참말이제 남으 일 같잖다."

언론이 되살아났다고 해서 권리까지 되살아난 것은 아니다. 뭇사람들 입이 들면 무쇠도 녹인다 했었지만 그 입들은 헛바람을 키웠을 뿐 가을이 가고 겨울이 오고 쫓겨난 김서방 댁은 읍내 바람 부는 장터에서 혹은 집집을 돌아다니면서 떡장사를 하며 겨우 연명해간다는 소문이었다.

문을 열고 살며시 방 안으로 들어갔으나 서희는 돌아보지 않는다. 자줏빛 모본단 저고리를 입은 가느름한 어깨도 움직이지 않는다. 한참 만에 서희는 책장을 넘긴다. 생시 그의 부친 최치수가 하던 그대로의 행동이다.

"애기씨."

"……."

"저어……."

"……."

"읍내 월선아지매 집에 다니와도 되겄십니까?"

말해놓고 봉순이는 서희의 허락을 기다린다. 팽팽한 침묵이 지나간다. 한참 후에,

"너 마음대로 하려무나."

말이 떨어졌다. 순간 봉순이 눈빛이 날카로워진다. 겨울 햇빛이 장지문 문살에 꺾여져서 방 안에 들이친다. 햇빛을 받아 보송한 솜털이 드러난 서희의 흰 목덜미, 저고리 한가운데를 지나 남빛 치마 아래까지 내려진 머리채를 잠시 쳐다본 봉순이는,

"그러믄 다녀오겄십니다."

하고 물러나 방문을 닫는다. 손바닥에 쩍 들러붙는 쇠 문고리를 놓고 봉순이는 별당 뜨락을 넋 빠진 눈으로 바라본다. 연못은 하얗게 얼고 바람에 날리어 온 가랑잎이 얼음판 위를 뒹굴고 있다.

강물이 얼지는 않았으나 나룻배가 있을지 봉순이는 생각하

다가 육로로 향해 걷는다. 바람이 들판을 휩쓸고 온다. 돌아나다 만 보리밭에 내려앉은 까마귀 떼, 오목하게 날개를 접고 햇볕을 쪼이고 있다. 움츠리며 걸어가는 봉순이를 능청스럽게 바라보는 놈이 있고 잿빛 주둥이로 언 땅을 쪼아보는 놈, 혼자 싱겁게 까우까우 하며 목청을 뽑는 놈도 있다. 칠흑 같은 털빛이 햇빛 따라 움직이는 데 따라 선명하고 아름다운 북청빛깔로 변하곤 한다. 누구나가 다 싫어하는 이 새 떼들을 바라보며 걷는 봉순이는 오히려 어떤 위안을 느낀다. 장날도 아니다. 날씨는 춥고 길은 오가는 사람 하나 없이 텅텅 비어 있다. 산과 들과 강물은 생명을 잃은 듯 얼어붙고 말라버리고 황량하다. 봉순이는 솜토시 속의 두 손목을 꽉 맞잡으며 걷는다. 바람에 흙먼지가 입으로 날아들어온다. 퉤퉤! 뱉어내면서, 너무 추워 입을 다물고 걸을 수가 없다.

'날씨가 춥은데 다음에 가려무나, 그렇기 한 말씸을 해주었이도 내가 이 칩운 날에 나서지는 않았일 긴데 세상에 무신 일로 가느냐 말 한마디 물어보지도 않고, 우찌 그리 매력궂일꼬(차갑고 모질꼬).'

바람에 흑흑 느끼는 봉순이 마음도 따라 울먹여진다. 굳이 가야 할 일이 있어 나선 것은 아니었다. 어떻게 하다 보니 일이 이렇게 된 것이다. 아침을 먹은 뒤 봉순이 제 방에 앉아 버선을 깁고 있었는데 서희 방 아궁이 앞에서 장작을 내려뜨리는 소리가 울려왔다.

'길상이 군불을 때러 왔고나.'

추운 겨울에는 아침저녁으로 군불을 지펴야 한다. 서희 방의 군불은 늘 길상이가 지폈다. 봉순이는 일손을 멈추고 바깥 기척에 귀를 기울인다. 쏘시개 감인 솔가지 분지르는 소리가 톡톡 들려온다. 봉순이는 손바닥을 무릎 밑에 넣어본다. 방이 차다. 길상이 봉순이 방에까지 군불을 넣어줄 리가 없다. 얼음장같이 차디찬 길상의 마음에 가슴이 떨려온다. 입술을 깨물어도 가슴이 떨려온다.

'어떤 사람은 팔자가 좋아서…….'

생각지 않으려고 굳게 결심을 했으면서도 길상이 야속하고 서희에게 대항하는 심사, 그러면 봉순의 마음은 심한 파도에 흔들리는 배처럼 흔들린다.

'어떤 사람은 팔자가 좋아서…… 나 같은 거사,'

순간적으로 하던 일을 버리고 일어섰다. 그리고 서희 방에 가서 읍내에 다녀오겠다는 말을 했던 것이다.

'그만 독한 마음 한분 묵고 달아나부릴까? 멀 믿고 내가 그 집에 있노 말이다.'

치마가 말려 올라간다. 바짓가랑이 쪽에서 찬 바람이 종아리를 따갑게 쑤시며 스며든다.

"엄니!"

뜨거운 눈물이 언 두 볼을 타고 흘러내린다.

"엄니!"

뒤에서 섬진강 바람이 떠민다. 바람에 쫓겨가면서,

"엄니! 머할라꼬 날 낳았소! 이리 불쌍커로 날 혼자 두고, 으흐흣흣······."

울며불며 바람 부는 길을 간다.

봉순이 읍내에 들어섰을 때에는 점심때나 된 것 같았다.

'우짤꼬? 거기 한분 가보까? 이 꼴을 하고 우찌······.'

삼가름길에 서서 망설인다. 읍내 길에도 오가는 사람은 드물다.

'그만 언덕배기서 뛰어내리는 심 치고 한분 가보까?'

지난가을이었다. 월선이 집엘 찾아가는 길이었다. 가는 도중 게딱지만 한 오막살이집 안에서 장구 소리, 창 하는 소리가 들려왔다. 그것에 관심이 많은 봉순이는 저도 모르게 한참을 서서 들었다. 그러다가 월선이 집으로 간 봉순이는,

"아지매요!"

"와."

"옴시로 들었는데요."

"머를."

"게딱지만 한 오막살이 안에서 장구 소리가 나고 노랫소리가 나던데 머 하는 집이오?"

"아아, 배서방 집 말이가."

"배서방 집이라꼬요?"

"배서방은 소리꾼이니께."

"잘하는 소리꾼이오?"

"명창이라는 말이사 못 들었다마는 기생들도 배우러 오고 소리꾼 되겠다는 사람도 배우러 오고 한다 카니께 웬간히 하는가 부제."

"그런데 와 집은 그리 게딱지만 하요?"

"그라믄 대궐 겉으까?"

하고 월선이 웃었다.

"그래도."

"이름이나 크게 떨쳤다믄 모르까 광대들이 무신 수로 큰 집 짓고 살겄노. 재주 하나 가지고 의식(衣食)을 매련하는 것만도 다행이지. 남 보기사 마른자리에 앉아서 호강하는 것 겉지마는 광대라 카믄 옛적부터 모두 가난하네라."

"그러믄 기생 아씨들도 그렇겄구마요."

"그거사 좀 다르겄지. 광대하고 기생하고는 다를 기구마. 하기사 기생도 가무에 능하고 인물이 좋아야."

그러고는 잊어버린 일이었다.

봉순이는 게딱지만 한 초가집 앞에까지 왔다. 판자로 울타리는 둘러져 있었으나 시커멓게 썩어서 금방 쓰러질 것 같고 울타리 옆에 가는 버들가지가 훌렁훌렁 바람에 날리고 있다. 오막살이는 동면에라도 들어가버린 듯 조용했고 사람의 기척도 없다. 반쯤 열려 있는 문 사이로 기웃이 들여다본다. 마루 하나, 방 하나, 방 뒤켠에 부엌이 있는 모양이다. 그러니까 두

칸 겹집이다. 방 앞에는 손바닥 만한 툇마루가 있고 세숫대야 하나가 댕그렇게 놓여 있다.

"여보시오."

작은 목소리로 불러본다.

'아무도 없이까?'

없다고 생각하니 용기가 난다.

"여보시오!"

"누구요."

툇마루 쪽의 방문이 열리면서 핏기 없는 중년 사내가 얼굴을 내민다.

"저어."

"뉘를 찾는고?"

"저어, 배서방이라 카는."

"할 말이 있이믄 이리 와서 하지."

"저어."

하면서 봉순이는 머뭇머뭇 들어간다.

"무슨 일로 왔일꼬?"

중년 사내는 여전히 얼굴만 내민 채 퍼렇게 언 봉순이 얼굴을 올려다보고 다시 몸매를 살펴본다.

'고거 참하게 생깄구나. 옷맵시도 그만이고, 카랑한 목소리 하며 뉘 집 귀한 딸 같은데……..'

"저어, 소리하는,"

"음, 내가 그 배서방이다."

사내 목소리는 아까보다 훨씬 활기가 있다.

"소리 공부할라 카믄."

"누가? 니가?"

하다가,

"춥은데 문 열어놓고 말할 수도 없고, 여기 들어오지."

일어서며 방문을 좀 더 열어붙인다.

"야?"

봉순이는 겁이 더럭 난다. 집 안에는 이 사내 말고 아무도 없는 성싶고 핏기 없는 사내 얼굴이 섬뜩하다.

"자, 들어오너라. 들어와서 차근차근 애기하믄 내 알아서."

"아, 아니오. 다음 또, 또 오겠소."

봉순이 몸을 돌리고 뛰어나간다.

"봐라! 봐라!"

급히 부르는 소리가 뒤에서 쫓아온다. 봉순이는 더욱 겁이 나서 달음박질친다. 얼마를 뛰어가다가 그는 걸음을 늦춘다.

'차마 그럴 수는 없다. 형편을 뻔히 알믄서 우찌 애기씨를 버리고, 누굴 의지하고 살라꼬 내 혼자 나온단 말고. 차마 그럴 수는 없다. 본시 성정이 그런 거를 내가 참아야지. 만사가 뜻대로 안 되니께 그러는 거를……. 이자는 길상이 생각은 말자. 내가 애기씨한테 대항해 나간다고…… 흥, 길상이 지가 몸뚱이를 천 쪼가리 만 쪼가리를 내보지? 지가 애기씨를 우짤 기든고? 천부당만부당한 일이지마는. 그 꼽추 도령한테 시집을 갔이믄 갔지, 어림 반 푼어치나 있는 일이건데? 지 속맘을 모르니께 그렇지 알아봐라. 지 명이 붙어날 기든가?'

잊는다고 하면서 역시 가슴은 쓰리고 아프다.

월선의 집에 이른 봉순이는,

"아지매요!"

하고 부르며 집 안으로 들어섰다. 추위에 입술이 굳어져서 목소리가 작았다. 방 안에서 도란도란 씨부리는 소리가 들려온다.

"아지매요!"

"누고오!"

"나 봉순이오!"

얼른 방문이 열린다.

"아이고오, 봉순이구나. 이 칩운 날에 니가 우짠 일이고. 어서 들어오니라."

"봉순이가 왔다고?"

월선이 뒤에서 김서방댁의 거무튀튀한 얼굴이 나타났다.

"김서방댁!"

방 안으로 들어선 봉순이는 그만 울음을 터뜨린다.

"와 이라노. 봉순아."

월선이는 딱해하며 봉순이 등을 두드리고 김서방댁은 입을 비죽비죽하다가 함께 따라서 눈물을 흘린다. 자기도 울면서

우지 마라, 하며 때묻은 치맛자락을 걷어 눈물을 닦는다. 김서방댁의 행색은 말이 아니었다.

"너무 칩어서 몸 좀 녹일라꼬 여기 왔더마는 마침 니를 보는고나. 그래 애기씨는 잘 기시나?"

"야."

"니를 이리 보니……."

설움이 북받쳐 흐느낀다.

"기, 김서방댁은 개, 개똥이를 우, 우짜고 댕기요."

"지 큰누부 집에 갖다 맽깄다. 그래 니는 우찌 지내고 있노."

"오도 가도 못하고, 그, 그만 똑 죽어부맀이믄 좋겠소."

"그러기, 니 에미가 살았이믄 니가 인지꺼지 이러고 있겠나. 에미가 없더라 캐도 마님이나 살아 기싰더라믄, 참말이제 오직이 복도 없다. 묵은 식구들은 모두 추풍낙엽 꼴이 되고 어디서 굴러왔는지 날도둑 겉은 놈들이 까매기 까치집 뺏듯이 들앉아가지고, 하느님도 무심하시지. 이자는 꽃도 질 때가 됐는데 니를 우짜겠노. 하기사 장안 거지가 도신씨 걱정한다 카더라마는 내 처지에."

"김서방댁은 우찌 사요."

겨우 봉순이 눈물을 거두고 묻는다.

"죽지 못해 사는 기지 머."

찐찐한 코를 치맛자락으로 닦으며 김서방댁이 말했다.

"그 말 좀 참았이믄 이런 고생은 안 할 긴데."

월선이 중얼거리듯 말했다.

"나 말이가."

"야."

"내사 못 그런다. 빌어묵었이믄 빌어묵었지."

했으나 얼굴에는 후회하는 빛이 역력하다. 풀이 죽는다. 그러
나 날개를 털고 일어나듯 그는 목청을 가다듬고 씨부리기 시
작했다.

"세상에 그런 날도둑이 어디 있단 말고. 내 자다가도 김서
방 공이 다아 허사가 되고 빈 몸으로 쫓기난 생각을 하믄 가
심에 이런 기이 치밀어서."

주먹을 쥐고 쑥 내밀어 보인다.

"옛날에 공든 탑이 무너지느냐 카더라마는 그것 다 헛말이
라. 삼십 년을 꼽다시 우리 죽은 김서방이 그 집을 위해서 말
갈 데 쇠 갈 데 다 댕기믄서 곱돌겉이 최참판댁 살림을 지키
주었건마는, 묵기는 파발이 묵고 뛰기는 역마가 뛰더라고, 벵
신자식 앞세우고 빈 몸으로 나서는 내 맘에 피가 지더마. 남
으 눈에 피눈물을 내고 그래 저거들은 천년을 잘 살 기든가?
내 오래 살아야겠다. 오래오래 살아서 눈을 닦고 볼 기구마.
망하는 꼴을. 글안하믄 억울하고 원통해서 우찌 눈을 감겄노.
생각수록 분이 나서. 아, 서울아씬가 개차반인가 그기이 어디
사람이가? 내 말 좀 들어보라고. 기왕지사 우리네야 타고나믄
서부터 상것이고 불상놈우 자손이니 무슨 허물이 있겄노. 참

말이제, 우리 돌아가신 마님이사 어디로 평생 분단장을 하시까. 노상 수수한 차림이고 패물이 많아도 개똥 보듯이 몸에 지니시는 일이 없고. 아, 아닌 말로 하인 놈을 붙여 달아난 별당아씨만 하더라도 얼매나 얼매나 요조했다고? 어디 평생 언성 한 분 높이시까. 그래도 아랫사람들이 벌벌 떨지 않던가배? 이거는 어디 순 사당패도 아니겄고 여시가 둔갑해 온 것도 아니겄고 불한당도 아니겄고 어느 한 구석을 뜯어봐도 우리네 불상놈우 자손보다 나은 기이 머 있노? 기떡이 맥히서*, 내 말 좀 들어보라고. 세상에 주산이(비단)를 감고 패물은 주렁주렁 달고 댕김시로 그 발모가지 한분 보믄 넉장거릴 할 기구마, 넉장거릴 해. 때가 꼬장꼬장 눌어붙어서 내 구역질이 나서 못 새기겄더마. 얼굴은 밤낮 없이 씻고 바르고 씻고 바르고 함시로 발을 까매기가 보믄 할배야 하겄더마. 한분은 하도 얼굴에 분을 칠갑했길래 마님 분이 밀떡걸이 밀맀습니다, 했더니 단박 한다는 말이, 이 늙은 년아! 니가 내 시어미냐! 글안허냐? 한분은 또 내가 말했지. 눈이 찢어지믄 팔자가 세다 카고 동아살[桃花煞]이 껴도 팔자가 세다 카는데 마님은 와 일부로 연지를 찍십니까 했더니만 대뜸 덤비들어서 내 빰을 철썩 치지 않았나. 그라고 머라 카는고 하니 이년아, 누구보고 시샘이냐! 허 참 내가 그라믄 본처고 자게가 첩이더란 말인가? 아무리 질정이 없고 작살이 없기로 그게 양반 댁에서 법도 배운 행실이겄느냐 그 말이다. 누가 말하기로 양반 노릇도 몸에 익어야 하는 기지 저저이 다 하는 거는 아니라 카더마는,"

김서방댁은 숨이 가쁜지 일단 말을 끊었다. 추위에 얼었다가 따뜻한 방에서 몸이 녹은 탓인지 봉순의 양볼은 앵두같이 빨갛게 달아 있다. 흥분하여 지껄이는 김서방댁을 넋 빠진 듯 그는 멍하니 바라보는 것이다. 김서방댁의 사설이야 옛적부터 익히 알고 있는 터이지만 대로상(大路上)을 쉬지 않고 휘젓고 가는 걸음 같은 어세에 눌려 그는 잠시 자기 자신의 설움도 잊어지는가 했던 것이다. 한숨을 돌린 듯 김서방댁은 다시 이야기를 시작했다. 거무튀튀하고 더욱 살가죽이 늘어난 얼굴은 쉴 새 없이 흔들리고 있다. 이대로 나가다간 밤을 새워도 끝이 안 날 모양이다. 그러나 언제 나갔던지 월선이 접시하고 탕기 하나를 들고 들어왔다.

"김서방댁, 떡 좀 삽시다. 엿이 있어서 좀 녹여 왔는데."

월선이 말에 이야기는 중단되었다.

"떡을 사다니? 원 세상에 그런 말이 어디 있노?"

"생업인데 사야지 그냥 묵겄소?"

"반갑은 봉순이가 왔는데 떡을 해서라도 믹이 보낼 긴데 야박스런 소릴 다 하는고나."

여전하게 내일 끼니가 없을지라도 인심 좋은 말을 하며 김서방댁은 접시를 들고 마루로 나간다. 마루 끝에 놓아둔 함지의 검정보를 걷고 콩가루에 굴린 인절미를 접시에 듬뿍 담아 들고 들어온다. 월선이는 떡값을 셈해서 억지로 쥐여준다.

"내사 싫다. 안 받을란다!"

김서방댁은 월선의 팔을 떠밀어낸다.

"김서방댁이 안 와도 봉순이가 왔이니께 장에 떡 사러 갔일 기요. 암 말 말고 받으소."

한참 승강이를 하다가 겨우 돈은 받은 모양인데 김서방댁 표정은 몹시나 서글퍼 보인다.

"봉순아, 엿에 찍어서 떡 묵고 있거라. 김서방댁도 오고 했이니 잠시 나가서 점심해 올 기니."

"아니오. 아지매, 나 점심 생각 없소."

"머 점심할 것 있나. 식은 밥 있이면 국밥이나 끓이라모. 속이 떨리서 따끈한 국밥이."

말하는 김서방댁은 배가 고픈 표정이다. 월선이가 나가자 김서방댁은 봉순에게 떡 먹기를 권하면서,

"참말이제 장사도 해묵기가 어렵다."

"나 애기씨한테 가서 말 좀 해보께요."

"말 마라. 집안만 시끄럽어질 기다. 참말이제 어서어서 애기씨가 커서 그 살림 차지하믄 나 달리서 갈 긴데."

"그기이 어디 쉽겠소."

"그러니 분통이 터지지. 묵은 식구들은 모두 추풍낙엽이 되고 애기씨 혼자서, 말 들으니께 왜놈들이 득세하니께 조가네도 득세하게 된다 그러는데 참말로 심장이 상해서. 그저께는 길가에 떡 함지를 놔두었다고 왜놈 별순사라 카던가 순사라

카던가, 곰곁이 생긴 놈이 지나가다가 발길질을 해서 떡 함지를 엎어부리고."

"왜놈우 순사가요?"

"음, 알아듣지도 못할 말을 씨부리믄서 지랄을 하는데 옆구리에 긴 칼이 철거덕철거덕 소리를 내는 바람에 우찌나 무섭던지 내사 그만 떡 함지 내부리고 달아날라 안 했나."

"그래 하루 장사 망쳤구마요."

"머 다 팔고 떡이사 얼매 안 남았지마는 참말이제 이래가지고 어디 살겠나."

이야기를 주고받는데 월선이 잽싸게 국밥을 끓여서 들여왔다.

세 여자는 머리를 맞대고 뜨거운 장국밥을 먹는다. 김서방댁은 땀을 흘리며 달게 먹는다. 혹이 붙은 것같이 마디가 굵은 손을 들어 땀을 씻곤 하는데 마디가 굵어져서 빼질 못하였는지 다 닳아빠진 납가락지가 번득거리곤 한다.

"이자 속이 좀 풀리는고나. 어찌 춥던지."

"춥거든 언제든지 오소. 방도 따시고 뜨거운 국물도 마시고."

월선이 딱해하며 말했다.

"내가 머 양식 맽기났다고 자주 오까? 사램이 염치가 있지. 만장겉이 받아낼 기이 있거마는 피 한 톨 못 받고 쫓기나는 세상 인심인데."

"묵으믄 얼매나 묵겄소."

국밥을 먹은 뒤 김서방댁은 떡을 팔러 나갔고 한 시각가량 얘기를 하다가 애기씨가 걱정이 된다 하면서 봉순이는 일어섰다.

"아지매, 또 오겄소."

봉순이는 마음을 잡고 바람 부는 거리로 나섰다.

13장 밤에 우는 여자

'무신 날이 이렇기 푹푹 찌노. 이 오뉴월에 몸은 무겁고 전신에 땀띠가 솟아서, 내사 마 우짤고 싶으다. 옛날 겉으믄 안일이나 하믄서 여름을 곱기 보낼 긴데.'

풋콩을 까다 말고 순이는 풀발이 센 삼베 적삼 위로 긁적긁적 팔을 긁는다. 흙먼지에 기미 슨 얼굴에는 땀띠까지 돋아나 몰골은 대가댁 종이라기보다 농사꾼 아낙이다.

'동네서도 못 살겄다는 소리가 떴다 카더마는 우리도 못 살기는 매일반이다. 날이 갈수록 주친 닭맨치로, 서울 것들이 말짱 판을 치니께 머잖아서 김서방댁 신세가 안 될 기라꼬 누가 장담하겄노. 첨부터 진일 마른일 다 보아준 삼수도 이자는 언지 보았더냐, 괄시를 받으니 말이다. 마님이 살아 기있더라믄 하다못해…… 맨날 말해봐야 그 말이 그 말, 무신 소앵이

335

있노. 당당한 만석 살림 임자로 태이난 애기씨도 설움이 자심하고 무신 골리가 있어야제……. 아이구 참 이러다가 아아는 우찌 놓을 기며 그 눈칫밥을 우찌 얻어묵으꼬?'

귀녀가 죽은 뒤 삼월이와 함께 집안일을 보던 순이도 어느덧 서울서 데려온 계집종들에게 밀려나 허드레 일꾼이 된 것은 오래전 일이다. 스물이 넘어서 겨우 육손이와 짝을 지어주어 아이를 배기는 했으나, 옛날 같았으면 본인들이 원할 경우 논마지기라도 얻어 살림을 나갔을 것이요, 살림을 나가면 신역(身役)이니 신포(身布)니 상전댁에 바쳐야 하는데 윤씨부인은 그런 것에 대하여 과히 엄하게 하지 않았으므로 작인으로서 세월이 흐르면 두만네처럼 허물을 묻고 어엿한 농부가 될 희망은 있었다. 그러나 지금 감히 그런 말을 입 밖에 내볼 수도 없었고 법이 바뀌어 떠나는 것은 자유라지만 두 주먹만 쥐고 나가서 살아갈 용기도 없는 것이다. 일이 너무 고되었다. 지금도 순이는 김서방댁이 가꾸던 밭을 매다가 콩밭에서 풋콩을 따왔다.

'짐 안 나는 물이 더 뜨겁다 카더마는 죽은 김서방이사 잔소리는 많아도 이 사정 저 사정 다 보아주었고, 아배같이 의논도 하고……. 지서방인가 쥐새낀가 그놈으 인사 생전 나무라지도 않으믄서 사람우 간까지 끄내 묵을라 카이.'

바보가 아닌 대신 똑똑하지도 않았고 잘생기지도 못생기지도 않았고 그저 수더분한 순이였지만 불평을 안 할 수 없는 모양이다. 괴질에 하인들이 많이 죽은 것도 그렇거니와 잡아 먹을 듯 으르렁대던 수동이도 죽고 보니 여간한 울타리가 아니었다. 김서방댁 식구조차 다 쫓겨난 집안에서 남은 노비들의 처지는 날로 달라져가고 있다. 군식구 취급이며 어떤 때는 서울서 온 노비들 시중까지 드는 아니꼬움을 참아야 한다.

"니 읍내 머하러 갔더노."

"머하러 가믄 무신 상관인고."

"바린말 해라!"

"못하겠다!"

"니 정말로 이럴 기가?"

뒤꼍에서 길상이와 봉순이 다투는 목소리가 들려온다.

'길상이 자아가 와 저리 회(화)를 낼꼬?'

순이 귀를 기울인다.

"니가 나한테 이래라저래라 할 아무 까닭도 없다!"

"있다!"

"우째서?"

"니 내한테 맞아볼래?"

"니가 와 나를 때릴 것고?"

"니, 니, 니 읍내에 머하러 갔더노."

"가든지 말든지, 월선아지매한테 갔다, 와?"

"본 사램이 있다!"

"본 사램이 있이믄 알 긴데 와 묻노?"

"소리꾼인가 기생오래빈가 그놈우 집에 머하러 갔더노. 사당 될라꼬 갔더나?"

그 말에는 순이도 짐작이 간다. 들은 말이 있었던 것이다.

"그래 사당 될라꼬 갔다 와?"

"이눔우 가시나가!"

따귀 때리는 소리가 철썩 하고 들려온다.

"와 때리노? 니가 먼데 날 때리노?"

"죽어부리라! 니겉이 화냥기 있는 가시나는 죽어부리야 한다!"

연거푸 때리는 소리가 난다.

"아아니 미쳤나, 와 이라노."

순이는 무거운 몸을 뒤뚱거리며 쫓아가서 말린다.

"죽은 어매 새, 생각을 해도 차, 차마 니가 못 그랄 긴데."

길상은 소매 끝으로 눈물을 닦더니 횡하니 가버린다. 한쪽 뺨이 벌게진 봉순이는 울지 않고 차라리 말똥말똥한 눈을 하고 있다.

"길상이가 그럴 만도 하지. 나도 들은 말이 있으니께."

하며 순이 혀를 찬다.

"내가 머 사당이 될라 캤나 머."

"와 하필이믄 그런 집에로 찾아갔노. 아직이사 다른 사람들이 모르니께 그렇지. 니를 쫓아내고 접을 긴데, 험만 잡아봐라 당장에."

"나가라 카믄 나가지 머. 겁날 거 하낫도 없거마는."

"애기씨는 우쩌고?"

"……."

"그러니께 길상이가 화를 내는 거 아니가."

"월선아지매 집에 감서 한두 분 가본 긴데 그기이 머 우뗳다고 그러는고?"

"그라믄 그렇다고 말을 할 기지. 니가 달라드니께 안 때리나."

"우리 아밴가? 오래빈가?"

"오래비나 다를 기이 없제. 그렇기 서로 의지하고 왔심서 요새 니 와 그라노."

그들 사이의 갈등을 모르는 것은 아니지만 순이는 객담을 못하는 성미다. 봉순이는 비로소 눈물방울을 떨어뜨린다. 그러나 하는 말은 결코 숙어진 것은 아니다.

"삼수 말이 맞지. 흥! 남 주기는 아깝고 지 묵기는 싫다 그거 아니가."

"가시나가 시집을 안 보내주니께 별놈의 소리를 다 하는구나."

기가 차서 웃는다.

"아무튼지 맘잡아라. 애기씨 생각을 해서라도."

"언제부터? 진작 좀 그럴 일이지."

"오금 박지 마라. 우리한테 무신 심이 있나."

하고 순이는 그때야 흐느껴 울기 시작하는 봉순이를 내버려
두고 돌아와 콩을 깐다.

저녁을 먹은 뒤 순이는 삼신당 옆 개울에 목욕을 하러 갔
다. 일곱 달 된 배 속의 아이 생각도 해야 하는데 그보다 그는
더위를 이길 수 없었다. 찬물 속에 들어오니 낮의 불평 같은
것 일시에 사라지고 시원해서 살 것 같다. 물소리가 쿵쿵 울
리고 있었다. 전나무 오리나무 도토리나무 머루덩굴과 칡덩
굴 사이로 여광(餘光)이 부챗살처럼 새어든다. 덤불 속에 모습
을 숨긴 휘파람새 울음소리가 간간이 들려온다. 유월 한더위
의 해는 몹시 길기도 했다.

"아이구매! 사람 잡겠네!"

젖가슴을 감싸안고 물속에 주질러 앉으며 소리를 지른다.
바구니를 겨드랑에 끼고 허깨비 같은 삼월이 싸리나무를 헤
치며 물가로 다가오고 있었다.

"오믄 온다고 기척이나 좀 내야지. 사램이 얼마나 놀래노."

삼월이는 개울가 바위에 엉덩이를 붙인다. 나무 그늘과 스
며든 여광에 얼룩이 진 바위 빛깔은 보랏빛이다. 무릎 사이에
비어져나온 순이의 젖꼭지도 보랏빛이다. 성난 얼굴로 몸에
물을 끼얹다가 순이는 돌처럼 단단한 팔뚝의 때를 밀기 시작
한다. 팽팽하게 솟은 젖무덤이 움직임에 따라 경련하듯 흔들
린다.

삼월이는 들고 온 바구니 속에서 칼과 참외를 꺼내어 껍질

을 쭉쭉 밀어내듯 깎는다.

"내가 목욕하러 온 줄을 뻔히 알믄서 홀몸도 아닌데 무신 심청고."

"와? 구신이 오는 줄 알았더나."

"지랄한다. 내사 남정네가 온 줄 알았다 말이다."

순이는 찰싹찰싹 물을 끼얹으며 물살에 떠내려가는 파아란 참외 껍질을 바라본다.

"외는 어디서 가지왔노."

"……."

"새미 물에 띄우놓은 거를 건지왔고나."

"그랬다."

"간도 크다. 들키믄 우짤라꼬."

삼월이는 참외를 두 쪽 내어 한 쪽을 순이에게 내밀었다.

"묵어라."

"나가서 묵지."

"묵어라, 물속에서 묵어라."

우격다짐이다. 참외를 받아먹는 순이는 삼월이 손에 있는 칼을 힐끔힐끔 쳐다본다. 삼월이는 이 세상에 참외 먹는 일 이외는 아무것도 생각지 않는 듯 열중해 있다. 아니 부산스레 소리 내어 먹는 행위 자체를 잊고 있었던 것이나 아니었는지.

"순아."

"와."

"내가 구신겉이 보이나?"

"누가 구신을 봤이야 말이제. 사람이 우째 구신 겉을꼬."

그의 말대로 모습은 수척하여 귀신이 저랬을까 싶을 정도다. 그러나 그보다 요 며칠 사이 삼월이 전과 같지 않다는 것이 마음에 걸린다. 그동안 병신처럼 말이 없고 반 정신이 나갔다고들 했었는데 어쩐지 하는 말에 조리가 있는 것 같기도 했고 노상 빛을 잃고 있는 눈동자가 야무지게 보여질 순간도 있다.

'맘에 씌어서 그리 보는 기지. 아무리 반 정신이 나갔다 카지마는 자식을 잃어부리고 지가 우찌 환장이 안 되겠노.'

열흘 전에 아이를 잃은 것이다. 이질을 앓았는데 약 한 첩 먹여보지 못하고 오히려 주위에서는 죽기를 바라는 야박한 인심 속에서 아이는 싸늘하게 식어갔다.

죽는 편이 낫다고 생각하기로는 순이도 마찬가지였다. 그러한 심정이 죄책이 되어 순이 눈에 삼월이 이상하게 보였는지 모른다.

목욕을 하고 머리를 감고 난 뒤 옷을 갈아입는 동안 삼월이는 껍질도 벗기지 않고 통째로 참외를 깨물어 먹고 있었다.

"안 갈래?"

했을 때 삼월이는 멍하니 순이를 바라보았다.

"껌껌해졌다. 가자."

"아니."

"와?"

"내가 참외를 다섯 개나 가져왔는데······."

빈 바구니 속을 들여다보며 중얼거린다.

"반쪽만 날 주더니 나중에사 껍데기도 안 벳기고 미치괭이 겉이 혼자 묵더마는."

"내가 그거를 다 묵어?"

"배 한분 만지봐라. 망둥산겉이 부었을 기다."

"······."

"맛이나 알고 묵었나?"

"······."

"아까 저녁 묵을 때도 밥 한 그릇을 게 눈 감추듯 묵더니, 간장 한분 안 찍어묵고 우찌 맨밥을 그리 묵노?"

"내가?"

"그래."

"······."

"가자."

삼월이는 세운 무릎 위에 팔로 턱을 괸 채 그냥 앉아 있다.

"안 갈라 카나?"

"······."

"나 혼자 가까?"

"맘대로 하라모."

"어둡어오는데 안 무섭나."

"안 무섭다."

순이는 우두커니 서서 삼월이를 쳐다본다.

"하기사 니 맴이 뭐가 그리 좋겠노. 실컨 한분 울어부리고 그만 때리치아라. 니사 섭섭하겠지마는 아니 할 말로 남들은 차라리 잘됐다 생각하지. 그래가지고 크믄 머하겠느냐고, 잊어부리라."

"내가 머 개새끼 겉은 그거를 귀기나(귀여워) 했건데?"

갑자기 일어서더니 삼월이는 싸리나무를 헤치며 사뭇 쫓아 내려간다.

"빌어묵을 제집, 가자 가자 할 때는 꿈쩍 안 하더마는 지 혼자 가부리네."

사방은 어두워왔으나 산바람은 여전히 더위를 머금고 있다. 순이 한참을 걸어 내려왔을 때 불타 없어진 누각 빈터에 삼월이 서 있었다.

"아즉 안 갔나?"

돌아본다.

"가믄 머 할 일이 있나."

그러고는 우두커니 선 채다.

"달이 떴고나."

중얼거리며 순이 마을을 내려다본다. 달빛과 아직 남아 있는 황혼빛 아래 산과 강물과 마을이 조용히 누워 있다. 논둑길을 걷고 있는 농부의 모습이 보이고 소를 몰고 오는 목동도 있다.

"옛날은 참 좋았는데."

말을 못 들었는가 삼월이는 그냥 멍청하기만 하다.

"저 들판이 누우렇기 익으믄은 추석이 오고…… 옛날에는 동네에 전곡도 많이 나갔제. 무섭은 어른이지마는 돌아가신 마님이사 그런 데는 후하싰고……. 참말로 꿈 겉다. 갱매깽이 소리, 징 소리 들은 지가 아득하고나. 이서방은 베수건으로 장구를 걸머지고……. 그런 추석이 어디 갔는지 모르겠네? 목청 좋은 서서방은 실성했고 신명 내던 사람들은 이자 늙어부리고, 그새 사람도 많이 죽었고나. 우리네 신세도 많이 벤했고 이자는 추석이 와도 명절 겉애야 말이제. 달이 엄치 솟았네."

산에서 뻐꾸기가 운다.

"들어가자. 해가 질어 그렇지 밤은 저물었일 기다. 일찍이 자야 내일 일어나서 꿈젝이제."

그들이 집으로 들어갔을 때 무슨 일이 일어났는지 집안이 어수선했다. 항상 조용한 뒤채 쪽에서 두신두신 사람 소리가 들려왔고 별당 안에서도 기척이 이상하다. 연이네 모녀가 우두커니 서로 마주 보며 우물가에 서 있었다.

"와 이러요?"

함께 들어온 삼월이는 어디 갔는지 없어졌고 순이가 연이네에게 묻는다. 대답이 없다.

"무신 일이 있었소?"

"머."

하다가 입맛을 다시며,

"시끄럽은 일이 좀 있었다."

하고는 더 이상 설명을 하려 하지 않는다.

"내가 알아서 처리할 터인데 부인은 왜 쓸데없는 짓을 하는 거요."

안채 대청에서 들려오는 조준구의 격한 목소리다.

"쓸데없는 짓이라니 그게 무슨 말씀이오?"

올곧잖은 홍씨의 대꾸다.

"허허어, 내가 뭐라 했소? 누누이 말하지 않았소. 조금치도 서둘 것은 없다구요. 그럴 필요는 없다, 그 말을 잊고서 이 소동이오?"

"아아니 무슨 큰일이 났었다고 이 야단이시오? 그까짓 계집애 하나 숨 좀 넘어갔기로, 죽어 자빠진 것도 아니겠고, 영감까지 그러시니 점점 고게 기고만장, 어른을 어른으로 보지 않는 거예요!"

"뿐만 아니라 병수는,"

"그 천하에 불효막심한 놈 역성까지 들고 나오는 게요? 병신 육갑하더라고 그놈을 그만."

"만사는 다 되게 돼 있는 것을, 허허 왜 이리 야단이오. 체통을 생각지 않고."

"체통이라구요? 아아니, 자식 놈이!"

346

하자 조준구의 낮은 목소리가 들렸고 다음 방 안으로 떠밀고
들어갔는지 방문 닫히는 소리가 들려온다. 연이네 모녀는 어
느덧 각기 자기네들 처소로 가버리고 없었다. 집 안은 조용했
다.

잠자리에 들면서 순이는 물었다.

"저녁때 무신 일이 있었소?"

"머 좋은 일도 아닌데 알아서 머할라꼬."

육손이 입맛을 다신다.

"들으니께 애기씨가 숨이 넘어가고 우짜고 하는갑던데."

"큰일이제…… 기여 뒤채 도련님하고 혼인 말을 했으니 애
기씨 기가 넘어서."

"누가요."

"누구기는, 말할 사램이 따로 있겠나."

"하기사……"

"소동은 그것보다도 뒤채 도련님 따문에 더 커졌거든. 애기
씨가 기절한 긴피를 알고 도련님이 오시서 어마님을 보고 옳
지 못하다고 따진 기라."

"야?"

"죽는 한이 있어도 장가 안 간다 했일 뿐만 아니라 어럽은
문자까지 들어가믄서."

"그 도련님이요?"

"음, 참말로 그리 똑똑한 줄은 몰랐구마. 하기는 벵신 몸이

라 그렇지 나이는 열일곱이니께 글공부도 했으니 알 만치는 알았일 기구마. 부모 안 닮는 자식이 없다 카는데…… 아주 여간 분맹하지가 않더란 말이다."

"그래서 우찌 되었소."

"노발대발 아드님을 내동댕이치고 그런 난리 벼락이 없었제. 나중에는 이초시꺼정 불리와서 멋을 우떻게 가르칬느냐 하며 마룻바닥을 주먹으로 치고,"

하다가 육손이는,

"저거 우는 소리 아니가?"

하며 베개에 놓인 머리를 든다. 흥얼거리며 우는 여자 울음소리가 밖에서 들려온다.

"누가 저렇기 우노? 이 밤중에."

"삼월이가 우나 배요."

"……."

"죽은 머시마 생각이 나서 그러는갑소."

"빌어묵을 여핀네, 울믄 머하노."

육손이는 혀를 차며 돌아눕는다. 흥얼거리며 우는 소리는 계속된다.

14장 돌아온 윤보

엷은 구름이 흐르는 말끔한 하늘인데 별안간 거실거실 바람이 일기 시작하더니 차츰 기승을 부린다. 강변 대숲이 마구 일렁이고 거슬러 올라오는 물발이 거세게 뱃전을 친다. 바람을 안고 내려가는 나룻배는 더디게 가는 성싶고 젊은 사공의 양미간 군살이 솟아 불룩불룩 움직이는 것을 보아 힘이 드는 모양이다.

"선 바람 난 계집 맴이가? 날씨는 와 이리 싱숭생숭하노."

"조금 전까지만 해도 말짱하더마는 날씨도 참말 못 믿겄네."

"세상만사 믿을 기이 어디 있노. 철석 겉은 사람우 맘도 못 믿을 세상인데 우찌 하늘을 믿을 기든고. 사시절에다가 시시로 변하는 기이 세월 아니던가 배."

선객들의 객쩍은 말을 귓가에 흘려들으며 윤보는 뱃전에 서서 담배를 피우고 있다.

'오래간만에 돌아와 보니 시시로 변하는 기이 세월이라 카지마는 산천은 예나 마찬가지로 좋구마. 이 좋은 고장을 버리고 내 참 많이도 떠돌아댕깄고나. 앞으로 어디를 갈 것이며 내 갈 곳이 어딘지 모르겄다. 어디기는 어디라? 그야 겔국에는 저승이겠지. 죽는 날까지, 음…… 이 강변에 앉아서 낚싯줄이나 내리놓고 세상만사 다 잊어부리고 한분 살아보까. 남

이야 북을 치든 나팔을 불든 조용히 한분 살아보까. 흥, 그렇
기 못 살 것도 없제. 살다가 굶을 판이믄 드러눕어서 눈 감으
믄 고만일 기고. 세상에 나겉이 홀가분한 놈이 어디 또 있을
라고. 울어줄 계집, 자식도 없고 남기놓고 떠나는 설움도 없
일 기고. 허 참, 천지만물 어느 것 하나 멩[命]이 없는 거는 없
는 법인데 멩이 있고 보믄 죽을 날도 있기 매련 아니가. 태산
이라꼬 무너질 날이 없이까. 그거를 생각하믄 어기야버기야
(아등바등) 할 것도 없일 긴데…… 줄지갈지 미치갱이맨치로 나
부대는 꼴들을 보믄 하루 살다 가는 버러지보다 나을 기이 조
맨치도 없는 기라. 인간 수멩이 칠십이라 카던가? 날포리는
하루를 살다 가고 거북이는 천 년을 넘기 산다 카는데 곰
곰이 생각하믄 어느 기이 질다 짧다 할 수도 없일 기구마. 제
에기! 살다가 가기로는 매한가지 아니가 그 말이다. 이 강가
에서 낚싯줄이나 내려놓고 조용하게 남이사 북을 치든 나팔
을 불든……. 흥, 내가 무신 도를 닦았던가? 신선이 돼갈 기든
가? 굶을 판이믄 드러눕어서 눈 감고 죽음을 기다릴 기라고?
흐흐흐…… 흐, 아서라. 그런 짓이사 논어 맹자 공부를 한 김
훈장이나 할 짓이제. 상놈이 무신, 마른자리서 죽기는 다 글
러묵었다.'

타버리고 연기도 안 나는 곰방대를 빨아댄다.

'사람우 사는 이치가 이러저러하고 여사여사하다고 글쟁이
들은 말도 많더라마는, 날씨도 갠 날 흐린 날 눈비 오고 바람

불고 노성벽력 치고 하듯이 사람우 살아가는 펭생도 그 같은 거 아니겄나. 그런 거를 낚싯대 들고 강가에 앉아서, 그거는 좀생이 겉은 인생인 기라. 사시장철 갠 날만 있다믄 그기이 어디 극락이겄나. 산천초목도 사람도 다 말라 죽어부리는 지옥이지 머겄노 말이다. 그러니 비 오고 바람 불고 눈 오는 그기이 땅을 다스리는 하느님의 이치이듯이 사람으 경우도 매한가지 이치일 기니 우찌 낚싯줄이나 내리놓고 가만 있겄노. 용천지랄을 해보는 기다. 사나아 자석으로 태이나서, 하기야 상놈으로 태이나서 받은 거는 천대밖에 없다마는 내가 그래도 이 강산에 태이났으니 아, 멩줄이야 탄탄하게 태이났지. 용천지랄을 하다가 아무래도 그렇그름 죽는 기이 나한테는 걸맞을 기구마. 용천지랄을.'

"강포수."

윤보 옆구리를 찌르며 누군가가 불렀다.

"머라꼬?"

어리둥절하며 고개를 돌린다. 머리칼이 성글어서 겨우 상투를 틀어올린 사내가 무안쩍은 듯 씩 웃고 있다. 안면이 있는 윗마을의 농부다.

"날 불렀소?"

"그기이."

건성으로 곰방대를 빨다가 윤보는 눈을 부릅뜬다. 노상 개기름이 흘렀는데 지금은 살갗이 말라서 꺼실꺼실해진 얼굴이다.

"눈에 멩태껍데기를 붙있는갑다. 와 내가 강포수고."

"허허헛…… 우짜다 보니께. 내가 실수했나 배."

"탕숫국 묵을 나이도 아닌데 함부로 남우 성(姓)을 갈아?"

"강포수하고 곰보 목수하고는 우짠 일인지 늘 헷갈리누마."

"포수하고 목수하고…… 하긴 포수 수 자하고 목수 수 자하고 같긴 같구마."

"허허헛……."

농부는 싱겁게 웃는다.

"사주팔자도 좀 비슷한 데가 있긴 있지."

윤보는 곰방대를 허리춤에 찌르고 배 바닥에 주질러 앉는다.

"만년 총각에 뜨내기 신세도 같고."

다른 농부 하나가 놀려댄다.

"지랄하네."

"인물이사 털보라서 그렇지 곰보도 아니고 강포수가 잘난 편이제."

"그 대신 강포수 그 자석은 돌대가리니께."

"아따, 그라믄 곰보 목수 머리는 미영숭어리[木花]요? 강포수를 명포수라 카는 말은 들었지마는 곰보 목수보고 명목수라 카는 소리는 못 들어봤구마."

"우찌 우물 안의 개구리가 세상 넓은 줄을 알꼬? 촌구석에서 두 칸 오두막이나 짓고 사는 너거들이 처마마다 풍경 달고 육간 대청은 면경바닥 겉고 빈 벽 사창에 별호천지, 기화요초가 우거진 그런 제에집(기와집) 기경을 못했으니. 죄 없는 짐승이나 직이는 포수 놈하고는 근본부터 다르지러."

"죄 없는 나무 밤낮 설어대는 사람은 누군고?"

이번에는 머리칼이 성근 농부의 말이었다.

"하하핫…… 그러나저러나 강포수 못 본 지도 한 십 년 되는가 배."

"한 십 년, 그렇기 되나? 옥 안에서 놓은 그 종년 아아를 안고 간 뒤부터는 가물치 콧구멍*이라 아무도 봤다는 사램이 없이께. 어디 가 죽었일 기구마."

"그거사 모를 일이고. 그런 아아를 데리갔이니께 근본을 모르는 곳에 가서 숨어 사는 기지."

"만고에 싱거운 일이제. 씰데없는 짓이라. 오리 새끼는 물로 가더라고 에미 애비가 샐인 죄인인데 그거를 키우서 무신 수덕 만덕 볼 기라꼬."

"그것도 모를 일이구마. 강포수 자식인지 누가 아나."

"아니거마는, 절대로 그거는 아니라니. 칠성이 씨라는 거는 천하가 다 아는 일 아니건데?"

"하느님이나 알제."

"허허 참 칠성이 씨를 받기로 하고 그 무섭은 일을 하기로 한 거 아니건데? 말짱 다 드러난 일을 가지고 우기누마."

머리칼 성근 농부는 핏대를 세운다. 다른 농부가 거들었다.

"강포수 씨가 아닌 것만은 분멩하지. 그놈우 강포수 환장했제. 남우 씨를 밴 가시나를, 그것도, 상전을 직이고 큰칼 쓴 년의 멋이, 어디가 좋아서 깝데기꺼정 벗어감서 옥바라지를 했는지, 씰개 빠진 놈."

"씰개 있는 놈도 별수 없더라. 갈밭 쥐새끼겉이 모두 약아 빠진 세상에 그 외골수가 얼매나 좋노."

"두 분 좋았다가는 매구 새끼 데리가서 키우겄다. 그런 거 키우봐야 나중에 우환덩어리구마는."

"모두 똑똑해서 좋다. 밥풀 하나 안 떨어지겄다. 서울 가서 한자리씩 할 놈들인데 나라가 망했으니 억울코나."

"구신 씨나락 까묵는 소리는 이자 고만하고 말이 났으니께 그러는데, 강포수, 아니 아니지, 곰보 목수는 서울 일 갔다 카던데 언제 왔소?"

"언제 오기는, 이자 오는 길이구마."

"아아니 이자 오는 길이라꼬? 그라믄 연장망태는 어디다 두고 빈손으로 오는고?"

"엿 바꾸어 묵었제."

"연장망태도 연장망태지마는 행색은 와 그렇소? 서울서 일 했으믄 수울찮이 돈도 벌었일 긴데?"

"서울 다방골 기생이 깝데기를 벗기더마. 한양 천 리 길을 빌어묵어 오다 보니."

웃지도 않고 말하는 윤보. 배 안의 사람들이 모두 웃는다.

"그러믄, 서울서 오는 길이라 카믄 그곳 소식은 잘 알겄구마요."

낯선 사내가 말을 걸었다.

"알믄 머하겄소."

"난리가 났다 카던데."

"그놈우 난리야 밤낮 나는 기고, 이 수삼 년 동안 난리 안 났다는 얘기 들었소?"

"그, 그렇기는 하요마는."

"우리네 겉은 상놈은 밥이나 처묵고 똥이나 싸믄 되는 기요."

"서울 남대문에서 왜놈 군사하고 우리 군사하고 쌈이 붙었다 카던데 그거 보았소?"

이번에는 괴나리봇짐을 겨드랑에 낀 얼간이 같은 사내가 물었다.

"보았이믄 머하고 안 보았이믄 머할라요?"

"거 볼만했일 기니 말이오. 듣자니께 서울사람들은 피난도 못 가고 구겡을 했다 카더마."

시죽거리던 윤보 얼굴이 험악하게 변한다.

"머라꼬?"

하다가,

"참말로, 참말로 밥 처묵고 똥만 싸는 벗님네가 여기 있었

구마. 참말로 속 편해 뒤지지 않고 천년은 살겄다. 이런 난세
에 벼슬치고도 높직한 벼슬 한자리 하는 데는 안성맞춤이겄
고. 어디 우리 요상한 벗님네 손이나 한분 잡아보까?"

얼핏 말뜻을 몰라 눈만 껌벅이는 사내 손가락을 비틀어쥔
윤보는 힘껏 조인다.

"아, 아얏!"

사내는 비명을 지른다.

"요런 것은 맛을 좀 봐야. 머 볼만했일 기라꼬? 기경들 했
다고? 야! 이놈으 자석아! 네놈 조상은 쪽발이가? 아니믄 되
놈이가?"

비실거리다가 사내는,

"와 남우 조상은 들먹이오."

그래도 할 말은 한다.

"야 이눔우 자석아! 천하 대적 놈이라도 내 나라 백성을 왜
놈이 직인다믄 비감한 맴이 들 긴데 멩색이 이 나라 군졸들이
사생겔판을 내는 마당에서 기경이라니? 볼만했을 기라? 야
이눔아! 어디 오광대 기경이 난 줄 알았더나?"

"허 참, 이녁도 밥이나 처묵고 똥이나 싸라 해놓고서."

"허허어. 환장일세. 뫼를 보고 길을 묻지, 이 일곱 달도 못
된 놈을 우찌하믄 좋노."

기가 차서 윤보는 너털웃음을 웃는다. 사람들은 모두 머쓱
해져서 말이 없다.

"아따 바람 대기 불더마는 이자 좀 잘라 카나?"

누군가가 중얼거렸다. 어느새 기승을 부리던 바람은 다소 누그러지고 있었다.

"모두 제 밥그릇 작은 줄만 알았지…… 한심스럽다 한심스럽아."

웃음을 거둔 윤보는 강물을 향해 침을 뱉는다.

평사리에 내린 사람은 윤보 혼자였다.

"흠, 천지개벽도 안 하고 내 안티 자리가 고스란히 남아 있는 거를 본께 반갑구마. 산천이야 말이 없지마는 간사스럽은 사람보담이야 낫제."

혼자 시죽 웃는다.

"한잔하고 가까? 영산댁 얼굴이나 한분 보고."

중얼거리다가 발부리를 한 번 내려다본 그는 발길을 마을 쪽으로 돌린다. 마을에 들어서면서부터 바람은 아주 자는 듯싶다. 소달구지 하나가 드르럭드르럭 소리를 내며 내려온다. 채찍을 들고 소와 함께 걸어오는 사람은 영팔이다.

"영팔아!"

"야?"

얼른 알아보지 못한다.

"나다."

"야? 아아니! 윤보형님 아니오!"

햇볕에 그을린 영팔의 길쭉한 얼굴이 더욱더 길어지는 것 같다. 그러더니 벌쭉 웃는다.

"서, 서울서 지, 지금 오는 길입니까."

서로 가까이 다가가서 걸음을 멈춘다.

"음, 그간 별일은 없었나?"

"야. 집안이사 머, 형님은 우찌 이렇기 몰라보겠십니까."

"내 신색이 말이 아니다 그 말이가?"

손바닥으로 얼굴을 쓱 문지른다.

"고생하싰는가 배요."

"마 그런 얘기는 차차 하기로 하고 읍내 가는 길이가?"

"막딸어매가 무담시,"

하다가 영팔이 뒤돌아본다. 영팔의 시선을 따라 윤보의 눈도
그곳으로 간다.

"아니 와 저렇노?"

달구지 위에 아낙 한 사람이 누워 있었다. 그것은 사람의
얼굴이라기보다 여러 배로 부풀어오른 밤벌레 같은 것이다.
부증으로 퉁퉁 부어오른 얼굴, 햇빛이 부셔 그랬는지 눈을 감
고 있었으나 설사 떴다 하더라도 부기에 파묻혀 눈동자가 나
타날 성싶지가 않다. 보기에도 민망스러운 모습이다. 윤보의
시선을 느꼈는지 막딸네는 신음 소리를 낸다.

"무담시 저렇기 부어서, 이것저것 조약도 썼다 카는데 점점
더해가니게 우짜겠십니까. 이펭이형님 소를 빌리가지고 읍내
의원한테 가는 길입니다."

"막딸어매, 벵이 나는 거를 본께 살기가 편해진 모양이구
마."

"실없는 소리 마소. 남은 벵이 나서 죽게 생깄는데 무신 정
에 그런 말을 하요."

"죽기는 와 죽소."

"이렇그름 몸이 짚동겉이 부었는데 우찌 살겄소. 으흐흐흣
흣……."

의원에게 간다고 갈아입은 듯 풀발이 선 무명 적삼, 그 소
매로 얼굴을 가리며 운다.

"사램이 살자 카믄 벵들 날도 있제. 마른하늘도 울고 오뉴월
에 우박도 내리는데 사램이라고 안 아플까? 무신 상팔자로."
하다가 윤보는 영팔에게 눈짓을 하며,

"어, 가봐라."

"야."

"좋은 일 한다. 이웃사촌 아니가."

"갔다 와서 만냅시다."

"약 지을 돈이나 있나?"

"있는갑십니다. 이랴!"

달구지가 드르륵드르륵 소리를 내며 움직인다. 소는 꼬리
를 흔들어 파리를 쫓으며 묵직한 체중을 지탱한 발을 내딛는
다. 윤보를 낯선 사람으로 보았는지 나무 위에서는 까치 한
마리가 아래를 내려다보며 깍깍거린다.

"이년의 무상한 팔자, 고생을 그리 하고 살았건마는 아즉도 죄 닦음이 안 끝났다 그 말이가. 아이고 내 못 살겠네. 흐흐 흐…….."

막딸네 우는 소리, 영팔이 상투에 두른 흰 수건 위에 바람을 잠재운 푸른 하늘이 있다.

"벌써 산다는 기이 죄를 보태는 기지 어디 죄 닦음하는 기 든가? 앓는 소리는 고만하고, 아픈 덕분에 과부가 호시하는데 멀!"

뒤에서 윤보가 소리를 지른다. 소달구지는 마을 길을 돌아 사라졌다.

"용이 있나!"

윤보는 용이 집 마당에 들어섰다.

"누구요?"

보리방아를 찧던 임이 일손을 놓고 돌아본다.

"목수아재 아니오?"

"음. 아배 어디 갔나?"

"풀 베러 갔소."

처녀아이답지 않게 스스럼없이 아래위로 훑어본다.

"니 어매는."

"밭에 갔소. 서울서 오는 길입니까."

"음, 저기이 누고? 홍이 아니가."

손가락을 입에 문 아이가 윤보를 뻔히 쳐다보고 있었다.

"허 저놈이, 씨도독질은 못하더라고 애비를 뺐구나."

아이는 웃으며 다가오는 윤보를 보고 비실비실 뒷걸음질을 한다.

"어디 한분 안아보자."

덥석 안아 올린다. 아이는,

"옴마! 옴마!"

하다가 울음을 터트린다.

"아니 다 큰 놈이 우네? 이 곰보아재가 무섭나?"

울면서 윤보 얼굴을 눈여겨보던 아이는 더욱 큰 소리로 운다.

"아따 이눔우 자석 애빌 닮았이믄 용할 긴데 어맬 닮았나? 와 이리 영악하노."

하며 아이를 내려놓는다. 임이 낄낄 웃는다.

울음을 그치기가 겸연쩍었던지 아이는 계속해서 운다.

"임이도 이자는 처니티가 잘잘 흐르는고나."

"목수아재는 볼 때마다 그런 말을 하요. 삼 년 전에도 그러더마는 그라믄 삼 년 후에도 또 그러겠네."

여전히 낄낄 웃는다. 어미를 닮아 되바라지고 숙성하고 그리고 얼굴은 예쁜 편이다.

"아아는 와 울리노!"

호박이랑 열무가 담긴 바구니를 들고 들어오던 임이네가 소리를 빽 지른다. 옴마! 하며 아이가 달려간다.

"목수아재가 이쁘다고 안아준께 그리 안 우요."

"울믄 달래지."

올곧잖게 말한다. 그 태도는 몇 해 만에 돌아온 윤보를 노골적으로 무시하는 것이다. 겨우 마지못해 하는 듯, 자주 만나는 이웃사람을 대하듯,

"우짠 일입니까."

냉랭하게 말을 건다.

"서울서 내리오는 길이오. 용이는 풀 비러 갔다믄서요."

임이네는 치맛자락으로 아이의 눈물을 닦아주며,

"야."

여전히 건강하고 힘이 넘쳐 보인다. 소매를 걷어올린 팔뚝은 실하고 탄력이 있다. 임이네가 윤보를 좋지 않게 생각하게 된 것은 월선이를 두둔한다는 오해 때문인데 그 밖에도 묘한 심리의 갈등이 있었다. 그의 이력은 마을에서 모르는 사람이 없지만 홍이 어미라는 위치는 떳떳이 내세울 수 있는 것이었고 용이와 금슬이 좋다는 것도 아이를 내세우면 허세인 대로 통할 수 있었다. 그러나 용이의 속마음을 누구보다 잘 알고 있으며 가장 절친한 사이인 윤보에게는 허세가 통하지도 않을 것이지만 괴롭고 창피스럽고 비참한 일, 용이 아이를 낳으려 하지 않는 잠자리의 비밀을 어쩌면 윤보가 알고 있을지도 모른다는, 그것은 견딜 수 없이 불쾌한 일이다. 월선이 편에 서 있다는 것보다 그 비밀을 알고 있을지도 모른다는 생각

을 할 때마다 임이네는 어쩔 수 없이 윤보에 대해 강한 증오
를 느끼는 것이다.

"마리에 가서 좀 앉으소."

인사치레는 했으나 임이한테 아배 데려오라는 말은 않는
다. 윤보는 마루에 가 앉는 대신 마당에 쭈그리고 앉으며 곰
방대를 꺼낸다. 임이는 어미 눈치를 알아차리고 찧던 보리방
아를 찧는다.

"임아."

"야."

방아질을 하며 대답한다.

"니 아배 좀 불러 올래? 내가 왔다 카고."

임이는 어미를 쳐다본다.

"가보라모."

해놓고 이내,

"속히 갔다 오니라. 그새 물 묻히놓은 보리가 팅팅 붇겄다."

그래도 부족했던지 삽짝을 나서는 임이를 향해,

"곱삶아서 저녁 할라 카믄 늦겄거마는."

짜증스러움을 감추려 하지 않는다.

아이는 열무를 다듬는 어미 옆에 붙어 앉아서 이따금 윤보
쪽을 숨어 보곤 한다.

"요새 살기는 좀 우떻소."

담배를 피우며 윤보가 묻는다.

"말도 마소. 갈수록 태산이오."

"아닌 게 아니라 집 안이 설렁하구마."

"설렁할밖에 더 있겠소. 남정네라는 사램이 남으 살림 사듯 하니께요."

뽀로통해서 말한다.

"우떤 년은 팔자가 좋아서 입고 묵고 걱정이 없인께 사내 생각이 나서 해도 질고 밤도 질다 카더마는 이년의 팔자 입에 단내가 나도록, 곰뱅이가 썩도록 꿈적이도 살 가리고 죽 묵기 가 난감하니."

월선이를 두고 비양을 친다. 윤보는 반들거리는 임이네 이 마빡을 힐끔 쳐다볼 뿐 말이 없다.

"기왕지사, 제집은 그렇다 치더라도 귀한 자식 생각은 와 못하는고. 그 자식을 낳아준 사람은 누군데. 그년이 아들만 낳았더라믄 입이 열 개 있이도 내가 말할 기든가? 하기사 무 당년이 내질린 새끼가 멧상 들고 선영봉사할 수 있일란가, 그 거사 모르겠지마는."

목구멍까지 꾸역꾸역 치밀어오르는 평소의 불만을, 용이 앞에서는 참아야 했던 불만을 쏟아놓는다. 남편은 두려우나 윤보는 길가 개똥만큼도 안 여기는 아망스러움. 한낱 품팔이 목수 처지가 뭐겠나, 오죽하면 사모관대 한번 못 써본 몽다리겠 느냐, 게딱지만 한 오막살이서 죽어도 송장 치워줄 사람도 없는 주제, 말깨나 한다지만 그게 대순가? 하는 생각에서다.

"개구리 올챙이 적 생각 못하믄 안 되제."

윤보는 담배 연기를 내어 뿜으며 혼잣말같이 뇌었다. 임이네는 빨끈한다.

"올챙이 적 생각 못하믄 안 된다고요? 그래 내 지난날을 거기서도 정계를 거는(오금을 박는) 거요? 내 팔자 치레 못한 거를 누구 모르는 사램이라도 있다 캅디까?"

흥분하고 소리를 지르는 것은 아니었다. 짠득하게 잡아 비트는 어투다.

"아 사람마다 다 그렇다는 기지요."

"흥, 말 마소. 이리 치믄 저기서 울리고 저리 치믄 여기서 울리는 것을 나도 알고 있소. 소나아를 잘못 만내 팔자 치레는 못했지마는 우떤 년맨치로 무당이나 사당 피는 안 섞있이니께. 오며 가며 신 술 한잔 얻어묵는다고 그년 편역드는 거를 뉘 모를 줄 아요?"

"감찰선생도 쑥떡 하나 주는 거를 치니께."

약을 올린다.

"흥, 그러믄 나도 떡 한 시루 쪄서 산 사람 고사를 지내야겠구마."

"구신도 달래는데 산 사람 마음이야 못 달래겠소? 그러나 임이어매도 과욕을 부리지 않는 기이 좋을 기구마. 신상에 해로우니께."

"신상에 해로우믄 더 우찌 해로울 긴고? 지금 내가 고대광

실에서 호강이라도 하고 있단 말인가? 빛 좋은 개살구, 이름이 좋아 서방이지 주야로 내 곰뱅이 꿈직이서 디건이(두견이) 목에 피 내 묵듯이 사는데 과욕 부린다고요? 모르거든 말이나 마소."

이웃 아낙네들한테는 보리 한 톨 축내는 아이 아배가 아니라고 극구 자랑이던 임이네다.

"하기야 남으 집안일을 내가 우찌 알겠소. 알아서 약에 쓸 것도 아니겠고, 하니께 임이어매도 남보고 이러쿵저러쿵 안 하는 기이 좋을 기구마요. 하늘 보고 침 뱉으니 제 얼굴에 떨어지더라고. 그는 그렇고."

일어선다.

"개울에 가서 얼굴이나 좀 씻어볼까? 용이 오거들랑 요 앞 개울로 보내주소."

윤보는 곰방대를 두드려 재를 털어버리고 밖으로 나간다.

냇물에 씻기고 햇볕에 바래어 눈이 부시게 흰 자갈밭, 그 한복판에 맑은 물이 흐르고 있다. 벼 익는 냄새가 사방에서 묻어오고 겅중하니 엉덩이가 높은 송아지 두 마리가 윤보를 쳐다본다.

"어이 씨원쿠나."

얼굴을 북북 씻은 뒤 신발을 벗어버리고 두 발을 물속에 집어넣는다.

"어허허…… 시원타! 뻬가 저리는 것 겉네."

가을도 저물어가는데 언제 바람이 불었던가, 누리끼한 숲은 잠잠하고 미련처럼 늦더위는 머물고 있다. 송아지가 매매 애 하고 운다.

"형님!"

"용이가?"

했으나 발을 씻을 뿐 돌아보지 않는다. 맨발에 바짓가랑이를 걷어 올린 용이 개울가로 내려온다.

"우짠 일이오."

뒤에서 윤보의 초라한 꼴을 내려다보며 묻는다.

"그러세."

애매하게 대꾸하며 발만 씻고 있다. 나무 그늘이 진 자갈밭에 엉덩이를 내린 용이는 윤보 뒷모습을 유심히 바라본다.

"아따 오래간만에 발 씻어본다."

윤보는 자갈밭을 밟고 용이 곁으로 왔다.

"용이 니도 많이 늙었고나. 몇 해 만이제?"

"한 삼사 년 됐일 기요. 형님도 많이 늙었소. 객리서 고생이 많았던가 배요?"

"인간고해*라 카이, 고생 안 하고 우찌 사노."

"영산댁 집에나 갑시다."

"아니다. 술은 저녁에나 하기로 하고."

윤보는 발을 쭉 뻗는다. 발밑에 햇빛이 닿는다. 물에 젖은 발을 말리듯 이리저리 돌리면서 윤보의 얼굴은 잠시 생각에 잠긴다. 한참 만에 입을 무겁게 열었다.

"동네 헹편이나 좀 물어보자. 요새는 우뗳노."

"……"

"살기가 어떤고?"

"한도까지 닿았지요."

우울하게 대꾸한다.

"니 나 할 것 없이 딱하기로야 매한가지지마는 한조 처지가 앉을 데 설 데가 없이 됐소."

"와?"

"최참판댁 조씬가 그 양반한테 뺏뵈인 거는 형님도 아는 일 아니오. 하기야 그때 고방을 부시러 들어간 사람들도 차례차 레 당할 거는 뻔한 일이요마는 우선 한조가,"

"한조가 우찌 됐다 말고."

"부치묵던 땅을 뺏깄소."

"뺏기? 그러믄 지금 머를 하노."

"식구들은 살던 집에 놔두고 지는 머든지 해서 벌어묵겠다 고 읍내에 나가 있지마는 농사짓던 놈이 장사를 하겠소, 날품 팔이를 하겠소."

"……"

"다른 사람들이라고 머 더 나을 것도 없지마는 우선 당장 에는 한조 일이 말이 아니오. 남으 일 겉지도 않고…… 동네 서는 이펭이형님 정도 의식 걱정이 없이까, 본시 근(勤)하니께요. 봉기도 이럭저럭 괜찮은 모양이지만 다른 사람들은 모두 딱하지요. 경오에 없는 수(收)를 내라 하니 굶으믄서 농살 지어야 하는지, 석 섬지기 논도 반이요. 두 섬지기 논도 반이요, 입이 포도청이라 묵어야 하고 그러니 장리 빚 쓰는 사람들이 늘어나게 될밖에요. 다른 곳도 다 마찬가진 모양인데, 마름들 행악도 심하고 여기도 지가란 놈이 우찌나 심히 굴던지 도적을 피하니 강도를 만나더라고 삼수 놈보다 한 수 더 뜨는가배요. 내놓았던 문전답도 무신 변득이 생깄는지 도로 거둬가더니 걸핏하면 마을 사람 불러다가 논 갈아라 밭 갈아라 하는 판국이니. 그뿐이겄소. 전에 없던 문서까지 맨들어가지고, 말을 할라 카믄 한이 없소."

"⋯⋯."

"그 김서방댁네도 빈 몸으로 쫓겨났지요. 읍내서 떡장사를 하믄서 그렁저렁, 고생이 자심한 모양이오."

"그래 마을의 인심은 우떻노."

"물으나 마나 아니겄소. 복판에서 형세만 살피고 있던 사람들도 이자는 속았다는 기요. 지금에 와서 속았느니 천하의 도척이를 만났느니 만 번을 말해보아야 이불 밑에서 활개 치기 아니겄소."

윤보는 용이 하는 말에 대해서 자기 의견을 말하지 않고 갑자기 김훈장의 소식을 물었다.

"그 양반도 딱하게 되었지요."

용이는 그간의 일을 이야기해준다. 이야기를 다 들은 뒤 윤보는 묵묵히 앉아 있었다. 이윽고,

"용아."

"야."

윤보는 뻗은 두 다리를 세운다.

"니 보선 있거든 한 키레 도라."

"보선요?"

"음."

용이는 의아해하다가,

"그라믄 집에 가입시다."

"너거 집에는 안 갈란다."

"와요? 어디 갈랍니까."

"어허, 아무턴지 간에 여기 갖다 도라."

"그럭 허소."

일어선 용이 길켠으로 올라서는데 두만아비가 헐레벌레 달려온다. 용이는 두만아비를 보았을 때 비로소 윤보를 따라 서울에 간 두만이 생각이 났다.

"유, 윤보, 거기 있나?"

묻는 두만아비 입술이 허옇다.

"야, 저기."

용이는 가고 두만아비는 허둥대며 윤보 곁에 다가간다.

"허, 번갯불에 콩 꾸워 묵을 놈이 오는고나."

빤히 쳐다보며 윤보가 말했다.

"우, 운제 왔노."

"지금 막 왔다."

"그, 그라믄 두만이 놈은?"

"숨넘어가겄다."

"그, 그래 우리 그놈은 우짜고 자네 혼자 왔노."

"허허 발등에 불 떨어지나, 와 이리 서두노."

"혼자 왔이니 하는 말 아니가."

"누가 숭년 들어서 아아새끼를 잡아묵기라도 했다 말가? 그는 그렇고 의식에는 걱정이 없일 긴데 꼬라지가 와 그렇노? 숭년 묵은 풀째기겉이."

두만아비 얼굴은 눈에 띄게 노오래진다. 그의 경험에 의할 것 같으면 윤보가 이죽거리기 시작해서 좋은 일은 없었다.

"무, 무신 일이 있었나?"

목소리가 나지막하다.

"나날이 무신 일 없이 사람이 우찌 사는고?"

"우리 두만이가, 그, 그라믄."

"아따 제기랄! 밥 잘 처묵고 일 잘하고 부전자전 아아새끼가 약아빠져서 날 따라 안 오는 거를 목당가지를 끌고 오겄나!"

"그, 그라믄 지가 안 내려올라 캐서."

"그래! 일도 더 배우고 돈도 벌어서 올라 카더라."

"으음. 분명 아무 일 없제?"

"운제 내가 거짓말하더나?"

두만아비는 겨우 마음이 놓이는 듯 시죽 웃는다.

"서울서는 난리가 났다 카이 우째 근심이 안 되겠노. 빌어 묵을 자석, 그만 함께 내리올 일이지."

"맴이란 조석 변동이라. 데리고 가라 칼 때 서울에 내부리고 오라 한 놈이 누구더라?"

"난리가 났다 카이."

"니 아들놈이 머가 그리 잘났다고 난리 속에 뛰어들꼬? 너거 식구들이 언제 난 사람들이라꼬? 말 마라. 애비 곁방 나앉으라 카겠더마. 대천지 한바다에 갖다 놔도 지 몸 간수는 휘한하게 하겠더라. 어린 놈이 너무 그래도."

"어린기이 부모 떨어져서 객리에 갔는데 그만한 주모 없이."

변명을 하는데 두만아비는 썩 만족해하는 얼굴이다.

"아무튼지 간에 잘 있다 카이."

"……."

"돈 벌어서, 하로 이틀이믄 오는 기차 타고 올 기니께."

"기차!"

눈이 휘둥그레진다.

"나겉이 거지꼴이 돼가지고 걸어서 올 놈은 아닌께."

"그라믄 있기는 어디 있는고?"

마침 용이 버선과 짚세기 한 컬레를 들고 왔기 때문에 두만아비는 윤보 대답을 못 듣는다. 버선을 신고 짚세기도 신은

윤보는,

"나 김훈장댁에 갔다가 이펭이 너거 집에 갈 것이니 술이랑 밥이랑 걸게 차리놓고, 알겠나?"

"그, 그러지. 어서 다니오게."

훌쩍 길켠으로 올라가더니 뒤도 돌아보지 않고 윤보는 성큼성큼 걸어간다.

용이와 두만아비는 각기 다른 생각에 잠기며 그의 뒷모습을 바라본다.

15장 의거

마을의 살림이 전보다 점점 더 어려워 허덕이게 된 것은 사실이다. 그 원인은 물론 조준구의 과도한 수곡(收穀) 강요에 있었고 희망을 잃은 마을 사람들의 무기력해진 심리 상태에도 있었다. 마을 사람들의 기색을 살피며 제법 온정을 베풀고 너그러이 행세했던 왕시 그 무렵은 조준구의 지반이 다져지기 이전이요 농사꾼이란 우마(牛馬)와 다를 것이 별로 없고 일하기 위해 세상에 태어났음이 분명하다는 따위의 말을 서슴지 않는 요즈음은 그의 지반이 그만큼 탄탄해진 것을 의미한다. 그러니까 조준구의 처사가 가혹해지면 그럴수록 그의 자리는 공고해져서 대항하기 어렵다는 얘기가 된다. 그것을 마을 사

람들은 알고 있었고 자신들의 어리석음을 한탄했지만 조준구
는 조준구대로.

"상놈들이란 원래 귀여워하면 강아지 모양 기어오르려고
하고 채찍을 들어야 일을 하게 되는 소와 같아서 심히 다루어
야, 그래야 질서가 잡히는 법이니라."

지서방을 보고 말하며 너털웃음을 웃곤 했던 것이다. 최치
수 생존시에는 그의 상민 혐오―정확히는 인간 혐오―에 대
하여 세계 대세가 어떻느니 구습을 타파하고 인권을 존중해
야 하느니, 최치수가 치를 떨던 동학란조차 옹호하고 나선 조
준구가, 하기는 그 정도 말 몇 마디 뒤집는 것쯤 조준구에게
뭐 대순가? 여반장이다. 하여튼 이곳 사정은 그렇다 치고 농
촌 전반에 걸쳐 피폐하기로는 피장파장이었다. 거듭되는 학
정에 거듭되는 민란, 그 악순환의 정점(頂點)인 저 거대한 분화
구 동학전쟁을 겪은 뒤 피곤한 농토와 농민은 겨우 그 명맥을
잇고 있었을 뿐 눈부시게 급변하는 정치적 현실에서―거의
주인 부재의 수렵장이었다 할지라도―망각된 존재였었고 농
민들 스스로도 뜰 안의 한 그루 과목에 세금을 붙이던 무서운
가렴주구(苛斂誅求)에 과목을 베어버리지 않을 수 없었던 그와
같은 포기의 자학을 씹으며 가사상태(假死狀態)로 도피한 시기,
을사보호조약으로 나라의 주권은 일본제국으로 넘어갔고 새
로운 실권자를 추종하는 새로운 세력군(勢力群)이 형성되는 혼
돈 속에 권력과 동반하게 마련인 경제의 유동, 그중에서도 후

일 대다수의 농민들이 피땀에 전 땅을 버리고 남부여대 기약 없는 유랑의 길을 떠나게 한 악명 높은 착취기관 동양척식회사 설립의 소지는 다져지고 있었다.

이런 대세에서 까마귀 노는 곳에 백로는 가면 아니 된다던, 고고하게 현실에서 몸을 사리던 선비들이 그러나 강의(剛毅)하게 일어선 항쟁은 물거품이었고 1907년에 들어서서 해아밀사사건(海牙密使事件)으로 허수아비에 지나지 않던 고종이 그나마 퇴위하는 비극과 훈련원에서의 조선 군대의 해산은 빈사의 목숨에 마지막 칼질이었다. 그로 인하여 참령 박승환(朴勝煥)은 자결, 이것이 도화선이 되어 무기고를 부수고 대한제국의 마지막 군인들은 남대문에서 일군과의 처참한 교전을 벌였다. 이 싸움에 서울로 일 갔었던 윤보가 뛰어들었던 것이다. 그 뒷이야기는 연장망태도 버리고 거지꼴로 마을에 돌아온 것으로 설명이 된다.

눈에 뚜렷이 보인 것은 아무것도 없었다. 정확히 무슨 일이 일어날 것인가를 짐작했던 것도 아니었다. 그러나 윤보가 돌아온 뒤 분명 마을은 술렁이고 있었다. 그럴싸 싶어 그랬는지 마을 사람들에게는 평소 말마디나 한다는 장정들의 눈이 희번뜩이는 것 같았고 윗마을과의 내왕이 어쩐지 잦은 듯싶었고 술을 마시거나 낚시질로 소일하는 윤보 모습이 이따금 마을에서 없어지는 것 같기도 했고, 여느 때 같으면 그것은 다 심상한 일이련만 마을 사람들은 무엇인가를 마음속으로 기다리고 있는 것이다. 무엇인가를, 사태가 급변하는 피비린내 나는 것을.

길상이를 제외한 최참판댁, 조준구 내외를 위시한 최참판댁 사람들만 이 마을의 동요를 눈치채지 못했다. 이러한 마을의 동요가 두드러지게 나타난 곳은 뭐니 해도 주막이다. 흔히 살림 이룩하는 집안에서는 그만큼 모든 것을 절용하기 때문에 하인살이가 어렵다는 것이요 살림 빠지는 집안은 기왕 망하는 살림, 하고 쓰임새가 헤퍼지는 데서 하인살이가 편하다고들 하는데 마을도 그런 형세라고나 할까. 전보다 점점 더 살기가 어려워만 가는데 어찌 된 일인지 주막에 술꾼들이 그칠 새 없이 끓었다. 들끓는다고 해서 반드시 모두 술을 마시는 것은 아니었지만 기왕 망하는 판에 에라 모르겠다, 하고 주머니를 끄르며 술을 청하는 사람은 많았을 것이다. 자포자기한 심사와 더불어 거침없는 말들이 오고 가고, 차츰 마을 공론 장소 비슷하게 발전된 것도 사실이다. 답답하면, 뭔가 하고 싶은 말이 있으면, 또 무슨 새로운 소식이 없을까 하고, 어쩔 수 없이 주막을 찾아온다. 영산댁은 술을 안 하는 사람을 냉대한 일이 없고 입이 촉빠른 사람이면 반기는 터이어서 어느덧 그 자신 마을 공론에 한몫을 하는 존재가 되어 있었다. 이제는 중늙은이, 이름만의 남편도 발걸음을 끊어버린 외로운 여자, 오늘도 농부들은 술판에 술 한 잔씩을 놓아두고 예외 없이 공론인지 한탄인지를 늘어놓고 있었다.

"이래가지고는 도저히 못 산다. 무신 팔랑개비 재줄 지녔다고 살겄나?"

윗마을의 윤서방이다.

"못 살믄 죽기밖에 더 하까."

같은 윗마을의 배서방이었다.

"까놓고 하는 말이지마는 우리가 머심살이보다 나을 기이 머가 있노. 아, 남으 집에 머심이라도 산다믄 새경은 꼬박꼬박 안 나오겄나? 이놈우 세가 빠지게 농살 지어봐야 뽀닷이 (간신히) 입치레, 등[背]은 머로 가리고 덮노 말이다. 찬물 떠놓고 코방아나 찧는다믄 모르까 제사고 혼사고."

"코방아만 찧으라모."

"엄두도 못 낼 일이제. 그러니 도지 빚이고 장리 빚이고 안 낼 재주가 있나 말이다. 나중에사 가랭이가 찢어지든지."

"흥, 나올 기이 없는데 빚 줄 사람은 어디 있고?"

"입치레도 시절 좋을 때 얘기고 숭년이나 들어보제. 숭년 들었이니께 수(收)는 물시하자, 그것도 옛날 고릿적 마님 살아 기실 때 얘기고."

"문서에다가 지장을 딱 찍었이니께 숭년 아니라 송장이 나간다 캐도."

두 사람의 얘기를 듣고 있던 영팔이,

"옛날에는 없었던 새 법이 생깄는가. 조상 대대로 그런 문서 없이도 아무 탈 없이 땅을 부칬는데."

혼잣말같이 뇐다. 그새 밖에서 영산댁이 고추장 뚝배기를 들고 들어온다.

"새 법? 그기이 조참판네 법 아니가. 요새 도장 찍는 기이 시풍인 모양인데 나라를 팔아묵을 적에도 다섯 놈이 들어서 도장을 찍었다 카고 그놈들은 백성들 허락 없이 도적질해서 팔아묵은 기지마는 우리네사 내 몸뚱아리 팔아묵었는 기라. 몸뚱아리 팔아묵은 기나 진배없지. 문서에다가 한분 약정을 했이믄 나라도 고만인데 이 내 겉은 불쌍한 농사치기."

"청승은 늘어지고 팔자는 옹그러진다."

영산댁이 핀잔을 준다.

"아무튼지 간에 꼼짝 못하게 생깄는 기라. 약정된 수를 못 내믄 곡가(穀價)를 따지서 돈으로 내야 하고 그것도 못 내믄 은 장리 빚이 되고 장리 빚 이자가 또 장리 빚이 되고 또 되고 또 되고 눈사람이 되고 그, 그러고는 자손만대까지 빚은 안고 넘어가는 기라."

"그러매 일이 그쯤 되얐이믄 한분 버투어볼 일이제이. 날름 허니 지장은 찍어놓고 와 생배를 앓는다요?"

"영산댁 겉으믄 안 찍었일 기든가? 내 혼자 무신 재주로 버투어보노. 태산 겉은 바우를 작대기 하나 가지고 고울 기든가?"

"남정네들이 모도 단이 없어 그러라우."

"이제는 늦었제. 그때 그만, 그 숭년 때 그만 뿌사아부리는 긴데."

"윤서방."

"와요."

"여기 누가 있는가 잘 보고 말허란께? 참말로 염치도 좋소."

윤서방은 영팔이를 힐끔 쳐다본다.

"그때 고방 때려 부실 때는 윤서방 어디 갔더란가?"

"허허, 오금 박는구마. 그때야 어디 누가 이리될 줄 알았던
가."

"물은 건네봐야 깊이를 알고 사람은 겪어봐야, 그러고 하나
를 보믄 열을 안다 허지 않더라고? 남의 살림 덮치는 인사가
작인들헌티 인심 쓸 것이오? 임꺽정이라믄 모르까."

"이자는 벨수 없구마. 벼락이나 한분 믿어보는 수밖에."

"머 지금도 늦다고만 할 수도 없일 기구마."

천천히 말하는 영팔의 얼굴에 세 사람의 눈이 일시에 쏠린
다. 그러더니 뭔가 네 사람 사이에 양해된 것이라도 있는 듯,
다음은 제각기 생각에 잠긴다.

"윤보가 김훈장댁에 가서 대판으로 쌈을 했다 카는데 와 그
랬이꼬?"

배서방이 영팔의 얼굴을 숨어 보며 나직하게 입을 떼었다.
영팔이는 말이 없고 대신 영산댁이,

"의논이 맞아서 자주 드나든다고 안 합디여? 헌데 무신 쌈
이란가?"

"머 들리는 말로는 내가 어찌 화적 떼로 떨어질까 부냐, 함시로 김훈장이 소리를 쳤다 카고 윤보는 자기 일신만 중히 여기는 양반님네 때문에 나라가 망하지 않았느냐, 체멘이 있지 굿 뒤 날장구라도 쳐야지 않겠느냐 했다누마."

"그 말은 맞는 말 아니간디? 하모니라우. 굿 뒤 날장구라도 쳐야제."

이때 새로운 술꾼이 들어왔다. 두만아비다. 어색하고 불안스런 눈이 주막 안의 분위기를 살피는데 그들도 어색한 침묵을 지킨다.

"제에기! 그만 하늘하고 땅하고 딱 붙어부렀이믄 좋겠다! 영산댁 술 한 잔 더 주소."

윤서방이 역시 어색하게 침묵을 깬다.

"그라믄 세상만사 끝장이지 머."

술판 앞에 자리를 잡고 앉은 두만아비는 일그러진 웃음을 띠며 윤서방 말에 참견했다. 사람들은 그를 따돌리기는 하나 그의 사람됨을 못 믿는 것은 아니었다. 두만아비 역시 따돌림을 당한다고 자기 생활이 불편한 것은 추호도 없었다. 그러나 그도 다른 사람들과 마찬가지로 돌아온 윤보 거동에 비상한 관심을 갖는다. 무슨 일이 일어날 것이라는 예감은 어릴 때부터 윤보를 아는 만큼 다른 사람들보다 강했다. 만일 어떤 사태에 직면한다면 자기 처신이 참으로 어려워지리라는 것을 아는 때문에 마을 공기에 예민해지는 것은 어쩔 수 없고 주막에 나타나는 것도 술을 마시기 위해서는 아니었다.

"영팔아."

술잔을 받아놓고 오랜 동안 잠자코 앉아 있던 두만아비가
불렀다.

"야."

"한조 소식 듣나?"

"읍내서 진주로 갔다 카더마는 그 뒷일은 모르겄소."

"처가에 갔구마."

"그렇겄지요. 장사 밑천이나 얻을 양으로, 아니믄 어디 땅
뙈기 얻을 곳이나 있일까 싶어 갔겄지요."

"그기이 어디 쉽겄나."

"그러기 말이오."

다시 묘한 침묵이 계속된다.

"아무튼지 간에 까놓고 하는 말이지마는 우리가 머심살이
보다 나을 기이 조금도 없고."

윤서방이 목청을 다듬고 기껏 화제를 만들어낸다는 게 아
까 하던 말의 되풀이다.

"그라믄 머심살이 하로 가라모."

배서방의 시큰둥한 대꾸.

"아 남우 집 머심이라도 산다믄 새경은 꼬박꼬박 나오지 않
겄나. 하, 하모 새경이사…… 이눔우 뼈가 빠지기 농살 지어
봐야."

"잔소리할 거 없이 머심 살러 가라 안 카나. 누가 잡는 사램이라도 있다 말가."

"그눔우 원시(원수), 식구들만 없다믄야 내가 이라고 있이까? 벌씨 떠났제."

"그는 그런디 최참판네 곱새 도령이 아파 죽게 생깄는디 말들은게로 왜귀신이 붙었다누마. 얼매 전에 왜나막신 신은 왜놈하고 큰 칼 찬 읍내 별순사 대장 놈이 왔다 가지 않았던개비여?"

"그놈우 왜구신, 집은 자알 찾았구마."

"아암, 잘 찾았지. 왜놈한테 빌붙은 집안이라야 물밥이라도 얻어묵제."

막걸리 한 잔에 짠 김치 한 조각을 와삭와삭 씹어먹은 뒤 두만아비는 일어서며 묻는다.

"영팔이는 장에 안 갈 기가."

"장에 갈 일도 없고, 집에나 가야겠소."

"우떤 사람은 장에로 다 가노. 우리사 장 길도 잊어부렸다. 참말로 이펭이, 봉기한테는 시절이 좋고나."

깊은 악의가 있는 것도 아니면서 배서방은 비꼰다.

"내가 머 백 석지기가 이백 석지기가. 비양 치고 접으믄 얼매든지 쳐라. 백 석지기나 되었이믄, 너희들 심보 밤에 와서 불 지르겄다."

두만아비는 몹시 언짢아한다.

"기왕에 불지를 양이믄 만 석지기지 그까짓 백 석지기 머할라꼬."

뒤통수에 배서방 말이 날아간다.

장에 간 두만아비는 어물전 앞에서 선이 시아버지 장서방을 만났다.

"사돈 장에 왔소?"

두만아비가 먼저 알은체한다. 장갱이의 불룩한 배를 쿡쿡 찔러보고 있던 장서방은 장대한 몸을 돌렸다. 머슴아이가 지게 걸빵을 잡으며 장서방 옆에서 조금 물러선다. 젊을 때는 남의 고지기 노릇을 했으나 지금은 장배를 두 척이나 부리게 된 처지, 신수도 좋고 머슴아이까지 거느리고 장에 나온 모양이다.

"사돈이오?"

입술은 수염에 가려져 보이지 않는다. 담뱃진에 전 들쑹날쑹한 이빨을 드러내고 웃는다. 머슴아이가 지고 있는 바지게에 생선비늘이 묻은 손을 쓱쓱 문지른 장서방은,

"집안은 모두 편안하요?"

"예, 사부인께서도 편안하시고요?"

두만아비와 장서방은 장바닥에 서서 새삼스럽게 맞절을 한다.

"제사장을 보러 왔더니,"

하다가 장서방은 비뚤어진 갓전을 바로잡는다.

"개기가 물이 나빠서 못 쓰겠구마."

"참 그렇지요. 이맘때가."

말끝을 맺지 못하고 두만아비는 헛기침을 한다. 완연한 가을철이어서 바람은 쌀쌀한데 두만아비의 동저고리 바람의 모습은 초라하다.

"아이들 조모 기일 아니오. 그라고 참 서울서 소식이 왔다 카지요."

"예. 잘 있다 캅니다. 젊은 놈이사 머."

"장은 다 보았소?"

"예. 죽물전에서 이거 하나 샀십니다. 아숩아서."

두만아비는 보리쌀 바구니와 갈구리를 쳐들어 보인다.

"이리 만냈으니 그냥 갈릴 것이 아니라 한 잔씩 안 할라오?"

"제사장은 우쩌시고."

두만아비는 제 주머니 속을 따져보며 불안하게 말했다.

"아따, 해가 저기 반공중에 떴는데 무신 걱정이오."

장서방은 내켜하지 않는 두만아비의 팔을 끌고 가다가 돌아본다.

"이눔아야, 니 거기서 꼼짝 마라. 내 올 때까지 꼼짝 말고 거기 있거라이."

"야."

비리갱이처럼 여윈 머슴아이는 시투룸해서 대꾸한다.

"만물이 다 비상 값이라. 조상 물 떠놓기도 어럽기 되고, 세상이나 편하다믄 그래도 좋겄는데."

장서방 말을 귓전에 흘리며 두만아비는 주머닛돈 셈을 한다.

'말을 안 들었이믄 몰라도 알믄서 개기 한 마리 안 사줄 수도 없고, 술은 사돈이 먼지 말했으니께 술값이사 낼 기다마는…… 딸 준 죄인이더라고 자반개기는 한 마리 사서 지게에 올리주어얄 긴데, 눈 밝은 기이 탈이라. 그만 못 본 척 지나가부리는 긴데.'

두만아비는 장서방의 말을 듣는 둥 마는 둥 술도 마시는 시늉만 하다가 일어섰다. 다시 함께 장으로 들어간 두만아비는 어물전을 몇 바퀴나 돌다가 겨우 흑도미 한 마리를 샀다. 비싼 생선은 아니지만 그러나 명색이 도미였으니까. 사양하는 것을 머슴아이가 짊어진 바지게 위에 올려주고 발길을 돌린 두만아비는 거의 장터를 다 벗어났을 무렵 무슨 까닭인지 걸음을 멈추고 한참을 생각하다가 급히 되돌아간다. 그때까지 장터를 서성대고 있던 장서방을 찾은 두만아비는 무슨 얘기를 하는지 한참을 수군거리는 것이었다. 연신 고개를 끄덕이던 장서방은,

"걱정 말고 그렇기 하소. 하모, 집안이 편해야지."

이틀 후 나룻배를 타는 두만아비와 영만이를 본 뒤 마을 사람들은 사흘 동안이나 그들의 모습을 마을에서 보지 못하였다. 심상한 일은 아니었다. 왜냐하면 그들 부자가 집을 비우

는 일이라곤 마을 사람들 기억에는 일찍이 없었다.

"아지마씨, 이펭이 어디 갔십니까?"

윤보는 일부러 찾아온 모양이다.

"저, 사돈댁에."

윤보를 보는 순간부터 당황한 두만네는 보기에 민망스러울 지경으로 안절부절이다.

"사돈댁에요. 머하러 갔는고요?"

윤보의 얼굴은 험악하다.

"새, 생신이고 또 두만이 따문에 의논 좀 하, 할라꼬."

"두만이사 서울 안 있소."

"……."

"장서방이 두만이 데리와서 장배라도 한 채 모울라 캅디까."

"아, 아니오, 무신."

"하기사 배 모는 목수, 집 짓는 목수 따로 있으니께."

"어, 어린기이 아직이사, 무신."

심술 사납게 놀리려 드는 윤보에게 고지식한 대꾸를 하는 두만네는 거의 울상이다.

"마 좋소. 이러나저러나…… 한데 집이 허술컸소."

"……."

"아지마씨 혼자니께 말이오. 요새겉이 분분한 세상에 무신 일이 일어날지 뉘 알겠소?"

울상이던 두만네 얼굴이 하얗게 질린다.

"마 좋소. 이펭이 그놈 생각 잘했일 기요. 아지마씨, 나 물 한 그릇 주소."

물 한 사발을 벌컥벌컥 들이켠 윤보는 손등으로 입가를 훔치고 돌아선다. 그리고 간다 온다 말없이 삽짝을 나서는 것이다.

'생각 잘했제. 이펭이 놈…… 번갯불에 콩 꾸워 묵을 놈. 하기야 답답한 놈이 새미 파더라고 지가 멋이 답답해서……. 머, 일 그르칠 놈은 아닌께. 동네가 잠잠해지기까지 피해 있자는 기지. 약아빠진 놈!'

"보소!"

부르는 소리에 돌아본 윤보,

"나 불렀나?"

"야."

삼수다.

"와."

"좀 할 말이 있어서."

태연했으나 윤보의 눈길은 긴장한다. 삼수는 여느 때와 달리 수긋한 얼굴이다.

"최참판네 하인 놈이 나한테 무신 할 말이 있이꼬?"

하면서 윤보는 다시 걷기 시작한다. 삼수는 잠자코 윤보를 뒤따라 걷는다. 언덕을 올라 외딴 윤보의 집 앞에까지 와서,

"니 와 따라오노?"

삼수의 얼굴은 여전히 수긋하다. 윤보는 돌연 몸을 돌리며 삼수의 눈을 똑바로 쳐다본다.

"저어."

"……."

"저어, 오늘은 속마음을 탁 털어놓을라꼬요."

"와? 누구 사람이라도 직있다 말가? 카더라도 내사 판관은 아니구마."

"그런 기이 아니고…… 나도 사램인데 우찌 내 잘못을 모르겠입니까."

"흐음?"

"조가네 편역이 되어서 최참판댁 은공을 잊어부린 천하에 직일 놈, 모두 그렇기 말하고 있소."

"니 선잠을 깼나? 나는 곰보 목수지 최참판네 사돈 팔촌도 아니고 최참판네 조상 구신도 아닌데 무신 잠꼬대고."

"최참판댁 은공을 잊은 것도 그렇지마는 동네 사람들한테도 몹시 했고."

"그렇다믄 새는 날에 동네 사람 모아놓고 빌 일이제. 나야 땅 한 치 없는 떠돌인데 아무 상관 없구마."

"하여간에 내 얘기나 좀 들어보소. 세상에 못 믿을 거는 양반놈들이오. 속절없이 속았단 말이오. 그럴싸한 말로 사람우 마음을, 하기는 다 내가 못나서 한 짓이기는 하요마는 나 혼자만 직일 놈이 되고, 지내놓고 보니 억울한 생각이 드요. 하여간에 지 말 좀 들어보소."

삼수는 꽤 자세히 그간의 일을 얘기하는 것이었다. 결국 다 아는 일, 삼월이 일부터 응당 자기가 차지했어야 할 자리를 서울서 온 지가 놈이 대신하여 그나마 자기를 괄시한다는 그런 얘기다.

"부레 풀도 풀이더라고 낸들 오기 없겠소? 남보다 더했이믄 더했지. 내 조가 놈 망하는 꼴 보고 말겄다 그 말이오."

윤보는 결코 삼수의 말을 믿지 않았다. 그러나,

"거 그 양반이 잘못하긴 잘못했구마. 그래도 강약이 부동인데 우짜노. 머 요새야 노비문서 겉은 거는 아무 소영이 없는기니께, 그렇다믄 떠나는 기이 어떻노? 나 따라댕기믄서 대목 일이나 배울라나? 따른 식구 없는 홀몸이고 보믄."

윤보는 어디까지나 시치미를 뗀다.

"머, 내 살길이 없어서 이러는 줄 아요?"

"그라믄 우짜자는 기고."

"원수를 갚겄다 그거요."

"어떻게?"

"못 묵는 밥에 재 뿌리겄다 그 말이오."

"흠, 그래?"

"그래서,"

"아아, 아."

윤보는 손을 내젓는다.

"아무리 이 윤보가 남우 일을 잘 봐주기로, 거 송장 치다꺼리라믄 모르까 못 묵는 밥에 재 뿌리는 일에 동사할 수야 있나. 여포 창날 겉은* 삼수 혼자라도 넉넉할 긴데 나보고 말할 거 없다."

"그런 소리 마소. 나도 밥 묵고 사는 놈인데 그만저만한 눈치는 다 있다 말이오."

"머?"

"요즘 시수가 우찌 돌아가는지 그것쯤은 나도 안다 그 말이오. 그 작년에 나라 뺏겼다고 해서 김훈장이 일을 꾸밀라 캤는데 그기이 안 되께 전라돈가 어딘가 의병 일으킨 사람을 찾아갔는데 그때 말을 해쌓거든요. 곰보 목수가 있었이믄 일이 됐일 기라꼬. 듣자니께 이분에도 서울서 쌈이 있었다 카고 곰보 목수는 이렇구름 돌아왔고, 모두 소문이 한판 칠 기라꼬."

"머? 한판 칠 기라꼬? 으허허헛헛, 윤보 시세 나가는고나. 으허허헛, 으흐허허핫핫……."

걸쭉한 웃음이 계속해 나온다.

"아무리 그리 시치미를 떼쌓아도 알 만치는 나도 알고 있이니께요. 머 내가 훼방을 놓자고 찾아온 것도 아니겠고, 나는 나대로 생각이 있어서 온 긴데 너무 그러지 마소. 한마디로 딱 짤라서 말하겠소. 왜놈들하고 한통속인 조가 놈을 먼지 치고 시작하라 그 말이오. 고방에는 곡식이 썩을 만큼 쌓여 있고 안팎으로 쌓인 기이 재물인데 큰일을 하자 카믄 빈손으로 우찌 하겠소. 그러니 왜눔과 한통속인 조가부터 치고 보믄 꿩 묵고 알 묵는 거 아니겠소."

"야아가 참 제정신이 아니구마는."

"하기사 전력이 있이니께 나를 믿지 않는 것도 무리는 아니겠소. 하지마는 두고 보믄 알 거 아니오?"

"야, 야 정신 산란하다. 나는 원체 입이 무겁고 또 초록은 동색이더라도 내 안 들은 거로 해둘 기니 어서 돌아가거라. 공연히 신세 망칠라."

윤보는 삼수 등을 민다.

"이거 놓으소. 누가 안 가까 바 이러요? 지내놓고 보믄 알 기니께요. 내가 머 염탐이라도 하러 온 줄 아요? 흥, 그랬을 양이믄 벌써 조가 놈한테 동네 소문 고해바칬일 기고 읍내서 순사가 와도 몇 놈 왔일 거 아니오."

큰소리로 지껄이며 삼수는 언덕을 내려간다.

'빌어묵을, 이거 다 된 죽에 코 빠지는 거 아닌지 모르겠네. 날을 다가야겠다.'

삼수가 왔다 간 다음 날 밤, 자정이 넘었다. 칠흑의 밤을 타고 덩어리 같은 침묵을 지키며 타작마당에 장정들이 모여들었다. 마을에서는 개들이 짖는다. 불은 켜지 않았지만 집집선 인적기가 난다. 언덕 위의 최참판댁은 어둠에 묻혀 위엄에 찬 그 형태는 보이지 않는다. 타작마당에서는 윤보의 그 우렁우렁한 목소리가 평소보다 얕게 울리고, 이윽고 횃불이 한 개 두 개 또 세 개, 계속하여 늘어나고 그 횃불은 움직이기 시작한다.

집 앞에 나서서 횃불이 가는 곳을 바라보고 서 있는 사람은 김훈장이다. 그는 마음속으로 기어코 일을 저지르는구나 하고 몇 번이나 중얼거리고 있었다.

'머라 캤십니까. 화적 떼 겉은 소행이라 말씸하싰습니까? 그라믄 묻겄심다. 서울서 우리 군사가 무기고를 부싰고 왜군하고 쌈질한 거는 멉니까? 그것도 화적 떼 겉은 소행입니까? 하기는 왜놈들이 우리 의병들을 폭도라 칸다 캅디다마는.'

곰보 얼굴이 김훈장 눈앞에 어른거린다.

'양반님네들, 날장구라도 치야 할 거 아닙니까! 굿 뒤에 날장구라도 치야 할 것 아닙니까! 체멘하고 염치를 목심보다 중히 여기는 양반님네, 나라 뺏긴 거는 안 부끄럽고 왜놈한테 빌붙은 역적 놈 목 베자는 거는 부끄럽다 그 말씸입니까?'

곰보 얼굴에 경련이 인다.

'최참판네 만석 살림을 누가 묵었거나 그거야 우리네하고 무신 상관이 있었십니까? 박하고 후하고 차이가 있이니께 농사꾼들한테는 전연 무관하다고는 할 수 없겄지마는, 지금 이 마당에서 사람우 도리가 우떻고 하는 거를 따질 여가도 없고요, 그동안 행악이 많았다고 그자를 치자는 거는 아니지 않십니까. 그런 거야 민란 때의 멩분[名分]일 기고, 하기는 농사꾼들 처지로서는 모두 나겉이 낫 놓고 기역 자도 모리는 기 태반이고 보믄 객리 바램이라도 쏘이서 남으 소리라도 많이 들었다믄 모르까. 나라 헹펜이 이러저러하다 해봐야, 그보다는 지금 살기가 어렵기 돼 있고 악에 치받힌께 그자를 치자 카믄 모도 일어서게 돼 있지요. 그러나 지금 양반 상민, 있는 놈 없는 놈, 백성하고 관가, 그런 쌈은 아닌 기라요. 다만 그자를 치자는 거는 딱 두 가지 까닭이 있일 뿐인데, 그 하나는 그자가 시적 왜나막신이라도 끌고 나올 만큼 왜놈들 편에 빌붙어서 자게 영화만 생각는 역적이니께 이 차에 목을 쳐서 뽄뵈기로 삼자는 거요, 다른 하나는 누구 재물이든 간에 고방에 썩고 있는 거를 우리 의병이 써야겄다 그겁니다. 쌈이란 크나 작으나 배고파도 못하고 빈주먹으로도 못하니께, 동네 사람 인심이 딱 일하기 좋게 돼 있고 그동안 일이 되거시리 다 꾸미났이니께, 임실 순창에는 의병들이 모이 있고 우리가 가믄 합세하게 딱 그리 돼 있다 그 말씸이오. 머 이런 일을 경영한다고 해서 잃은 나라를 당장 찾을 수 있는 것도 아니겄고 왜군이 물러갈 기라는 생각도 없십니다만 부모가 돌아가시도 곡을 하는 법인데 나라가 죽은 거나 진배없으니, 자겔[自決]을 하는 것도 충절이겄지마는 죽기로 작정하고 싸우보는 기이 지금은 도리가 아니겄십니까. 이분에 우리 군사들도 이길 기다, 살아남을 기다 하는 생각으로 왜군하고 대적한 거는 아니니께요.'

이제는 지나가는 횃불도 없다. 어둠이 있을 뿐이다. 김훈장은 돌부처같이 움직이지 않는다. 이미 선택은 끝난 뒤다. 화적 떼 같은 소행이라고 끝내 노여워하고 반대했던 일은 지금 저질러지고 있다. 그러나 김훈장은 그들과 함께 이곳을 떠날 것이다. 해 떨어지기 전에 신주와 손자를 안겨 아들 내외를 산청 사돈댁으로 떠나보냄으로써 김훈장은 배수의 진을 친 셈이다. 지난번 떠날 때와 마찬가지로 아들 내외에게 어떻게 하든 명 보전하여 절손의 불효를 해서는 안 된다는 당부를 김훈장은 잊지 않았다.

이 무렵, 낫 도끼 쇠스랑 대창 등 각기 연장을 들고 최참판 댁을 둘러싼 마을 장정들은 삼수가 열어주는 대문 안으로 왈칵 쏠리며 들이닥쳤다. 그중 몇 사람이 삼수를 보고 으르렁거린다.

"그눔우 자석, 알고도 발설 안 한 거를 본께 우리 편역이다! 전사야 우찌 되었던 직이지 마라!"

하고 윤보가 소리친다. 몇 패로 갈라진 사람들, 그중 한 패거리는 사랑을 덮쳤다. 그러나 조준구는 없었다. 안방을 덮친 사람들도 홍씨를 못 찾는다.

"멀리 안 갔일 기닷! 샅샅이 뒤지라!"

한 패거리는 도망치려는 하인들 계집종들을 모조리 도장에 가두고 지서방만을 끌어내어 뒤꼍으로 끌고 가 대창으로 찔러 죽였고, 한편에서는 미리 끌어다 놓은 소달구지 다섯 틀,

이 중 하나는 두만네 것이었고, 최참판댁 소며 말이며 밖으로 끌어내어 곡식 피륙 온갖 물품, 안방 장롱을 엎고 다락을 쓸고 해서 쏟아놓은 패물 은전 지폐, 닥치는 대로 날라다 싣는 판이었다. 일사불란하고 재빠르고 군소리 없는 팽팽하게 긴장된 시각, 시각이 흐른다. 처음 조준구를 찾는 무리에 끼어들었던 길상은 안방, 사랑을 뛰면서 혈안이 되어 무엇인가를 찾고 있었는데 그것은 토지 문서였다. 별당에서는 아침에 길상으로부터 밤에 일어날 사태 얘기를 들은 서희와 봉순이 등잔불을 켜놓고 앉아 있었다. 서로 얼굴을 쳐다보고 있다. 봉순이는 무서워서 떨고 있었고 서희는 조준구 내외의 죽음을 각일각 기다리는 긴장으로 하여 떨고 있다.

"용아! 짐을 실었이믄 어서 떠나라."

윤보 명령에 달구지는 움직인다.

"형님! 아무리 찾아도 없소!"

장정 하나가 쫓아와서 보고를 한다.

"멀리는 안 갔일 기다!"

윤보는 뒤채 쪽으로 돌아간다. 뒤채 뜨락 횃불 아래 병수는 꿇어앉아 있었다.

"삼수 놈이 귀띔을 한 거 아니까요."

누군가가 말했다.

"벼, 벼락 맞일 소리!"

윤보는 입을 크게 벌리고 소리치는 삼수를 바라본다.

"그, 그럴 양이믄 와 미리 쳐들어올 것 기다릴 것도 없었제!"

신변에 위기를 느낀 삼수는 다시 소리를 지른다.

"목수아재요! 그, 그라믄 뒷산으로 찾아가보까요?"

윗마을 관수가 작은 눈을 초조하게 굴리며 말했다. 이제 조준구 내외는 증오의 대상도 아니요 보복의 대상도 아니다. 일을 저질렀으니 후환을 두려워하는, 다만 그 일념이 조준구 내외의 죽음을 서두르고 있는 것이다. 죽은 사람은 말이 없는 법. 냉정히 따져보면 마을을 뜨는 것은 기정사실이다. 남을 가족들에게 화가 미칠 것도 기정사실이다. 함에도 조준구 내외만 없어져버리면 적어도 가족들은 화를 면할 것 같았고 살림이 서희 손으로 넘어가게 되면 장차 희망이 있을지도 모른다는, 그것은 그러나 일을 저지른 이 마당에서는 너무나 가냘픈 기대인 것이다.

"그럴 시각이 없다! 이 칠흑 같은 밤에 집 안에서 찾아라. 못 찾으믄 할 수 없는 기다."

윤보 말에 모든 얼굴들이 굳어진다.

"한시바삐 떠나는 게 멋보다 시급하니께. 느적거리고 있다간 죽도 밥도 안 된다. 어, 찾아라!"

"이 꼽새는 우짜꼬요?"

"그 벵신을 머하구로? 내비리두고 사당 있는 대숲 쪽을 뒤지라!"

"그라믄 삼수가 앞장서라! 니가 잘 알 기니께."

따줄이 삼수를 떠민다.

"어럽잖은 일이구마."

횃불을 든 장정이 삼수 뒤를 따르고 서너 명이 또 따른다.

'이눔우 새끼들이 전자의 내 일을 잊지 않고, 윤보 아니믄 날 직이기라도 할 기세 아니가?'

대숲 쪽으로 가면서 삼수는 생각한다.

'이렇기 되믄 나는 머가 되제? 오도 가도 못하고 음…… 맞다! 오 옳지! 하하, 와 내가 진작 그 생각을.'

대숲 속의 오솔길을 횃불과 횃불에 비쳐서 검붉게 번들거리는 장정들의 얼굴이 간다. 이글거리는 눈들이 간다.

"사당 안을 보자!"

사당 문을 삼수가 연다. 그의 눈이 마룻장으로 간다. 삼수가 먼저 들어섰고 몇 사람이 따랐다. 구석구석 살펴본다.

"여기는 없다!"

"그라믄 나뉘져서 대숲을 샅샅이 찾자!"

대숲 속으로 흩어지고 횃불은 별당 후원 쪽으로 간다. 흩어지면서 장정들은 삼수의 존재를 잊는다. 이때를 타서 되돌아온 삼수는 사당 안으로 기어들어간다. 마룻바닥에 엎드린다.

"나으리, 나으리."

아무 소리가 없다. 삼수는 마룻바닥에 귀를 바싹 붙인다.

"나으리, 소인 삼수올시다! 저놈들이 대숲 속을 뒤지고 있심다."

"……."

"나으리! 이렇그름 믿지 않으시믄 소인도 맴이 달라질 기니께 대답하시이소. 지금 당장 말 한마디믄 이 세상하고 마지맥이 될 기니께요."

협박이다.

"나, 나, 나."

겨우 마룻장 밑에서 소리가 났다.

"기심서 그러시오. 이자 아있지요? 삼수 놈이 그래도 나으리한테는 쓸모가 있는 놈이라는 것을. 우짜겠십니까, 이자는 이놈한테 한몫을 주시는 기지요?"

"주, 주고말고. 제, 제발 사, 살려주게."

"예. 언약하있습니다. 죽고 사는 기이 이 삼수 놈 손에 매있이니께요. 지서방도 댓바람에 찔러 직있이니께 나으리한테도 가차가 없실 깁니다."

삼수는 어둠 속에서 회심의 미소를 띠며 사당을 빠져나온다. 조준구를 찾아 미친 듯 쏘다니는 무리에 얼렁뚱땅 끼어든다. 삼수가 사당 마룻장 밑을 생각한 것은 그럴 만한 이유가 있었다. 조준구가 토지 문서를 사당 마룻장을 뜯고 그 밑에 감춘 것을 삼수는 알고 있었던 것이다. 한편 조준구는 우연히 소피를 보러 나갔다가 횃불이 집을 향해 다가오는 것을 보고 순간적으로 홍씨를 끌고 사당으로 달려갔던 것이다.

최참판댁을 습격한 윗마을 아랫마을 그리고 윤보가 맥을 통해놓은 근동에서 온 장정들은 여러 패로 나뉘어져 차례차례 떠났다. 조준구를 못 찾는다 해서 윤보는 애초 계획을 조금도 달리하지 않았던 것이다. 새벽까지 남은 사람은 윤보와 길상이 이외 몇 명이었다. 조준구를 찾기 위해서지만 한편 먼저 떠난 사람과 짐이 정해진 장소까지 당도하기까지 최참판댁의 외부와의 연락을 끊어놓자 하는 데 중점을 둔 잔류였다.

결국 조준구 내외를 못 찾고 만 윤보 일행은 어둠이 걷혀지려 할 무렵 겨우 떠났는데 그 무리에 김훈장이 따랐고 먼저 떠난 무리에 끼어들었던 삼수는 중도에서 빠져나와 숲속에 숨어 있다가 해가 뜰 무렵 집에 돌아왔다.

16장 악(惡)은 악(惡)을 기피한다

충성심을 가장한 삼수의 은근한 협박을 받으며 구차스러운 언약을 하는 등 그런 상황 아래 산목숨이라 할 수 없는 일각 일각, 모골이 얼어붙는 하룻밤을 사당 마룻장 밑에서 보내고 구사일생한 조준구는 하인들 눈에도 민망스러웠다. 얼마나 허둥대었기에 파리가 앉으면 낙상하겠다던 이마는 찢겨져 핏자국이며 왼쪽 눈 가장자리는 퍼어렇게 부풀어올라 눈 하나가 짜부러졌고 얼굴 몸뚱이 찢어진 의복 할 것 없이 그을음

거미줄이 줄레줄레 묻어서 갈 데 없는 미치광이 모습이다. 남달리 몸치장에 알뜰했던 성미였었던 만큼 그런 꼴을 하고서 이를 부드득 갈아젖히니 하인들이 돌아서서 웃음을 깨물지 않을 수 없다.

"아아니! 목을 쳐 죽일 그 화적 놈들이! 아이고오, 이 일을 어쩌누."

안방으로 달려간 홍씨는 홍씨대로 울부짖는다. 아무리 뒤져보아야 목숨만큼이나 아끼던 그 많은 패물은 간 곳이 없다. 서울 육의전에서 바리바리 사다 나른 숱한 청나라 비단, 은전 한 푼 남아 있는 게 없다. 눈꼬리를 치키고 퉁퉁한 작은 몸을 솟구쳐가며 고방으로 달려간 홍씨, 그곳인들 무엇이 남아 있겠는가. 울부짖고 악담하고 금세 목이 잠긴다.

"마님, 그저 목심이 살아남은 것만 천행으로 아시야제요. 고방 빈 것쯤 만석 살림이 끄떡이나 하겠습니까."

삼수는 환심을 사려고 말하는 것이나 눈앞에 보이는 사태에 눈이 뒤집힌 홍씨,

"이놈아! 불난 집에 부채질이냐!"

하다가 뒤늦게 생각이 난 듯 별당 쪽으로 쏜살같이 달려간다.

"서희 이, 이년! 썩 나오지 못할까!"

나오길 기다릴 홍씨는 아니다. 방문을 박차고 들어가서 서희를 끌어 일으킨다.

"네년 소행인 줄 뉘 모를 줄 알았더냐? 자아! 내 왔다! 이제

죽여보아라! 화적 놈 불러들일 것 없이!"

나오지 않는 목청을 뽑으며, 거품이 입가에 묻어 나온다.

"자아! 자아! 못 죽이겠니?"

손이 뺨 위로 날았다. 앞가슴을 잡고 와락와락 흔들어댄다. 서희 얼굴이 흙빛으로 변한다. 울고 있던 봉순이,

"왜 이러시오!"

달려들어 서희 몸을 잡아당기니 실 뜯어지는 소리와 함께 홍씨 손에 옷고름이 남는다.

"감히 누굴! 감히!"

하다가 별안간 방에서 뛰쳐나간다. 맨발로 연못을 향해 몸을 날린다. 그는 죽을 생각을 했던 것이다.

"애기씨!"

울부짖으며 봉순이 뒤쫓아간다.

"죽어라! 죽어! 잘 생각했어! 어차피 너는 산목숨은 아니란 말이야! 죽고 남지 못할 거란 말이야!"

고래고래 소리를 지른다. 서희는 연못가에서 걸음을 뚝 멈춘다. 돌아본다. 흙빛 얼굴에 웃음이 지나간다.

"내가 왜 죽지? 누구 좋아하라고 죽는단 말이냐?"

나직한 음성이다. 홍씨 눈을 똑바로 주시한다.

"사람 영악한 것은 범보다 더 무섭다는 말 못 들으셨소?"

여전히 나직한 음성이다.

"무서우면 어떻게 무서워! 우리 내외한테 비상을 먹이겠다

그 말이냐?"

아이고! 아이고! 눈물도 안 나오는 헛울음을 울더니 이번에는 봉순에게 달려들어 머리끄덩이를 꺼두르고 한 소동을 피운다. 읍내서 헌병, 순사들이 왔다는 말에 홍씨는 겨우 본채로 돌아갔다. 서희는 찢겨진 저고리를 내려다본다.

"길상이 놈이 날 죽으라고 내버리고 갔다."

눈이 부어오른 봉순이는,

"마지막까지 남아서 찾았지마는 사당 마릿장 밑에 숨은 줄이야 우, 우찌…… 으흐흐흐."

되풀이 입술을 떨면서 서희는 말했다.

"길상이 놈이 날 죽으라고 내버리고 갔다."

달려온 헌병들에게 맨 먼저 당한 것은 삼수다.

"나, 나으리! 이, 이기이 우찌 된 영문입니까!"

헌병이 총대를 들이대자 겁에 질린 삼수는 그러나 무엇인가 잘못되었거니 믿는 구석이 있어서 조준구를 향해 도움을 청하였다.

"이놈! 이 찢어 죽일 놈 같으니라구!"

무섭게 눈을 부릅뜬 조준구를 바라본 삼수 얼굴은 일순 백지장으로 변한다.

"예? 머, 머, 머라 캤십니까?"

"이놈! 네 죄를 몰라 하는 말이냐? 간밤에 감수한 생각을 하면 네놈을 내 손으로 타살할 것이로되 으음, 능지처참할 놈 같으니라구. 이놈! 어디 한번 죽어봐라!"

"나, 나으리! 꾸, 꿈을 꾸시는 깁니까? 이, 이 목심을 건지디린 이, 이 삼수 놈을 말입니다!"

그러나 조준구는 바로 저놈이 폭도의 앞잡이였다고 이미한 말을 다시 강조할 뿐이다. 물론 이 경우 폭도란 의병을 일컬은 것이다.

"이눔우 새끼! 가아!"

헌병은 총대로 등바닥을 후려친다.

"아이고오! 살리주소! 나으리! 나으리마님! 사, 살리주시오! 이놈 살리, 소, 소인은 나으리를 사, 살리디렸는데 이럴 수 있십니까?"

삼수는 걸레 조각처럼 끌려나갔다. 노비들은 숨을 죽이며 이 광경을 지켜보고 있었다. 대문 밖으로 끌려나간 뒤에도 삼수의 울부짖음은 계속 들려왔다. 울부짖음이 끊어졌는가 싶었는데 얼마나 지났을까, 뒷산 쪽에서 총소리가 두 번 울렸다. 숲속에서 새들이 푸드덕 날아오른다.

'얼렁뚱땅 넘기노라고 진땀을 뺐구마. 사당문 열고 들어갈 때는 간이 콩알만 해지데.'

'나리께서 거기 계시는 걸 알았던가?'

'하모. 알았지러. 알았이께 간이 콩알만 해졌지. 그눔아들이 지서방맨치로 날 직일라 카는데는 참말이제 눈앞이 캄캄하더마.'

'그런데 어떻게?'

'아 그랬는데 윤보가 나를 집안 내막 잘 알기라 캄서 죽는 대신 나으리를 찾아내라는 기라. 그래 찾는 시늉을 했지. 살 고 봐야 안 하겠나? 게우 그눔아아들이 대숲을 뒤지는 새 사 당에 숨어들어가서 나으리께 안심을 시키놓고 의심을 받을까 봐서 따라가는 척하다가 뺑소니를 안 쳤나. 참말이제 그눔 아 아들한테 들키기만 했이믄 두 양주 분 지금쯤 황천 가시는 길 일 기구마는.'

아침에 넉살 좋게 지껄이던 삼수 모습을 하인들은 생각해 보는 것이다. 끌려나갈 때도 소인은 나으리를 살리디렸는데 이럴 수가 있느냐, 하지 않았던가. 삼수가 믿지 못할 위인인 줄은 모두 아는 일이다. 그러나 그의 죽음에서 조준구의 본성 을 하인들은 똑똑히 보았다. 이용하고 나면 버리는 무자비한 생리에 소름이 돋았다. 실상 조준구는 사당에서 나오는 순간 부터,

'이 찢어 죽일 놈! 어디 한번 죽어봐라!'

마음속으로 별렀던 것이다. 일본 헌병들이 오기까지 안심 할 수 없어서 참았을 뿐이다. 삼수가 공포감을 안겨준 것만은 틀림이 없다. 그러나 삼수가 발설하지 않았기 때문에 살아남 은 것도 틀림이 없다. 언약 따위 저버리는 것쯤은 능사라 하 더라도 죽이기까지, 그러나 삼수는 이제 성가신 존재, 없어져 주는 편이 홀가분하다. 어젯밤의 일이 없었더라도 어쩌면 조

준구 머릿속에 삼수를 폭도로 몰아버릴 생각이 떠올랐을지도 모를 일이다. 어리석은 삼수. 그가 아무리 악독하다 한들 악의 생리를 몰랐다면 어리석었다 할밖에 없다. 악은 악을 기피하는 법이다. 악의 생리를 알기 때문이다. 언제나 남을 해칠 함정을 파놓고 있는 것을 알기 때문이다. 그러나 역시 궁극에 가서 악은 삼수가 지닌 그와 같은 어리석음을 반드시 지니고 있다. 왜냐, 악이란 정신적 욕망에서든 물질적 욕망에서든 간에 그릇된 정열이어서 우둔할밖에 없고 찢어발길 수 있는 허위의 의상을 걸치고 있기 때문이다.

사건이 난 이틀 만에 진주서 출동한 일본군 이 개 소대는 소위 그네들이 일컫는 폭도들의 행방을 쫓아 지리산 방면으로 향했고 읍내서 온 헌병들은 마을을 결딴내고 있었다. 아낙들과 늙은 부모들은 매를 맞고 총칼로 위협받으며 읍내로 끌려가기도 했고 아이들은 울부짖었다. 이 북새통에 한조가 돌아왔다. 그동안 진주에 있다가 솔가할 결심으로 마을에 돌아온 그가 이번 일에 관련이 있을 리 만무다. 사건의 내용조차 모르고 왔다. 한데 그는 삼수 다음의 희생자가 되었다.

"저놈도 폭도 중 한 놈이오. 아주 악질이란 말이오."

조준구는 서슴없이 손가락질을 했다.

"머라꼬? 한조가 잽히갔다고?"

바깥 동정을 살피고 온 두만네 말에 두만아비는 앉은 자리에서 벌떡 일어섰다.

"그 댁네가 울고불고 야단났구마요."

"하기사 머, 죄 없이믄 나오겠지. 한조가 무신 죄 있다고."

눈에 불안이 가득 실렸으나 슬그머니 앉는다. 들일도 못하고 답답하게 방에 갇혀서 장차 어찌 될 것인가, 마을에 불을 지른다는 것이 참말인가, 생각지 말자고 몇 번을 다짐했건만 잃어버린 소가 자꾸 눈앞에 어른거리는 둥 심중이 괴롭기만 한데 한조가 잡혀갔다는 것은 또 무슨 징조란 말인가.

"보소."

"……."

"참말이제 이러다가 큰일 나겠소. 야무네가 그러는데 조간가, 그 도적놈이 찔렀다 안 카요."

두만네는 남편 옆으로 바싹 다가앉으며 소곤거린다.

"머라꼬? 그 양반이 찔러? 와, 머 땜에? 한조는 벌씨부터 여기 안 있은 거는 다 아는,"

"그러니께 큰일 나겠다는 거 아니겠소."

두만아비는 양 볼을 실룩거리며,

"하 참, 그래도 죄가 없는 바에야."

"그기이 그렇잖은갑더마요. 조간가 그 도적놈이 왜말도 잘하고 왜놈들하고 친분도 두텁아서 못하는 짓이 없다 안 카요. 그 금지옥엽 겉은 애기씨가 거무겉이 돼가지고 시달림을 당하는데 차마 눈 뜨고는 못 보겠더라 안캅니까. 날이믄 날마다, 저거들 시키는 대로 안 하믄 왜놈한테 넘기겠다고 얼림장

(으름장)이고."

"……."

"한조 그 사람도 여기 안 있었노라, 한사코 발맹*을 했다 카더마는, 마구 발길질을 함서 개 끌듯 끌고 갔다 안 카요."

"그, 그라믄 나도 여기 없었는데, 그, 그것 가지고는 바, 발맹이 안 된다 그, 그 말이겠네?"

"그거사 한조 그 사람은 흉년 때 일로 해서 조가가 빼물고 있었겠지요."

"그, 그래도 법대로만 한다믄 무신 죄 있다꼬?"

그러나 며칠 뒤 들려온 소식은 한조가 총 맞아 죽었다는 것이다. 추달을 받다가 아무것도 알아내지 못하게 되자 죽인 것이라 했다.

'이래가지고 우찌 살겠노. 사람우 목심이 포리 목심이니.'

한조네 식구들이 울부짖는 소리를 듣다 못해 강가로 나온 두만아비는 눈앞에 있는 강물이 보이질 않는다. 자신도 언제 어떻게 당할지, 불안이 없는 것은 아니지만 그보다 지난날의 한조 모습이 눈앞에 삼삼거려 견딜 수 없다. 까닭 없이 조준구한테 끌려가 매를 맞고 미칠 것 같다면서 밭둑에 앉아 있던 한조, 번갯불에 콩 구워 먹을 놈 하며 빈정거리면서도 의리를 저버린 일이 없는 윤보의 얼굴, 영팔이와 용이의 얼굴, 친구도 이웃도 없이 혼자 남은 외로움이 찬 강바람과 함께 전신에 스며든다. 목구멍에서 울음이 터져 나오려는 것을 헛기침으로 막아보지만.

　마을은 산천초목이 떠는 형세에 빠졌다. 일본 헌병들의 총 칼도 무서웠지만 조준구의 손가락이 더 무서웠다. 손가락 간 곳에 죽음이 있었다. 다른 마을에도 몇 사람인가 죽었다는 말 이 있다. 일본 헌병이나 조준구가 점점 더 서슬 푸르게 날뛰 며 포악해지는 것은 지리산 방면으로 출동한 일본 군대가 성 과를 올리지 못한 때문이라고도 했다. 성과는커녕 그들은 마 을을 떠난 무리들의 행방조차 알아내지 못했다는 것이다.

　가을걷이가 끝났을 무렵 마을에는 쫓겨난 사람, 도망간 사 람들, 하여 빈집이 많아졌다. 임이네는 임이와 홍이를 데리고 읍내 월선네 집으로 밀고 들어갔고 영팔이 한조의 식구들은 진주로 달아났다. 그 밖에 삼십 줄의 달수, 붙들이, 따줄이, 그의 식구들도 뿔뿔이 흩어졌다. 윗마을에서는 더 많은 집이 비었다고 했다. 표면상으로는 일이 일단락지어져서 조용해진 듯싶었다. 그러나 때때로 일본 순사들이 마을에 나타났고 말 탄 병정들이 흙바람을 일으키며 시위하듯 지나가곤 했다.

　"이엉 갈구마는."

　삐뚜름하게 갓을 쓴 서서방이 지팡이를 든 채 턱을 치키며 지붕 위를 올려다본다.

　"야."

　두만아비는 건성으로 대꾸한다.

　"거 폭신폭신하니 잠자리 좋겠다. 금년이야 묵을 사램이 없어 그렇지 시절이야 좀 좋은가?"

횡설수설인데 입맛을 쭈욱 다시며 말하는 품은 노인답게
의젓하다.

"이펭이."

"야."

"내일 우리 집에 안 올란가?"

"……."

"우리 집 마당에서 광대놀이 한다는 말 들었겄제?"

두만아비와 맞잡아서 새끼를 잡아당겨 서까래에 묶던 한복
이,

"운봉할배."

"와."

"고만 집에 가소."

"아따, 내가 빈말하는 줄 아나? 한 마당 논다 카이 그러네.
누가 기경값 내라는 것도 아니겄고, 이분의 광대는 재주가 볼
만하다니께."

"운봉할배."

"와."

"손주를 누가 안아가믄 우짤라꼬 나와 댕기요."

"머라꼬? 아아니, 씨종자 하나 있는 거를 누가 데꼬 간다는
기고? 음. 총 메고 온 사람이 데리간다 카더나?"

쾡한 눈으로 사방을 두리번거리던 서서방은 허둥지둥 지팡

이로 길바닥을 두드리며 집을 향해 걸어간다.

두만아비와 한복이는 영만이가 올려주는 용마름을 지붕 꼭대기에 펴면서 말이 없다. 해는 서쪽으로 기울고 일은 거지반된 듯싶다.

"요새는 와 그런지 부쩍 광대 얘기를 하구마요."

한복이 혼잣말같이 뇐다.

"죽을 날이 멀지 않았는갑다."

"……."

"실성한 중에도 신은 남아 있어서……. 그래도 요새는 걸식하러 안 나가니께 과수댁네 심장이 덜 상할 기구마."

"양자 데리온 후부터는 그 버릇을 잡았다는가 배요."

"참말로 사램이 살아갈라 카믄 별놈의 풍상을 다 겪는다."

일에 이골이 나서 장골 한몫을 하나 몸집은 열일곱 나이에 비하여 작은 한복이, 부지런하고 착한 그를 사랑하는 마음에서 두만아비는 말상대를 하거니와 경위 없이 욕심스런 봉기하고도 요즘에는 잘 지낸다. 봉기 역시 풀이 죽어서 두만아비를 찾아오곤 했다. 외로워서도 그랬었지만 같은 낙오자의 비애 같은 것, 공범자로서의 상련(相憐), 그런 마음이 그들을 전보다 친밀하게 했는지 모른다.

이들과 달리 한복이는 그 일에 참가하지 않았던 자기 나름의 생각이 있었다.

"영만아, 새끼 좀 올려도고."

한복이 아래를 내려다보며 말했다. 영만이 새끼 한 묶음을 올려준다.

"해가 질라 카는데 어서 하고 저녁 묵도록 하소."

두만네가 지붕 위를 향해 말했다.

"다 돼가거마는."

두만아비 대꾸다.

"한복이 니 배고프겄다."

"괜찮십니다."

일을 끝내고 지붕에서 내려왔을 때 사방은 어둑어둑했다. 깜박거리는 등잔불 아래 김이 나는 된장국, 풋김치, 간갈치는 구워놓았고 수북이 올라간 보리밥, 한복에게는 오래간만의 성찬이다.

"한복아, 묵고 더 묵어라이."

남편 앞에 밥상을 날라다 놓은 다음 영만이와 겸상한 것을 갖다 놓으며 두만네는 말했다.

"이것도 많십니다."

"무신 일만 있이믄 니가 와서 거들어주이, 어서 묵어라."

"야, 묵겄십니다."

두만네가 나간 뒤 말없이 밥을 먹던 두만아비는,

"한복아."

하고 불렀다.

"야."

"우리 짚 가지가서 니도 지붕을 이도록 해라. 많이 남았이
니께."

"고맙십니다."

"고맙기는. 영만이 니도 가서 거들어주어라."

"글안해도 그럴라 캅니다."

밥을 꿀떡 삼키며 대답하는데 밖에서 봉기 목소리가 들려
온다.

"이펭이 저녁 묵나?"

"들어온나."

두만아비가 내다보며 말했다. 봉기가 방 안으로 들어오고
두만네도 숭늉 대접을 들고 들어온다. 밥을 먹다 말고 한복이
와 영만이 고개를 숙이며 인사를 치른다.

"임자 밥 있거든,"

남편 말이 끝나기 전에,

"야, 가지오겄소."

"아, 아입니다. 이엉 가는 거를 보고 거들어주지는 못했지마
는 여기 술 한 병 가지왔으니 술잔이나 갖다주소. 밥은 무신."

두만아비의 눈이 휘둥그레진다. 큰마음 먹었구나, 술을 가
지고 오다니. 내일 해가 서쪽에서 뜰란가? 하듯 영만이 한복
을 힐끔 쳐다본다. 한복은 눈을 내리깐 채 서둘러 밥을 먹는
다. 한복이는 봉기를 볼 때마다 인사도 하고 묻는 말에 고분
고분 대꾸도 했으나 마음속으로는 묵은 상처에서 피가 흐르

는 듯한 아픔을 느낀다. 오 년 전 보리 흉년이 들었던 그해 가을이다.

'참말이제 악새풀겉이 멩도 질기다. 부모가 있이도 벵들어 죽고 굶어 죽었는데 천지간에 의지가지할 곳 없는 저 어린기이 우찌 살았이꼬. 아비는 샐인 죄인으로 죽었고 어매는 살구나무에 목을 매달아서, 아 내가 그 목맨 줄을 지금도 가지고 있거마는. 중값 줄라 캐도 안 팔고 갖고 있지러. 멩색이 양반의.'

장거리서 발길을 돌려놓는데 뒤통수를 향해 쫓아오던 봉기의 음성을 잊을 수 없었던 것이다. 원한도 아니면서 쓰라린 그 기억을 지울 수 없었다.

급히 밥을 먹고 아이들이 나가자 주거니 받거니 술잔을 나누면서 봉기는,

"나 삼수 놈 죽은 생각을 하믄 자다가도 춤을 추고 싶다마는 그것 말고는 모두 한심스럽은 일뿐이라."

시작한다.

"듣자니께 그 목이 뿌러질 놈이 하기는 총 맞아서 지 멩대로 못 산 놈이다마는 그놈이 사당 마릿장 밑에 조가가 숨은 거를 알고도 모르는 척했다 카는데."

"머라꼬?"

두만아비는 처음 듣는 말이었다.

"하기사 모리는 척 안 하고 있는 곳을 알리주었더라믄 삼수 놈은 지금 땅 밑에서 썩고 있지는 않을 기다마는."

413

"그러고도 삼수를 직이?"

"그놈이사 천벌을 받아 죽었지. 하여간 그때 조가 그 작자를 결딴냈더라믄…… 설사 참니 안 했다 카더라도 누가 우리를 직이기야 했겠나."

"그렇더라 캐도 일은 크게 벌어진 기니께 동네가 풍지박산 되는 거는 매일반일 기고, 한조 겉은 억울한 죽음이야 없었겠지마는……. 말을 하자 칸다믄 애씨당초 조씬가 그 사램이 이 동네에 안 왔던 기이 제일 좋았던 기라."

"그렇지, 그래……. 아무튼지 간에 윤보 그놈이 날만 보믄 부애질을 하더마는, 저눔이 무신 원수가 져서 날만 보믄 싶더마는, 흉칙스런 오양보다는 몇 갑절 잘난 놈인 것만은 틀림이 없다. 보라모? 말 탄 왜병들이 그리 수없이 찾아댕기도 흔적이나 있이야 말이제? 어디 깊은 곳에 굴을 파고 들앉았다가 잠잠해지믄 한판 치고 나올 작정을 하고 있는지 모르겠네마는."

"한판 치고 나온다 캐도 이자는 소용없일 기다."

"제에기! 요새겉이 답답할 줄 알았다믄 나도 그만 끼어드는 긴데, 아 왜 그 패물이다 은덩이다 비단이다 곡식은 말할 것도 없고 숱허기 실어 갔다누마."

"실어갔이믄 갔제. 그기이 어디 니 거 될 기더나?"

"말이 그렇다는 기지."

"똑똑한 놈들은 다 가고 말깨나 하는 놈들……."

두만아비는 입에 술잔을 가져간다.

마을의 사정은 그러하거니와 최참판댁에서는 홍씨와 서희 사이의 팽팽한 대결이 그 양상을 조금씩 달리하고 있었다. 늘 서희 처리에 불평이 많았던 홍씨는 얼마 전까지만 해도 신경 질을 부리며 조준구에게 따졌다.

"서희 년은 왜 저대로 두는 거지요?"

"글쎄."

"아니 영감."

"성급히 굴 것 없소. 제물에 터지게 돼 있는 거요."

서희 문제에 대해서 신중을 기하느라 좀 생각해보자고만 하던 조준구였다.

"서희 년 일이라면 영감은 노상 어정쩡하게 단을 못 내리시는구려. 우리 목에 칼이 들어올 뻔했는데도 이러고 계시겠다 그 말씀이오? 다시 당하는 일이 있어도 할 수 없다 그 말씀이오?"

"내가 왜 그 생각을 아니하겠소. 허나 상대가 아녀자니, 삼수 놈 경우처럼 직결처분만 받는다면……. 기껏 죄목을 붙여도 의병 뒷배를 보아주었다는 정도일 테고 상사람도 아닌 양반의 규수를 심히 다루지도 않을 테니."

"아아니 영감, 의병 뒷배를 보아준 죄목뿐이라니, 우릴 죽이려 했던 게 누구였지요?"

"부인은 내 말부터 들으시오. 윤보 김훈장 일당 놈이 날 죽이려 한 것은 친일파라 해선데 그것은 일본사람에 대해서는 명분이 서고 떳떳한 일이요만 서희 년이 우릴 죽이려 했다면 경우가 달라진다 그 말 아니오. 자연 서희 년은 발명하고 나설 거구, 또 그 계집애가 일본말을 조금은 한단 말이오. 사납고 머리가 명석하니 무슨 짓을 할지 알 수도 없거니와 아무래도 다소는 허물이 드러날 게고 한편 그 사람들한테 약점을 잡힌다는 것도 재미롭지 못한 일이오."

"……."

"뭐 내가 미리부터 그네들 환심을 사왔고 그까짓 입막음하는 것쯤, 어느 나라 사람이든 돈 보고 싫다는 자는 없으니 별일이야 없겠으나 순리로 조용히 하니만 못하지요. 하여간 서희 년은 만만한 계집애가 아니니 그 사람들과는……. 아무래도 상사람 경우하곤 달라서 그것이 나중에 무슨 화근이 되어 돌아올지 모를 일 아니겠소? 어차피 토지는 모두 우리 앞으로 넘겨놓았으니."

"그러니 어쩌시겠다는 겁니까."

"역시 병수하고 혼인시키는 그 이상의 상책은 없소."

"우릴 죽이려던 계집아일 며느리 삼아요?"

"며느리랄 거 있소? 볼모지. 병수 놈도 사람 구실 못하는 아이니 형식일 뿐이지요."

"병수 놈도 혼인 아니하겠다고 펄펄 뛰는 건 어쩌구요?"

아들의 얘기는 귓전에 닿지도 않는다는 듯,

"이제는 사정이 달라졌소. 서희 년도 꼼짝할 수 없게 됐단 말이요. 말하자면 자승자박한 셈이지. 나는 모르는 척할 터이니

부인이 서희를 달래시오. 그냥 달래는 게 아니라 왜병들이 벼르고 있다는 협박을 하면서요. 사실 서희 년을 어떻게 한다는 건 아까 내가 말한 여러 가지 이유 말고도 난처하기 짝이 없는 일이오. 아무리 그 사람들하고 친하기로 잡아가시오, 죽이시오 한다면 그 사람들 앞에 내 체면이 말이 아니지요. 하니,"

흉년 때의 사건, 서희가 홍씨에게 말채찍을 휘두르려 했었던 사건, 그 당시와 마찬가지로 결국 내외의 의견은 일치할 수밖에 없었다.

만사는 수포로 돌아가고 길상이마저 마을 사람들과 함께 떠나버린 지금 서희는 날갯죽지가 부러진 한 마리의 새, 빈사 상태다. 핼쑥하게 여윈 모습에 퀭하니 뚫린 두 눈에는 일찍이 그에게서 본 일이 없는 비애의 그림자가 넘실거리고 있었다. 오늘도 홍씨는 별당에 나타나 지껄이는 것이다.

"우리 내외를 죽이려다 못 죽였으니 그게 분해서 머릴 싸매고 이리 누워 있는 게냐?"

"……."

"너를 어른으로 생각한다면 우리도 못할 짓이 없는 게야."

많이 누그러져서 말했다.

"너도 총명한 아이니까 모를 리 없겠지. 요즘 지방의 수령 방백 따위가 쪽을 쓰는 줄 아니? 일본사람 세상이야. 일본 별순사들이 만사를 쥐고 펴는 세상이란 말이야. 그 사람들이 영감 말이라면 믿어주고 사정도 봐주고 그러니 망정이지. 우리가 몰라라 해보아, 어떻게 되겠는가. 이런 끔찍스런 일을 저질러놓고 계집아이라 해서 가차 있을 줄 아느냐? 영감이 그래도 너를 생각하여 무릎 밑에 접어놓고, 접어놓고 하시니 말이지. 소행이야 괘씸하다 뿐이겠느냐? 의병이고 나발이고 그놈들을 끌어들여 감히 우릴 죽이려고 했었던 너 아니냐? 내 오기로 말할 것 같으면 죽든 살든 결판을 내고 싶다만."

목청이 높아지고 눈꼬리가 치올라갔으나 본시로 돌아가서 다시 시작한다.

"아무리 규중에서 바깥 사정을 모르기로, 의병인지 화적 놈인지 그 일만 해도 그렇지. 지금이 어느 세상이라구? 일본 나라에 항거해서 살아남을 순 없는 거야. 나라 금상님도 일본의 눈 밖에 나서 임금자리를 물러난 걸 설마 모르지는 않겠지? 우리를 죽이려 했고 지서방을 죽였으니 벌써 그것부터가 살인죄인이요 더더군다나 우리 영감을 친일파로 몰아서 죽이려 했으니, 의병인지 화적 놈들인지 일본 병정들도 그놈들한테만은 사정이 없다는 게야. 너도 생각해보아. 흉년 들던 해에도 그 불한당을 네가 끌어들이지 아니했느냐? 이번에도 그놈들이고 보면, 김훈장인가 그 늙은이, 길상이 놈까지 끼어들었으니 너하고 공모하지 않았다는 말은 못할 게야. 안 그러냐?"

매일이다시피 그 말이 그 말, 추운 마루에서 서성거리는 봉순이는 욕설과 포악스런 행동을 거두어준 것만도 다행이라 생각했으나 넌더리가 난다. 신체의 아픔도 습관이 되면 으레 아픈 거거니 싶듯이 이제는 홍씨가 무슨 말을 해도 별로 겁나지는 않았다. 그저 지겨울 뿐이다. 그러나 한마디 말도 새 나오지 않고 완강하게 침묵을 지키는 서희의 심중을 아는 만큼 봉순이는 초조해진다. 홍씨에 대한 서희의 증오심은 봉순의 습관화돼버린 무섬증과는 다르다. 날로 새롭고 날로 생생해지는 증오심, 서희가 완강한 침묵을 지키는 것은 자기 내외를 살해하려 했다는 홍씨의 말을 인정하기 위해서다. 그의 감정 같아서는 백 번이라도 너희들을 죽이려 했다는 말을 외치고 싶었을 것이다. 그리고 앞으로도 반드시 죽이고 말겠다고 외치고 싶었을 것이다. 무던히 끈덕지고 무지하여 늙은 말고기같이 질긴 홍씨였지만 교활하기로는 서희가 몇 수 위다. 전신으로 살의를 인정하면서 증거를 잡히지 않으려는 침묵인 것이다.

서희 성미에 참으로 견디기 어려운 인내였으리라. 결국 홍씨는, 벙어리냐! 왜 말이 없느냐! 독사 같은 계집애! 하며 그예 악을 쓰다가 물러간다. 그가 나가자 봉순이는 덜덜 떨면서 부리나케 방으로 들어간다.

"애기씨!"

"……"

"미음이라도 한 모금 드셔야지요."

봉순이는 부리나케 다시 밖으로 쫓아 나간다.

'어디로 도망을 갈까? 간다면 어디로 간단 말이냐?'

서희는 농발 대신 장롱을 괴어놓은 막대기 두 개를 멀거니 바라본다. 언젠가 김서방댁이 농발을 어찌하고 막대기로 장롱을 괴어놨을까 보냐 하며 의아해한 일이 있었지만 막대기는 아무도 관심 않은 채 꽤 오랫동안 그렇게 그 자리에 있어왔다. 그 막대기가 서희 육신의 일부분인 양 서희 의식에서 떠난 일이 없었다는 것을 알 턱이 없다. 막대기는 한지에 싸여 있었는데 한지는 거무스름하게 때가 묻어 있었다. 그 막대기가 할머니 방 장롱을 괴어놨던 것인지 서희는 가끔 생각해보지만 기억 속에는 없었다. 지금도 생생하게 떠오르는 것은 그날 밤 할머니의 얼굴이요 들려오는 것은 할머니의 목소리였다.

"서희야?"

부르는 소리에 눈을 떴을 때 등잔불은 누가 켰는지, 불빛 아래 할머니가 앉아 있었다. 깜짝 놀라 일어나 앉은 서희는,

"네, 할머님!"

"김서방이 죽었느니라."

할머니의 움직이지 않는 눈을 바라보며 서희는,

"네, 알고 있습니다."

"봉순네, 돌이 놈도 병이 났어."

"……"

"내가 좀 더 오래 살아 네 뒤를 보아주고 싶지마는 사람의 일을 어찌 알겠느냐?"

"할머님!"

"하기는……"

하다가 윤씨부인은 희미하게 웃었다. 그 웃음의 뜻은 한 치 앞일을 뉘 알겠느냐, 이 액병의 환난 속에 누가 죽고 누가 살아 남을지 그걸 뉘 알겠느냐 그런 뜻이었는지도 모른다. 봉순이는 제 어미 곁에 간 모양, 별당에는 이들 할미 손녀 이외 사람의 기척이라곤 없었다.

"내 지금 할 일이 있으니 서희 너는 말 말고 있어야 하느니라. 아니다. 마루에 나가서 누구 사람이 오는지 살펴보는 편이 낫겠구나."

무섭고 이상한 생각이 들어 떨면서 서희는 마루에 나가 어두운 뜰을 바라보았다. 얼마나 시간이 지나갔을까. 방 안에서는 꽤 오랫동안 달그락거리는 소리가 났다. 장롱 옆구리에 달린 고리가 흔들리는 소리가 나고 장롱을 열고 닫는 소리도 났다. 이윽고 윤씨부인은 방문을 열고 손짓하여 서희를 들어오게 했다. 방바닥에 농발이 하나 댕그렇게 놓여 있었다.

"농발 대신 저기 막대기를 괴었느니라. 후일 너에게 어려움이 있을 때…… 만일을 위해 마련해주는 게야. 아무에게도 말하지 말라. 그것을 쓰게 되고 못 쓰게 되는 것은 오직 신령의 뜻이 아니겠느냐?"

그러고는 농발을 들고 나가는 할머니의 뒷모습, 성큼하게 큰 키에 긴 두 팔은 어둠 속으로 사라졌다.

17장 가냘픈 희망이 그네를 뛴다

"또 나왔구마. 간도댁 이자 그만, 그만하소."

해가 떨어지려 하는데 나무를 사러 나왔던 이부사댁 억쇠는 얼굴을 찡그린다. 간도댁이란 월선이를 대접하여 억쇠가 붙인 명칭이다. 무당 딸이라 하여, 주모 노릇을 했다 하여 누구든 쉽게 이름을 불렀지만, 이제는 나이 사십, 자식이 없으니 누구네라 할 수도 없고 간도에 갔다온 연유로 해서 노령(露領)에 있는 이동진 소식을 알기 위해 서울을 서너 번 내왕했던 억쇠에게 간도가 귀에 선 이름도 아니었기 때문에.

"십 년을 나가 계신 우리 댁 나으리 겉은 분도 기시는데, 맘을 크게 묵으소."

"그 어른은 수천 리 밖,"

하다가 월선이는,

"생사를 알아야 안 하겠소."

하고는 스스러워서 외면을 한다.

"참말로 딱하구마. 진작 팔자나 고칠 일이지 머 땜에 이 고생이오."

인정 많은 억쇠는 가엾은 생각에서 도리어 화를 낸다.

"자식도 없이, 요구조리 겉은 그놈의 계집년까지 떠맡기는와 떠맡소. 이서방이 돈 많이 맽기놓고 갑디까?"

월선의 말을 기다릴 것도 없이 휙 지나간 억쇠는 솔가지 한

짐을 흥정하여 나무꾼을 앞세우고 가면서 모래밭 쪽으로 내려가는 월선의 뒷모습을 돌아보곤 한다.

'지난봄만 해도 그리 곱던 얼굴이 못쓰게 됐네. 저 비리갱이 겉은 여자를 염치 좋은 계집년이 한없이 뜯어묵을 기구마. 이서방이 다 좋은데 그것만은 마땅찮아. 돌아가신 최참판댁 그 양반을 생각해서라도 그럴 수는 없는 일이제. 칠성이 계집년을 데꼬 살다니,'

이제는 아무리 기다려보아도 장배나 뗏목배가 올 리 없다. 나룻배는 저만큼 나루터에 매어진 채, 어둠이 오고 있는 것이다.

모래밭에 무릎을 세우고 앉은 월선이는 줄어들기를 바라기라도 하는가 몸을 움츠린다. 강바람이 설렁한 때문이지만 움츠리고 자꾸만 움츠리면 몸과 마음이 함께 굳어져서 집요하게 달려드는 망상으로부터 도망칠 수 있을지도 모른다는 무의식의 행위이기도 하다. 흰 모래밭에 꺼무끄름한 것이 흐려진 월선의 시계에 들어온다. 팔을 뻗어 줍는다. 바람에 날려왔는지 나무꾼이 흘려놓고 갔는지, 도토리나무 잎새다. 손아귀에 넣어 와삭 꾸겨본다. 눅눅하여 바스라지질 않는다. 안타까운 생명이 아직 남아 있어서 항거하는 것처럼 느껴진다. 가을은 저물고, 아니 찬 바람 부는 초겨울인데 도토리나무 잎에 물기가 남아 있더란 말인가. 월선이는 어느 골짜기에 용이도 이와 같이 남은 목숨을 굴리고 있을지 모른다는 생각을 한다.

무릎 위에 얼굴을 묻는다. 때묻은 명주 수건이 바람에 펄럭인다. 치맛자락도 펄럭인다. 전신에 한기가 드는데 더운 입김이 무릎을 뜨겁게 한다.

한 가닥의 희망, 거미줄 같은 가냘픈 희망이 허한 마음바닥에서 그네를 뛴다. 이치를 따지자면 나무에서 떨어져 나온 나뭇잎은 이미 그 생명을 다한 것이다. 물기가 남아서 아직 눅눅하다면 생명을 잃은 뒤에 남은 온기에 불과하다.

함에도 월선은 그 온기에다 용이 육신의 온기를 견주어보며 거미줄 같은 가냘픈 희망에 매달려보는 것이다.

삼가름길을 향해 소달구지가 내려오면 월선은 점을 친다.

'가름길에서 오른편으로 가믄 길조고 왼편으로 가믄 흉하다.'

그러나 소달구지는 왼편으로 갈 때도 있고 오른편 길을 갈 때도 있었다. 아궁이에 불을 지피면서 솔잎을 세어보는 것도 월선의 요즘 버릇이다. 짝이 맞는 숫자면 길하고 짝이 맞지 않는 숫자면 불길하다. 짝수가 될 때도 있고 그렇지 않을 때도 있다. 벌레가 방을 향해 기어들어오면 좋은 징조요 기어나가면 나쁜 징조다. 기어올 때도 있고 기어나갈 때도 있다. 그러나 한 번 떠난 뒤 용이 소식을 들은 일이 없다. 날마다 나루터에 나가 강 위쪽에서 내려오는 뗏목배, 장배, 나룻배를 기다리는 것이지만 용이 소식을 가져오는 사람은 아무도 없었다. 간혹 의병들 얘기를 흘려두고 가는 사람이 있기는 있었으나 확실한 것은 계절이 바뀌어 겨울이 오고 있다는 것 이외 의병이 몰살을 당했을 거라는 둥, 아니 더러 상하기는 하였지만 하도 영악하고 재빠르기가 귀신 같아서 왜놈들도 의병에게 손을 써볼 수 없다는 둥, 두목이 잡혀갔느니 총살을 당했느니 임실(任實) 순창(淳昌) 방면으로 달아났다는 둥 종잡을 수 없는, 장거리 장꾼들 사이에도 이미 퍼진 이야기뿐이었다.

월선이는 허적허적 집을 향해 걸어간다. 장거리, 그 집들, 그 골목. 잎 떨어진 버들가지가 바람에 훌렁훌렁 날리고 있는 소리꾼 배서방 집에서는 여전히 장구 소리 노랫소리가 새어 나오고 있었다.

'나한테도 신이나 내렸이믄.'

어미의 칼춤을 추던 모습이 눈앞에 선하게 떠오른다. 굿거리가 없을 때는 전신이 쑤신다면서 나른해하던 얼굴이 떠오른다. 굿을 하고 오는 날이면 그냥 쓰러져 잠이 들었다.

'나한테도 신이나 내렸이믄, 그라믄 잊을란가.'

월선이 제집 삽짝을 들어섰을 때 마루 끝에 홍이 혼자 오두머니 앉아 있었다. 어둑어둑해 오는데 울상을 짓던 얼굴에 금시 기쁜 빛이 떠오른다.

"아가!"

헤죽 웃는다.

"옴마는 어디 갔노?"

"김서방댁이 와서 함께."

"누부는 어디 가고?"

"누부도 함께 갔다."

"아니 우리 홍이를 혼자 놔두고?"

"돈벌이한다 캄시로."

"돈벌이한다 캄시로?"

"응."

"그라믄 저녁도 안 묵었고나."

아이는 고개를 끄덕인다.

"내 얼른 밥해주꾸마."

"배는 안 고픈데 무섭어서 막 울라 캤다."

하며 홍이는 조그마한 버선발로 마루턱을 찬다.

'우찌 저리 아배를 닮았이꼬.'

"춥다. 방에 들어가 있거라. 불 키줄 기니."

등잔에 불을 켠다. 방 안을 둘레둘레 살피던 홍이는 방을
나서려는 월선의 치마꼬리를 얼른 잡고 따라나온다.

"칩운데?"

하며 월선이는 아이 손목을 잡아본다. 제 어미가 있을 때는
비실비실 피하기만 해서 월선의 마음을 무척 슬프게 하던 아
이, 귀여워서 먹을 것을 주려고 부르면 홍이는 오지 않고 대
신 임이 받아갔다. 받아만 가면 그래도 좋았겠는데,

"흥, 강아지도 아니겄고 묵을 거 준다고 꼬리 칠까 바? 아
무리 그래쌓아도 소앵없을 기구마."

제 방에 앉아서 들으란 듯 임이네는 중얼거리곤 했다.

부엌에까지 따라들어온 홍이는 밥솥에 솔가지 불을 지피는 월선이 옆에 쭈그리고 앉아서 타들어가는 불길을 바라본다.

"홍아."

"응?"

"사내자석은 정기에 들어오믄 안 되는데?"

부끄러운지 월선에게 몸을 비비대다가 홍이는,

"간도댁옴마."

"머라꼬!"

월선의 가슴이 철썩 내려앉는다. 도대체 이 아이는 나를 어떻게 알고 옴마라 부르는가 싶었던 것이다. 제 어미가 억쇠말을 본따서 간도댁이라 하더니, 하더라도 간도댁아지매 하고 부를 수도 있을 터인데, 뜻밖이다.

"홍아."

"응?"

"우째 옴마라 부르제?"

"김서방댁이 그러던데 머, 간도댁도 옴마라꼬."

월선이는 솔가지를 분질러 아궁이 속에 집어넣고 또 분질러 집어넣는다.

"간도댁옴마."

"응?"

"아까는 무섭어서 와 간도댁옴마는 안 오는고 싶었다."

"그런 줄 알았이믄 진작 올 거로."

밥이 끓는다. 월선이는 젓가락 하나를 들고 솥뚜껑을 연다.

"하마 익었일 거로?"

빨리 익으라고 얇게 썰어서 밥 위에 얹은 고구마 한 조각을 젓가락에 찍어낸다.

"자, 묵어라."

아이는 그것을 받아 호호 불며 베어먹는다. 삽짝 밀어붙이는 소리가 난다. 발소리와 함께.

"홍아!"

임이네 목소리다. 고구마를 베어먹던 홍이 당황하며 일어선다. 월선이도 당황한다.

"옴마, 나 여기."

홍이는 고구마를 찌른 젓가락을 든 채 월선이를 힐끗 쳐다보더니 허둥지둥 나간다.

"그기이 머꼬!"

가시가 돋친 임이네 목소리다.

"고, 고구매."

머리에 이고 온 자루를 마룻바닥에 내려놓고 임이가 이고 있는 짐도 받아 내려놓고,

"고구매라니!"

"저어 가, 간도댁옴마가."

"머라꼬? 한 분 더 말해봐라!"

"......."

"옴마?"

"......."

"이 빌어묵을 놈아! 걸구신이 들었더나! 이내 올 기라 캤는데 그새 배고파서 뒤지겠더나!"

고구마를 뺏어 내동댕이친다. 홍이 와! 하고 운다.

"울기는 와 우노. 여기 고구매 사왔으니께 배애지가 터지게 삶아주꺼마! 장시사 하든지 말든지."

하며 우는 아이를 쥐어박는다.

"아니 머를 그래쌓을꼬?"

참다못해 월선이 내다보며 말한다. 임이네는 잠자코 자루 아가리를 풀어서 마룻바닥에 고구마를 풀어낸다.

"내가 머 못 묵을 거를 준 것도 아니겄고."

"못 묵을 긴지 그거사 모를 일이구마. 임아! 거기 우두커니 서 있이믄 우짤 기고? 오밤중에 밥 묵을 기가!"

월선에게 눈을 흘기며 임이가 부엌으로 들어간다.

"그렇기 의심이 나믄 함께 못 있겄네."

격한 목소리다. 순간 임이네는 찔끔한다.

"가라 카믄 나가지, 어렵울 것도 없거마는. 사도거리를 빌어묵어 댕기지 머."

"임이네가 이상한 생각을 하니께 그러는 거 아닌가."

월선의 말은 듣는 척도 않고,

"죽도 사도 못해서 왔더마는, 내 그렇잖아도 내일부터 고구매장시나 해보까 하고 김서방댁을 따라가서 고구매를 받아오는데 집 없는 사람은 사람 아닌가? 그리 너무 유세하지 말라고. 흥, 소나아가 없이니 자식이나 뺏아보자, 그런 생각도 들 만하구마. 어림도 없지. 문전문전에 빌어묵어 댕깄이믄 댕깄지."

경우 없는 트집이다. 월선은 기가 막혀 장독만 우두커니 바라보고 서 있다.

모진 겨울이 가고, 어느 해보다 월선에게는 추운 겨울이었다. 걸핏하면 빌어먹더라도 나가겠노라 하며 큰소리치던 임이네는 그래도 함께 있었다. 나가기는커녕 몇 해라도 월선이 옆에 비비적거리며 생활의 부담은 미루고 저는 장거리에 나앉아 장사나 하고 있을 눈치였고, 덕분에 잔돈푼이나마 모으는 재미가 여간 아닌 모양이다. 한 살림이라도 했으면 절용이 되겠는데 솥은 두 군데 걸어놓고 따로 밥을 짓는 처지고 보면 양식이다, 나무다, 장무새다, 생활 비용이 여간 아니어서 앞으로 집이라도 팔아야겠다고 생각하는 월선의 마음인들 편할 것이 없다. 그러나 돈 모으는 재미에 임이네는 전과 같이 홍이를 자기 날개 밑으로만 밀어 넣으려고 하지 않았기 때문에 좀 자유스럽게 홍이와 친해질 수 있는 것이 월선이에게는 유일한 낙이었다.

봄이 오고 첫 번째 뗏목이 내려왔을 때 의병들이 용담 쪽으로 옮겨갔다는 말을 들었다.

"보소. 댁은 의병들을 보았소?"

월선은 뗏목꾼에게 물었다.

"보기는 우찌 볼 기요. 내사 말만 들었구마."

"뉘한테 들었소."

"사냥꾼한테 들었구마."

"사냥꾼…… 어디 사는 사램이오?"

"그걸 누가 알겄소. 보나마나 사냥꾼이라믄 떠돌이겄지요. 그 사람 말이 며칠 동안 의병을 따라다녔다 카더마."

"따라다니요? 그, 그라믄 평사리에서 간 사람 얘기는 못 들었소."

"못 들었구마."

"얼매나 사램이 상했다 캅디까."

"상했다는 말은 못 듣고 의병이 도리어 불어났다더마요."

용담이라면 전라도에서도 충청도에 가까운 위쪽이라 했다. 덕유산보다 더 위쪽에 있다고 한다.

"여기서 몇 리나 되까……."

"오백 리도 더 될 기요."

머리에 쓴 수건을 끌러 목덜미를 문지르던 뗏목꾼은 월선의 혼잣말에 대답해주었다. 급히 집에 돌아온 월선이는 사발을 들고 나오는 임이더러,

"옴마 왔나?"

하고 묻는다.

"야. 저녁 묵소."

"오늘은 일찍 들어왔네."

볼이 미어지게 밥숟가락을 밀어 넣던 임이네가 들어서는 월선을 힐끗 쳐다본다.

"오늘은 좀 희맹이 있는 소식을 들었구마."

김치를 와작와작 씹다가 된장국을 떠서 굴컥 삼키고 입맛을 짝짝 다신 임이네,

"내사 이자 무신 말을 들어도 시들하거만, 귀에 들어오지도 않거마는."

"그런 기이 아니고 의병들을 따라댕긴 사냥꾼 얘기를 들었다 캄시로 뗏목꾼이 말하는데 지금 의병들은 용담 쪽에 있다 누마. 별로 사램이 안 상했일 뿐만 아니라 도리어 의병들이 불어났다 카고."

"흥, 어느 장단에 춤을 치야 할꼬? 내사 좋잖은 소리를 들었구마."

여전히 옹차게 밥을 먹으며 월선에게는 저녁을 권해보지도 않는다.

"좋잖은 소리라니?"

"길상이랑 홍이아버지는 죽었다, 그런 말을 들었다던가? 안 보았이니 믿을 기사 못 되지마는."

"그럴 리 없지."

월선의 목소리는 굵었다.

"죽을 사램이 따로 있지."

다시 한번 못을 박았으나 얼굴빛은 달라져간다. 아니꼬웠던지 임이네는 입을 비쭉거리며,

"그 사램이라고 멩을 어디 당그라 매났다 카던가?"

"그라믄 임이네는 홍이아배가 죽길 바란다 그 말인가!"

"허허 참, 죽은 송장이 코를 고니 산 사람은 우떻기 할꼬?"

숟가락을 놓으며 헛웃음을 웃는다. 용이 여편네도 나, 홍이 어미도 난데 주제넘게 네가 뭐길래 이 야단이냐, 그런 뜻이다.

"지금 그런 소리 할 땐가?"

"수염이 댓 자[五尺]도 묵어야 한다더마. 공연히, 이 소리 저 소리 들을라꼬 쫓아댕긴다고 밥이 날까 옷이 날까. 그것 다 묵고 배부린 것들이 할 일이 없이니께. 내사 앞으로 자식 데 리고 우찌 살꼬 싶으니 눈앞이 캄캄할 뿐이고 빌어묵을 년의 팔자, 이야 싶은 날 하루 없이 밤낮으로 종종걸음이니 가숙 생각을 손톱 알가락맨치라도 하는 사람이믄 그렇기 해서 가 부리까? 가숙은 죽든지 말든지 내 하고 싶은 대로 하겠다는 사람을 우찌 믿고, 내사 괘씸하고 고생시킨 생각을 하믄 이가 갈리구마. 돌아온다 캐도 바로 치다볼 생각 없거마는. 하기사 나 아니라도 죽자 사자 은앙새가 있으니께."

임이네 말을 듣고 있지 않았던 모양이다. 월선이 물었다.

"아까 그 말은 뉘한테 들었는고?"

"장에 온 막딸네한테 들었구마."

"막딸네는 뉘한테 들었는고?"

"두만네한테 들었다 카던가?"

이튿날 월선은 평사리로 가기 위해 첫 나룻배를 탔다. 나룻배가 강심 쪽으로 나갔을 때 월선의 눈앞에 수북이 뜬 밥숟가락이 연달아 들어가던 임이네 얼굴이 떠올랐다. 별안간 구역질이 치밀고 머릿속이 띵해온다. 저녁을 굶고 잤기 때문에 속이 비어 그런가 하고 생각하는데 계속하여 된장국이 들어가고 김치가 들어가고, 한정 없이 들어가던 입의 환상과 더불어 구토증은 심해간다.

"와 그라요?"

손수건으로 입을 틀어막는 월선을 보고 사공이 물었다.

"뱃속에 멀미를 하는가 배요."

"나룻선 타고 무신 멀미, 아침이니께 회가 동하는갑소."

임이네가 월선이를 찾아온 것은 지난해 가을걷이가 끝났을 무렵이다. 그날도 강가에 앉아 해를 보내고 돌아오는 길이었다. 어떤 아낙이 아이 하나를 데리고 마루에 걸터앉아 있었다. 월선은 임이네를 알아보기 전에 홍이를 먼저 느꼈다. 아이는 파르스름한 월선의 눈을 신기한 듯 쳐다보는 것이었다.

'우째 저리 아배를 닮았이꼬?'

무던히 어색해하며 눈치를 살피던 임이네는 월선의 눈이 아이에게 못박힌 것을 알자 표정이 험악해진다. 쫓아가 아이를 안아보고 싶은 충동에서 문득 제 자신으로 돌아온 월선은 임이네의 험악한 눈과 부딪치자 당황한다.

"어찌 이리……."

입속말이었다.

"임자 없는 집에 들어와서 미안스럽구마는. 내가 누군지 아는가 모르겠네?"

당황하고 소심한 것 같은 태도를 본 임이네는 거만스런 자세를 굳힌다.

"칩운데 올라가야……."

더욱 위축되어 월선은 중얼거렸다.

"머 올라가나 마나……."

서로 공대도 하대도 아닌 어중간한 투로 얼버무리는데 월선이는 임이네보다 다섯 살이 위였으니까 그랬을 것이며 임이네는 아들 낳은 용이 여편네다, 하는 자부심에서 그랬을 것이다.

"그래도 이리 왔으니께. 애기도 춥겠고……."

마지못해 하는 것처럼 아이를 데리고 방으로 들어온 임이네 얼굴에는 실망의 빛이 역력하게 떠오른다. 간도에서 돈을 벌어왔다는 소문과는 달리 방 안에 세간이라고는 농짝 하나뿐이었다.

"방이 차지만…… 곧 불을 지필 것이니……."

"머 그럴 것도 없고…… 하도 답답해서 왔더니만."

임이네는 아이를 제 옆으로 바싹 잡아끌어 앉힌다. 아이는 어미 치맛자락을 잡아 비틀며 여전히 푸른 월선의 눈을 신기한 듯 쳐다본다.

"무슨 소식이라도 있어서⋯⋯."

"소식이 있음 여기 왔을라꼬?"

임이네는 뼈마디가 솟은 제 손을 내려다본다.

'우짜꼬?'

칠성이 관가로 끌려가고 마을을 도망쳐 나온 일, 아이 셋을 앞세우고 문전걸식하던 일, 보리밥 한 덩이를 얻기 위해 머슴 놈들한테 몸을 맡기던 일, 그 무서운 과거가 임이네 머릿속을 잠시 스치고 지나간다.

'빌어묵을 년의 팔자 한 분도 아니고 두 분씩이나.'

임이네 눈에 눈물이 어린다.

"옴마아."

오랜 침묵이 불안하여 아이는 어미의 무릎을 흔들었다.

"오, 옹야."

임이네는 손등으로 눈물을 씻고 눈을 들었다. 잔주름에 광대뼈까지 드러난 월선의 피곤한 얼굴이 임이네를 보고 있었다.

'할망구가 다 됐고나.'

방금 느낀 비애는 무산하고 저절로 솟아나는 자신에 임이네는 적이 만족한다. 자신을 느낄 만도 했다. 월선이를 찾아오기 위해 각별히 몸치장을 하기는 했다. 검정 베치마에 자줏

빛 명주 저고리를 입었고 명주 수건도 목에 감고 왔다. 얼굴은
다소 거무스름했으나 튼튼한 체력은 굶주리지 않는 한 불행
과는 아무 상관이 없는 모양이다. 얼굴에는 윤이 흐른다.

"옴마아, 집에 가자."

아이는 다시 어미 무릎을 흔든다.

"이눔우 자식아 집이 어디 있노. 이자 집이 없다."

"거짓말이다. 우리 집이 와 없노."

"이 철부지야."

하다가,

"다른 기이 아니고 내가 여기 온 거는."

임이네는 허두를 꺼내었다.

"소문은 들었겠지마는 우리 식구들이 동네서 쫓기나게 됐
구마."

"……."

"내가 어지간했이믄 여기는 안 왔일 긴데 길을 보고 되를
못 가더라고 자식을 데리고 길거리에 나앉을 수도 없고, 우찌
한겨울이나 날 긴가 생각했더마는 잡아가느니 어쩌느니 더
이상 견디 배길 수 없어서 방이라도 하나 비우주믄 추수한 곡
식이 있인께 칠림은 안 댈 성싶고,"

월선의 눈치를 힐끔 살핀다.

"반팅이 장시(노점상)를 하든, 뭣을 해도 입이사 못 묵고 살
까마는, 머 안 된다 카믄 할 수 없고 아이 아배 올 때꺼지 다

리 밑에 막을 쳐도 못 살기야."

너는 지붕 밑에서 잠을 자는데 우리는 다리 밑에서 거지 생활을 했다면 홍아이배가 와서 좋아하겠느냐? 은근한 협박이다. 그러나 그럴 필요는 없었다. 처음부터 월선이는 홍이를 옆에 두고 보았으면, 간절히 바라고 있었던 것이다. 임이네가 월선의 집으로 옮겨왔을 때 그가 가지고 온 것은 옷가지, 당장 끓여 먹을 솥과 그릇 정도였다. 곡식은 팔아 돈으로 만들었고 살림 부스러기 장무새까지, 돈을 못 낼 형편에는 명년 보리 때 보리를 받기로 하고 철저하게 월선의 덕을 보아야겠다는 생각으로 나타났던 것이다.

나룻배가 평사리에 닿기 전에 비는 내리기 시작했다. 두만네 집 앞에 당도했을 때 비는 억수로 쏟아졌다. 도롱이를 입고 막 집을 나서려던 두만아비와 영만이 월선을 보자 움찔한다. 우물쭈물 인사도 없이 그들 부자가 나가는 것을 본 월선은 빗속의 망부석처럼 서서 그들 뒷모습을 바라본다.

'만사는 끝장이 나고 말았구나. 홍이아배는 죽은 사램이다.'

"아아니 이기이 누고?"

마루를 닦던 두만네 눈이 휘둥그레진다.

"월선이 아니가? 창대 겉은 비를 맞고 어, 어서 들어오니라."

"……."

"아니 와 저러제?"

쫓아나와 두만네는 월선을 잡아끈다.

"두만어매."

"운냐. 흠씬 젖었구나."

이끌고 마루까지 간다. 두만네가 새각시 적에 월선이는 어미를 따라다니던 조그마한 계집아이였다. 마을을 떠나서 몇 세월이 지났으나 서로 스스럼이 없다. 방 안으로 들어간 월선이는 후둘후둘 떨고 두만네는 마른 수건을 내주며 젖은 옷을 벗으라 한다.

"아니오. 나, 나 좀 물어볼 말이 있어서 왔소."

"말이사 천천히 물어보고 그보다 니 꼴이 말이 아니고나. 아무래도 병 나겄다."

"괜찮소."

"얼굴이 새파랗다."

"저어, 두만어매."

"무신 말고?"

"홍이아배가, 홍이아배가 죽었다는 말을 뉘한테 들었소."

"아아니 자다가 홍두깨 디밀더라고 그기이 무신 소린고?"

"막딸네한테 말했다믄서, 임이네가."

"머라꼬? 아아니 질정 없는 그 제집 좀 보게? 내가 운제 그랬던고?"

"그라믄."

"내 한 말이라고는 홍이아배랑 길상이랑 모도 우찌 됐이꼬? 죽었는가 살았는가 하고 걱정한 것밖에 없다. 세상에 집 어묵듯이 그기 무신 소리고? 그놈의 제집 오나가나 주둥이 땜에."

"그, 그라믄!"

"내사 만고에 금시초문이다. 하기사 그 제집이 임이네 밉어서 그랬는지 모르지. 본시부텀 어그렁치그렁 새가 안 좋았이니께."

마음을 놓은 탓인지 월선이 픽 쓰러진다.

"아니! 와 이라노!"

"굶고 배를 타고 왔더마는 좀 어지럽소."

"그 말을 듣고 근심이 돼서 그랬고나. 막딸네 그 제집, 작년에 죽다 살아나서 사램이 되는가 싶더마는 지 버릇 개 못 주고나. 옷이나 벗어라. 씰데없는 걱정 말고."

두만네는 자기 옷을 내주고 부엌으로 나가 따끈한 국과 밥을 차려왔다. 방바닥에 젖은 옷을 펴놓고 두만네 옷을 입은 월선이 숟갈을 든다. 근심은 사라지고 두만네 마음도 따숩고 목구멍을 흘러내리는 국도 뜨겁다. 월선의 얼굴에는 생기가 돌아왔다.

"삐가리 우장 씌우놓은 것 같고나."

품이 큰 자기 옷을 입은 월선을 보고 두만네는 웃는다. 월선이도 비시시 웃는다.

"임이네는 고구매장시를 한다믄?"

"야."

"아금발라서 어디 가도 살기는 살 기다마는…… 니 속이 좀 썩을 기다."

"……."

"모도 산다는 기이 뭣인지, 남은 사람도 속 편할 게 없지……."

"애기씨는 요새?"

"말도 말아라."

"고생하시는 거는 알고 있지마는."

아랫목에 깔아놓은 삿자리 위에 첫잠이 든 누에를 바라본다.

"여기꺼지 왔이니께 니도 애기씨한테 문안이나 디리고 가거라."

"글안해도."

"좋은 말로 위로도 해디리고, 우리사…… 눈들이 무섭아서."

비가 걷힌 것을 본 월선이는 마른 옷을 갈아입고 두만네와 작별했다. 최참판댁 문전에 이르러 조심스럽게 봉순이를 찾는데 불안을 느낀다.

"별당으로 들어가보시오."

서울 말씨의 하인 하나가 선선히 대해준다. 따지고 들면 어쩌랴 한 것이.

"아지매!"

별당 뜰에 들어서자 봉순이 쫓아나왔다.

"저어 내가 와도 괜찮겠제?"

"……."

"하인들 눈이."

"걱정 마소. 일러바칠 사람은 아무도 없소. 전캉 다르요."

"나 애기씨한테 문안디릴라고 왔다."

"무, 무신 소식이라도?"

긴장하며 낮은 소리로 묻는다.

"소식은 무신……."

"아무 소식도 없소? ……그라믄…… 방에 들어가입시다."

"방문 앞에서,"

하는 월선을 봉순은 방문을 열고 떠밀듯 들어가게 한다. 멍청히 앉아 있는 서희는 목이 길었다. 팔도 길었다. 광채를 뿜어내는 눈은 더욱 컸고 처연하도록 초췌해진 모습이다.

"애기씨! 쇤네 무, 문안디립니다. 얼매나."

방바닥에 이마를 붙이고 절을 하며 월선은 흐느껴 운다.

"말은 많이 들었느니라. 무슨 소식이라도?"

"아, 아무 소식도."

"그래?"

"도, 돌아가신 마님께 큰 은혜를 입은 쇤네는 죄인입니다. 애기씨!"

서럽게, 그간의 설움이 한꺼번에 둑을 차고 쏟아지는가. 봉순이도 따라 울고 서희는 봉창 쪽을 바라볼 뿐이다.

18장 고국산천을 버리는 사람들

한밤중이다. 바람이 문을 흔드는 것 같기도 했다. 월선이 고개를 들고 귀를 기울인다. 옆방에서는 한잠이 든 임이네 코고는 소리가 요란하다.

'바람이겠지.'

도로 베개 위에 머리를 놓는다. 그러나 한번 설쳐버린 잠이 쉽게 올 리는 없다. 이렇게 되면 새벽녘까지 온갖 잡념에 시달리기 마련이다.

'임이네는 우찌 저리 심관이 편하꼬? 나도 저렇그름 태이났더라믄, 또 문 흔드는 소리가 나네?'

이번에는 일어나 앉는다. 등잔 켤 생각은 않고 더듬어서 비녀를 찾아 아무렇게나 틀어서 쪽을 찌고 벗어놓은 치마를 두른 뒤 조심조심 방문을 연다. 발끝으로 신발을 찾아 신고 발소리를 죽이며 걸어나간다. 하늘에는 별이 총총 나돋아 있었다. 삽짝에 귀를 바싹 갖다 붙인다. 얼마나 수없이 되풀이하여 이 짓을 했을까. 삽짝을 열어보고는 휭하니 빈 골목을 행여 어느 구석에 그림자가 없나 찾다가 울어버린 일은 또 몇번이던가. 그러나 여전히 삽짝에 귀를 갖다 붙일 때에는 가슴이 뛴다.

"누구 왔소?"

속삭이듯 묻는다.

"나다."

"야?"

월선은 고함이 터져 나오려는 입을 두 손으로 틀어막는다. 믿을 수 없는 일, 꿈을 꾸고 있는지도 모를 일.

"거기 누구 왔소?"

다시 한번 속삭이듯 묻는다.

"나다. 가만히 문 열어라."

삽짝을 어떻게 열었는지 알 수 없다. 머리끝에서 발끝으로 피가 몰려 내려간다. 발끝에서 머리 꼭대기로 피가 솟구쳐 올라온다. 세상이 칠흑 속에 묻혀 하늘의 별이 보이지 않는다. 커다만 손이 입을 막는다. 더운 입김이 얼굴 위에 풍겨온다. 월선은 사내에게 이끌리어 방으로 들어간다.

"가만히, 깰라."

등잔불을 켜려고 더듬는데 월선의 손목을 낚아챈 용이 목소리를 죽이며 다시 말했다.

"불은 키지 마라."

"홍이가 와 있소. 저, 저 방에."

월선이도 목소리를 죽이며 말한다. 임이네 코 고는 소리는 여전히 요란하다.

"알고 있이니께."

"깨우까요."

"아니."

와들와들 떠는 여자를 끌어당겼으면서도 용이 몸은 굳어 있고 목소리는 엄격했다.

"우떻기 홍이 우리 집에 있는 거를,"

"영팔이댁네 친정서 오는 길이구마."

"그 댁네한테서 들었소?"

"음."

"……."

"날 새기 전에 곧 가야."

"어디로!"

"이부사댁에 가야제. 거기 길상이도 와 있이니께."

"길상이가."

"진주서는 김훈장이 영팔이하고 기다리고 기시고, 좌우당 간에 임자는 내일 참판님댁에 가서 봉순이를 이부사댁에 오 도록 하고 남의 눈에 띄지 않게 서둘러야 하니께, 알았나?"

"야."

"우리가 아무래도 여기서는 못 살 형편이라 뜨자는 긴데 애 기씨가 우떻게 하실란고 모르겠네."

이곳에서 못 산다는 것은 월선이도 알고 있다.

"애기씨는 거무겉이 돼가지고 애처롭아서 차마."

"이부사댁에서 자세한 말은 다 들어 알고 있어."

"그라믄 간다믄 어디로 갈 기요?"

"조선땅에서는 못 살아. 아무튼지 강을 넘어보자고 의논이 맞아서 길상이하고 여길 왔는데 일이 잘 될란가 걱정이구마."

"강을 넘는다 카믄."

"임자가 갔던 그 와, 간도, 간도 말이다."

"간도라꼬요!"

"목청이 크다."

"그라믄 우리도, 나도 가는 기요?"

"니가 안 가고 누가 갈 기고."

"홍이랑 다 가지요?"

"다 가지."

"그, 그라믄 됐소. 이자는 맴이 놓이오."

너무 오랫동안 숨을 죽인 탓으로 월선은 흐느끼듯 숨을 토해낸다.

"그나저나 걱정은 참판님댁의 애기씨라. 안 가신다 캐도 걱정, 가신다 캐도 일이 여간 난감해야제. 좌우당간 일은 서둘러야 하고 쥐도 새도 모르게 해얄 긴데."

용이는 한숨을 내쉰다. 한동안 생각에 잠겨 있던 용이는 갑자기 월선의 몸을 더듬는다. 숨결이 높아지면서 그의 굳어 있던 몸이 일시에 허물어지는 것을 월선이 느낀다. 동시에 임이네 코 고는 소리가 귓가 가득히 밀려든다. 치맛말을 꼭 쥔다.

그 손을 사내 손이 떨쳐내고, 다시 거머쥐면 또 떨쳐내고, 육
박해오는 무게 밑에서 여자는 몸을 비튼다.

"와 이라제?"

"저기 저 방에,"

"무신 상관고! 내 사람은 니 하나뿐이다!"

웬 까닭인지 용이는 몸을 떨며 노했다. 드디어 물은 한 줄
기로 흘렀다.

"이자 다시는 떨어지지 말자."

"야, 야."

꿈결처럼 잠꼬대처럼 대답한다.

"이대로 죽어부맀이믄 싶다."

눈물에 흠뻑 젖은 얼굴을 부비며 용이는 이 세상 모든 것을
잊은 듯, 풍랑의 바다에서 항구로 찾아온 듯 격렬하고 평화스
럽게 희열하며 몸을 불태운다. 이윽고 사내는 재[灰] 속에 묻
혀 들어가고 여자는 불안을 안고 일어서려 한다.

"임자."

빠져나가려는 몸을 끌어당긴다.

"많이 야빘구나."

"늙어부렀소."

"늙으믄 우떻노? 우리 함께 늙는데."

용이는 이부사댁에서 억쇠한테 들은 말을 생각한다.

'거 불쌍해서 차마 못 보겠더마요. 날이믄 날마다 나루터에

나와서 무신 소식이나 없일까 하고, 이서방, 어디 여자 맴이
다 같은 줄 아요?'

임이네에 대한 얘기는 귀를 막고 듣고 싶지가 않았다. 듣지
않아도 알 수 있는 일이었다.

"날 생각하니라고 이리 야빘제?"

"아니요."

'불쌍한 것…… 어쩌다 나 겉은 걸 만내서.'

"보소."

"와."

"그라믄, 저어, 이녁들은 거기서 도망을 쳤다 그 말이오?"

"거기서라니?"

"의병인가 쌈하는 데서."

"풍지박산이 났지. 윤보형님이 죽고부터는. 그라고 지금 형
세가 나라 안에서는 꼼짝 못하게시리 돼부렀고 모두 뿔뿔이
흩어졌구마. 전에 병정으로 있었던 의병들도 대부분이 강을
넘어간다고 떠나부리고, 소문 듣자니께 선비들도 간도 쪽으
로 많이 갔다더마. 조선땅에서는 대항할 길이 없고 그곳에 가
서 청국하고 아라사, 그 두 나라는 왜국하고 불구대천 원수
아니던가 배? 그러니 그 나라 도움을 받아서 장차 조선으로
치고 들어오자 그럴 요량으로."

"그라믄 이녁은 또."

"머, 우리 겉은 농사치기들은 나이도 묵었고 땅이나 얻어서

농사지어야제. 거기는 사람 손이 안 간 땅이 그냥 내부려져 있다 카이. 설마 거기까지 왜놈들이 우리를 잡으러 오겠나."

"보소."

"음."

"홍이 안 보고 접소? 깨우 오까요."

"잘 있이믄 됐지 머가 그리 급해서. 깨우지 마라. 당분간 임이네한테 알리지도 말고."

"그래도 우찌."

"일을 꾸밀라 카믄 한 사람이라도 모르는 편이 낫고 말이 새믄 만사는 끝장이니께. 갈 때 데리고 가믄 그만 아니가."

"그래도 우찌, 날 욕 안 하겠소."

"욕하믄 욕 좀 묵지. 다 잘할라꼬 하는 일인데. 애기씨나 이부사댁에서도 지난 일을 생각하여 그 사람을 좋아할 리가 없고, 그러니 왔다 갔다 하믄서 심부름할 처지도 아니고."

용이는 임이네를 못 믿어 그러는 티를 내지 않기 위해 얼버무렸으나 사실 그런 점이 없지도 않았다.

서희가 간도로 가겠다는 결정을 내린 후 이부사댁의 상현은 동행할 결심을 굳혔다. 염씨는 집 나간 지 십 년, 그동안 한 번 다녀갔을 뿐 소식조차 확실치 않은 남편과 마찬가지로 아들 또한 그러한 길을 가는가 싶어 매우 근심하였다.

"국사를 위해 아버님은 기왕에 가셨거니와 상열(상현의 동생)

이는 너도 알다시피 남의 집에 갈 사람, 아직 태기도 없는 새 아기가 아니냐? 만의 일이라도 무슨 변이 생긴다면 이 가문은 절손이다."

성미가 느긋한 염씨였으나 남편의 경우와는 달리 말리고 나섰다.

"어머님, 소자가 아주 떠날 결심으로 이번 일행을 따라가는 것은 아니옵니다. 자식 된 도리, 아버님의 소식을 알고자 가는 것이니 아버님을 만나뵈오면 곧 돌아올 생각입니다."

"그러나 한번 떠나면 돌아오기가 쉽겠느냐? 더욱이 젊은 혈기에."

"하오나 혼자로는 어려운 행로인데 이런 기회를 놓칠 수 없습니다."

"너의 생각이 옳지 못하다는 얘기는 아니다. 내 무식한 일개 아낙으로서 세상이 어찌 돌아가는지 잘은 모르겠다마는 나라 잃은 백성으로서 또 남아장부로서 편안하게 앉아 있으라는 말도 아니다. 허나 이미 아버님이 가셨고 이 집안에는 너 하나 남았을 뿐인데, 그리고 너는 아직 나이 이십 미만이 아니냐?"

"알고 있습니다."

"허니 좀 더 시기를 기다렸다가 후사라도 보고 난 뒤 그때부터라도 늦지 않느니라."

"어머님, 그러니까 이번에는 다녀온다는 말씀을 여쭙지 않았습니까. 소자 기필코 아버님 안부를 알게 되면 그길로 돌아오겠습니다."

"그예 가겠다는 말이냐?"

"네."

"오 년 전에 너의 아버님께서 비 피하시듯 한 번 오셨다가 오늘에 이르도록 돌아오실 생각을 아니하시는데…… 너마저."

"소자는 꼭 돌아오겠습니다."

염씨는 한숨을 내쉬었다. 새댁은 말이 없었다. 떠나기로 작정한 상현은 길상과 상의하여 부산에 나가보기로 했다. 간도까지 육로로 가기는 어려운 일이었으므로 일단 부산까지 가서 선편을 알아보는 한편 일행의 인원이 적지 않아서 두 패, 혹은 세 패로 나뉘어져 갈 경우 합류할 수 있는 장소나 객줏집을 물색도 해놔야겠기 때문이다. 이 말을 봉순이로부터 전해들은 서희는 열 냥쭝은 될 성싶은 은덩이 하나를 보내왔다. 패물도 아니요 은덩이가 어디서 났는지, 그것을 가지고 온 봉순이도 출처를 알지 못했다. 그러나 궁금해할 사이도 없이 두 사나이는 부산을 향해 떠났다. 떠난 뒤 월선은 쉬이 임자가 나서서 집을 팔았는데 사정을 모르기도 하려니와 염치 좋은 임이네는 자기 식구들을 쫓아내기 위한 소행이라 하며 행패를 부렸다.

"소도 언더막이 있이야 부비제. 자식새끼 데리고 어디 가라고? 내사 못 나가겄다. 집 산 사람이 와서 방구들을 파든지 말든지, 방은 안 비워줄 기니께."

"내가 믹이 살릴 기니 조맫치도 걱정할 것 없고."

월선이는 달래보는 것이지만 그럴수록 기승이다.

"얼씨구, 늦복이 터지는구나. 소나아 번 것도 못 묵는 년이 누구 번 거를 묵제?"

"설마한들 산 입에 거미줄 치까."

"흥, 머를 우떻기 해서 우릴 믹이 살릴 기든고. 그 늙어빠진 몸뚱이를 팔아서 믹이 살릴 기든가?"

월선의 얼굴이 벌게지고 하마 무슨 말을 하려는데 옆에서 듣고 있던 김서방댁이,

"참말로 염치없다. 이서방이 사준 집이라고 행팬가? 보자 보자 하니 임이네 니도 예사로 경우 없는 제집이 아니구마. 팔든 사든 니가 무신 상관고."

"남으 일에 입 딜이밀 거 없소! 나는 방 한 칸을 빌려쓰는 처지지마는 귀한 내 자식, 내 자식 애빌 훔치간 년이 누구건 데? 그만한 값으치도 안 하까?"

얼굴도 안 붉히고 종알거린다.

"허허어, 서천 쇠가 웃겠고나. 굴러온 돌이 본돌 친다 카더 마는 자석 키우는 사램이 안 그러네라. 여기 월선이가 있다 해서 하는 말이 아니라 그동안 너거들을 믹이준 것만도 대천 지 한바다 겉은 맴이니께 그랬제."

"흥, 오면가면 얻어묵으니 입이 달기는 달 기요. 알랑방귀 대강 끼소."

"내사 입이 헤퍼서 숭이제 세를 따르는 성미는 아니거마는. 그랬을 양이믄 조가 놈한테 빈 몸으로 쫓기났이까. 자식 하나 놓은 거를 그리 유세할 거 없다. 남으 맘도 생각해야제. 니도 팔자치리 못하고 설움을 복 받듯기 받았이믄서."

"머라꼬요? 이 할망구가!"

이리하여 한 소동이 벌어졌으나 부산서 돌아온 상현과 길상은 용이와 함께 밤이 늦도록 의논에 골몰하고 있었다.

"제 생각에는 우선 용이아재가 식구를 데리고 진주로 가시는 게 좋겄십니다."

"내가 진주로?"

"야. 월선아지매만 남기두고 떠나시믄 월선아지매는 애기씨와 함께 이곳에서 부산으로 나가믄 되니까요."

용이는 임이네 존재를 꺼려하여 그러는 거라 생각한다.

"여기 도면도 상세하게 그려 왔고 주소도 적어 왔으니 용이아재는 진주로 가시서 훈장어른, 영팔아재, 그러니 모두 몇 명입니까?"

"음, 영팔이 식구가 넷하고 또 넷, 김훈장 합하믄 아홉이구만."

"그러면 한 식구를 더 보태서 열이오."

"한 식구라니, 누구?"

"그거는 나중에 말씸드리고 오늘이 오월 초이틀이니까…… 오월 열이레까지 부산에 당도하시면 됩니다. 그 도면에 그려진 객줏집으로 말입니다. 며칠 지간의 차이는 서로가 기다려 보는 거구요."

길상은 그동안 깊이 생각한 계획을 거의 확신에 차서 말했다. 실상 길상이 결정지을 수밖에 없는 일이기는 했다. 상현으로 말하자면 객원으로 볼 수 있고 용이의 판단력은 길상에게 미치지 못할 뿐 아니라 서희를 데려 내오는 어려운 일을 치를 사람은 길상이기 때문이다.

"그러면 여기서는 어떻게 한다는 겐가?"

"여기서도 두 패로 갈라지는 겁니다."

"어떻게?"

이번에는 상현이 물었다.

"애기씨, 봉순이를 갈라놓습니다."

"……?"

"봉순이는 세낸 가마를 타고 구례 쪽으로 가고 저는 월선아지매랑 함께 가서 육로로 애기씨를 여까지 모셔옵니다. 물론 밤을 타고."

"그러니까, 음, 눈을 속이자 그 말이군."

상현은 고개를 끄덕끄덕한다.

"예. 십중팔구 조가는 구례 쪽으로 찾아 올라갈 것입니다. 서울 쪽으로 향해서 말입니다."

"그렇다면 봉순이가 잡힐 경우는?"

"봉순이가 잘 해야겠지요. 구례 못 미쳐서 가마를 버리고 행선을 바꾸어버려야지요. 쌍계사에 가서 잠시 숨었다가 진주로 가는 겁니다. 봉순이는 오히려 가는 흔적을 남기는 편이 애기씨를 위해선 안전하겠지요."

길상의 어세는 딱딱하고 강한 것이었지만 마음에는 이상한 혼란이 일고 있었다. 상현의 눈은 옛날과 다름없이 영롱하였다. 얇삭한 입술에는 냉정한 의지, 오똑하니 날이 선 코는 날카로운 성품을, 그리고 소년티를 아직 벗지 못한 미소년의 몸 전체에서는 양반 특유의 자부심이 넘쳐나 있었다. 감나무 위에 올라가서 길상이 먹는 콩국에다 나무를 흔들어 먼지와 풋감을 떨어트렸던 옛날의 그 소년, 엉망이 된 콩국을 먹으라고 우격다짐하던 소년, 그 소년을 윤씨부인은 몹시 사랑하여 손녀의 배필로 생각한 적이 있었다.

"제 생각 같애서는 조가가 한사코 애기씨를 찾아내려 하지는 않을 것 같습니다. 그러나 만일의 경우를 생각하여 이런 방도를 궁리하긴 했습니다만."

길상은 눈을 내려뜨리고 마무리하듯 말했다.

"그보다 더 좋은 궁리는 없을 것 같군."

상현의 말이었다.

"예. 그만하면."

용이도 동의한다.

"그럼 내일 봉순이 오기로 돼 있으니 애기씨한테 기별을 하겠습니다."

이튿날, 이부사댁을 드나드는 것을 피하여 월선의 집에서 한나절을 보내고 해가 진 뒤 나타난 봉순이를 길상은 나루터로부터 사뭇 떨어진 강가에서 맞이했다.

"임이네 그 여자 와 그런지 참 못됐더마."

어둠 속인데 봉순이는 길상을 외면하여 옆모습의 위치에서 중얼거렸다. 전달할 말이 끝나면 황황히 돌아가던 길상이었다. 오늘은 용건을 말하기 전에 다른 이야기를 하려고 봉순이는 마음먹은 모양이다.

"따라나옴서 이리 어둡고 나룻배도 없는데 평사리로 가느냐고 꼬치꼬치 물으니."

"눈치를 챘나?"

"그러세, 그런 것 같기도 하고…… 그래 나 기생 될라꼬 소리공부하러 간다 캤지."

그 말을 한 것은 사실이다. 그러나 봉순이는 길상의 마음을 다시 한번 떠보지 않고는 견딜 수 없었다.

길상은 말이 없다.

"나 정말로 그렇기 될까 부다."

"맘들이 절박한데 와 하필이믄 그런 소리를 하노."

짜증을 낸다.

"절박하니까 하는 말이제."

"간도에 가믄,"

"가믄 별수 있을라꼬? 나 겉은 것."

침묵이 계속된다. 결국 봉순이 쪽에서 말을 건다. 자포자기한 어투로,

"거기는 언제꺼정 머리꼬릴 늘이고 있일 참인가?"

"……"

"스물둘, 아니 스물셋, 나이도 적잖은데 남 보기가 안 부끄러운가 모르겠네."

울음이 터져 나올 것 같으면서 빈정거리는 말투다.

"상투를 틀든지 아니믄 부산 나가서 머리를 짤라부리든지 하지 머."

"조가맨치로? 친일파 될 기든가?"

"우리도 개맹은 해야 한다. 왜놈이나 친일파 조가 놈 겉은 무리를 내쫓기 위해서도."

봉순이는 얘기를 본시 자리로 돌린다.

"장가도 안 가고 상투를 틀 기든가?"

"나…… 나."

"……"

"애기씨만 아니라믄 중 될 몸이제."

봉순이는 모랫바닥에 퍼질러 앉는다.

"애기씨만 아니라믄…… 애기씨만 아니라믄 중이 될 몸이라고…… 애기씨는 왜?"

몰라서 묻는 말은 아니다.

"그거는 은혜 때문이다."

"무신 은혜?"

"돌아가신 마님께서…… 날 사람으로 맨들어주싰다. 글도 배우게 하시고……."

"장개를 들믄 애기씨를 저버리는 게 된다 그 말가?"

"자꾸 감고 들지 마라! 애기씨 아니믄 중 될 몸이라 안 카나!"

"거짓말 마라! 와 맘을 속이노!"

"우관스님이 원망스럽울 뿐이다. 산에서 와 나를 내리보냈는지……."

오랫동안 어둠을 바라보고 있던 봉순이 픽 웃는 소리를 낸다.

"세상에 주제넘은 사람도 있더마."

"……."

"임이넨가 그 여자 말이제, 월선아지매가 집을 팔았다고…… 음, 집을 팔았다고 노발대발 비워주는가 두고 보라니 참 기가 맥히서."

아무 일도 없었던 것처럼 말머리를 돌렸는데 길상은 오히려 아픔을 느낀다.

"세월이 지나믄 맴이 달라질지도……."

"……."

"그, 그렇지마는 기약도 없이 봉순이는 언제꺼지."

"이자 그런 말 때리치우는 기이 좋겠고. 도리어 후련해졌는지도 몰라. 조맨치라도 희망을 갖는 것보담은 편할 것 같구만. 이자 전할 말이나 해주지."

"……."

"시각도 늦은 것 겉으니."

길상은 또박또박 이야기를 시작했다. 계획한 대로, 목소리에는 조금 전에 흔들렸던 그런 감정은 없었다. 냉정하고 확실한 설명이다.

"그라믄 나는 구례 쪽으로 가다가 가마는 버리고 진주로 간다 그 말이구마. 애기씨는 이부사댁에서 월선아지매랑 부산으로 가고."

"그렇지. 진주서 모인 사람들은 김훈장을 따라 부산으로 오고."

"알겠구마. 애기씨께서 또 어떤 이견을 내실지. 말씸은 디리겠는데 용이아재는 그라믄 언제 진주로 떠나는고?"

"너가 애기씨 응낙을 받아오는 즉시 떠나야지. 오래 머물수록 좋잖으니께."

이튿날 아침 평사리로 간 봉순이는 저녁 무렵에 다시 왔다. 그는 길상과 용이를 함께 만나기를 원했다. 어젯밤 그 강가에서 봉순이는 서희가 그렇게 하기로 결정했다는 말을 전한 뒤,

"애기씨께서 여비는 어찌 되는가 물어보시던데."

"그거는,"

하다가 길상은 용이를 힐끔 쳐다본다.

"영팔이는 좀 준비가 돼 있고 나도…… 뭐 집도 팔고 했이
니……."

힘이 쑥 빠진 용이 목소리다.

"이부사댁 서방님께서도 준비하고 갔일 기고 일전에 은이
그대로 있이니께."

길상의 대답이다.

"내 생각에 애기씨는 달리 준비하고 기신 모양인데 그라믄
그 은은 용이아재를 드리는 기이 어떠까? 김훈장도 기시고 아
무래도 그쪽에 사람수가 많으니."

"그, 그라믄 월선아지매는 여기서 함께 갈 기니께."

허겁지겁 물에 빠진 사람이 지푸라기 잡는 것 같다. 그러나
다음 순간 용이는 얼굴이 불덩이가 되는 것을 느낀다. 일생일
대의 치욕감이 가슴을 쳤다. 사실 용이는 아무 가진 것이 없
었다. 임이네에게는 돈이 있는 눈치였지만 내놓을 여자는 아
니었고 월선이 집 판 돈을 가져가라 하는 것을 용이는 들은
척하지 않았다. 사정은 어찌 되었든 월선이를 떨어트려놓고
임이네를 데리고 가는 마당에 차마 집 판 돈을 가져가겠는가.

월선아지매는 여기서 함께 간다 한 것은 집 판 돈을 쓰라는
뜻이었으나 용이는 혀를 깨물고 싶도록 부끄러웠다.

"그라믄 용이아재는 언제 떠날라요."

"내일 새북이라도……."

한동안 말이 없다가 봉순이는,

"아재씨, 이거는 지 생각인데 만일에 지가 진주로 못 가게
되는 경우, 그렇더라도 진주서는 열이레 안으로 부산에 닿아
야 하니께."

"만일의 경우라니……."

길상의 목소리가 총알같이 날았다.

"그거사 사람 일을 우찌 알꼬. 내가 잽히는 경우, 안 잽힌다
고 장담할 수는 없는 일이니께."

다시 용이를 향해,

"지가 못 가더라도 시일 안에 부산으로 떠나야 할 깁니다."

두 사내는 묵묵부답이다. 봉순의 말이 옳기는 옳았다. 절대
로 사고가 안 난다고는 생각할 수 없다. 처음부터 위험이 따
른 계획인 것이다. 그러나 길상은 봉순의 저의를 안다. 봉순
이는 가겠다고 돌아섰다.

길상은 그 뒤를 바싹 따르며,

"봉순아."

"……."

"우리 거기 가믄 호, 혼인하자. 어떡허든지 무사하게 진주
로 가야 한다!"

"……."

"내 맹세하라믄 하, 하지."

그러나 봉순이는 뛰기 시작했다.

"봉순아!"

부르다가 풀이 죽어서 뒤돌아보았을 때 용이는 강가에 쭈그리고 앉아 있었다.

용이 떠난 뒤 봉순이는 길상을 만나지 않았다. 월선을 사이에 두고 연락을 취했을 뿐, 길상은 여러 번 월선을 통해 봉순이를 만나려 했으나 허사였다. 백주에 나다닐 수 없는 처지였기 때문에 월선의 집을 낮에 다녀가는 봉순을 만날 도리가 없었다. 설마 한 번쯤 와주겠지 하는 기대 때문에 기회를 놓치기도 했었다.

드디어 그날 봉순이는 저녁때 무심하게 집을 나가 가마를 타고 구례 쪽을 향했고 그날 새벽녘에 길상과 월선에 의해 서희는 육로로 읍내 이부사댁에까지 이르렀다. 결국 길상은 마지막까지 봉순을 대하지 못했다. 여하튼 일은 무사히 끝이 났다. 봉순의 신상을 근심하였으나 잡혔다는 소문은 없었다. 억쇠가 부지런히 장터를 헤매며 평사리 사람들을 만나 듣고 온 소식에 의하면 최참판댁이 발칵 뒤집혔다는 것이며 하인들을 풀어서 서울로 향하는 길목마다 뒤지게 했으나 예쁜 아가씨가 가마를 타고 구례 쪽으로 가더라는 말만 들었을 뿐이며 하인들도 거의 건성으로 찾는 시늉만 했으므로 서희의 행방은 캄캄소식이라는 것이다. 모두 시름을 놓고 부산으로 갈 행구를 챙기는 것이었으나 길상은 혼자 우울했다. 과연 봉순이는 진주로 갔을 것인가. 갔다고 생각하며 잊으려 했으나 잠시였다. 가지 않았을 것을 길상은 확신할 수 있었다. 길상이 말고 고민하는 사람이 또 있었다. 상현의 아내다. 그는 가끔 뒤뜰에 나가 혼자 울곤 했다. 남편이 떠난다는 사실만으로도 괴로운 일이었는데 서희와 한방 거처를 하며 그의 미모에 압도당한 평범한 상현의 아내는 왠지 자기 운명에 검은 그림자가 드리워지는 것을 예감한 것이다. 잘난 남편에 그러질 못한 아내는 수척해 보였으나 눈이 부시게 아름다운 서희에게 참을 수없는 시샘을 느낀다. 윤씨부인이 살아 있을 적에 상현을 두고 탐을 냈다는 이야기도 들은 바가 있었다.

억쇠도 차츰 풀이 죽어갔다. 처음에는 자신도 함께 떠나는 것처럼 신을 내고 마음이 바빠 성사를 조마조마 기다렸는데 막상 계획대로 되고 보니, 어릴 적부터 정들인 상현이 멀리 아주 먼 곳으로 간다는 실감을 하게 된 것이다.

"오시야지요. 안 오시믄 되겠십니까."

억쇠는 몇 번이나 못을 박곤 했다.

한편 월선은 집 산 사람에게 집을 비워준 날 김서방댁을 찾아갔다. 돼지우리 같은 단칸방에서 기어나오다시피, 몸이 좀 아팠다고 했다.

"장에 가니까 없어서 이리로 왔소."

"우찌 됐노, 니 일은?"

"머 우찌 되기는요."

"임이네는 끝내 방을 안 비우줄라 카더나?"

"그 사람은 떠났소."

용이 온 것을 모르는 김서방댁은 임이네가 떠났다는 말을 조금도 이상히 생각지는 않는다.

"그라믄 니는 우짤 기고, 주막이나 채릴래?"

"내사 머…… 절에 가서 공양이나 지어주고 살라요."

터무니없이 거짓말을 한 것은 아니다. 모든 일은 결정되었는데 문득 그런 생각이 떠오를 때가 있었다.

쉴 새 없이 지껄이는 김서방댁 말을 귓가에 흘려듣다가 저녁이라도 먹고 가라는 것을 뿌리치고 문간까지 나온 월선은,

"집을 팔아서 돈이 좀 생깄으니, 운제 우리가 만낼지도 모르겄고."

일본돈 삼 원을 쥐여준 뒤 도망치듯 골목을 빠져나왔다.

오월 십육일 일행은 하동을 떠나서 부산에 닿았다. 물색해 놓았던 객줏집에 들어 하룻밤 여독을 풀고 십칠일, 진주서 올 사람들을 기다렸으나 하루해는 초조하게 저물었다. 다음 날에야 그들은 도착하였다. 예정보다 하루가 늦은 셈인데 봉순이를 기다려보느라 늦어졌으며 행여 하동에서 애기씨와 함께 오는 게 아닌가고 생각하기도 했었다는 용이 말이었다.

이미 마음속으로 체념했으나 길상은 충격을 받는다. 서희도 무엇인지 짐작하는 바가 있었던지 아무 말이 없었다.

번화하고 낯선 밤거리에 바람이 불었다. 떠나기 전에 머리를 깎겠다고 나선 길상의 눈에 불빛이 아물거린다.

'봉순아!'

두 뺨에 눈물이 흘러내리고 낯선 거리에는 찝찔한 바닷바람이 분다.

〈5권으로 이어집니다〉

가물치 콧구멍: 가물치의 콧구멍만큼 작아 찾기 힘들다는 의미.

기떡이 맥히서: 기가 막혀서.

낭도: 낭당. 실속 없는 사람들의 무리.

눈먼 나귀가 요령 소리만 듣고 간다: 맹목적으로 남이 하는 대로 따라함을 비유적으로 이르는 말.

몽당다리: 끝이 닳아서 쓸모없게 된 다리.

무원고절: 무원고립. 아무도 도와줄 사람이 없이 외로운 상태.

발멩: 발명(發明). 죄나 잘못이 없음을 말하여 밝힘. 또는 그런 말.

부모 말이 문서: 부모가 자식을 가장 잘 안다는 의미.

사뻴: 사벌(sabel). 군인이나 경관이 허리에 차던 서양식 칼.

살이 살을 물다: 동포 형제나 가까운 이웃, 친척끼리 서로 해치려 함을 비유적으로 이르는 말.

숯구리 꽁 잡아묵는다: 쑥구렝이 꿩 잡아먹는다. 지지리 못난 구렁이가 꿩을 잡아먹는다는 뜻으로, 어리석고 못난 사람이 놀랄 만한 일을 하는 경우를 비유적으로 이르는 말.

암밥: 암죽. 곡식이나 밤의 가루로 묽게 쑨 죽. 어린아이에게 젖 대신 먹인다.

여포 창날 같다: 매우 날카로움을 비유적으로 이르는 속담.

우사: 남우세. 남에게 비웃음과 놀림을 받게 됨. 또는 그 비웃음과 놀림.

인간고해(人間苦海): 사람 사는 세상이 곧 고통의 바다라는 의미.

자식새끼들은 쌀강아지 걸고 마누래는 톰방니 걸은데: 많은 가속에게 얽매인 한집안의 가장의 처지를 비유적으로 이르는 표현.

진짝같이 붓다: 징만큼 커다랗게 붓다.

토지 **4** 완간 30주년 기념 **특별판**
1부 4권

특별판 1쇄 인쇄 2024년 6월 14일
특별판 1쇄 발행 2024년 6월 26일

지은이 박경리
펴낸이 김선식

부사장 김은영
콘텐츠사업2본부장 박현미
디자인 정명희
콘텐츠사업6팀장 임경섭 **콘텐츠사업6팀** 정지혜, 곽수빈, 정명희
마케팅본부장 권장규 **마케팅1팀** 최혜령, 오서영, 문서희 **채널1팀** 박태준
미디어홍보본부장 정명찬 **브랜드관리팀** 안지혜, 오수미, 김은지, 이소영
뉴미디어팀 김민정, 이지은, 홍수경, 서가을, 문윤정, 이예주
크리에이티브팀 임유나, 변승주, 김화정, 장세진, 박장미, 박주현
지식교양팀 이수인, 염아라, 석찬미, 김혜원, 백지은
편집관리팀 조세현, 김호주, 백설희 **저작권팀** 한승빈, 이슬, 윤제희
재무관리팀 하미선, 윤이경, 김재경, 임혜정, 이슬기
인사총무팀 강미숙, 지석배, 김혜진, 황종원
제작관리팀 이소현, 김소영, 김진경, 최완규, 이지우, 박예찬
물류관리팀 김형기, 김선민, 주정훈, 김선진, 한유현, 전태연, 양문현, 이민운

펴낸곳 다산북스 **출판등록** 2005년 12월 23일 제313-2005-00277호
주소 경기도 파주시 회동길 490
전화 02-704-1724 **팩스** 02-703-2219
이메일 dasanbooks@dasanbooks.com
홈페이지 www.dasan.group **블로그** blog.naver.com/dasan_books
용지 스마일몬스터피앤엠 **인쇄** 상지사피앤비 **코팅 및 후가공** 제이오엘앤피 **제본** 국일문화사

ISBN 979-11-306-9945-5 (세트)